고구려 무협 역사소설

천부신검
天符神劍

제2권 천하비무행

한상륜 저

함께 통일로 가는 길

머 리 말

이 작품의 배경은 시간적으로는 서기 618년부터 서기 668년에 이르는 고구려 말기이고, 공간적으로는 당시 광대한 고구려 제국의 영토였던 만주 및 한반도, 지나 등이다. 이 시기는 지나의 당나라 시절로서 고구려와 지나는 서로 동북아시아 당시 천하의 패권을 놓고 격돌하였던 시기였다.

고구려는 원래부터 만주지역과 한반도에 웅거하면서 따무르자의 국시를 내걸고 옛 조선의 땅을 다 수복하는 것이 국가의 지상 목표였다. 따라서 중원으로 진출하는 것이 꿈이었던 만큼 국가는 강력한 지도력을 필요로 하는 것은 당연하였다. 그러나 4차례의 려수대전을 화려한 승리로 이끌었던 불세출의 명군 영양태왕이 서거하면서 고구려의 명운은 암운을 향해 치닫기 시작한다.

그가 일점혈육도 남기지 않고 붕어하자 그의 이복동생인 건무가 고구려 27대 임금인 영류태왕으로 등극한다. 이미 려수대전에서 내호아가 이끄는 수군 4만을 몰살시킨 위대한 수군대장군이었던 건무는 웬 일인지 왕태제 시절부터 온건함을 보이더니 태왕으로 등극하자 노골적으로 친당노선을 걷기 시작한다. 결국 조야의 강경파들은 영류태왕에 대한 극심한 혐오에 시달리게 되며 고구려 900년의 역사는 당태종 이세민의 침략 야욕 앞에서 풍전등화에 처하게 된다.

이때 우리 겨레의 불세출의 영웅인 연개소문이 등장하여 영류태왕과 온건파들을 말끔히 숙청하고 대당 강경노선으로 돌아서면서 고구려의 역사는 다시 원래의 따무르자 정신으로 돌아가게 된다. 고구려군은 30만 정예군을 몰고 고구려 강토를 침략한 당태종의 군대를 안시전역에서 혁혁하게 물리치며 연개소문과 양만춘 등은 승세를 몰아 정신없이 패주하던 당군을 추격하여 장안성에 당당히 입성하게 되는 것이다. 여기서 연개소문 장군과 고구려군은 당태종으로부터 항복을 받고 지금의 북경을 포함한 만리장성 이북의 땅을 다 할양받고 당당하게 개선한다.

이 소설은 우리 민족의 시조인 환웅천왕이 백두산으로 천강할 때 천부인 3개를 가지고 내려왔다는 사실에 근거를 두고, 그 천부인 3개 중 하나로 추정되는 청동검이 바로 천부신검일 것이라는 사실에서 그 모티브를 따왔다. 천부신검이란 천부 즉 천국의 상징으로서 영적 힘을 가지고 있는 신성한 검이라는 뜻이다. 여기서 작가는 그 천부신검은 배달-조선-북부여-고구려에 이르는 정통 황제만이 그 시위무사를 통하여 그 전설적인 보호를 받을 수 있다고 추정한다. 즉 천부신검을 소유한 자가 우리 겨레의 정통성을 담보하는 천하최강의 무사인 것이고 이 무사가 바로 정통 황제를 보위하며 나라의 모든 무력을 대표하는 무사로서 활동하는 것이다.

이 소설은 당대 최강 국가였던 고구려의 고유한 무도정신을 탐구하고 9파 1방의 중원무협세계에만 빠져있는 우리의 민족적 자긍심을 회복하게 하는 것이 목적이다. 또한 사대 식민 사관으로부터 민족 주체 사관으로 복귀시키는 모티브를 제공하고 오늘날 진정한 천부신검의 회복은 강력한 무력의 회복뿐만이 아닌 영성 회복이 필요함을 역설하고 있다.

◆ 제1권 조의선인의 길 줄거리 요약 ◆

건무(영류태왕)는 등극을 앞두고 전 왕당 대모달인 선우려상을 학살하고 천부신검을 **빼앗으려다** 실패한다. 그 유자(遺子)인 선우일우와 천부신검은 청려선방에 넘겨진다. 선우일우는 조의선인 과정에 입문하고 이후 영류태왕은 천부신검을 찾으려는 2년간의 음모 끝에 결국은 선우려상의 2주기 때 국내성에 나타난 청려선인과 연태조 및 연개소문 등과 함께 있던 선우일우를 한 밤 중 몰래 납치한다.

청려선방 측은 일우를 구하기 위하여 영류태왕을 압박하고 결국 일우는 조정의 분열로 인해 연개소문에게 구출된다. 이에 건무는 전국 조의선인들의 반발을 무마하고자 선인들을 왕궁으로 초대하여 화합을 시도하는 척 하다가 그들을 학살하고 만다. 그리고 자파들만으로 고구려제국 무술대회를 개최하지만 결국 죽였다고 생각한 연개소문이 완전히 변장하고 나타나 무술대회를 제패한다.

대륙이 당에 의해 통일되자 건무와 중신들은 천리장성을 쌓기로 하고 연태조 부자를 그 감독으로 내쫓은 후 재차 고구려제국 무술대회를 개최한다. 이 대회에서 선우일우가 우승하여 천하비무를 시작하고 백제에 가서 계백 장군과 비무를 하던 중 건무가 보낸 자객들에게 석궁으로 습격을 받아 생사의 기로에 처한다. 그는 계백의 여동생인 신의 계수향에게 치료를 받다가 그녀와 첫사랑에 **빠지고** 만다.

선우일우는 사형 두건규의 배신으로 온갖 고통을 겪고 간신히 살아난 후 절해고도로 계수향과 같이 가서 치료를 계속 받는다.

차   례

제1장   흉수의 공격과 일우의 무인도 피신

한편, 구곡산장을 나온 계백 일행은 백제 왕궁에 새벽인 축시(밤 11시-새벽1시)에야 도착했다. 계백 일행은 왕궁에서 밤늦게까지 불을 환하게 켜고 자신들을 기다리고 있는 무왕을 만나러 정전으로 갔다. 그곳에는 만조백관들이 도열한 채 대기하고 있었다. 그들이 정전 안으로 들어섰을 때 그들은 인상이 험악한 세 사람이 포승줄로 꽁꽁 묶인 채 무왕의 앞에 무릎을 꿇고 앉아 있는 것을 보았다. 그들의 좌우에는 위사부 군사들 10명 정도가 장검을 빼들고 그들의 목을 겨누고 있었다. 계백이 선두로 막 정전 안을 들어서자 무왕의 까랑까랑한 음성이 그들의 귀에 울려 퍼졌다.

"오, 계 한솔, 고 대사자, 유 말객 어서 오시오. 그런데 두 무사는 왜 오지 않았소?"

세 사람은 높이 옥좌에 앉아 있는 무왕 앞에 가서 삼고구배를 하였다. 그리고 계백이 대표로 그의 말에 대답을 하였다.

"폐하, 그간 만안하시었사옵니까? 오늘 오다가 두건규는 중도에 낙마하여 몹시 부상이 심한 관계로 여각에서 머물고 있고 곧 입궁할 것이옵니다."

"오, 그런 좋지 않은 일이 중도에 있었구료. 지금 선우일우 무사는 상태가 어떠하신가? 듣기로는 계수향의원이 치료 중이라는 데 사실이오?"

무왕은 궁금한 게 많은 표정이었다.

"예, 폐하, 그러하옵니다. 계 의원이 잘 치료하고 있사옵고 몸의 상태는 위기에서 벗어나 많이 좋아지고 있사옵니다. 헌데 어인 일로 부르셨사옵니까?"

계백이 이렇게 대답하자 무왕은 마음이 퍽 놓인 듯한 표정을 짓더니 고천파를 향하여 말했다.

"오늘 대사자 일행을 부른 것은 선우 무사를 암습한 자객을 어제 체포했기 때문이오. 그런데 이 자들의 신분을 알 수가 없구려. 우리말을 전혀 모르는데 혹시 대사자는 견문이 넓으니 이 자들의 정체를 파악할 수 있을 까 하오만......."

"폐하, 당치 않으신 말씀이옵니다. 하지만 이 자들과 잠시 말을 나눈 후 정체를 말씀드릴까 하옵니다."

고천파가 이렇게 말한 후 포승줄로 꽁꽁 묶인 두 명에게 다가갔다. 그는 그들의 인상을 보는 순간 토번(티벳)에서 영류태왕에게 고용된 자객들임을 알아챘다. 그는 능숙한 토번어로 그들에게 물었다.

"너희들은 토번에서 온 사람들 같은데 맞나?"

그러자 자객들은 그에게서 능숙한 토번어를 듣자 마음이 좀 놓였다. 이제 무조건 죽었다고 생각했는데 혹시라도 이 자가 자신들을 살려줄 수 있겠다는 생각이 들었다. 그들은 고개를 끄덕였다. 그러자 무왕 이하 만조백관들은 호기심 어린 표정으로 고천파와 자객들의 대화를 열심히 지켜보았다.

"너희들이 내 말만 잘 들으면 목숨은 살려줄 수도 있다. 그러니 똑바로 대답해라. 알겠나?"

"예, 말씀만 하십시오. 시키는 대로 하겠습니다."

자객들이 이렇게 공손히 대답하자 고천파는 머릿속에서 자신의 삼종형이자 현 고구려 태왕을 보호하고 또 고구려와 백제가 더 이상 척을 지지 않게 해야 하겠다는 계산을 했다. 그는 그들에게 눈을 껌벅거리며 무조건 *예* 하고 대답하라는 신호를 보냈다. 자객들은 그의 눈빛을 보며 그가 잘 하면 자신을 살려줄 수도 있겠다는 생각이 들었다.

"너희들은 당나라 황제가 시켜서 선우일우를 죽이려고 했지? 만일 말을 안 들으면 고향의 가족들을 몰살시킨다고 협박을 해서 부득이 그런 짓을 한 것이 맞지?"

"네, 그렇습니다요. 저희는 당나라 황제가 시켜서 선우무사를 죽이려고 했습니다요. 그가 죽지 않으면 우리 가족 모두를 몰살시킨다고 협박을 하여서 그만 죽을죄를 저질렀습니다요. 목숨만 살려주시면 백제를 위해 죽도록 충성하겠습니다요."

고천파는 눈치 빠른 그들의 대답에 만족하며 그들의 말을 그대로 무왕에게 전했다. 그러자 무왕은 몹시도 격노한 듯 벌떡 일어나 칼을 빼어들고 그 자객들에게 성큼성큼 다가왔다. 자객들은 벌벌 떨며 그 칼이 자기의 목에 떨어지는 순간을 두려워했다. 온 만조백관들과 계백 일행은 무왕의 일거수일투족을 숨을 죽인 채 지켜보고 있었다.

"예잇!"

무왕이 기합을 넣은 채 두 자객의 온 몸을 향해 칼을 휘둘러 댔다. 그러자 두 자객들은 자신들이 죽은 줄 알고 목을 정전 바닥에 길게 늘어뜨렸다. 그러나 무왕이 휘두른 칼은 두 자객의 온 몸을 묶고 있는 포승줄들을 모두 잘라버린 것이었다. 기가 막힌 검술 솜씨에 모든 신하들이 찬탄을 금치 못하였다.

"너희들의 말이 모두 사실임을 믿겠다. 즉 너희는 가족들 때문에 당황제의 명령에 따라 선우무사를 죽이려고 하였다는 것이니 너희는 무죄다. 단, 백제에 온 국빈을 죽음 일보 직전까지 몰고 간 죄는 그냥 용서할 수 없다. 그러니 너희는 당장 당나라로 가서 당황제의 목을 따와라. 그러면 내가 지금까지의 모든 죄를 용서하마. 어때 할 수 있겠느냐? 고대사자는 내 말을 통역하여 이 자들에게 전하라."

그러자 고천파가 두 자객에게 무왕의 말을 그대로 전했다. 두 자객은 그렇게 하겠다고 맹세한 후 목숨을 구명받았다. 만조백관들은 무왕의 기민한 결단에 놀랐는데 한편으로는 도무지 그의 태도가 이해가 되지 않았다. 어떻게 국가적인 망신을 시킨 자들을 그렇게 간단히 용서할 수 있는가가 도무지 납득이 가지 않았다.

그러나 만조백관들과 계백 일행은 어쩔 수 없이 '성은이 망극하옵니다'를 앵무새처럼 되뇌었다. 그러자 무왕은 두 자객들을 다음날 아침 당나라로 가는 배편에 태우기 위하여 사비나루로 이송하라고 명령을 발한 후 자리에서 일어나 내실로 들어가 버렸다.

그날 밤 이상한 조회가 끝난 후 무왕은 고천파와 계백 그리고 유가휘를 자신의 내실로 초청하여 술잔치를 베풀었다. 무왕은 선우일우와 계수향에 대해 꼬치꼬치 캐물으며 두 사람이 무사할 수 있겠냐고 근심 걱정을 하였다. 그는 특히 뒤에 남겨진 두건규는 믿을 만한 사람이냐고 고천파에게 물었다. 고천파는 그가 일우의 둘도 없는 청려선방의 사형이니 믿을 수 있다고 대답하였다. 하지만 무왕은 아무래도 두 사람만 놔두면 무슨 일을 당할지 모르니 내일 일찍 다들 은신처로 돌아가라고 말하였다.

고천파는 그 말에 몹시도 기분이 상하였다. 그는 이곳에 눌러 앉아 수개월을 보내며 고구려에 연락을 취하고 가무음곡도 즐기며 백제의 어여쁜 여인들을 품에 안는 희망을 가졌는데 그것이 사라지자 속으로 *지미럴!* 하고 속으로 중얼거렸다.

하지만 그는 그날 밤 무왕의 배려로 오랜만에 백제의 미희와 꿈같은 밤을 보낼 수 있었다. 한편 유가휘와 계백 두 사람은 왕궁 객관에서 기생들을 한 사람씩 옆에 앉혀 놓고 한참 술을 마시고 있었다. 그런데 갑자기 무왕의 내시가 나타나 계백을 무왕이 호출한다는 말을 전하였다. 계백은 유가휘에게 미안하다고 말을 한 후에 세면대로 가서 술 냄새가 안 나게 하려고 양치질을 하고 세수를 하였다. 그리고 내시를 따라 무왕의 내실로 갔다.

"오, 계 한솔, 어서 오시오. 자 이리로 와서 내 술 한 잔을 받으시오."

무왕은 이미 푸짐한 술판을 벌여놓고 계백을 기다린 듯 했다. 계백은 무왕의 맞은편에 가서 무릎을 꿇고 앉은 후 머리를 조아리며 말했다.

"폐하, 미천한 소신에게 이런 자리를 마련해주심은 분에 넘치옵니다. 하명을 거두시고 하실 명이 있으시면 그저 명하시옵소서."

계백이 이렇게 말하자 무왕은 껄껄 웃으며 말하였다.

"계 한솔, 우선 편히 앉으시오. 그래야 짐이 마음이 편하겠소."

"폐하, 미천한 소신이 어찌 감히 대왕과 평석으로 마주 하겠나이까? 당치 않사옵니다. 명을 거두어 주시옵소서."

계백은 무왕의 말에 끄떡도 않고 그냥 무릎을 꿇은 상태로 앉아 있었다. 그러자 무왕도 포기한 듯 그냥 말을 하였다.

"짐이 오늘 임자에게 큰 부탁이 있어서 이렇게 야심한데 불렀소이다."

"폐하, 어찌 소신에게 부탁이라 말씀하시옵니까? 그저 명령만 하시옵소서."

계백이 이렇게 우직하게 말하자 무왕은 푸른 비취빛이 도는 옥으로 만든 술잔을 그에게 받으라고 내밀었다. 계백은 어쩔 수 없이 술잔을 받았다. 그러자 무왕은 그 술잔에 술을 가득히 따라 주었다. 계백은 고개를 옆으로 돌린 채 술을 쭉 들이켰다. 무슨 술인지 맛과 향기가 정신을 쇄락하게 했다.

"그대를 부른 것은 첫째는 선우 무사를 무슨 일이 있어도 안전하게 살려 신라로 보내라는 것이오. 계 의원의 의술이야 삼국 시대의 화타(華陀)보다 못하지 않으니 안심이오만 지금 선우 무사는 고구려 현 태왕의 숙적으로서 그에게 단단히 미운 털이 박혀 있소. 따라서 이번 선우 무사의 암습 사건은 고구려 태왕이 사주한 것이 틀림없소. 거기다가 천하비무 인증단 대표 세 사람은 모두 태왕의 사람들이 틀림없소. 그러니 그 자들이 언제 그를 해칠지 모른다는 사실을 항상 명심하시오. 아마 지금 선우일우와 계수향 두 사람이 생사기로에 처해 있을지도 모르오. 두건규도 청려선방 출신이라고 믿어서는 절대 아니 되오. 내 말 명심하시오."

무왕이 이렇게 말하자 계백은 그의 정보력에 몹시 놀랐다. 과연 한반도 남부와 중원 대륙의 동남 해안지역 및 왜(일본) 열도를 호령하는 해상 대제국의 대왕다웠다. 하지만 그렇다면 왜 그 자객들을 당나라로 보내라고 명령했단 말인가? 계백은 그 점을 이해할 수가 없어 부득이 무왕에게 물었다.

"폐하, 그렇다면 어찌 선우무사를 암습한 자객들을 당나라 황제를 죽이라고 풀어주셨사옵니까? 마땅히 백제를 망신시킨 죄를 물어 고구려 태왕을 응징해야 하는 것 아니옵니까?"

그러자 무왕은 계백의 눈을 뚫어지게 바라보면서 미소를 머금더니 천천히 말을 시작했다.

"계 한솔, 내가 오늘 고천파에게 일부러 토번어 통역을 시킨 것은 이 사건이 태왕의 사주임을 확인하기 위함이었소. 내가 왜 토번어를 모르겠소? 하지만 고천파가 그 자들과 눈빛으로 짜고 당나라 황제를 범인으로 몰고 가는 것을 보고 태왕이 진짜 범인임을 확인했소. 하지만 그렇다고 현 태왕을 응징하면 우리 백제는 고구려와 장래 맺을 진정한 동맹관계를 해칠 수 있소. 중원을 통일한 당나라가 다음으로 쳐들어 올 것은 고구려이고 그 경우 당나라와 신라가 손잡을 것은 뻔한 일, 만일 내가 태왕을 모욕하면 우리의 현재 살얼음 같은 친선관계는 끝이오. 그래서 부득이 모욕감을 참고 태왕의 체면도 살리고 선우 무사의 장래도 살리기 위해서 부득이 그 길을 택한 것이오.

그리고 내가 부탁하는 두 번째는 왜에 가 있는 태자 의자의 등극을 위해 한솔이 지금부터 군사적으로 만반의 준비를 해야 한다는 것이오. 그래서 불렀소이다."

무왕은 참으로 진지한 태도로 계백에게 말하고 있었다. 태자 의자(義慈)는 이름 그대로 의롭고 자애로우며 효성이 지극하여 해동 증자(海東 曾子)로 불리고 있었다. 그러나 태자 의자는 무왕의 친 아들이 아니라 위덕왕의 장자인 아좌태자의 맏아들이었다.

위덕왕의 사후 그의 동생인 혜왕이 즉위하였고 그가 1년 만에 죽자 위덕왕의 막내아들인 법왕이 즉위하였는데 그 법왕 또한 1년 만에 죽었다. 이후 법왕의 아들인 무왕이 즉위하면서 무왕 사후는 위덕왕의 장자인 아좌태자의 적장자인 의자가 왕위를 계승하기로 내정되어 있었던 것이다.

의자는 지금 대화왜왕으로 왜 전역을 통치하고 있었는데 고사기와 일본서기 등에서 훗날 서명천황이라고 추존한 사람이 바로 의자였다. 지금 무왕이 연로하여 언제 승하할지 모르니 태자의 위를 든든히 해주고 싶은 것이 무왕의 생각이라고 계백은 생각하였다. 무왕은 태자 의자를 무력으로 지켜줄 사람은 무공이 천하제일이며 누구보다도 의리와 충성심이 강한 계백이라고 생각하고 그의 장래를 부탁하는 것이었다. 하지만 계백은 그의 그 남다른 신뢰가 다른 문무 대신들의 반발을 사서 자칫 잘못하면 백제 조정의 분란을 가져올 수 있음을 우려했다.

"폐하, 과분하신 고명에 몸 둘 곳을 모르겠나이다. 백제의 백성이라면 당연히 다음 대위를 이으실 태자에게 충성하는 것은 당연한 일, 그 일이 어찌 소신 같은 미천한 자에게 하명하실 일이겠사옵니까? 널리 내신좌평과 위사좌평을 비롯한 대신 등을 불러 태자의 장래를 맡기시고 지도하심이 마땅히 대왕께서 취하실 조치라고 생각되옵니다. 통촉하시옵소서."

계백의 충성스러운 마음에서 우러나오는 고언에는 마치 피눈물이 배어 있는 듯하고 목소리마저 떨리고 있었다. 그러자 무왕이 술을 한 잔 쭉 들이키더니 그에게 다시 잔을 돌리며 말하였다. 계백은 얼른 술잔을 받아 고개를 옆으로 돌린 채 그 술잔을 쭉 들이켰다.

"이제 짐이 살면 얼마나 살겠소? 짐이 죽기 전에 태자 의자가 더욱 강력하고 자애로운 대백제의 대왕으로 성장하여 백제의 천년 사직을 이끌고 가길 바라는 마음뿐이오. 하지만 지금 중원에서 밀려오는 거센 광풍이 언제 이 땅을 피비린내 나는 전쟁의 소용돌이로 휘몰아갈지 알 수 없소이다. 우리 백제가 살 길은 고구려와 동맹을 강화하고 신라를 방어하면서 중원과 왜 열도의 분조들을 잘 경영하는 것이오. 계 한솔이 진심으로 백제를 근심한다면 내일 혼자 무절단 요새로 가서 선우일우와 여동생을 만나 본 후 그들이 무사할 수 있도록 무절단 책임자에게 호위를 강화시키게 하시오. 그런 후 다시 입궁하여 위사부 덕솔의 일을 맡으시오. 내 오늘부로 한솔 계백을 덕솔로 승진 발령할 것이니 배전의 충성으로 짐을 대하듯 왜에 있는 의자 태자에게도 충성하기를 바라오."

그러자 계백은 무왕의 명령을 더 이상 거절할 명분이 없어 승복하자고 마음을 먹은 후 그에게 자리에서 일어나 삼고구배를 하여 예절을 갖추었다.

"폐하, 성은이 망극하옵니다. 왜에 있는 태자마마를 보필하여 더욱 강력한 백제를 만들 수 있도록 최선을 다하겠사옵니다. 하옵고 고구려의 천하비무 인증단 대표들은 어찌 처리하여야 하올 지요?"

계백이 이렇게 묻자 무왕은 단칼에 무를 자르듯 이렇게 말하였다.

"그 세 사람은 고구려 태왕의 수족이니 선우일우가 완치될 때까지 가까이 두어서는 아니 될 것이오. 이후 그들의 모든 치료와 보호는 무절단 본부가 맡도록 할 것이니 덕솔은 그리 알고 그들을 이곳 왕궁 객관 밖을 떠나지 못하도록 하시오. 내 말 알아듣겠소?"

계백은 무왕이 그 세 사람 모두를 몹시 경계하고 있음을 눈치챘다. 사실상 그들을 연금하라는 조치였다.

"폐하, 하명하신 대로 거행하겠사옵고 소신은 오늘은 이만 물러가겠사옵니다."

"교기 왕자까지 함께 불러 밤새내 즐겼으면 좋겠소만 짐이 늙었나 보오. 피곤이 몰려오는 것 같으니 그리 하시오."

계백은 무왕의 내실을 나와 왕궁 객관으로 갔다. 유가휘는 그때까지 왕실 객관 소속 기생들과 주거니 받거니 대작을 하고 있었다. 그는 유가휘에게 당분간 이곳에서 지내게 되었다고 말하자 유가휘는 펄쩍 뛰었다. 그날 밤 계백은 고천파와 두건규에게도 그 말을 전해주라고 유가휘에게 부탁을 한 후 술자리를 끝내고 집으로 갔다.

계백이 밤 인시(오전 3시-5시)가 끝날 무렵 퇴궁하여 사비성 남문 밖에 있는 집으로 가고 나서 한참이 지났을 때였다. 새벽 해가 떠오를 때쯤 두건규가 왕궁 객관에 모습을 드러냈다. 그는 낙마로 인한 상처가 깊어서인지 안색이 온통 시커멓게 변하여 있었다. 유가휘는 그의 변한 모습에 충격을 받아 그에게 괜찮으냐고 몇 번이나 질문을 던졌지만 그는 괜찮다고 말하며 잠에 빠져 들어갔다.

다음날 왕궁 객관 식당에서 유가휘가 고천파와 두건규에게 백제 무왕의 명이라며 왕궁 객관을 떠나지 말라는 말을 계백이 와서 전했다고 했다. 그들은 자신들이 사실상 연금당했다는 것을 눈치 챘다. 이제 그들의 일거수일투족이 무왕에게 보고된다는 것을 느끼자 그들은 몹시 기분이 상했다.

한편 고천파는 백제 왕궁에서 온갖 산해진미와 미희들과 음주가무를 즐기며 살 생각에 될 대로 되라는 식으로 마음을 고쳐먹었다. 하지만 얼굴 이마 부근에 마마를 앓고 난 듯 시커먼 자국이 생긴 두건규는 아무런 반응도 보이지 않고 있었다. 그들은 자신들이 왕궁 밖을 나가려면 왕궁을 지키는 위사부 책임자인 달솔에게 허락을 받고 난 후 반드시 다섯 사람 이상의 위사부 군사들과 함께 다녀야 한다는 사실을 알고 화가 나서 길길이 뛰었다.

그날 오전 진시가 되자 출근을 준비하면서 계백은 아내 연어진에게 이제 왕궁으로 들어가서 근무하게 되었으므로 일주일에 한 번 정도 밖에 집으로 돌아올 수 없다고 말하였다. 아내 연어진은 남편이 위사부 덕솔로 승진하고 위사부 군사들의 무술 및 병법 사범이 된 것을 알고 너무나 기뻐하였다. 드디어 남편이 백제의 최고 실력자 반열에 들어가게 된 것을 알고 그에게 축하를 하였다. 하지만 계백은 자신에게 너무도 큰 사명이 주어진 것에 상당한 책임감을 느끼면서 그녀의 축하를 덤덤하게 받았다.

계백은 그날 입궁하지 않고 무절단 본부가 있는 계룡산으로 말을 몰아 전속력으로 달렸다. 얼마나 말을 빨리 몰았는지 통상 세 시진이 걸릴 거리였지만 그는 두 시진이 조금 더 지나서 무절단 본부에 도착하였다.

그가 도착했을 때 무절단 단주인 강기천이 그를 근심스러운 표정으로 맞이하였다. 나이가 계백보다 대 여섯 살이 더 많은 강기천은 계백과 호형호제하는 사이였다. 그는 계백에게 어젯밤의 참사를 말해주며 선우일우와 계수향을 찾기 위해 수색작업이 동트는 새벽부터 시작되었지만 아직도 두 사람을 찾지도 못했고 시신도 전혀 찾을 수 없다고 말하였다.

낙담한 계백은 그와 헤어져 자신이 머물던 구곡산장으로 가보았다. 하지만 이미 폐허가 되어버린 그곳을 보고 그는 어젯밤 혈전이 얼마나 지독했는지 상상할 수 있을 것 같았다. 그 집의 기관도를 가지고 있는 계백은 폐허가 된 집의 안방 밑의 지하실 부근에 수북이 쌓여있는 기와장, 목재, 흙무더기 등을 치우고 지하실을 통해 자신들의 제2은신처를 가보기로 했다.

그는 수향의 능력을 생각하며 그녀와 일우가 살아 있으리라고 확신했다. 하지만 집에 가까이 갔다가는 수향이 설치했던 온갖 극독물에 중독될 수 있다는데 생각이 미쳤다. 그러자 그는 온 몸에 짐승 가죽으로 만든 긴 장삼 같은 옷을 입었다. 그리고 얼굴과 손 등 노출되는 부분을 온통 두꺼운 천으로 감쌌다.

그런 후 그는 지하실 부근에 쌓여있는 퇴적물들을 치우기 시작했다. 그가 작업을 시작한 지 한 시진 만에 그 모든 퇴적물들은 사라졌다. 그러자 그는 지하실로 이르는 통로를 찾기 위하여 그 부근을 곡괭이와 삽 등으로 파헤치기 시작했다. 약 두 시진 만에 자신의 몸 하나가 간신히 들어갈 만한 굴을 팠다. 그 옆에다 그는 큰 나무 밑동을 올려놓은 후 그 밑으로 내려갔다. 그런 후 그 큰 나무 밑동으로 그 굴을 완전히 막아 입구가 전혀 안 보이도록 위장했다.

그런 후 지하실 비밀 통로를 따라 제 2 은신처로 가는 천길 절벽위에 난 외길을 따라 가기 시작했다. 다행히 11월로서는 날씨가 좋아 약 2시진 만에 제2의 은신처인 천연동굴까지 갈 수 있었다.

그가 가까이 다가오자 수향은 오빠가 오고 있는 것을 눈치 챘다. 하지만 그녀는 만일을 대비해 검을 빼들고 그가 동굴 입구까지 오는 것을 지켜보고 있었다. 다행히 아무도 없이 그가 혼자 온 것을 확인한 후 그녀는 동굴 입구에서 오빠인 계백에게 소리를 질렀다.

"오라버니, 여기예요."

그러자 계백이 그녀를 보며 반가워서 소리를 질렀다.

"오, 너 무사했구나, 선우 무사는 어떠시냐?"

"그도 무사해요. 조심해서 여기 소나무 사이로 들어오세요."

"하늘이 도우셨구나! 지금 구곡산장에서 오는 길인데 집은 완전히 잿더미가 되었더구나. 어젯밤에 있었던 무서운 습격에도 이렇게 무사한 것을 보니 하늘의 도우심이 분명하다."

계백이 이렇게 말하며 소나무 사이로 해서 동굴 안으로 들어오자 그는 누워 있는 일우를 보았다. 일우는 억지로 자리에서 일어나려고 했으나 도무지 힘이 없어 할 수 없이 다시 자리에 누우면서 계백에게 모기소리 만하게 인사를 했다.

"계 한솔님, 죄송합니다. 저 땜에 매씨와 여러 사람들에게 피해를 주는군요."

"아니요, 선우 대형에게 무슨 잘못이 있겠소이까? 아무 심려 말고 누워 편히 쉬시오."

계백은 그의 창백한 모습을 보자 몹시도 마음이 아파왔다. 자신의 나라 왕으로부터 이런 대접을 받으면서도 조국을 버리지 못하는 일우가 가여웠다. 천하 영웅이 이다지도 몰골이 엉망이 되었으니 어젯밤에 어떤 고통을 당했는지 알 것 같았다.

"선우 대형, 살아 있다니 꿈만 같소이다. 이제 살았으니 반드시 회복하시어 못다 한 천하비무를 다시 시작하시오. 그런데 어젯밤 또 습격한 자들은 누구란 말인가? 계 의원은 그 자를 알 수 있겠는가?"

"오라버니, 아무래도 일우 씨의 사형인 두건규가 범인인 것 같아요. 그가 어젯밤 처음에는 약 열댓 명을 이끌고 일우 씨를 죽이려고 하였다가 내 극독물 공격 때문에 실패하자 다시 50여명의 철기대를 이끌고 급습해서 구곡산장을 화공으로 그렇게 만든 모양이예요. 어젯밤 무절단 산성의 보초들이 모두 몰살당했는지 내가 비상 적(笛)을 불고 비상 산화전을 9발이나 하늘에 쏘아대었는데 아무도 구조하러 오지 않아서 그들이 산장에 접근하기 직전 지하실로 해서 이리로 탈출했지요. 어젯밤 일우 씨가 너무 힘들어 죽을 뻔 했어요. 아무래도 내가 이 분이 다 낫더라도 천하비무에 함께 다녀야할 것 같아요. 인증단 세 명이 모두 태왕편이라 너무 걱정이 되요."

계백은 그녀의 이 말을 듣고 한숨을 푹 내쉬었다.

"어제 그 흉수가 우리 백제 대왕의 신표인 봉황검을 가지고 있다더구나. 그 자가 두건규라면 그는 분명 선우 대형의 청려선방 사형이 분명한데 어떻게 그 자가 대왕의 신표를 가질 수 있단 말이냐? 그 신표는 무절단 단주 급이거나 아니면 위사부의 달솔 이상만 가질 수 있는 것인데 어떻게 고구려 사람인 그 자가, 그것도 청려선방의 30대 제자들 중 수장이라는 자가 그것을 가지고 있을 수 있다는 말이냐? 그리고 그 자는 분명 어젯밤 낙마하여 온 몸에 중상을 입고 여각에서 의원을 불러 치료하는 것을 내 눈으로 똑똑히 보았다. 그 자가 자네와 싸울 때 극독물에 부상을 입었다면 또 어떻게 멀쩡히 살아 있을 수 있다는 말이냐? 도저히 이해가 되지를 않는구나."

"그 자의 무공이 절륜하여 극독물은 내공으로 토해낼 수 있을 거예요. 다만 어제 공격당한 독파리는 몸에서 일시적으로 제거되더라도 그 독이 남아서 간헐적으로 내장을 파먹는 고통을 주지요. 그리고 얼굴 부위에 침투한 독파리는 마마 자국 같은 흔적을 반드시 남기기 마련이지요."

수향이 이렇게 말하자 계백은 두건규가 지금쯤 왕궁 객관에 도착하였을 것이라는 데 생각이 미쳤다. 그는 한시 빨리 무절단 내의 고구려 측 간자들을 솎아내고 두건규가 범인이라면 자신이 직접 가서 얼굴을 확인하고 체포하여야 하겠다고 결심하였다. 그는 수향과 일우의 장래 문제를 좀 더 물어본 후 이들을 어디로 데려다 보호할 것인지를 수향과 상의하여야 하겠다고 생각했다.

"그래, 자네는 선우 대형과 장래 혼인할 생각이신가?"

"네, 저는 이 분이 제 천생연분임을 확신해요."

수향이 이렇게 단호하게 대답하자 계백은 껄껄 웃었다.

"왜 웃으세요?"

"자네가 참 맹랑허이. 일국의 왕자비 자리도 싫다고 내던진 사람이 어찌 일개 조의선인에게 그리 빠질 수 있나 말일세. 참 알다가도 모를 일이구만. 도대체 왜 선우 대형이 마음에 드는 것인지 말해보시게."

계백이 말한 수향이 왕자비 자리를 버렸다는 것은 이런 내용이다. 수년 전에 왕자 교기가 위독하여 그녀가 입궁하여 그를 치료할 때였다. 그가 그녀를 마음에 두고 혼인할 뜻을 은근히 비치었다. 그가 다 낫고 나서도 그 후 뻔질나게 의원에 들러 그녀에게 선물 등을 주며 환심을 사려고 하였지만 그녀가 도무지 그에게 마음을 열지 않으므로 교기는 부득이 지금의 왕자비와 혼인한 일을 말한다.

"우선, 이 분은 마음이 너무 순수하고 착해서 티가 하나도 없는 그야말로 진짜 신선이 될 자격이 있어요. 둘째, 이 분은 마음이 한량없이 넓고 사랑이 많아 원수까지도 사랑할 수 있는 사람이에요. 셋째, 이 분은 천하제일의 무공과 학식을 지녔지만 한없이 겸손하고 부드러워서 함께 있으면 마음이 항상 편해요. 넷째, 이 분은 자기 조국 고구려를 지키고자 하는 뜨거운 단심이 너무도 고상하여 마치 고구려의 혼을 보는 것 같아 존경스러워요. 다섯째, 이 분은 가족들이 없어서 내가 아니면 이 분을 사랑하고 지켜줄 사람이 없어요. 여섯째,"

이때 계백이 그녀의 말을 가로막았다.

"되었네, 되었어. 그냥 놔두면 아마 하루 종일 선우 대형의 좋은 점만 늘어놓겠구만. 그나저나 선우 대형이 자네를 사랑한다는 확신은 있고 또 맹세는 받았나?"

"그럼요."

이렇게 말하는 수향은 오라버니를 정면으로 바라보지 못하고 일우를 바라보았다. 일우는 누워서 그녀에게 빙긋이 미소를 지어보였다. 그녀는 그의 그 순수한 미소에 마음이 몹시 흔들리는 것을 느꼈다.

계백은 이런 누이를 바라보며 빙글빙글 웃고 있었다. 천하비무까지 쫓아다니겠다는 그녀의 말이 어찌나 우스운지 그는 웃음이 절로 나왔다. 하긴 어젯밤의 그 무시무시한 공격을 막아낸 것을 보면 그녀가 아니면 누가 그를 보호하였을 것인가 하고 생각하니 그녀가 미덥기는 하였다. 계백은 일우를 향해 큰 소리로 물었다.

"선우 대형은 내 누이를 목숨 바쳐 사랑하고 지어미로서 평생 함께 할 생각이신가?"

"예, 그렇습니다."

일우가 힘을 내어 대답하였지만 너무도 미약한 목소리였다.

"그래, 자네가 낫거든 두 사람의 혼사 문제는 다시 논의하세."

계백은 선우를 마치 손아래 매제처럼 생각하고 호칭을 자네로 바꾸어 불렀다.

"그래, 이제 어떻게 이 사람을 보호할 것인가? 거동도 불편한데 이곳에서 계속 지내게 할 것인가? 이곳은 한 달 이상은 버틸 수 없네. 게다가 이곳은 이미 무절단내 고구려 간자들에게 노출되어서 안 되네. 내 생각으로는 차라리 절해고도인 남해바다의 조도로 가서 둘이서 지내는 것이 어떻겠나? 필요한 물품들은 내가 한 달에 한 번씩

혼자서 실어 나를 테니 그리 하시게. 그곳은 우리 세 사람만 알고 우리 대왕께도 내가 비밀을 지킬 것일세. 자네 생각은 어떤가?"

수향은 계백의 말에 동의했다. 그녀는 하지만 일우의 의견을 물어보았다. 일우도 달리 의견이 있을 리 없었다. 계백은 수향에게 짐을 챙겨 동굴을 빠져 나가자고 말했다.

잠시 뒤 세 사람은 그 동굴을 나와 다시 자신들이 머물던 구곡산장으로 이르는 비밀 통로를 향하여 천길 절벽 위의 외길을 조심조심 걸어갔다. 계백이 일우를 부축하여 걸으니 어젯밤 보다 한결 편했다. 세 사람은 약 한 시진 후 구곡산장의 지하실 위치까지 갔고 그곳에서 위장해놓은 위의 나무 밑동을 밀쳐내고 밖으로 나왔다.

수향과 일우는 습격자들의 독랄함에 치가 떨렸다. 자칫하면 자신들도 저렇게 불속에서 가루가 될 뻔 했던 것을 생각하고 두 사람은 두건규에게 무서운 증오심이 일었다. *가증스러운 인간,* 겉으로는 아주 선량한 듯한 모습으로 일우를 가장 걱정하는 체했던 인간이 사실 가장 악랄한 흉수로 밝혀진 것이다.

계백이 이미 그곳 근처 산의 큰 나무 밑에 매어 둔 두 필의 말을 타고 세 사람은 남해바다의 조도를 가기 위해 해안 쪽으로 말을 달렸다. 조도는 지금의 완도에서 더 남쪽에 있는 약산을 말하는데 삼국시대에는 무인도였다. 세 사람은 그날 오후 지금의 마량현[1] 지역에 당도하여 거기서 거금 은자 1,000량을 주고 중형급의 목선을 빌렸다.

---

1) 지금의 군산 부근.

그들은 그 안에다 약 한달 간 정도의 필요한 식량과 약재 및 의류 및 침구류 등을 사서 실었다. 그날 밤이 너무 깊어져 배가 떠날 수 없기 때문에 그들은 마량현의 여각에서 일박을 한 후 다음날 새벽 진시 (오전 7시-9시)경 해가 떠올랐을 때 조도를 향해 배를 출발하였다.

약 8시진을 지나 목선은 조도에 도착했다. 아무도 없는 무인도였다. 백사장에는 수백 마리의 갈매기들만 놀고 있었으며 원시림이 하늘을 가리듯 빽빽하였다. 일우를 배에서 내려 등에다 업은 후 계백과 수향은 이미 계백이 오래 전부터 자신이 수련장으로 쓰던 동굴로 그들을 인도하였다.

이미 겨울이 한참 깊어져가고 있던 때였으므로 무엇보다도 환자의 보온이 문제였다. 세 사람이 들어가서 본 동굴 안은 그럭저럭 살 만하였다. 계백은 대나무를 칡덩굴로 엮어 만든 침상에 일우를 눕히고 이불을 덮어주었다. 그리고 부싯돌을 켜서 동굴 끝에 있는 벽로같이 생긴 아궁이에다 마른 나무들과 짚들을 넣고 불을 지폈다.

동굴 밖으로 난 연통으로 연기가 올라가는 것을 살펴보고 난 후 그는 수향과 함께 배로 갔다. 그리고 두 사람은 그 배에 있는 물건들을 동굴 안으로 날랐다. 그리고 그날 밤은 셋이서 동굴 속에서 함께 잔 후 다음날 오전 일찍 계백은 두 사람과 작별을 한 후 배를 마량현으로 향했다.

제2장　밝혀진 흉수의 비참한 최후

일우와 수향이 남해의 무인도인 조도에서 안전하게 은신할 수 있도록 조치한 후 계백은 마량현의 선주에게로 배를 몰고 가서 빌린 배를 돌려주었다. 그리고 담보로 맡긴 자신의 말 두필 중 한 필은 선주에게 적당한 가격에 팔아치웠다. 그리고 자신의 말을 타고 사비성으로 입궁하여 위사부 본부로 갔다.

거기서 그는 무왕의 칙서를 받고 정식으로 위사부의 덕솔이 되어 무왕의 최측근에서 일하기 시작하였다.

한편 그날 오후 무왕의 호출을 받은 그는 일우와 수향이 무절단주의 보호 아래 잘 지내고 있다고만 보고하였다. 무왕 앞에서 물러난 그는 왕실 객관으로 가서 고천파와 유가휘 및 두건규를 만났다. 세 사람은 그를 보자마자 인상을 썼는데 고천파가 특히 그에게 몹시 화가 난 듯 항의조로 물었다.

"지금 백제왕이 우리를 연금한 것이 맞습니까? 도무지 거동할 때마다 위사부 졸개들이 따라붙어 아무런 활동을 할 수 없으니 어떻게 된 겁니까?"

그러자 계백이 두건규의 얼굴을 유심히 살펴보며 쌀쌀맞게 대답했다.

　"여러분들은 명색이 고구려 천하비무 인증단이라는 분들이 주인공인 선우무사의 안위는 안중에도 없소이까? 어젯밤 그와 내 동생이 어떤 흉수에게 한밤중 습격당하여 구곡산장은 완전히 전소되고 두 사람은 간신히 살아났소이다. 그 흉수는 우리 대왕의 신표를 가지고 있다고 하더이다. 그리고 내 동생의 독파리 공격을 받아 얼굴에 검은 흉터가 남아 있을 거라고 하더이다."

　계백은 이렇게 말하며 두건규를 무서운 눈초리로 노려봤다. 저 자가 범인임이 틀림없다고 그는 확신했다. 그는 두건규를 체포할 방안을 강구해야 하겠다고 결심했다. 그러나 당장은 증거와 증인이 없으니 무슨 수를 써서라도 그를 잡아 가두어야 하겠다고 결심했다.

　"여러분 세 사람은 모두 용의자로서 백제의 왕실 객관에 연금되어 있는 것이외다. 여러분이 무죄라고 주장하신다면 나와 당당히 비무를 해서 이기시오. 그러면 내가 우리 대왕 폐하에게 말씀드려 풀어드리리다. 여러분들은 어젯밤 선우무사와 내 동생을 암습한 흉수가 잡힐 때까지 이곳에서 꼼짝 못할 테니 그리 아시오."

　그가 이렇게 일방적으로 말하고 자리를 뜨려고 하자 두건규가 *잠깐!* 하고 그를 불러 세웠다.

　"분명히 계 한솔을 비무에서 이기면 우리를 풀어줄 수 있소?"

　계백은 *옳다구나! 이 자가 드디어 자신의 수에 걸려들었구나* 하고 생각했다.

　"좋소이다. 세 사람 중 누구도 나와 비무해서 이긴다면 내가 우리 대왕께 말씀드려 풀어드리겠소."

"좋소, 그럼 내가 우선 계 한솔에게 비무를 신청하오."

두건규가 이렇게 말하자 고천파와 유가휘 두 사람은 더욱 불안해졌다.

선우일우도 이기지 못하고 막상막하로 싸우던 계백 같은 천하제일의 무사를 과연 두건규가 이길 수 있단 말인가? 왜 저 자는 갑자기 낙마한 뒤 얼굴에 검은 마마자국까지 생겨 흉측한 모습으로 변했을까? 게다가 왜 자신이 아무 혐의도 없는데 가만히 있으면 어련히 범인이 잡힐 텐데 비무 운운하고 난리일까?

두 사람은 계백이 나가고 난 뒤 두건규에게 무엇하러 그런 쓸데없는 모험을 걸었느냐고 질책하듯이 따졌다. 그러자 두건규는 몰라서 그러느냐고 소리를 빽 질렀다. 두 사람은 두건규의 갑자기 달라진 태도에 몹시 불쾌했다. 그러자 두건규가 품에서 영류태왕의 신표인 작은 단검 현룡검(玄龍劍)을 꺼내 두 사람에게 들이밀었다.

두 사람은 그때서야 두건규가 실질적으로 자신들을 지휘 감독하는 태왕의 밀사였음을 알아차리었다. 두 사람은 두건규 앞에 무릎을 꿇었다.

"태왕 폐하의 밀명이시다. 선우일우 및 계수향과 계백까지 최대한 빠른 시간 안에 척살하라!"

"존명!"

두 사람은 꼼짝없이 두건규에게 복종을 맹세했고 그날부터 모든 일거수일투족을 두건규에게 통제당하는 신세로 전락했다.

다음 날 신시(오후 3시-5시)경 계백은 무왕의 허가를 얻어 위사부 달솔 목안율의 감독하에 백제 측 심판관 2명과 고천파, 유가휘 등 고구려측 심판관 2명을 앉혀놓고 왕궁 밖 위사부 연무장에서 두건규와 비무를 하게 되었다. 마침 날씨가 흐렸는데 눈이 조금씩 휘날리기 시작했다.

두건규는 자신의 내장에서 무언가 계속 울렁거리는 듯한 것을 느꼈는데 머리는 몹시 사나운 증오감으로 인해 어지러웠다. 무사의 자질로서 제일 중요한 덕목은 평정지심인데 그에게는 선우일우를 급습한 뒤부터 양심이나 군자의 덕 같은 것은 사라지고 오직 동물적인 육체적 고통과 증오감으로 인해 정신이 완전히 황폐화되어 있었다.

사실 그는 장안성을 떠나기 전날 밤 건무와 비밀리에 독대했었다. 그때 건무가 일우를 이번 천하비무 중 암살하면 자신을 고구려 최고의 관직 중 하나인 삼군대장군으로 삼겠다는 제안에 그는 눈이 어두워졌었다. 얼마나 영광스러운 자리인가? 고구려의 100만 대군을 통솔하는 그 자리에 오를 수만 있다면 이미 무사로서는 가장 성공한 경우일 것이다. 그는 그때 백두산 구석에 평생 처박혀 청려선방의 수령 노릇을 하겠다는 꿈을 버리고 현실의 권력과 손을 잡았다.

이후 일우를 죽일 기회를 호시탐탐 노리다가 계백 일행과 함께 백제 왕궁으로 가던 길에 낙마한 척하고 되돌아와서 그를 급습한 때가 천재일우의 기회였다. 그러나 그는 결국 계수향이라는 여의원에게 그리도 독랄한 극독물 공격을 받을 줄은 꿈에도 생각하지 못했다.

실상 그가 그녀에게 당한 독충의 피해는 예상보다 심각하였다. 그날 밤 자신의 전신을 공격한 독충 때문에 그는 거의 실신할 뻔하였다. 그는 초절정의 내공을 동원해 그 독충들을 몸에서 제거했지만 그 독으로 인한 내상은 점점 심각해졌다. 하루 빨리 계수향을 붙잡아

해독약을 얻지 않으면 이미 무사로서 자신의 인생은 끝날 것이라고 그는 생각했다. 그는 자신의 남은 모든 힘을 집중하면 백제 제일 무사 계백을 꺾을 수 있다고 확신했다. 그런 후 그는 하루 빨리 일우와 수향의 뒤를 추적해야 한다고 결심하고 있었다.

그는 마지막 일생일대의 최후 결전을 준비하는 심정으로 휘날리는 눈발을 맞으며 계백의 칼을 노려봤다. 계백은 자신이 끔찍이 사랑하는 여동생 수향과 그 연인인 일우를 무참하게 죽이려고 한 두건규를 오늘 제거할 결심을 하였다. 그렇지 않으면 두건규는 계속 두 사람을 추적하여 괴롭힐 것이 틀림없기 때문이었다.

그러나 계백은 마음속에서 모든 증오심과 감정을 버리고 조용히 명경지수의 심정으로 자신의 검을 들었다. 두건규는 검을 높이 들고 몸을 공중으로 솟구친 후 용호승일검의 제1식인 용호상생(龍虎相生)을 펼쳤다. 이 초식은 내공을 극성으로 끌어올려 음양의 검기를 완전히 하나로 만든 후 상대의 공력을 무력화시키기 시작하는 것이다. 만일 상대방이 이 검기를 이기지 못하면 이미 그 검기는 상대에게 심각한 내상을 주기 시작한다.

계백은 두건규의 검에서 풍겨 나오는 엄청나게 웅혼한 기를 느끼고 자신의 검에다 온 내공을 집중하였다. 그리고 검을 휘둘러 두건규의 검기를 물리쳤다. 두 검기가 충돌하자 마치 회오리바람이 불듯 그들 주변에 무시무시한 검기가 감돌았다.

두건규는 갑자기 몸을 5장(15미터) 정도 솟구치더니 용호승일검 제2식인 용호승운비 (龍虎昇雲飛)을 펼쳤다. 이 초식은 하늘로 솟구친 후 용과 호랑이가 마치 하나가 되어 구름을 타고 날듯이 내공과 우주의 음양의 기운이 완전히 하나가 된 검기가 상대를 향해 날아오는 것이다. 두건규의 막강한 내공은 비록 수향의 독 때문에 약화되었다 하나 청려선방에서 청려선인과 일우를 제외하면 최고 수준이었기에 그의 검기는 무시무시하기가 소름이 쫙 끼칠 정도였다.

계백은 몸을 한 바퀴 빙 돌리더니 칼을 거꾸로 세워 왼손으로 잡은 후 오른손에 극성의 내공을 모아 부채 모양으로 손을 휘둘렀다. 그러자 두건규의 검기는 그의 장력과 부딪쳐서 *까~잉!* 하는 이상한 소리를 내며 방향이 바뀌었다. 그러자 두건규는 갑자기 몸을 하늘에서 한 바퀴 회전하면서 검을 공중에 대고 후려쳤는데 미세한 은색 비늘 같은 것이 하늘에서 계백을 향해 마치 폭우가 내리듯 덮쳐오기 시작했다. 그는 드디어 용호승일검 마지막 초식인 용호승일 (龍虎昇日)을 구사한 것인데 거기다가 그의 독랄한 암기인 미세한 비늘침을 검기에 실어 계백에게 날린 것이다. 실로 비무 중에 있을 수 없는 악독한 수를 구사한 것이다.

계백은 대단한 위기를 직감했다. 그의 용호승일검도 막기가 쉽지 않은 것인데 미세한 비늘침 암기는 그가 내공과 검기를 모두 구사해도 한 방만 몸에 맞으면 바로 절명할 수 밖에 없는 아주 악랄한 공격이었기 때문이었다. 그는 즉시 공중으로 몸을 날리면서 동시에 몸에서 장삼을 벗었다. 그리고 자신의 최대한의 내공을 모아 그것을 엄청난 힘으로 휘둘러 간신히 비늘침 암기를 막았다. 그러나 이미 수천 개의 비늘침 중에서 수십 개가 그의 장삼 자락에 박히고 말았다.

계백은 순간 마치 현무(玄武)가 온 몸을 회전하듯이 몸을 빙 돌리더니 품에서 검지 손가락만한 비수 5개를 꺼내 전력을 다해 그에게 날렸다. 그리고 자신의 장검을 휘둘러 그것들에다가 검기를 더해 보내었다. 두건규는 순간 장검을 휘둘러 그 비수들을 막더니 자신의 검을 계백을 향해 날리고는 어검술로 그것을 조종하기 시작했다.

계백은 즉시 번갯불이 번쩍 하듯 몸을 날려 두건규를 향하여 일직선으로 마치 격구공처럼 날아갔다. 그리고 아직 계백에게 도달하지 못한 자기 검을 조종하느라고 전력을 집중하고 있는 두건규를 검으로 머리끝에서 발끝까지 후려쳤다. 두건규는 계백의 너무도 *빠른* 공격에 어찌할 바를 모르다가 자기 오른손을 들어 그의 칼을 후려쳤다. 그러자 계백의 칼이 *쨍* 소리를 내며 두 동강이 났다.

승리를 확신한 두건규는 자기 검으로 계백을 향하여 집중 공격을 시작했다. 그러나 계백은 그런 그를 비웃으며 그의 칼이 자신의 손에 닿았을 때 역시 그것을 두 동강 내버렸다. 관전중인 사람들은 두 사람의 무시무시한 생사투쟁에 손에 땀을 쥐고 있었다.

이제 무기 없이 맨손으로 승부를 낼 수밖에 없이 된 두 사람은 온갖 현란한 권법과 족법을 구사하기 시작했다. 두건규는 특히 수박에 비상하게 뛰어났는데 그가 손을 휘둘러댈 때마다 *횡횡* 하는 소리는 마치 쇠 부채를 휘둘러대는 것 같았다. 계백 또한 수박이라면 누구에게도 지지 않을 사람이었다. 두 사람은 손과 발로 서로 치고 *빠지고* 무려 100여 합을 싸우고 있었다. 시간은 벌써 2시진이 지나 이미 어둠이 위사부 연무장에 짙게 깔리기 시작했다.

이때였다. 갑자기 수백 명의 백제 철기군들이 나타나 두 사람을 에워싸기 시작했다. 위사부 달솔 목안율은 화가 나서 자리에서 일어나서 외쳤다.

"멈춰라! 감히 누가 대왕 폐하의 허가를 받아 진행 중인 이 비무를 방해한단 말이냐?"

그때였다. '대왕 폐하 납시오' 하는 위사부 시위들의 외침소리와 함께 무왕이 수백 명의 철기군들을 이끌고 손수 그곳에 나타났다.

"여봐라, 위사부 달솔 목안률과 저 두건규를 당장 체포하라. 저들은 둘이서 짜고서 백제 철기군들 50여명을 몰래 동원하여 며칠 전 고구려 제일 무사인 선우일우와 계수향 의원을 죽이려고 한 밤 중 급습했다. 게다가 감히 짐의 신표인 봉황검을 이용하여 무절단 본부를 쑥밭으로 만들었다."

그러자 위사부 군사들이 즉시 파랗게 질린 목안률을 체포하였고 철기군들이 두건규를 역시 잡으려고 하였다. 그러나 두건규는 갑자기 몸을 솟구쳐 한 철기군의 말에 올라탔다. 그리고는 그를 수도(手刀)로 쳐서 땅으로 떨어뜨리고 난 후 연무장 담을 향해 전속력으로 달려갔다. 그리고는 말위에서 하늘로 붕 솟구치더니 마치 새처럼 연무장 밖으로 나가려 하고 있었다.

그러자 무왕이 철기군들에게 급히 명령했다.

"쏴라!"

수백 명이 쏘아대는 강궁은 무서웠다. 그들의 화살은 거의 모두가 막 담을 넘고 있던 두건규의 온 몸에 꽂혔다. 그는 벌집이 되어 담 안으로 떨어졌다. 출세에 눈이 먼 사이비 조의선인의 최후는 이렇게 비참한 종말로 끝나고 말았다.

무왕은 두건규의 죽음으로 인해 상심한 고천파와 유가휘 그리고 계백과 교기왕자를 자신의 내실로 불러들여 술자리를 함께 하면서 위로하였다. 무왕은 그동안 두건규가 고구려 태왕에게 매수당한 백제 위사부 달솔인 목안율과 공모하여 저지른 악행을 낱낱이 증거를 들어 이야기한 후 그들이 선우일우를 도와 무사히 천하비무를 끝내게 해달라고 부탁을 하였다. 선우일우가 죽는 것이 고구려를 위하는 길이 아니라 그가 살아서 고구려를 지키는 것이 진정한 애국 애족이라고 힘주어 말하며 태왕에게는 자신이 잘 말해 새로운 인증자를 보내주게 하겠다고 말하였다.

다음날 무왕은 고구려 태왕에게 보낼 사신으로 이번 사건을 가장 잘 알고 있는 계백과 고천파를 뽑아 보내기로 했다. 그리고 무왕은 계백에게 직접 태왕부터 만나지 말고 백두산의 청려선인부터 만나서 두건규의 정체를 말하고 정말 선우일우를 위해 목숨을 바칠 인증자를 뽑아 보내게 하라고 시켰다.

제3장   정고가 새 인증자가 되다

다음날 계백과 고천파는 고구려를 향하여 사비나루에서 배를 탔다. 그날 오후 늦게 장안성에 도착한 계백과 고천파는 시간이 너무 늦어 영류태왕을 알현할 수가 없었다. 계백은 장안성의 남문밖에 있는 장안여각에서 묵기로 하고 고천파는 몹시도 그리운 아내와 아이들을 만나기 위해 안학궁 북문 밖 근처에 있는 자신의 집으로 갔다.

계백은 고천파와 헤어지면서 이틀 후에 이곳에서 다시 만나 왕궁으로 들어가 태왕을 알현하기로 하고 서로 헤어졌다. 그런 후 그는 밤새내 말을 달려 백두산으로 향하였다. 그날 밤 유시가 끝날 때 쯤 말을 달리기 시작하여 다음날 묘시가 시작할 때쯤에 청려선방의 입구인 산성문에 도착했다.

문지기들이 그에게 여러 가지를 꼬치꼬치 캐물은 후 그가 지금 중태에 빠져 자신의 보호 아래 있는 선우일우에 대해 청려선인께 긴히 말씀드릴 일이 있다고 하자 그들은 모두 깜짝 놀랐다. 특히나 그가 백제의 위사부 덕솔로서 무왕의 측근이라는 말에 너무도 놀랐다. 문지기 중 한 명이 이미 기침하여 환웅천왕 사당에서 기도중인 청려선인에게 이 사실을 말하였다. 그러자 청려선인은 몹시 놀라며 용고,

정명을 비롯한 30대 제자들을 긴급히 자신의 거실로 부르라고 지시하였다.

잠시 후 계백이 청려선인이 거하는 누각 거실에 나타났고 청려선인은 그를 따뜻하게 맞이했다. 두 사람은 선우일우를 가운데 두고 맺어진 깊은 인연을 느끼며, 또 무공의 최고수들만이 느끼는 동질감을 느끼며 서로를 반갑게 맞이하였다. 비록 나라는 다르지만 동족지간임에도 서로 천리나 멀리 떨어져 살기에 서로 만날 수 없는 것이 유감인 두 사람이었다.

곧 30대 제자들이 긴장한 표정으로 청려선인의 거실에 나타났다. 그들은 그곳에서 범상치 않은 인물이 스승과 이야기 하고 있는 것을 보고 무슨 큰 일이 일어났음을 짐작하며 자리에 앉았다. 그들이 모두 자리에 앉자 청려선인이 천천히 입을 열었다.

"이 분은 백제의 위사부 덕솔로서 무술 및 병법 사범을 맡고 있는 계백이라는 분이오. 지금 선우일우에게 중대한 일이 발생하여 태왕을 만나러 왔는데 우선 우리에게 알릴 일이 있어 어젯밤 유시부터 지금까지 말을 달려 왔다는 구료. 그럼 지금부터 계덕솔이 말하는 것을 잘 듣고 우리가 판단을 잘 해야 할 것이오. 그럼 계 덕솔께서 알고 있는 모든 사실을 그대로 말씀해보시오."

"먼저 우리 겨레의 큰 스승이신 존경하는 청려선인과 여러 선배님들을 뵙게 되어 큰 기쁨이며 영광입니다. 지금 고구려와 백제 양국은 동족으로서 화친하고 당나라의 침략을 대비하고 있는 이때 양국에 너무도 불행한 일이 일어났습니다. 즉 현 고구려 태왕의 사주를 받은 자객들이 대연무장에서 저와 절대절명의 비무를 하던 중 하늘에서 연을 타고 날면서 강궁인 석궁을 쏘아 선우일우 대형이 죽음 일보 직전까지 갔습니다. 그는 저희 백제 왕실 어의들도 모르는 맹독에 중독이 되어 사경을 헤매던 중 다행히 의술과 제독에 좀 재주가 있는 제 여동생이 치료를 하여 생명을 건졌으나 약 반 년은 무공을 쓸 수 없는 지경이 되었습니다. 그래서 우리 무절단 본부에 숨어서 치료 도중 저와 인증단 대표들 모두가 백제왕의 호출을 받아 왕궁에 온 날 두건규가 중간에 낙마하는 사건이 있었습니다. 그는 치료차 여각에 남았고 우리는 왕궁으로 갔지요. 그날 자객들을 잡았는데 토번 출신으로서 고구려 태왕의 사주를 받은 자들로 밝혀졌습니다. 그런데 그날 밤 두건규가 고구려 태왕에게 매수당한 백제 위사부 달솔과 공모하여 우리 백제왕의 신표를 가지고 무절단 본부를 철기대 50명과 함께 급습하여 선우일우 대형과 제 여동생은 죽음의 위협에 처해 있다가 간신히 비밀지하실을 통해 산의 천 길 낭떠러지에 있는 비밀 은신처에 숨었습니다. 이후 제가 그들을 아무도 모르는 곳에 은신시켜 보호 중 입니다. 저희 대왕의 명령으로 인증단 세 사람은 왕궁 객관에 연금되었는데 제가 비무로 저를 이기는 자는 살려 보내겠다고 말하자 어제 두건규가 저에게 비무를 신청하여 둘이 한참을 싸우고 있었습니다. 그때 저희 대왕이 수백 명의 철기군을 이끌고 나타나셔서 두건규와 위사부 달솔 목안률을 체포하였는데 두건규는 말을 뺏어 타고 연무장 벽을 넘어 달아나려고 하다가 저희 대왕 폐하의 명령으로 강궁의 수백 발 화살을 맞고 절명하였습니다. 제가 태왕을 만나려는 것은 상황을 잘 설명하고 새로운 청려선방 측 인증자를 뽑아 달라고 하기 위해서입니다. 이를 위해서 인증단 대표인 고천파 중부

대사자와 함께 고구려에 온 것입니다. 여러분들의 심심한 양해를 바랍니다."

계백이 이렇게 말하자 모두들 어안이 벙벙해져 아무 말도 못하고 한참 동안이나 망연자실하고 있었다.

세상에 그렇게 올곧고 충성스러우며 덕이 많던 두건규가 태왕의 간자였다니 도저히 믿을 수가 없다. 이 자가 혹시 그를 죽이고 핑계를 대는 것이 아닌가?

많은 제자들이 이렇게 생각하고 점점 의심과 분노에 몸을 떨고 있었다. 분위기가 점점 험악해져가고 있었다. 도무지 믿을 수 없다는 표정들이었다. 어떻게 생면부지의 백제인의 말을 믿나? 이렇게 생각한 제자들은 계백에게 질문을 하기 시작했다.

"지금 백제 위사부 덕솔로서 무술 및 병법 사범을 맡고 있다고 하셨는데 이 사실을 어떻게 증명하실 수 있습니까?"

그러자 계백은 자기의 품에서 백제왕의 신표인 봉황검을 꺼내 보여주었다. 분명히 백제의 상징인 봉황과 백제왕인 부여장의 이름 장(璋)자가 새겨져 있었다. 그들은 그가 백제왕의 사자라는 것을 믿게 되었다. 그런데 계백이 다시 품에서 작은 비단 두루마리에 쓴 무왕의 칙서를 꺼내 청려선인에게 바쳤다.

청려선인이 즉시 읽어보니 "두건규가 선우일우를 척살하고자 백제 위사부 달솔을 매수하고 백제왕의 신표를 이용하여 극악무도한 짓을 저지르고서도 탈출을 시도하였기에 극형에 처하였으므로 존경하는 청려선인을 비롯한 제위들께서는 선우일우를 지키며 도울 수 있는 새 인증자를 선택하여 태왕의 윤허를 받아 파견하시기를 바란

다" 운운하는 내용이었다.

청려선인은 그 두루마리를 모두에게 회람시켰다. 그러자 모두들 통곡하며 울부짖기 시작했다. 어떻게 스승과 동문들을 배신하고 고구려 무사의 혼을 버리면서까지 태왕의 간자가 될 수 있었는지, 그동안 이곳에서 배우고 익히고 보인 모든 훌륭한 행동이 그다지도 거짓된 것들일 수 있는지 그들은 너무도 통분했다. 제자들 중 특히 두건규의 직접 스승인 용명은 멍하니 천장만 쳐다보고 있었다.

그들은 선우일우가 지금 무공을 쓸 수 없을 정도로 중상이라는 말에 또한 충격을 받아 한참동안 말을 잇지 못하였다. 그러자 청려선인이 계백에게 매씨와 일우가 깊은 사이가 된 것 같은데 어떤 상황이냐고 물었다. 계백은 두 사람은 천생연분인 듯 만나자마자 사랑에 빠져 몸이 회복되면 아마 혼인을 할 것 같다고 말하였다.

그러자 모두들 비로소 얼굴에 화색이 돌기 시작했는데 파한이 그들을 대표해 수향에 대해 물었다. 계백은 사실대로 그녀가 의원이자 만독과 암기에 정통하며 무공도 자신의 수준만큼은 된다고 말을 하였다. 그러자 모두들 얼굴에 희색이 만면하였다. 청려선인과 30대 제자들은 그때서야 계백이 이곳까지 올 수 밖에 없는 사연-즉 장래 매제를 위해 제대로 된 인증자를 구하기 위해 왔음을 확인할 수 있었다.

그들은 약 한 시진 이상을 상의한 끝에 이번의 청려선방측 인증자는 정고가 직접 나서기로 했다. 비록 그의 나이 53세이지만 20대 청년 못지않은 무공과 체력을 지니고 있고 게다가 용명과 더불어 일우를 어려서부터 직접 가르치고 보호해 온 스승으로서 더 이상 일우가 이런 일로 해서 천하비무를 지연시키게 할 수 없다는 결론이었다.

그는 다음날 계백과 청려선방을 떠나 장안성을 향해 말을 타고 달렸다. 정고는 계백에 대하여 몹시도 호감을 가지게 되었다. 우선 일우의 장래 처남이 될 인연도 인연이지만 젊은 사람이 어찌나 태도가 의젓하고 그릇이 큰 지 참으로 천하의 뛰어난 인물이라는 생각이 들었다. 백제에 이런 큰 인물이 있다는 것이 무척이나 다행이라는 생각이 들었다.

그들이 장안성 장안여각에 들어왔을 때 고천파는 이미 도착해서 계백을 초조히 기다리고 있었다. 두 사람이 여각 안으로 들어서자 입구에서 그를 초조히 기다리고 있던 고천파는 두 사람의 손을 잡으며 빨리 태왕궁으로 가자고 말했다. 그는 지금 태왕이 몹시도 두 사람을 초조히 기다리고 있다는 말을 그들에게 전했다. 세 사람은 함께 태왕궁으로 말을 몰아 한식경도 안 되어 궁 안에 도착했다.

태왕이 정전에서 초조히 세 사람을 기다리고 있었다. 세 사람을 맞이한 건무는 죽었다 살아온 형제를 만난 듯이 몹시도 반가운 표정을 지었다. 그리고는 두 사람을 얼싸안을 듯이 반기며 미리 마련한 내실 안의 주안상으로 인도했다.

"백제의 제일 무사인 계백 장군의 방문을 환영하오. 내 일찍이 장군의 명성은 이곳에서도 익히 들었소. 이번 고구려 천하비무단을 도와 준 공로는 내가 크게 포상하겠소. 두건규의 죽음은 몹시 가슴 아프지만 그가 백제 법을 어기어 그리 된 것이니 짐은 유감이 없음을 백제 대왕께 말씀해주시오. 그리고 지금 오신 분은 청려선방측의 새로운 인증자인 모양인데 존함이 어떻게 되시는지요?"

정고는 간사한 태왕의 면전에다 침을 뱉고 싶었지만 속으로 온갖 분노를 참고 얼굴에 부드러운 미소를 머금으며 부드럽게 말했다.

"정고라 하옵니다."

"오, 참 좋은 이름이오. 선우일우와는 어떤 관계시오?"

"제가 그를 직접 가르치고 길러왔습니다."

"오, 대단히 가까운 사이이군요. 천하비무를 함께 하셔도 무슨 문제는 없습니까? 가족들은 어떻게 하시고…………"

"문제랄 것이 무어 있겠습니까? 평생 수도만 하고 산 사람이 무슨 가족이 있겠습니까? 속세와의 인연은 다 끊었지요."

"오, 훌륭합니다. 참으로 위인이시오. 청려선인께서는 강령하신지요?"

"예, 평안히 잘 계십니다."

그러자 태왕은 갑자기 자리에서 일어나 정고와 계백과 고천파의 손을 일일이 잡으며 선우일우를 잘 돌봐주어서 꼭 천하비무를 끝내게 해달라고 신신당부를 하였다. 세 사람은 마치 무슨 도깨비장난을 보는 것 같아 어이가 없었지만 태왕의 말에 그저 *예예* 하고 대답할 수밖에 없었다. 술잔이 한 잔 두 잔 들어가자 태왕은 두건규가 어떻게 선우일우를 죽이려고 했는지를 계백에게 물었다.

잠시 가만히 침묵을 지키던 계백이 자신이 아는 대로 말을 하자 태왕은 *저런 저런* 하면서 마치 자신과는 아무런 상관이 없는 남의 이야기를 듣는 것처럼 행동하였다. 계백은 건무가 얼마나 간특하고 음험한지를 철저히 알게 되었다.

태왕은 고구려 최고의 무희들을 동원하여 세 사람의 비위를 맞추면서 세 사람에게 일일이 술을 따라주며 분위기를 이끌려고 했지만 분위기는 가라앉을 대로 가라앉아 있었다. 그들은 그날 그렇게 억지 춘향이식으로 태왕 건무의 주연에 참석한 후 두건규 대신 정고가 인증자로서 선우일우의 천하비무단에 새로 합류한다는 것을 윤허 받았다.

다음날부터 연 3일간을 태왕과 삼군대장군 사영건 및 대대로 진효명에게 주연을 대접받은 후 그들은 다시 백제를 향해 말을 달렸고 얼마 뒤 내미홀에서 배를 타고 백제를 향해 다시 길을 떠났다.

이후 계백은 백제 왕궁 객관에 머물고 있는 유가휘, 고천파 모르게 정고 등과 함께 가끔 조도에서 은신 생활을 하고 있는 일우와 수향을 찾아가기 시작했다. 두 사람은 사제의 눈물어린 상봉을 했고 그간 지내온 역정을 이야기하며 회포를 풀었다. 또한 청려선인과 아리선녀의 이야기를 들을 때 일우는 눈물을 흘렸다.

얼마나 그리운 분들인가? 일우는 이미 아련한 추억이 된 청려선방의 모든 스승들과 동문들 그리고 아리선녀와 그곳의 누각들과, 뛰어놀면서 모진 훈련을 받던 백두산을 그리며 한참이나 가슴이 아팠다. 옆에서 지켜보는 수향은 그가 아리선녀를 친누나처럼 사랑한 것을 알게 되었고 그녀에 대해 그에게 꼬치꼬치 캐물었다. 정고는 수향과 계백에게 사랑하는 제자이자 청려선방의 미래 구심점인 일우를 여러 차례 살려준 점에 대해 깊이 사례하며 두 사람에게 청려선방의 비전 무학을 전수해주기도 했다.

정고가 온 뒤 인증단 일행과 무왕을 비롯한 백제 지도층들은 이제 비로소 선우일우의 천하비무가 제대로 진행되고 있음을 느끼게 되었다. 계백은 무료한 그들을 달래기 위해 신임 위사부 달술 해만소에게 간청을 해 고구려 최고급 무사들인 그들을 임시로 위사부 소속 무술 사범으로 임명하고 왕자 교기를 비롯하여 모든 대원들이 매일 강훈련을 하는 것을 감독하게 하였다. 특히 정고는 그들을 어찌나 지성으로 가르치는지 50여명이나 되는 근위대원들이 모두 스승처럼 따르고 제대로 무술을 배우기 위하여 열심이었다. 고천파와 유가휘 그리고 계백마저 그의 탁월한 무공에 놀라 그에게 제대로 된 청려선방의 무술을 배우기에 여념이 없었다.

한 달에 한 번은 무왕이 그리고 또 한 번은 왕자 교기가 그들을 왕궁으로 초청하여 연회를 베풀었고 지내는데 불편함이 없을 정도로 모든 배려를 다해 주었다. 특히 여자를 몹시 좋아하는 고천파를 위하여는 왕궁 소속의 기생들에게 종종 수청을 들도록 하였다. 유가휘는 처음 만난 기생 진홍이를 좋아하여 가끔 밖으로 나가 유흥을 즐기는 등 별 탈 없이 그곳에서의 생활을 즐기고 있었다.

한편 남해 먼 바다 조도에서 은신생활 중이던 일우의 모든 중독 상황이 정확하게 반 년 만에 모두 정상으로 돌아왔다. 그간 수향이 겪은 수고와 헌신은 말할 것도 없지만 두 사람을 돌보아 온 계백의 정성은 또한 눈물 나게 헌신적이었다. 두 사람은 은신생활 중 남녀의 육체적 관계를 할 수 없다는 것 이외에는 전혀 부족한 것이 없었다.

그리하여 다음해 즉 영류태왕 15년(서기 632년) 4월 경 선우일우와 수향은 계백과 함께 백제의 도성인 사비성으로 와서 수향의 사비의원에 머물게 되었다. 이때부터 정고, 고천파, 유가휘가 그를 호위하기 시작했으며 계백은 수시로 와서 그들을 만나고 가곤 했다.

약 3개월이 더 지난 그해 7월 한참 폭염이 찌는 듯한 더위가 기승을 부리고 있을 때 위사부 연무장에서 선우일우와 계백의 비무가 다시 열렸다. 관중은 오직 수향 혼자였고, 심판관은 고구려 측 인증단 3인과 백제 측 인증단 3인 등 총 6명이었다.

이날 새롭게 다시 태어난 일우의 무공은 가히 하늘을 나르고 땅을 가르며 해와 달과 별들도 흔들릴 정도로 비범하였다. 해독한 후 수향이 어찌나 그를 잘 챙겼는지 그는 자신의 몸이 완전히 회복되었으며 아니 전보다 더 강해졌음을 느꼈다. 그동안 일우는 무공을 전혀 하지 못하므로 오직 머리로만 그동안 배운 무공들을 총집대성하여 자신만의 독특한 검법인 무극신검(無極神劍)을 만들었었다.

이 검법은 한 마디로 초절정의 내공과 검기와 우주의 기운이 하나로 합치되어 무극의 상태에서 발화한 검기가 세단전의 기운을 타고 자신의 마음대로 검을 부릴 수 있는 어검술의 최고 경지에 도달한 것이다. 그가 무공이 회복되자마자 이 검법을 시전 해보았는데 스승인 정고마저 도저히 그를 이길 수가 없었다.

계백은 오늘 승부가 사실상 자신에게는 중요하지 않았다. 이미 처남 매제나 마찬가지인 사이에서 자신이 이겨도 별로 큰 의미가 없지만 일우는 만일 지면 바로 천하비무를 끝내야 하는 마당이기에 그는 그저 자신이 최선을 다해 승부를 겨룰 뿐 승패에 연연하지 않기로 했다.

하지만 두 사람은 당대 최고 무사들로서 일생일대의 명예를 걸고 싸웠다. 그리고 두 시진 만에 승부는 일우의 승리로 끝났다. 계백이 아무리 최선을 다했어도 그의 무극신검을 이길 수는 없었다. 진정한 승자는 일우였다. 계백은 그를 마음껏 축하했고 그가 이제 무왕의 대 신라 사절단에 끼어 적국인 신라로 가서 신라 최고의 무사인 김유신과 비무하게 되었다는 것을 말해주었다.

비무가 끝났을 때 수향은 일우와 부둥켜안고 펑펑 울었다. 지난 9개월간 숨죽여 살면서 얼마나 힘없는 자의 고통을 느꼈던가? 두 사람은 사랑의 감정과 그간의 말 못할 고난에 대해 서로의 아픔을 위로하며 그렇게 그날의 승리를 축하했다. 정고의 기쁨은 하늘을 날 듯했고 고천파와 유가휘도 장래 선우일우는 반드시 천하제일의 무사가 될 것임을 믿어 의심하지 않았다.

제4장   신라 제일무사 김유신과의 비무

당시 신라는 선덕여왕이 등극한 지 1년이 된 때였다. 이 때 여왕
은 자신의 건재함과 정권이 안정되었음을 천하에 선포하기 위하여
주변 나라들의 사절들을 초대하여 큰 잔치를 베풀기로 하였다. 사실
신라 선덕 여왕은 자신과 왕권을 놓고 다투던 백제의 무왕을 속으로
는 매우 미워하고 있었다. 당시 무왕은 진평왕이 죽자 아들이 없는
그의 사위로서 자신이 신라와 백제의 왕위를 동시에 차지하여야 한
다고 주장하였었다.

그의 주장은 같은 동족인 백제와 신라가 추풍령 산맥에 가로막
혀 동서로 갈라져 싸울 필요가 없으니 서로 조정을 하나로 합쳐서
자신이 왕이 되면 백성들도 좋고 나라도 고구려에 필적할 만큼 강해
지니 천하 제패를 노릴 수 있어서 이 아니 좋으냐고 신라의 왕족들
과 백관들을 설득하였다. 진평왕의 왕후인 마야부인은 이를 매우 좋
게 생각하였다. 왜냐하면 자신들이 가장 사랑하는 총명하고 아름다운
선화공주의 남편인 사위 부여장이 신라의 왕 마저 겸한다면 신라와
백제의 통일은 물론 이거니와 고구려까지 언젠가는 통합하여 실질적
인 삼한통일을 완성할 수 있었기 때문이었다.

그러나 여기서 무왕의 이런 주장에 대해 가장 반대를 하고 나온 사람이 김춘추의 아버지 김용춘이었다. 그는 덕만 공주의 언니인 천명 공주의 연인이었으나 여왕은 남편을 세 명 둘 수 있는 신라왕실 법에 따라 나중에 선덕 여왕에게 두 번째 남편으로서 장가를 들게 된다. 그는 자신의 아버지인 진지왕의 적통을 따른다면 작은 할아버지인 진평왕이 죽은 지금 자신이 분명 왕위를 이어야 정상이라고 생각했다.

그러나 이미 신라 왕실이 모두 백제왕인 부여장으로 하여금 신라의 왕통마저 잇게 하려는 생각을 실천하는 것 같자 더 이상 자신의 왕위 계승을 주장하기보다 덕만 공주를 왕좌에 앉히어 부여장이 신라를 피 한 방울 흘리지 않고 병합하는 것을 막는데 전력을 기울였다. 이리하여 무왕의 백제 및 신라 통일의 웅대한 꿈은 무위로 돌아갔던 것이다.

그러나 만일 선덕 여왕이 제부(弟夫)인 무왕을 취임 1주년 큰 잔치에 초대하지 않는다면 자신의 협량함을 온 천하에 드러내 보이는 것이므로 부득이 그와 왕자 교기를 큰 잔치에 초대했던 것이다. 하지만 영명한 무왕은 선덕 여왕의 취임 축하를 위한 대대적인 축하 사절단을 파견하면서 자신은 노환으로 참석할 수 없으니 그 책임자로 왕자 교기를, 그리고 계백과 선우일우, 고천파, 정고, 유가휘 등을 포함한 약 150명의 문신들과 무신들 그리고 곡예단을 파견한다고 신라 조정에 미리 통보하였다.

그들이 사비성을 출발하여 발라[2]와 거열성[3]를 거쳐 신라 땅에 들어섰을 때 이미 신라 전역은 여왕 취임 축하 분위기로 전국이 온통 들떠 있었다. 대규모의 백제 축하 사절단은 기마대의 호위를 받으며 서라벌의 신라 왕궁으로 향하면서 연도에 늘어선 수많은 신라 백성들에게 뜨거운 환영을 받고 있었다. 역사상 일어났던 두 나라의 은원 관계는 백성들에게는 이미 더 이상 자신들의 일이 아니라 먼 옛날이야기같이 들렸으며 더 이상 두 나라 사이에 전쟁이 없는 평화로운 세월이 도래하기만을 기다리는 그들이었다.

백제 축하 사절단은 백제를 출발한 지 이틀 만에 서라벌 왕궁 객관에 몸을 풀었다. 선우일우와 인증단 대표들은 과연 이번 신라 행에서 별 문제 없이 김유신과 일우가 비무를 조용히 끝내고 다음 행선지인 왜(일본)로 갈 수 있을 지 매우 걱정을 하면서 그 날 밤을 보내었다.

다음 날 서라벌 왕궁 밖의 신라 시위부의 금군(禁軍) 대연무장에서는 선덕 여왕 취임 1주년을 기념하는 각국 축하사절단 접견과 축하 공연이 있었다. 이미 대연무장에는 선덕 여왕의 초청을 받은 백제, 고구려, 왜, 당, 토번, 돌궐, 천축, 아유타야[4] 등 많은 나라의 사절단들과 수많은 신라 관중들이 참석하여 10만 명을 수용할 수 있는 대연무장은 입추의 여지가 없이 관중들로 빽빽하였다.

대연무장 관중석 중앙의 왕좌에는 선덕 여왕이 위무도 당당하게 앉았고 그 좌우에는 문무 대신들이 도열해있었다. 여왕을 중심으로 한 전 후 좌우에는 수백여 명의 금군들이 그녀를 물샐 틈 없이 호위

---

2) 지금의 나주시.
3) 지금의 진주시.
4) 지금의 태국.

하고 있었다.

축하 사절단이 도착한 순서에 따라 아유타야, 토번, 천축, 돌궐, 왜, 고구려, 당나라, 백제의 순서로 축하 사절단들이 여왕의 취임을 축하하기 시작하였다. 우선 사절단 대표들은 자기 나라들의 왕들의 축하문을 읽은 후 여왕에게 예물을 바쳤다. 그런 후 사절단들이 모두 여왕의 취임을 축하하는 절을 올리고 나서 취임 축하 공연을 약 반 식경씩을 펼쳤다. 대부분은 각 나라의 고유한 의상을 입고 자기 나라의 악기들을 통해 기예들을 선보이거나 무술 공연 등을 하는 것이었다.

선덕 여왕은 각국 축하사절들의 인사를 받으며 흐뭇한 표정으로 그들에게 화답하고 매우 진귀한 선물들을 각 국 사절들에게 안겨주었다. 그런데 마지막으로 백제의 축하 인사 때였다. 왕자 교기가 백제를 대표하여 무왕의 축하문을 읽고 나서 예물을 바친 후 축하 공연인 공중 곡예를 막 시작하려고 할 때였다.

갑자기 선덕 여왕의 옆에 웬 거구의 젊은 문신 하나가 등장하더니 그녀의 귀에다 대고 무엇인가를 수군대었다. 백제 축하 사절단은 갑자기 발생한 일에 당황하여 두 사람을 그저 바라보고 있었다. 그러자 선덕 여왕이 곁에 있던 시위부의 장군에게 큰 소리로 외치게 했다.

"친애하는 각국 사절 여러분! 오늘 여왕 폐하께서는 여러분들을 위해서 참으로 멋진 무술 시합을 보여드리기로 했습니다. 즉 우리 신라를 대표하는 최고의 무사인 김유신 장군과 백제 사절단에 끼어 지금 이 자리에 와 있는 고구려 제일 무사인 선우일우 대형과의 즉석

비무를 보여드리겠습니다. 두 사람은 당대를 대표하는 최고의 무사들이기 때문에 이런 비무는 평생에 한 번 볼까 말까하는 그야말로 기가 막힌 경기인 것입니다. 곧 두 영웅이 이 자리에 나와 비무를 개시할 터인데 모두 우레와 같은 박수로 환영해주시기 바랍니다."

왕자 교기와 계백 그리고 당사자인 선우일우와 인증단 대표들은 실로 신라 측의 정보력에 놀라움을 금치 못하였다.

비밀로 축하사절단에 끼어들어 온 것을 어떻게 알았단 말인가? 그들에게 혹시 고구려 태왕 측에서 정보를 흘려보낸 것이 아닐까? 그러나 여기서 김유신의 도전을 거절하면 선우일우 뿐만이 아닌 이들을 비밀로 보낸 무왕의 명예도 먹칠을 하게 된다.

백제 사절단 모두는 선우일우를 주목하였다. 과연 아무런 준비도 없는 그가 신라의 최고수인 김유신과 싸워 승리할 수 있을까? 왕자 교기는 계백을 통해 선우일우에게 신라 김유신의 도전을 받아들일 것인지를 물어보았다. 선우일우는 당황한 마음을 버리고 평정지심이 되어 어차피 겪어야할 비무이니 당당하게 승부를 내겠다고 계백에게 말하였다. 계백이 일우의 이런 의사를 말하자 왕자 교기는 선덕여왕에게 신라 측의 도전을 받아들이겠다고 선언하였다. 그러자 만좌에서 숨을 죽이며 이 희한한 무술 시합을 기대하던 모든 관중들이 우레와 같은 박수로 두 사람의 비무 개시를 환영했다.

잠시 뒤 신라 금군들이 보관 중이던 선우일우의 백마와 검을 가져다 그에게 주었고, 두 사람이 가지고 싸울 여러 종류의 무기들을 두 사람 앞에 가져다 놓았다. 신라 측의 심판관으로는 신라 조정의 중신인 이찬 알천랑이 심판장으로 그리고 병부의 잡찬 염종과 파진

찬 도진이 임명되었고, 고구려 측의 심판관으로는 비무인증단 3인이 그대로 인정되었다.

일우는 자신의 검을 들어 여기저기를 살피고 있었는데 아직도 비무 대상자인 김유신은 눈에 띠지를 않았다. 일우는 자신의 애마인 백마에게 다가가 자신의 얼굴로 애마의 얼굴을 비벼대며 자신의 사랑을 보여주고 있었다. 그때였다. 갑자기 와! 하는 관중들의 외침 소리와 함께 모두의 시선이 하늘을 향하였다.

하늘에는 마치 황금박쥐 모양을 한 거대한 연을 탄 100 여명의 신라 화랑들이 가운데에 마치 청룡모양을 한 거대한 연을 탄 젊은 장군 한 사람을 에워싸며 하늘에서 서서히 내려오고 있었다. 연무장 위 하늘을 새까맣게 덮은 신라의 자랑인 비연(飛鳶)부대의 공중 하강 곡예 모습에 신라 관객들은 물론 각국 축하 사절단들 모두가 찬탄을 금하지 못하고 있었다. 특히 가운데에서 큰 청룡모양의 거대한 연을 타고 내려오고 있는 젊은 장군의 웅건한 기상에 모두가 감탄하고 있었다.

일우는 그가 김유신임을 즉시 알아챘다. 만좌의 시선을 한 몸에 받으며 하늘에서 하강하던 그는 일우의 머리에서 약 50 장 정도 되는 곳에 내려오자 스스로 큰 연을 풀고 맨 몸으로 낙하하기 시작했다.

나머지 비연부대들은 그가 낙하하자 방향을 돌려 다른 곳으로 날아가기 시작했다. 관중 일행들은 아! 하고 감탄사를 발하며 김유신의 그 현란한 하강 낙법을 지켜보고 있었다. 그 정도 높이에서 마치 한 마리 나비처럼 사뿐 사뿐 내려오고 있는 김유신의 하강 낙법은 몸이 거의 무게를 느끼지 못할 정도의 우화등선의 경지가 아니면 거의 불가능한 것이었다.

즉 그는 공중에서 자신의 몸을 한없이 가볍게 만들어 아무런 중력의 제한도 받지 않고 한 마리 나비처럼 그렇게 느릿느릿 하강하고 있는 것이었다. 그가 일우 옆자리에 사뿐히 착지하자 만좌의 모든 관객들과 각국 사절단들이 모두 자리에서 일어나 그 엄청난 경공술에 대해 우레와 같은 박수갈채를 보내었다.

일우는 싸우지도 못한 채 벌써 1회전을 김유신에게 기선을 제압당하고 있음을 느끼고 마음이 찝찔했다. 그러자 김유신이 먼저 일우에게 두 손을 모아 읍하고 난 후 다음에는 관객들을 향해 읍을 했다. 연무장이 떠나갈 듯한 박수갈채와 환호가 뒤따랐고 곧 두 사람은 심판석 앞에 가서 섰다. 그러자 심판장인 알천랑이 두 사람은 신라와 고구려를 대표하여 비무를 하는 만큼 정정당당히 자신의 최선의 기량을 다할 것과 비무의 원칙은 어떤 무기를 써도 좋으나 한 쪽이 치명적인 위험에 처할 시는 비무는 중지되고 상대방이 승자임을 선언한다고 천명하였다.

이윽고 두 사람은 각각 자신들의 검을 들고 상대를 노려보기 시작했다. 관중들은 이 희대의 비무가 어떻게 전개될 것인지 궁금해하며 두 사람의 무술 정도가 어떤 지를 가늠하고 있었다. 선덕 여왕은 자신의 오른 팔이나 마찬가지인 김유신이 승리할 것임을 믿어 의심하지 않았다. 유신은 이미 화랑으로서 최고의 직책인 국선이 되었었고 그의 무술은 이미 사람의 경지를 넘어선 것으로 정평이 나 있었기 때문이었다.

왕자 교기와 계백은 일우가 비록 무극신검을 완성했다고는 하나 이미 거의 검선의 경지에 오른 김유신을 이길 수 있을 까 생각하고 큰 근심걱정을 하고 있었다. 그만큼 김유신은 30대 중반의 나이에서 오는 내공의 웅혼함과 실전 경력에서 오는 비무의 탁월함이 돋보이는 당대 최고의 무사 중 하나였다. 두 사람의 비무는 마치 거장과 신예의 대결로서 누가 봐도 일우는 애송이처럼 보이고 있었다.

두 사람이 서로 10장 정도를 떨어져서 칼을 겨누자 심판장의 명령인 비무를 시작하라는 요란한 징소리가 서라벌 하늘에 울려 퍼졌다. 일우는 유신의 검에서 나오는 검광이 눈이 부셨다. 그의 칼은 보검 중에 보검이 틀림없었다.

유신이 가지고 있는 검은 청연검이라는 것인데 이 세상에서 단하나 밖에 없는 최고의 검으로서 그 칼과 부딪치면 당할 칼이 없다는 말이 돌았다. 그 검을 만든 사람은 신라 최고의 칼 명장인 산저라는 사람이었다.

그는 진평왕 5년 신라의 수도인 서라벌 근처 영일만 앞 바다에서 대홍수가 난 후 떠오른 신기한 섬인 나할도에서 산책을 하고 있었다. 그런데 그는 푸른 제비들이 날아가는 자리에서 이상한 푸른빛이 도는 것을 보았다. 그는 그 자리를 면밀하게 검토하였는데 알 수 없는 이상한 금속들이 돌 속에 박혀 있는 것을 보았다. 그것들을 파내어 천지신명께 제사를 지낸 후 10년의 세월 동안 정련에 정련을 거듭하여 한 자루 푸른빛이 도는 검을 완성하고 칼자루에 푸른 제비(靑燕)를 그려 넣었는데 그것이 바로 청연검이었다.

진평왕은 이 칼을 자신의 후계자에게 물려 줄 요량으로 깊이 자신의 내실에 감추고 있었다. 그런데 어느 날 자신의 방에 들어온 총명한 덕만 공주(나중에 선덕 여왕이 됨)에게 그 푸른빛이 드러났다. 그녀는 결국 그 칼의 존재를 알게 되었고 수시로 부왕에게 그 검을 하사해달라고 졸라댔다. 거의 1년을 시달린 진평왕은 할 수 없이 그 검을 덕만공주에게 하사했다. 그녀는 그 검을 장차 왕권을 지킬 무사에게 내릴 신물로 여기고 잘 간수하다가 김유신이 자신과 신라를 지켜줄 인물로 확신한 후 그에게 하사하였던 것이다.

갑자기 유신이 청연검을 들고 하늘로 약 5장 정도를 날아올랐다. 일우는 도저히 그 청연검의 위력을 당할 수 없음을 직감했다. 자신의 칼이 고구려에서는 최고의 품질에 속하는 칼이었지만 청연검에서 비치는 그 푸른빛은 부딪치면 반드시 자기 칼이 잘라진다는 것을 드러내고 있었기 때문이었다.

일우는 하늘로 갑자기 비상한 유신의 다음 수가 청연검을 어검술로 조종하여 자신을 궁지에 몰아넣으리라고 짐작했다. 그렇다면 그가 취할 수 있는 다음 수는 그 검의 검기를 자신의 강력한 내공으로 받아내야 할 수 밖에 없었다. 일우는 온 몸에 정신을 집중하여 극성의 내공을 끌어 모으고 있었다.

그러자 갑자기 하늘에서 청연검을 든 유신이 마치 물 찬 제비가 나르듯 그렇게 전광석화같이 일우의 백회혈을 검기로강타하고 지나갔다. 일우는 자신의 백회혈로 초극성의 방탄지기를 발산하면서 순간 품에서 연개소문이 자신에게 준 용연검을 꺼내어 유신에게 날렸다. 그리고 어검술로 유신을 공격하기 시작했다.

유신은 그의 용연검에서 나오는 엄청난 검기가 상상을 불허할 수준의 초절정 강기(剛氣)임을 즉각 알아차리고 자신의 청연검을 빛처럼 빠른 속도로 용연검을 향해 날렸다. 그리고 어검술로 그 검이 용연검을 공격하게 했다. 두 사람은 자신들의 내공을 총동원하여 두 칼에다 검기를 실어 보내고 있었다.

일우는 용연검에 대하여 어느 수준인지는 그저 어떤 쇠도 자를 수 있다는 정도 뿐 그 이상도 이하도 알지 못하고 있었다. 그러나 두 칼이 서로 부딪치자 그 굉음이 너무도 커서 연무장의 모든 사람들은 손으로 귀를 막아야 할 정도였다.

그때였다. 일우가 갑자기 땅에 떨어뜨렸던 검을 집어 유신을 무극신검으로 공격하였다. 무극신검은 한 초식 한 초식마다 공격자의 최강의 음양내공이 실려 있어 그 주변에 있는 사람들은 그 검기를 당할 수 있는 방탄지기가 없으면 필히 내장에 중상을 입고 피를 토하며 쓰러질 수 밖에 없었다.

그러나 유신은 그 검기를 태연히 받아내더니 자신의 품에서 철부채를 꺼내 일우 쪽으로 휘둘러 대었다. 그러자 그 철부채에서 나오는 웅혼한 강기가 일우의 무극신검에서 나오는 검기를 산지사방으로 분산시키고 있었다. 일우는 유신이 휘두르는 철부채에서 나오는 내공이 너무도 독랄하여 자신에게 가까이 다가오는 순간 부득이 하늘로 10장이나 솟구쳐 올랐다.

그는 이제 무극신검의 최후 초식인 무극파천황검(無極破天荒劍)을 쓸 수 밖에 없다고 생각했다. 무극파천황검은 검과 마음이 하나 되어 마치 부채살처럼 사방 백장 안에 있는 모든 대상을 검기로 초토화시키는 무극신검의 마지막 초식이었다. 이 검기를 막을 대상은 하늘 아래 아무도 없을 것이라고 일우는 확신하고 있었다. 왜냐하면 모든 마음과 기(氣)가 하나가 되었을 때는 최강의 힘이 도출되는 법이고 온 천하를 다 제압할 수 있는 초절정의 강기와 유기가 혼합되어 어떤 대상도 다 제압할 수 있는 법이기 때문이었다.

일우가 자신의 검을 들고 순간 마음과 기를 하나로 통일시킨 후 무극파천황검을 발휘하자 유신은 순간 위기를 느꼈다. 그 자신 천하제일의 무공을 보유하고 있다고 자부해왔지만 이런 무시무시한 검기를 느끼기는 처음이었다. 유신은 온 몸에 진땀이 흐르는 것을 느꼈다. 그는 순간 위기를 느꼈다. 만일 일우의 무극파천황검을 그냥 맞받아치면 십중팔구 중상이거나 영영 폐인이 될 것이 분명했다. 유신은 사방 백 장이 완전한 강기와 유기로 가득 차 있어 만일 이 백 장을 넘어서지 못한다면 자신의 무사로서의 인생은 끝이라고 직감했다.

유신은 순간 *휘리릭* 하고 휘파람을 불었다. 그리고는 온 힘을 다해 하늘로 솟구쳤다. 그러자 하늘에서 거대한 푸른 용같이 생긴 큰 연이 나타났고 그는 그 연을 잡고 하늘로 높이 높이 날아갔다. 이미 사방 백장에는 일우가 깔아놓은 무극파천황검의 검기가 충일하였기에 유신은 그를 도무지 공격할 수 없었던 것이다.

하늘로 큰 연을 타고 오른 유신은 순식간에 열 발의 강궁을 일우에게 발사하였다. 유신이 최강의 내공을 실어 발사한 강궁은 실로 무서웠다. 일우는 검을 휘둘러 그것들을 막아냈지만 필경은 화살 한 대가 일우의 어깨 부분을 슬쩍 스치고 지나갔다. 그러자 검붉은 피가 그의 어깨에서 흘러내렸다. 그러자 모든 관중들이 일시에 *오!* 하며 너무 놀라 두 손을 움켜쥔 채 그의 어깨에 흐르는 피를 응시하였다.

그러자 무극파천황검은 이미 약해지기 시작했고 일우는 위기에 몰리기 시작했다. 차마 유신이 큰 연까지 동원하여 그렇게 악랄한 강궁 공격을 시도할 줄은 꿈에도 생각하지 못하던 일우였다. 이제 일우는 유신의 필살의 다음 수를 막을 수를 찾아야 했다. 유신은 다시 하늘에서 큰 연을 타고 서서히 일우 쪽으로 내려오고 있었다.

유신이 일우 근처까지 왔을 때 일우는 몸을 공중으로 솟구쳐 유신의 큰 연 위로 뛰어 올라탔다. 그러자 유신이 칼로 그를 이리 저리 찍으며 땅으로 떨어뜨리려고 온갖 수를 다 썼다. 하지만 일우는 그 큰 연을 지탱하고 있는 대자형의 큰 대나무 부분을 칼로 후려쳤다. 두 사람은 연 위에서 서서 검을 휘둘러 상대를 제압하려고 했는데 관중들은 큰 연 위에서 벌어지는 두 사람의 초절정의 무예를 바라보며 과연 이런 비무가 천하에 또 있을까 하고 감탄을 거듭하고 있었다.

이제 두 사람은 서로를 견제하던 검들을 땅에 떨어뜨린 채 연위에서 수박과 택견으로 상대를 공격하였다. 유신의 수박과 택견 실력은 최고수급이었는데 그는 약관의 이 고구려 청년이 어떻게 이런 수준까지 무공을 익힐 수 있었는지 실로 놀라고 있었다. 이런 청년이 신라에 한 명 더 있어 자신을 보필한다면 삼한통일의 웅대한 꿈을 실현할 수 있을 것 같았다. 그러나 그 생각을 하는 순간 일우의 무시무시한 발차기가 유신의 허벅지를 걷어찼고 유신은 부득이 그의 발차기를 피해 땅으로 낙하해야 했다.

일우가 이번에는 큰 연 위에서 유신을 향해 검으로 공격을 해대는 상황이 되었다. 일우는 연을 조종하여 하늘로 솟구치면서 유신의 백회혈을 검기로 슬쩍 쳤다. 그러나 유신은 일우를 비웃으면서 하늘로 날아오르는 일우에게 하얀 옥구슬들을 강하게 날려보냈다. 일우가 그 옥구슬들을 피했으나 이미 큰 연에 거대한 구멍이 생겨 부득이 연을 버리고 땅으로 낙하를 해야 했다.

그가 살짝 땅으로 착지하는 순간 이 번에는 백마를 탄 유신이 긴 장창으로 일우를 공격했다. 일우는 몸을 한 바퀴 회전하면서 유신의 장창 끝을 잡고 공중으로 몸을 솟구쳤다. 그리고는 유신이 탄 말 위로 사뿐히 올라탔다. 그리고는 말 위에서 한 발로 선 채 유신을 한 발과 두 손으로 집중 공격을 했다.

그러자 유신은 말 재갈을 잡고 있던 손을 놓고 말 위에 서서 일우의 공격을 막아냈다. 두 사람은 이제 달리는 백마 위에서 서로 사생결단의 비무를 하고 있었다. 관중들은 너무도 현란한 두 사람의 마상술에 놀라자빠질 지경이었다. 그러나 아무리 시간이 흘러도 두 사람은 말 위에서 승부를 낼 수가 없었다.

결국 두 사람은 다시 말에서 뛰어 내린 채 땅에서 서로를 노려보고 있었다. 이제 두 사람은 칼로도, 활로도, 비수로도, 창으로도 승부를 낼 수가 없는 상황이었다. 그러나 여기서 무승부로 심판장이 선언한다면 일우는 검선이 될 길은 아예 끝난 것이었다.

이미 비무를 시작한 지가 두 시진이 지나오자 모든 관중들 특히 여왕은 피곤함을 느끼기 시작했다. 그녀는 심판장에게 가서 말하여 두 사람에게 무승부를 선언하는 것이 어떠냐고 옆에 앉아 있는 김춘추에게 넌지시 떠보았다. 그녀가 볼 때 김유신이 일우를 이길 길은 없어 보였다. 만일 김유신이 이 비무에서 진다면 신라의 망신일 뿐만 아니라 유신이 장래 전 신라 군을 통솔하는 것이 힘들어질 것 같다는 생각을 여왕은 하고 있었다.

그러나 고구려와의 연맹을 새로운 외교 목표로 생각하고 있는 김춘추는 이번 비무에서 고구려측 무사가 진다해도 고구려측에서 그 공정성에 시비를 걸 것이 분명하기에 도무지 어찌해야 할 지 갈피를 잡을 수가 없었다. 만일 두 사람이 계속 싸운다면 이 밤을 지나 다음 날까지도 계속 체력전을 펼쳐야 할 것이고 그 결과는 젊은 일우가 유리할 것이 분명했다. 춘추는 이번 비무를 주장한 자신이 여왕의 환심을 사려고 했다가 결국은 이러지도 저러지도 못할 상황이 오자 환장할 지경이었다.

고민 고민하던 춘추는 여왕이 너무도 피곤하여 조는 상황이 오자 심판장을 불러 한 참 다시 검으로 격투를 하고 있는 두 사람의 비무를 여기서 중지시키고 휴식을 명하는 것이 어떻겠냐고 제안했다. 알천랑 또한 너무도 길어지는 비무에 지긋지긋하던 차에 잘 되었다 싶어 나머지 심판관 5명을 불러 시합 중지를 상의하였다. 나머지 다섯 명중 반대하는 사람은 아무도 없었다. 결국 이 시합은 여기서 중지하고 휴식을 취한다고 심판장인 알천랑이 발표하자 대부분의 관중들은 쌍수를 들어 환영했다.

그러나 일부는 이런 일생일대의 비무를 중지하면 어떻게 하냐고 불평들을 늘어놓는 자들도 있었다. 여하튼 비무는 중지되고 휴식을 명한다는 여왕의 명이 있고 보니 그날의 여왕 취임 1주년 기념행사는 시작은 요란했으나 끝은 어물쩍하게 끝나고 말았다.

제5장 일우가 신라에서 연금되다

그 날 저녁 일우와 고구려 인증단 및 왕자 교기와 계백 등 백제 측 사절들은 신라 여왕이 왕궁에서 주최하는 특별 잔치에 초대되었다. 그날 여왕은 일우와 유신을 향해 당대 최고의 무사들이 틀림없으니 서로 싸워서 상대를 이기기보다 서로를 인정하는 것이 좋겠다고 웃으며 말하였다. 그러자 유신은 일우를 향해 내 생애 이런 무사를 다시 만날 수는 없을 것이라고 하면서 어린 일우를 의형제 삼았으면 좋겠다는 말을 하였다.

일우는 그 말에 빙긋 웃기만 했는데 그는 유신의 왕자 같은 풍모에 좀 얼떨떨했다. 또한 일우는 유신의 빛나는 안광 속에는 무수한 계략이 숨어 있는 아주 교활한 사람이라는 인상을 받았다. 고구려 인증단과 왕자 교기 일행은 신라 측 인사들과 마주 앉아서 여왕이 손수 베푸는 만찬에서 온갖 산해진미를 먹고 향긋한 술을 마시기 시작했다. 일우는 그날 바로 유신의 곁에 앉아 있었는데 유신은 어찌나 일우에게 살갑게 대하는지 일우는 겸연쩍어 어찌할 바를 몰랐다.

"선우대형은 약관의 나이에 어찌도 그리 고강한 무술을 연마하시었소?"

유신이 일우에게 술잔을 건네며 다정한 목소리로 물었다.

"백두산 청려선방에서 여러 스승들에게 전수받은 것이지요."

일우는 아저씨뻘인 그에게 공손히 말했다.

"청려선인께서 직접 내공을 전수해주셨나 보구려. 그렇지 않으면 어찌 그 나이에 그런 초절정의 내공을 구사할 수 있겠소?"

유신은 무척이나 일우에 대해 궁금한 것이 많은 것 같았다.

"청려선인을 아십니까?"

"하하, 알다마다요. 내 스승이신 난승선인과 청려선인은 한 때 막역지우였지요. 두 분이 서로 삼한통일에 대한 생각이 달라 헤어지셨지만 지금도 가장 서로를 잘 알고 있다고 하오."

일우는 유신의 말에 마치 동문이 된 듯한 느낌이 들었다.

"아직 미장가시지요?"

유신이 일우를 사랑스럽게 바라보며 물었다.

"예, 하지만 정혼한 사람이 있습니다."

일우는 겸연쩍음을 느끼며 조용히 말했다.

"아, 그 계수향 의원 말씀이시구료."

유신은 일우를 바라보며 빙글빙글 웃었다.

"어, 어떻게 그 분을 압니까?"

유신은 일우의 당황한 모습이 재미있는지 그를 뚫어지게 바라보았다.

"핫핫, 그동안 선우 대형에게 일어난 소문은 대부분 들어 잘 알고 있습니다. 그래, 이제 앞으로 천하비무를 어찌하실 작정이요? 나와 단 둘이서 겨루고 내가 인증단이 인정할 수 있도록 양보를 할까요? 억울하게 죽은 부친의 원수를 갚으려면 그 길 밖에 없을 텐데........"

일우는 유신의 하는 말에 소름이 끼쳤다. 마치 자신의 과거와 현재와 미래를 손바닥 들여다보듯이 하고 있으니 말이다. 그는 유신이 두려워지기 시작했다. 그때였다. 유신이 갑자기 자리에서 일어나 여왕을 향해 읍하고 말했다.

"폐하, 오늘 사실상 승자는 여기 선우 무사이오니 폐하께서 큰 상을 내리심이 옳은 줄 아옵니다."

"오, 유신 공, 참으로 덕스러운 말씀이오. 그래 무슨 상을 선우 무사에게 내리는 것이 좋겠소?"

여왕은 매우 부드러운 목소리로 유신을 향해 물었다.

"폐하, 자고로 신라에서는 최강의 무사가 최고의 미녀를 얻는 것이 오랜 전통이오니 신라 최고의 미녀이며 원화(여자 화랑의 대표)인 설랑을 하사하심이 가한 줄로 아뢰옵니다. 이렇게 되면 고구려와도 화친하는 아주 좋은 국가적 경사이오니 설랑을 선우 무사에게 짝 지워 주시옵소서."

유신의 말은 거침이 없었다. 설랑! 그녀가 누구인가? 신라의 모든 청년들과 무사들 그리고 귀족들은 그녀의 곁에 다가가서 말이라도 한번 붙여보는 것이 소원일 정도로 경국지색의 미녀이자 천하 대소사에 무불통달한 재원이었다. 피부가 백설처럼 하얗고 그 눈을 쳐다보면 그 영혼이 아주 그녀에게 홀린다 해서 그 이름이 설랑이었다.

애초부터 왕이나 왕후가 될 가능성은 전혀 없는 그녀였지만 그 천하절색의 미색으로 인해 뭇 남자의 간장을 녹이던 그녀였다. 지금

방년 21세의 꽃다운 나이로서 어떤 남자의 손길도 거부하고 도도하게 신라 여성들의 정신적 지주로서 살아가고 있는 그녀였다. 물론 이복 오빠인 김춘추도 그녀를 탐내었고, 김유신 또한 그녀를 가지려고 온갖 수단을 다 써보았으나 그들을 쳐다보지도 않던 그녀였다. 따라서 김유신의 오늘 진언은 자신의 손길을 거부했던 그녀에 대한 또 다른 의미의 복수로 오해될 수도 있었다.

여왕 또한 그녀를 이성보다 더 사랑했다. 하지만 그녀와 함께 있으면 무언가 자신이 위축되고 불길한 느낌이 들던 그녀였다. 누구에게 시집을 갈 것인지 아직도 아무런 내색도 않고 도도하게 살고 있는 그녀를 보면 여왕은 때로는 다행이라는 생각이 들고는 했었다. 그런데 그런 그녀를 전혀 이방의 무사 그것도 앞날이 어찌 될지 모르는 일개 무사에게 짝을 지워주라는 말인 것이다.

여왕은 순간 마음속에서 질투의 불길이 타올랐다. 자신이 끔찍이 사랑하는 그녀임을 유신도 알고 있으면서도 그녀에게 복수를 하고 있는 유신의 속마음을 여왕은 재빨리 읽었다. 그러면서도 여왕은 유신이 일우를 설랑에 빠지게 하여 영영 신라에 붙잡고 싶어 하는 것을 눈치 챘다. 국가적으로 유신 수준의 무사가 한 명 더 있다면 말썽 많은 화랑들과 원화들 그리고 무사들을 통솔하기에는 아주 안성맞춤일 것이었다. 게다가 여왕은 유신과 이제 더 이상 정분을 나누다가는 그가 자신을 타고 넘어서 병권을 너무 강력하게 휘둘러 자신의 왕좌를 위협할 것이 두려웠다. 따라서 유신의 청을 들어주는 척 하면서 일우를 유신 곁에 두고 그를 견제하는 것이 자신에게 이익이라는 계산을 했다. 그녀는 순간 얼굴에 미소를 띠우며 만좌를 향해 말했다.

"유신 공의 생각이 지극히 옳은 것 같소 여봐라, 당장 설랑에게 선전관을 보내 여기 있는 선우 무사에게 하가되었다는 명을 전하라."

"네, 폐하, 분부 받잡겠나이다."

여왕의 명을 받아 곁에 있던 선전관이 설랑의 집을 향해 떠났고 일우는 도무지 어이가 없어 그들의 하는 양을 바라만 보고 있었다. 이 자리에서 당장 자신은 정혼자가 있으므로 폐하의 성은을 받을 수 없노라고 거부해야 한다고 생각했다. 그러나 그가 자리에서 일어나려고 하는 순간 그는 그 자리에 고꾸라지고 말았다.

인증단의 정고와 백제 장군 계백은 신라 왕실에서 일우를 신라에 잡아두려고 계교를 꾸미고 있음을 눈치 챘다. 그러나 그들은 지금 자신들이 나섰다가는 모두가 생명이 적국에서 위험한 상황에 처해진다는 것을 잘 알고 있었다. 그들은 묵묵히 술잔을 기울이고 즐겁게 신라 측 인사들과 담소를 즐기면서 상황을 예의 면밀하게 주시하고 있었다.

일우의 술에는 이미 유신의 책략으로 독한 수면약이 들어 있었고 잠에 곯아떨어진 일우는 잠시 뒤 설랑과 시비들에 의해 왕궁 밖 북문 뒤에 있는 설랑의 100칸짜리 궁궐 같은 집으로 옮겨졌다. 할아버지 진지왕과 어머니 석소선이 물려준 많은 유산 덕에 평생 아무 일도 안하고 살아도 왕후처럼 살 수 있는 그녀였다.

그녀의 집 주변에는 특히 수백 년 된 아름다운 노송들과 대나무밭이 유명했는데 집 앞에는 아름다운 옥수가 흐르고 있었고 그 실개천 바닥에는 하얀 옥돌같은 자갈밭이 10리에 걸쳐 깔려 있었다. 그

위에 놓인 쌍수교라는 다리는 어찌나 아름다운지 서라벌 젊은이들의
연애 장소로 유명했다.

다음 날 아침 사시(오전 9시-11시) 끝날 때 쯤 되어서야 일우는
잠에서 깨어났다. 그는 머리가 터질 듯이 아파 간신히 눈을 떴는데
웬 선녀같은 여인이 자신의 머리맡에 앉아 자신을 바라보며 미소를
띤 채 자신의 입에다 꿀물을 넣어줄 준비를 하고 있는 것을 보았다.

"여 여기가 어디입니까? 낭자는 누구신지요?"

일우는 그녀의 그 백설 같은 피부와 깊디깊어 한없이 빨려 들어
갈 것 같은 고혹적인 눈을 바라보다가 놀라서 눈을 내리 깔고 더듬
거리며 물었다.

"여기는 제 집인 설궁이고 저는 설랑이라고 합니다. 여왕께서 어
젯밤 갑자기 무사님을 제 낭군으로 짝 지워주신 바로 그 처자입니다.
아무 걱정 마세요."

그녀의 목소리가 낭랑하게 울려 퍼지자 일우는 정신이 혼미하여
짐을 느꼈다. 이렇게도 아름다운 여자가 세상에 있다니. 이것은 분명
히 내가 무엇에 홀린 것이다. 그는 슬쩍 그녀를 다시 바라보았다. 순
간 설랑이 그를 바라보는데 두 사람의 눈길이 마주치자 일우는 너무
놀라 얼른 눈을 내리깔고 말았다.

"그런데 제가 왜 여기 와 있지요?"

일우는 모기 소리 만하게 물었다.

"어젯밤 술에 곯아 떨어지셔서 제가 왕궁으로 가서 시비들과 함
께 모셔왔지요. 이미 저는 무사님의 짝으로 신라 천하에 공포가 되었
으니 다른 데 시집가기는 틀렸고, 또 어젯밤 이곳에서 하룻밤을 저하

고 지내셨으니 부득이 제 낭군이 되신 것이 틀림없지요."

이렇게 말하며 그녀는 일우를 바라보며 빙긋 웃었다. 이제는 네 여자이니 책임져라 하는 표정이었다. 일우는 어이가 없었다.

자신은 자리에서 일어난 기억 뿐 뒤의 일은 아무 것도 모른다. 그런데 정혼한 계수향은 어찌하고 내가 듣도 보도 못한 신라 여자와 결혼이라니 이 무슨 말도 안 되는 짓이냐? 이건 분명히 김유신과 여왕의 농간이다.

일우는 그때서야 한숨을 쉬며 방 천장을 바라보았다. 아늑하게 햇살이 비치는 청아한 내실 방 비단 이불 위에서 그녀와 하룻밤을 보냈다니 도저히 믿을 수 없었다. *아, 안 돼, 난 계수향의 남편이 되어야 해.* 그는 그녀에게 이 사실을 알려야 한다고 생각했다. 그래서 그는 무겁게 입을 열었다.

"저기, 낭자에게는 대단히 죄송하지만 저에게는 정혼한 처자가 백제에 있습니다. 저는 그 처자를 반드시 제 아내로 삼아야 합니다. 그녀는 제 생명의 은인입니다."

"훗훗, 계수향 의원 말씀이시군요. 다 알고 있습니다. 그렇지만 우리는 국가에서 인정하는 합법적인 결혼을 해서 하룻밤을 같이 지낸 정식 부부이고 계의원은 그저 정신적인 사랑이었으니 아무 문제 될 게 없어요. 아무 걱정 마시고 이제 이곳에서 저와 함께 부부로 사시면서 백년해로하시면 되요. 자 이제 우리 함께 조반을 들어야지요."

그녀는 일우를 바라보면서 거리낌 없이 그렇게 말하였다. 일우는 기가 막혔다. 이미 자신이 신라 측의 암수에 완전히 걸렸다고 생각하니 어떻게 해야 이 상황을 해결할 지 막막했다. 게다가 설랑의 아름다운 모습을 바라보고 있자니 자신도 마구 흔들리고 있음을 느끼고 계수향에게 미안하여 어찌할 바를 몰랐다. 그는 속으로 흐느끼며 수향에게 용서를 빌었다.

"무사님은 지금 수향 씨에게 미안해서 그러시나 본데요. 다 잊어버리세요. 그 분은 무사님의 짝이 아닙니다. 그러니 장부답지 못하게 속으로 찔끔찔끔 짜지 마시고 마음을 편하고 즐겁게 잡숫고 우리 함께 조반을 들면서 앞으로의 인생을 이야기해요."

그녀가 일우의 마음속을 읽은 듯 미소를 지으며 그의 손을 그녀의 섬섬옥수로 잡자 일우는 전기가 통하는 듯 놀라서 얼른 그녀의 하얗고 길고 가느다란 손을 뿌리쳤다. 그러자 그녀는 미소를 짓더니 더욱 가까이 그에게 다가와 그의 허리춤을 양팔로 붙잡더니 약간 비음이 섞인 목소리로 그의 귀에 대고 나긋나긋하게 말했다.

"얼른 일어나세요. 꼭 아기처럼 보채지 마시고요."

일우는 갑자기 몸에서 힘이 쭉 빠지며 그녀의 향기에 취하기 시작했다. 그녀의 몸에서는 천축산 사향의 은은한 향기가 그의 후각을 깊이 자극했다. 그는 갑자기 그녀의 몸을 안고 싶다는 욕망이 불같이 일어나는 것을 느꼈다. 그러나 그녀가 그를 안고 일으키자 일우는 자신의 욕정을 제어하며 그녀의 팔을 뿌리쳤다.

수향에게 너무나 미안했다.

수향! 미안하오. 내 사랑, 내 아내, 내 누이, 내 생명의 반쪽.

그는 이렇게 생각하며 내실을 걸어 그녀가 이끄는 대로 부엌 옆에 있는 호사스러운 식당으로 갔다. 온갖 진귀한 유리 및 옥그릇들과 은수저, 그리고 최상의 옻칠을 한 밥상 등에 정결하고 맛깔난 음식들이 그들을 기다리고 있었다.

일우는 말없이 식사를 계속 했다. 아무 맛도 느낄 수 없었지만 설랑의 아름답고 고혹적인 자태에 자꾸 눈이 가는 것을 어찌할 수 없었다. 게다가 설랑이 맛있는 생선들을 손수 발라서 입에 넣어주자 처음에는 거절했지만 자꾸 권하니까 부득이 받아먹게 되었다.

두 사람은 진짜 부부처럼 그렇게 식사를 함께하고 나서 집 뒤의 송림 숲으로 갔다. 늘어진 수백 년 된 노송 뒤에 하늘을 찌를 듯이 솟아있는 죽림 그리고 기기묘묘한 형상들로 이루어진 하얀 기석들과 하얀 자갈들이 죽 깔려 있었는데 사방으로 200장은 넘는 정원이었다. 하지만 지금 그 집 주변에는 족히 500명은 넘을 듯한 중무장한 군사들이 그들을 경호 즉 사실상 감시하고 있었다. 설랑이 일우에게 다정하게 말했다.

"음식들이 마음에 드셨나요?"

"네, 참 맛있고 정갈하더군요."

일우는 그저 예의상 그렇게 대답했다. 하지만 식사 내내 그는 설랑의 자태에 미혹되는 자신을 이기느라고 제대로 맛을 느끼지도 못했다.

"참, 무사님 성함은 어떻게 되시나요?"

"선우일우라고 합니다."

"낭자는요?"

"제 이름은 김설랑입니다. 고구려 제일의 무사라고 하던데 사실인가요?"

"…………"

"김유신 공과 승부를 못내셨다고요? 참 젊으신 나이에 대단하세요. 김유신 공이 이기지 못하는 분이 이 천하에 있다니요. 그래, 앞으로 어떻게 하실 작정이세요. 저와 여기서 사실 생각이 없이 그렇게 천하비무를 위해 천하를 방랑하실 건가요? 지금 우리 신라나 백제나 고구려나 이제는 삼한통합이 되어 한 나라로 살아야 할 때가 되지 않았을까요? 무사님은 고구려가 중심이 되어 삼한이 통합될 것이라고 믿으시겠지만 이미 고구려는 지칠 대로 지쳤어요. 중원의 침략을 하도 받아서 힘이 쇠할 대로 쇠한 상태이지요. 삼한 통합은 아무래도 신라에서 하게 될 것입니다. 이것이 천명입니다. 그러니 무사님은 천하비무보다도 여기 신라에서 큰 대의를 위해 유신 공과 힘을 합치시는 것이 좋을 것입니다. 저는 개인적으로는 유신 공을 싫어하지만 국가적으로 보면 유신 공이야말로 삼한통합의 대명을 타고 난 사람이지요. 무사님이 곁에만 ……"

"잠깐!"

일우는 설랑이 절색의 미녀지만 천하를 논할 때에는 일국의 재상 못지않은 학식과 경륜을 지니고 있다는 것을 금방 눈치 챘다. 하지만 그에게 있어 자신이 죽어도 가야할 길은 고구려를 지키는 길이었다.

"설랑께서 무슨 소리를 해도 제 조국은 고구려입니다. 신라가 설령 천하를 통일한다 해도 저는 내 조국을 위해 산화할 망정 신라 편을 들 수는 없습니다. 그러니 그런 정치적인 이야기는 그만 합시다."

일우는 설랑이 여왕과 유신을 위해 자신을 포섭하려는 미인계의 미끼임을 알아차렸다. 하지만 그는 설랑이 경국지색임에도 그렇게 투철한 국가관이 분명한 데 대해서 신라 화랑과 원화들의 정신무장이 철저한 것에 대해 놀랐다. 그렇다! 그녀는 자신을 바쳐서라도 조국 신라를 돕는 것이다. 아무리 싫은 사람이라도 자신의 왕과 군사 실권자가 명하는 일에 일신을 바치는 것이다. 이런 신라가 망할 리가 없다는 생각이 들었다.

두 사람은 이런 저런 이야기를 하면서 두 사람이 각자 자기 나라에 대한 뜨거운 사랑과 희생정신을 품고 살아가는 보기 드문 인재들임을 알아챘다. 설랑은 일우가 단순 무식한 무사가 아니라 세상의 온갖 학문과 병법에 무불통달한 천하제일의 기재임을 알아챘고 어째서 유신이 그를 자신에게 맡겼는지를 알 것 같았다.

일우는 그녀에 대해 자꾸 끌리는 것을 어찌할 수가 없었다. 그럴 때마다 수향을 생각하며 자신을 자책하고 억눌렀지만 설랑에게 차츰차츰 마음이 이끌리는 자신을 발견하고 놀라고 있었다.

그날 밤 일우는 마음 한편으로는 수향에 대한 정절을 지켜야한다는 의무감과 고혹적인 설랑이 유혹하면 어떻게 자신을 방어할 수 있을 지 난감하여 어찌할 바를 모르고 전전긍긍하고 있었다.

만권의 서책이 갖추어진 그녀의 서재에서 혼자 신라 왕실에서 편찬해낸 부도지라는 책을 읽으면서 일우는 신라와 고구려가 동족지간이면서도 그렇게도 다른 정신세계에서 살 수 있는지 그 이유를 알 것 같았다. 즉 신라는 마고할미라는 삼신할미의 또 다른 변형에 기초한 모계중심의 샤머니즘적 성개방의 사회였다. 하지만 고구려는 환웅천왕의 백두산 천강에 정통성을 둔 남성중심의 신선적 금욕주의 사회였다.

그는 신라에서 느끼는 담대한 성개방이 너무 지나치다고 느꼈는데 다행히 설랑이 정숙한 여인인 점에 대해서는 마음에 들었다. 하지만 그녀 또한 나라를 위해서는 자신의 성을 기꺼이 희생할 수 있는 집단의 수령인 것임을 철저히 느꼈다.

그가 이런 생각을 하면서 서재에서 밤 시간을 보내고 있는데 설랑이 하늘하늘한 잠자리 날개 같은 잠옷을 입고 그에게 나타났다. 일우는 그녀를 바라보지도 않은 채 열심히 책을 읽는 척했다.

"무슨 책에 그렇게 빠져 계세요. 이제 자시가 넘어가고 있으니 그만 주무시지요."

설랑이 일우가 읽는 책을 손으로 치우면서 그에게 부드럽게 말했다. 일우는 순간 역정이 났다. 자신은 죽으면 죽었지 그녀와 부부의 연을 맺어서는 안 된다는 생각이 강하게 들었다. 지금 자신이 취할 수 있는 길은 그녀의 유혹을 거부한 채 집 밖으로 뛰쳐나가야 한다는 것이다. 일우는 그렇게 생각하자마자 설랑을 뿌리치고 서재를 뛰쳐나갔다. 그리고는 집 앞 마당에서 기와지붕을 향하여 몸을 날렸다. 지금 그에게는 아무런 무기도 없었는데 그저 맨 손과 발로 500명의 감시하는 군사들을 때려눕힐 생각밖에 없었다.

그때였다. 갑자기 설랑이 공중을 날아 기와지붕으로 날아오더니 그의 손에 보검 한 자루를 쥐어주었다. 그리고는 그의 귀에다 나지막하게 말했다.

"그렇게도 수향을 위해 달아나고 싶으시더라도 맨 손으로 500명의 대당(大幢)5) 군사들을 당할 수는 없어요. 지금 일우 씨를 감시하는 저들이 일우 씨가 이 지붕에서 바깥으로 날아가는 순간 일우 씨에게 강궁을 발사하여 벌집으로 만들 것입니다. 유신 공은 일우 씨가 제게서 떨어지는 순간 우리 두 사람을 다 죽이겠다고 위협했어요. 그러니 이 자리에서 저를 죽이시고 달아나시다가 애꿎은 목숨을 잃어버리시던지 아니면 침실로 가십시다. 우리가 정식 부부이던 아니던 그것이 중요한 것이 아니라 일우 씨는 너무나 천하의 기재라 신라의 삼한통합에 큰 장애물이 될 것을 우려한 유신 공과 여왕의 덫에 걸린 것입니다. 제발 제 말을 오해하지 마시고 내려가십시다. 네, 일우 씨!"

일우는 순간 달빛 속에서 자신을 향해 강궁을 겨누고 있는 신라 대당군사들의 살벌한 모습을 똑똑히 보았다. 그렇다. 여기서 지금 탈출한다는 것은 죽음을 자초하는 것이다. 여자 하나 때문에 천하의 대사를 그르칠 수는 없다. 고구려를 지키는 것이 중요하지 계수향 하나 때문에 내가 여기서 개죽음을 당할 수는 없다. 그래, 내려가서 미인계에 빠져주자. 아예 주지육림에 빠져 신라 군들이 경계가 다 풀어질 때 다시 탈출을 시도하자.

이렇게 생각한 일우는 *에잇!* 하고 칼을 기와지붕위에 내동댕이치고 나서는 다시 몸을 집 앞 마당으로 날렸다. 순간 설랑도 몸을 날려 앞마당으로 내려왔다. 그날 밤 일우와 설랑은 신라의 전설적인 합환주인 마고주를 마신 후 잠자리에 들었고 두 사람은 평생 처음 남녀

---

5) 신라의 도성에 주둔한 중앙 군대이다.

의 운우지정(雲雨之情)을 알게 되었다.

이후 일우는 탈출할 생각을 완전히 버리고 설랑과 24시간을 같이 하면서 그녀와 사랑에 빠져 들어갔다. 일우는 처음 느껴보는 인생의 달콤한 쾌락을 적극적으로 즐기기 시작했고, 설랑과 함께 남녀의 온갖 즐거움에 다 탐닉하기 시작했다. 그가 설랑을 바라보면 설랑은 하얀 치아를 드러내며 그에게 미소를 지었고, 그가 그녀를 안으면 그녀는 나긋나긋하게 그의 품에 안겨왔다. 두 사람은 세상에서 가장 고급스러운 술과 음식을 즐기며 시와 음률과 무예를 논하고 천하 정세를 논했다.

설랑은 매일 매일 일우와의 사랑이 꿈같이 6개월이 지속되자 과연 이 사람이 진실로 자신에게 빠진 것인지 아니면 심려원모를 감추고 자신을 이용하는 것인지 도무지 판단을 할 수 없을 정도로 그는 그녀를 사랑하는 것 같았다. 두 사람은 집 안에서 무예를 연마하다가 도중에 싫증이 나면 500명 군사들의 호위를 받으며 토함산에 나가 사냥을 마음껏 즐겼다. 또한 신라의 명산대천 여기저기를 함께 다니면서 호연지기를 길렀다.

그들의 사랑 놀음을 감시하고 있는 신라 병사들은 *지미럴 어떤 놈은 임금도 가까이 못한 천하의 미녀를 끼고 허구 헌 날 술타령에 온갖 산해진미에 세상의 모든 즐거움을 다 누리는데 우린 저 연놈들 뒤꽁무니나 감시하고 있어야 하니 이 무슨 드러운 팔자냐* 고 구시렁거리고 있었다.

그녀는 일우의 동정을 수시로 유신에게 보고하고 있었는데 어느 날 유신으로부터 그를 시험해보라는 전갈이 왔다. 즉 500명의 대당군사들을 모두 일거에 집에서 철수시키고 난 후 그가 탈출을 시도하나 안 하나 시험해보라는 것이다. 자신은 일우가 탈출할 것을 대비하여 설궁으로부터 사방 십리 안에 1만 명의 대군을 풀어 천라지망을 펴고 있을 터이니 일우와 설랑 둘이서 함께 밤새내 대작하면서 설랑은 몹시 취해 도무지 몸을 가누지 못할 정도인 척 하고 그의 동정을 지켜보다가 그가 탈출을 시도하면 바로 산화전 다섯 발을 서라벌 왕궁 쪽 하늘에 날리라는 것이었다.

그때 고구려 인증단의 고천파와 유가휘는 서라벌 왕궁 객관에서 신라 왕실의 최대한의 대접을 받으며 세월아 네월아 하면서 풍류가무와 주색잡기를 즐기고 있었다. 일우의 스승 중 한 사람인 정고는 아직도 일우의 지조를 굳세게 믿고 있었는데 그가 다시 천하비무를 떠날 날을 이제나 저제나 기다리면서 백제의 계백 측과 연락하며 일우를 설궁에서 빼어낼 궁리를 하고 있었다.

한편, 서라벌을 떠나 백제로 돌아온 왕자 교기와 계백 일행은 무왕에게 그간 있었던 모든 일을 보고하면서 일우가 지금 신라의 미인계에 걸려 사실상 감금당한 사실을 보고하였다. 무왕은 자신의 처형인 선덕여왕과 그의 오른팔인 김유신의 야비하지만 자기 나라를 위한 간악한 계교에 혀를 내둘렀다. 그는 왕자 교기에게는 실로 김유신과 김춘추를 조심해야 한다고 누누이 당부하였고, 계백에게는 계수향이 절대 이 사실을 알지 못하게 하라고 신신당부하였다.

그러나 계백은 처남이 될 사람인 일우가 그렇게 신라측의 농간으로 인하여 신라 최고의 절세미녀와 부부의 연을 맺고 살아감으로 말미암아 자신이 목숨보다 더 사랑하는 여동생 수향이 입을 끔찍한 정신적 상처가 두려웠다. 그는 그녀를 만날 때 마다 그 말을 해야 하나 말해야 하나 고민하고 있었다. 그런데 하필이면 당시 함께 신라에 다녀왔던 사절단의 관원 한 사람이 심각한 장폐색증에 걸려 사비의원에 왔고 치료 도중 계수향에게 일우에 관한 일을 말하며 그녀를 위로했다. 자기 딴에는 당연히 그녀가 알고 있을 줄 알고 무심코 한 말이었다.

계수향은 충격을 심히 받았다. 그날부터 그녀는 연 한 달간을 사비의원에 나오지도 않고 집에 틀어박혀 있었다. 결국 계백이 부득이 그녀를 만나러 그녀의 집을 들렀다. 그녀는 머리를 풀어헤치고 귀신같이 창백한 상태가 되어 있었다. 거의 식음을 전폐한 듯 자리를 보전하고 있는 그녀는 오빠인 계백이 방안으로 들어오자 원망어린 눈을 돌리면서 그를 외면하였다.

"수향아! 이 오라비를 많이 원망하거라. 나도 진작 네게 말하려고 하였다만 대왕께서 절대 비밀을 지키라는 말씀이 계셨고 또 무엇보다도 네가 충격을 받아 쓰러질까 두려웠다. 이제 이 일을 어떻게 해야 하느냐?"

두 사람만이 있게 되자 계백은 동생 수향에게 반말을 했다.

".........................."

수향은 눈물만 흘리며 계백을 계속 외면하고 있었다.

"그를 탈출시킬 계획을 세우기 위해 그의 스승 정고 선인과는 계속 연락 중이다. 너는 누구보다 더 지혜와 총명이 뛰어나니 네가 무슨 꾀를 좀 내어보아라. 내 우둔한 머리로는 도무지 해결할 길이 없구나."

그때서야 수향이 자리에서 일어나 계백과 마주 앉았다.

"지금 우리가 할 수 있는 일은 아무 것도 없어요. 그저 그가 호랑이의 아가리에서 빠져 나오길 기다리는 수 밖에요. 만일 우리가 잘못 움직이면 그는 김유신이라는 자에게 바로 척살당할 겁니다. 삼한 통합을 꿈꾸고 있는 그 자가 볼 때 가장 골치 아픈 존재가 될 사람이 일우 씨일 테니까요. 차라리 그가 그 설랑인지 불여시인지와 진짜 사랑에 빠져 모두가 감시가 약해질 때까지 기다렸다가 탈출할 길을 찾아야겠지요. 지금 설궁의 움직임은 아직도 시위부 금군 500명이 그를 감시하고 있나요?"

"아직은 그렇다고 하더라."

계백은 동생의 말이 일리가 있음을 느꼈지만 동생의 입장이 너무 가여웠다. 얼마나 마음이 아프면 한 달간을 거의 식음을 전폐하고 누워 있을 까 생각하니 당장 무왕에게 말해 군사를 빌려 서라벌로 잠입한 후 일우를 설궁에서 탈출시키고 싶었다. 그러나 천리길을 탈출한다는 것도 어렵겠지만 생사의 기로에 처할 위험이 너무 크다고 그는 생각하고 그저 머릿속으로만 그를 탈출시킬 방법을 찾고 있는 중이었다.

"아마 유신은 분명 설랑과 짜고 그 분을 시험할 것이 틀림없어요. 그렇다면 우선 금군 500명을 철수시키는 척 하겠지요. 그리고 난 후 서라벌 일대에 아마 최소 수천 명 이상을 풀어 천라지망을 펼친 후 그를 사로잡던 지 아예 화근을 없애려고 할 것이 틀림없어요. 그러니 오빠는 정고 선인께 연락해서 일우 씨가 그럴 경우 절대 탈출을 시도하지 말라고 내 말을 전해주세요. 아마 지금도 그는 그 설랑인지 불여시의 비위를 맞추며 그들의 신임을 얻으려고 하고 있겠지요. 내가 화가 나는 것은 왜 내가 그 분을 그때 따라서 신라에 함께 가지 않았을까 하는 점예요. 누가 신라 측에다 그 분에 관한 정보를 흘리지 않았다면 어떻게 우리 측 사절단에 그 분과 고구려 인증단이 함께 있는 줄을 알았겠어요. 도무지 누가 그런 짓을 했는지 이해가 안 가요. 오빠가 짐작되는 사람은 없나요?"

"글쎄다. 신라 측의 간자들이 우리 조정에서 암약하고 있다는 것은 짐작했지만 유신이라는 자가 아마 우리 조정의 정보를 상당히 많이 장악하고 있다는 느낌이 드는구나."

계백은 백제 조정에서 신라 측의 간자들을 하루 빨리 솎아내야 할 필요가 있다고 느끼며 그녀의 말을 받았다.

"아무래도 제가 한 번 신라에 다녀와야 할 것 같아요. 그 설랑인지 불여시를 만나 담판을 하던 지 아니면 아예 쥐도 새도 모르게 극독으로 죽여버릴 까 봐요. 그러려면 신라 조정 중 누군가 몹시 아파서 저를 초빙하는 사람이 있어야 합법적으로 신라에 갔다 올 수 있을 텐데, 혹시 신라 조정에 통할만한 고관이 없을까요?"

수향은 연적인 설랑의 암살을 사실 고려하고 있었는데 계백이 볼 때 그 수는 매우 위험한 수였다. 신라의 도성인 서라벌을 빠져 나오려면 토함산을 거쳐 달아나야 하는데 그 다음 행로는 바닷길이라 앞뒤가 막혀 있었고, 게다가 신라 군의 천라지망을 뚫고 서라벌을 빠져 나온다는 것은 아예 불가능했다.

계백은 수향이 지금 몹시도 질투에 가득 차서 일우를 감금시키고 이리저리 농락하고 있을 설랑을 쳐 죽이고 싶어 어찌할 바를 모르고 있음을 눈치챘다. 천하의 재원인 그녀 또한 여자이기에 질투심으로 눈이 멀어 사리분별이 흐려진 것이 분명했다. 그녀의 그 독한 성격상 혼자서 신라에 잠입할 위험성이 상존했다. 계백은 큰 일이 날 것 같은 불길한 느낌이 들어 수향에게 절대 신라에 잠입했다가는 두 사람 다 인질이 되어 무왕과 왕자 교기와 그리고 자신의 입장만 더욱 난처해지니 대왕과 자신과 정고를 믿고 조금 더 기다리자고 수향을 간신히 달래었다.

일우가 설궁에서 산지도 어느덧 7개월이 넘어 두 사람은 너무도 행복하고 다정하게 부부로서 잘 살고 있는 듯이 보였다. 두 사람을 모르는 사람이 서라벌에는 없을 정도로 두 사람의 사랑 이야기는 신라 사람들의 전설이 되어 가고 있었다. 일우는 설랑에게서 진심으로 한 여자의 순정과 사랑을 느꼈다. 조국 고구려만 아니라면 정말 그녀와 죽어도 헤어지고 싶지 않을 정도로 그녀는 너무도 그에게 사랑스러운 존재가 되어있었다.

하지만 일우의 마음은 마지막으로 고구려 비무인증단을 대동하고 김유신을 단독으로 만나 아무도 없는 곳에서 그와 비무를 한 후 신라를 떠날 계획으로 하루하루 무르익어 가고 있었다. 설랑을 한 여자로서 아무리 사랑하여도 그의 지어미는 그녀가 아닌 계수향임을 일우는 한 순간도 잊어본 적이 없었다. 설랑 과의 꿈같은 사랑은 한 순간에 스러질 바닷가의 파도 같은 거품이라는 것을 일우는 깊이 알고 있었다.

그러던 어느 날 설궁 주위를 감싸며 두 사람을 감시하고 있던 신라 대당군사 500명이 불시에 자취를 감추었다. 일우는 그때 드디어 탈출의 기회가 왔음을 짐작했다. 그는 그 순간부터 자신이 마음에 품어온 탈출 계획을 실현할 때가 왔음을 확신했다. 그는 그날 밤 설랑과 밤새내 대작을 하며 그녀와 마지막이 될 지도 모르는 이별을 준비하고 있었다. 설랑은 그의 널찍한 품에 안겨 재워달라고 아이처럼 칭얼거리고 있었다.

일우는 가슴속으로는 이별의 고통으로 찢어질 것 같았는데 그녀의 하얀 두 손을 어루만지며 자신과 최초로 하나가 되었던 여인의 아름다운 모습을 물끄러미 바라보다가 부지불식중에 한 방울 눈물을 그녀의 뺨에 떨어뜨렸다. 일우는 잠에 곯아떨어진 설랑을 안고 침실로 가서 그녀를 자리에 눕히려고 했다. 그때였다. 설랑이 갑자기 나지막하게 흐느껴 울기 시작했다.

일우는 깜짝 놀라 화드득 자리에서 일어났다. 자신의 탈출 계획을 그녀가 알고 있다는 느낌이 강하게 들었다.

함정이다! 그녀는 진심으로 나를 사랑하다 보니 내가 불쌍해서 우는 것이다.

일우는 순간 탈출 계획을 유보하고 그녀의 옷들을 벗기기 시작했다. 그리고 자신도 옷을 벗고 그녀의 옆에 누웠다. 그러자 그녀의 양 팔이 그를 강하게 껴안았고 일우 역시 그녀를 강하게 껴안았다. 두 사람은 서서히 한 몸이 되어 갔고 일우의 첫 번째 탈출 시도는 그렇게 무산되어버렸다.

제6장 수향이 신라로 잠입하다

그날 밤 이후 일우는 한 달 이상 탈출 계획을 접고 더욱 설랑과 사랑에 빠진 듯한 생활을 했다. 그 밤 이후 설랑은 여자의 본능으로 자신을 떠나려고 하는 일우의 심려원모를 눈치채고 있었다. 그러자 그녀는 더욱 일우를 끔찍이 사랑하기 시작했는데 이제는 도무지 신라 왕실 측의 여자인지 아니면 일우의 완벽한 여자인지 모를 정도로 노골적으로 그에게 사랑을 드러내며 더욱 짙은 애정공세를 펴고 있었다. 일우는 그때부터 김유신과의 관계를 개선하기 위하여 설랑에게 우선 여왕 및 김유신과의 면담을 주선해달고 요청했다. 설랑의 전갈을 받은 유신은 득의만면하면서 여왕 및 그와의 면담을 승낙했다.

일우가 연금된 지 8개월 째 되던 어느 날 일우는 설랑과 함께 왕자나 공주들이 타는 호화스런 마차를 타고 서라벌 왕궁으로 향했다. 이미 신라 왕실에서는 두 사람이 여왕과 김유신을 만나러 왕궁으로 들어온다는 전갈을 받았기에 마치 부마와 공주를 환영하듯이 그들을 그렇게 환영했다.

일우와 설랑은 우선 여왕의 집무실이 있는 정전으로 가서 인사를 하였다. 여왕은 처음에 자신에게는 사촌지간인 설랑을 이렇게 고구려의 일개 무사와 정략적 결혼을 시킨 것이 몹시 미안했지만 일우와 설랑의 전설적인 사랑 이야기를 들을 때 마다 한편 몹시 질투심이 일어나고는 했었다. 자신의 세 남편들보다 더 사랑했던 정신적 동성애의 연인을 일우에게 시집보내고 그녀는 얼마나 가슴이 에이는 고통을 겪었는지 모른다. 그러나 유신을 더욱 가까이 할 수밖에 없는 여왕의 입장이고 보면 당시에 그의 계교를 안 받아들일 수는 없었던 것이다. 하지만 두 사람이 잉꼬부부로서 다정히 자신에게 삼고구배를 할 때 여왕은 두 사람이 그야말로 천생연분으로 잘 어울리는 것을 느끼고 차라리 잘 되었다는 생각이 들며 자신의 어린 동성 연인의 혼인을 진심으로 축하하는 마음이 들었다.

"두 사람이 정말 천생연분처럼 잘 어울리는군 그래. 요즘도 그리 깨가 쏟아지는 신혼 생활이신가?"

일우는 감히 눈을 들어 여왕을 쳐다보지 못하고 있었는데 설랑은 스스럼없이 그녀에게 낭랑한 목소리로 대답했다.

"폐하의 성은 덕택에 저희 부부 금슬좋게 잘 살고 있으며 하루 빨리 성은에 보답하고 싶을 뿐이옵니다."

"호호, 그래, 그래, 너무 좋아. 무엇으로 성은에 보답할 생각인고?"

여왕은 당돌한 설랑의 말에 매우 의외라는 듯한 표정이었다. 그러나 싫지는 않은 표정이었다.

"폐하, 이 사람을 유신 공 휘하에서 신라 장병들에게 고강한 무술을 가르치게 하시면 크게 성은에 보답할 수 있을 듯 하옵니다."

설랑이 진작부터 자신의 여자가 되었음을 일우는 깨닫고 있었는데 그녀가 이제는 자신의 탈출 계획을 암묵적으로 돕고 있음을 짐작했다.

그렇다. 설랑은 아무리 뛰어난 여자라 해도 여자는 여자인 것이다. 이제는 자신의 여자가 되어 자신이 가야할 길, 해야 할 일에 묵시적으로 동참하고 있는 것이다. 그러나 내가 탈출한 후에 설랑은 어찌될까? 분명히 악독한 유신에게 잡혀 죽을 것이다. 함께 탈출을 해? 하지만 그것은 불가능하다. 아, 설랑을 어찌해야 하나?

그때였다.

"선우 공도 같은 생각이신가?"

일우는 깜짝 놀랐다. 자신만의 생각에 빠져 있다가 여왕의 질문을 받자 그는 당황하여 말을 더듬거리며 대답했다.

"성은이 그저 망극하옵니다."

"그래, 신라 장병들을 위해 유신 공 휘하에서 무술 사부가 되어주실 수 있는 가를 물었네."

여왕은 눈을 가늘게 뜨고 당황하고 있는 일우를 뚫어지게 바라보았다. 여왕의 직관력은 대단하다고 알려져 있었는데 그녀는 과연 일우가 진심으로 신라 조정에 귀순한 것인지 아니면 탈출을 시도하려고 수를 쓰는 지를 점검하는 것이었다.

"폐하, 성은에 보답하려면 그 길이 가장 합당한 길이라 사료되옵니다."

일우는 드디어 자신의 탈출 길이 열릴 수 있나 없나가 오늘 결정이 된다 생각하니 가슴이 떨렸다. 일단 여왕의 재가를 받아야 김유신 옆에서 근무를 할 수가 있고 그래야 그와 단독 비무를 성사한 후 탈출을 감행할 수 있다. 일우는 눈을 들어 감히 정면으로 여왕의 눈을 마주보았다. 진심임을 입증해야 한다 그는 이렇게 생각했다. 두 사람의 눈이 마주쳤을 때 여왕은 일우의 진심이 의심스러웠지만 일단 유신을 견제하기에는 일우와 자신의 사촌 동생인 설랑이 제격이라는 생각이 들었다. 그래서 여왕은 천천히 입을 열었다.

"내가 유신 공을 들라 해서 두 사람의 요청을 말할 테니 유신 공 앞에서 선우 공은 분명히 말씀하시게, 알겠소?"

"성은이 망극하옵니다. 폐하."

일우와 설랑은 동시에 무릎을 꿇고 여왕에게 사례하는 절을 했다. 그때 유신이 여왕의 집무실에 나타났다. 그는 호사스러운 비단옷으로 지은 당나라 풍인 문신의 차림을 하고 있었다. 그는 여왕 앞에서 깊게 읍을 한 후 당당한 목소리로 말했다.

"폐하, 찾아 계시옵니까?"

"오, 유신 공 어서 오시오. 여기 선우 공이 유신 공 휘하에서 신라 장병들을 위해 무술 사부로서 일하고 싶다는 요청을 짐에게 했구려. 유신 공의 생각을 먼저 알아야 할 것 같아서 불렀소이다."

여왕은 마치 유신에게 동의를 구한다는 듯이 얼굴에 미소를 띠며 유신에게 말했다.

"폐하, 소신은 그저 일개 무장일 뿐 그런 국가적 대사는 폐하께서 병부령을 불러 하명하시면 될 듯 하옵니다. 다만, 선우 공이 지금은 왕실 사람인지라 제가 지휘하기에는 신분상 격에 안 맞을까 저어되옵니다. 따라서 병부령께 하명하시어 군사직책을 맡기신 후 대당(大幢)으로 배속시키심이 가한 줄 아옵니다."

일우와 설랑은 유신의 그 능구렁이 같은 답변에 혀를 내두르고 있었다. 지금까지 서라벌 도성의 방위 책임자인 대당주(大幢主)로서 자신들의 생사여탈권을 휘두르던 자가 이제 여왕 앞에서는 가장 왕실 사람의 신분을 존중하는 듯한 발언을 하는 유신의 그 이중성에 두 사람은 질려버렸다.

　"그럼 유신 공은 선우 공을 휘하에 두고 장병들의 무술을 연마시키는 것에 찬성을 한다 그 말씀이오?"

　"폐하, 선우 공이 신라장병들에게 무술을 가르친다면 우리 장병들이 장차 고구려 군과 전쟁을 할 때 고구려 사람들의 무예를 이미 파악하고 있으니 이 어찌 나라에 도움이 되지 않겠사옵니까? 소신은 대찬성이옵니다."

　유신은 이미 여왕이 설랑의 요청을 받아들여 일우를 자신에게 붙이고 자신을 견제할 의사가 있음을 눈치 챘다. 하지만 자신은 일우를 완전히 자기 사람으로 만들어 마음대로 부릴 자신이 있었다. 그가 보기에는 일우는 무술과 병법에는 뛰어날지 모르지만 자신처럼 정치적인 감각은 없는 단순한 무인 같았다. 그런 무인들은 솔직담백하여 극진한 사랑과 관심을 보이면 대부분이 죽을 때까지 충성을 한다고 그는 생각했다. 아직까지 그가 완전히 신라에 귀순했다고는 보기 어렵지만 대당군사 500명이 철수한 후 한 달이 넘어서 충분히 탈출할 수 있음에도 탈출하지 않은 것은 일우가 드디어 설랑에게 완전히 코가 꿰인 것이 틀림없다고 유신은 생각했다.

　한편은 설랑을 차지한 일우가 너무도 부러운 유신이었다. 설랑을 한 번 안아보고 싶어 무수히 노력했지만 자신에게 꿈쩍도 않던 설랑이 일우에게 온갖 사랑을 바치는 것을 익히 들어 유신은 잘 알고 있었다. 하지만 그는 청년 시절 어머니 만명 부인의 엄명에 따라 죽자 살자 좋아지내던 기생 천관녀와 무 자르듯이 헤어졌다. 그런데 자신이 말 위에서 조는 중에 말이 천관녀의 집으로 가자 말에서 뛰어내려 그 말을 단 칼에 목 벤 단호한 사람이었다. 그는 일우를 이제는 자신의 사람으로 만들 때가 되었다고 생각했는데 그의 면담 요청이 있자 기꺼이 승낙한 것이다.

여왕과의 면담이 끝나고 일우는 설랑과 함께 유신의 집으로 갔다. 그곳에 갔을 때 유신의 부인이 두 사람을 어찌나 반갑게 맞던지 두 사람은 눈물이 다 날 지경이었다. 특히 왕실의 친척지간인 유신의 부인 영모와 설랑은 나이 차이에도 불구하고 매우 친밀한 사이로서 내실에 들어가 이런 저런 이야기를 하며 깨가 쏟아지는 듯이 즐거운 시간을 보내었다.

유신은 일우에게 온갖 산해진미가 준비된 술상을 차려 내왔는데 그날 일우를 마치 친동생처럼 살갑게 대했다. 그는 자신이 가진 최상의 보검인 청연검 보다는 못하지만 자신이 애지중지하던 보검인 칠정검을 그에게 주었다. 그리고 자신이 손수 간직하고 있는 신라의 국사책 한 질을 그에게 선물했다. 일우는 왕자의 풍모가 가득한 유신이 원래 금관가야의 왕실 출신임을 알고 어쩐지 기품이 남다른 것을 느꼈다. 두 사람은 흉금을 털어놓고 무술과 병법 특히 내공의 수련법을 깊이 논의하였고 또한 폭풍 전야의 천하 정세를 깊이 토의하였다.

일우는 고구려 사정을 손바닥 들여다보듯이 잘 알고 있는 유신이 고구려 내에도 정교한 정보망을 움직이고 있음을 간파했다. 그는 유신이 건재하는 한 신라는 건재할 것이라는 느낌을 강하게 받았다. 유신은 일우를 친동생처럼 여기고 있으며 이곳 신라에서 설랑과 평생 행복하게 살면서 삼한통합의 웅지를 함께 펴자고 일우를 설득하였다.

일우는 그에게 깊이 감동한 듯 계속 맞장구를 쳤는데 유신은 일우가 자신에게 찾아온 것은 천지신명께서 신라를 도우시는 것이라고 힘주어 말했다. 일우는 속으로 유신의 엄청난 야심에 기가 질렸지만 그의 말에도 상당히 일리가 있다는 것을 깊이 느끼고 있었다.

그날 밤 자시가 넘어 설랑과 일우를 태운 마차가 왕궁 남문밖에 있는 유신의 대저택을 나와 북문 밖의 설궁을 향해 느릿느릿 가고 있었다. 때가 3월 초순인 때라 하늘에는 그저 별들 뿐 달님은 아직 그 모습을 드러내지 않고 있었다. 두 사람을 태운 마차가 시위하는 군사들 열 댓 명과 함께 막 북문을 지나 설궁 쪽으로 향하고 있을 때였다.

일우의 귀에 낯이 익은 퉁소소리가 들렸다. 일우는 그 퉁소 소리가 수향의 것임을 즉시 눈치 챘다. 일우는 하지만 묵살하고 마차를 나와 설궁 문안으로 막 들어가려고 하는데 웬 검은 삿갓을 쓰고 온 몸을 검은 옷으로 휘감은 자가 그에게 칼을 겨누고 달려들었다. 그자는 키가 그리 크지 않았는데 일우의 목을 단 칼에 찌르려고 하듯이 칼을 일우에게 일직선으로 겨누고 몸을 비호처럼 날리며 다가왔다.

그때 설랑이 검을 빼들고 그 검은 삿갓을 쓴 자를 공격하였다. 일우는 설랑을 향해 소리쳤다.

"당신은 들어가세요. 내가 이 자를 처리하리다."

"안돼요. 이 자는 당신을 노리는 자객인데 내가 당장 베어버리겠어요."

설랑 또한 물러날 태세가 아니었다. 열 명의 시위들이 말에서 내려 그 검은 삿갓인을 빙 둘러쌌다. 이제 검은 삿갓인 혼자 가운데 섰고 그의 주위를 일우, 설랑, 그리고 시위들 모두가 포위하고 그 자에게 검을 겨누는 상황이었다.

"다들 물러나시오. 이 사람은 제가 아는 사람이라 내가 만나고 들어갈 터이니 빨리 집안으로 들어들 가시오."

일우는 그 검은 삿갓인이 계수향임을 본능적으로 눈치챘다. 얼마나 보고 싶고 원망스러웠으면 적국까지 잠입했을까 생각하니 일우는 수향의 일편단심이 눈물이 나도록 고마웠다. 그때였다. 설랑이 시위들에게 외쳤다.

"다들 빨리 들어가 쉬세요. 이 분은 서방님 친구 분이시니 우리가 맞이할 게요."

시위대들은 한 명 두 명 집안으로 들어갔고 곧 모두가 자신들의 숙소로 사라졌다. 그러자 설랑은 검은 삿갓인에게 외쳤다.

"계수향 의원님이시지요? 야심한데 안으로 들어오셔서 우리 함께 말씀을 나누시지요. 여기서 이렇게 옥신각신하다가 순라군들에게 발각되면 시끄러워집니다. 그러니 우리 함께 집안으로 들어갑시다."

"흥, 뻔뻔스러운 계집 같으니. 남의 정혼남을 가로채고 무슨 할 말이 있다는 것이냐? 오늘 너와 사생결단을 할 생각으로 왔으니 내 칼을 피하지 말아라."

찢어발기듯이 높은 음성으로 수향이 외쳐대더니 이번에는 설랑을 향해 칼을 휘두르며 달려들었다. 설랑은 순간 칼을 피했으나 어찌나 수향의 공격이 매섭던지 자칫하면 그녀의 칼에 가슴을 찔릴 뻔 했다. 그녀는 뒤로 3장을 물러섰다. 그리고 칼을 들어 수향에 대해 공격 자세를 취했다.

두 사람은 그만 두라는 일우의 호통 소리를 그냥 무시한 채 서로 생사를 건 칼싸움에 몰입하고 있었다. 수향은 찢어발겨 죽이고 싶은 설랑에 대해 증오심이 폭발하여 무시무시한 검기를 발산하고 있었으며 여차하면 극독물로 그녀를 깨끗이 제거할 만반의 준비를 하고 있었다.

설랑은 그녀가 일우의 마음을 평생 지배하고 있는 첫사랑이라는 점에 대해, 게다가 그녀가 더할 나위없는 악독한 공격을 시도하자 그녀에 대해 죽이고 싶을 정도의 증오가 일어났다. 두 사람의 칼 소리는 때 아닌 한 밤 중에 요란스럽게 서라벌 하늘에 울려 퍼져 나가고 있었다.

둘이서 칼싸움을 시작한지 반식경이 지났을 때 일우는 두 사람의 한 수 한 수가 실수임을 느끼고 좌불안석이었는데 그들의 검투는 도저히 그냥 놔둘 수 없을 만큼 위험한 지경으로 들어가고 있었다. 그는 두 사람의 가운데로 미끄러지듯 들어갔다. 그리고 두 손을 맞잡고 애절한 목소리로 두 사람에게 호소했다.

"제발, 내가 죽는 꼴이 보고 싶지 않으면 그만 두시고 안으로 들어가서 말로 합시다. 여기서 이러다가 김유신에게 들키는 날에는 수향씨 또한 큰 경을 칠 터이니 빨리 그만 칼을 거두고 안으로 들어갑시다. 내가 이렇게 두 손 모아 빕니다."

일우가 두 손을 잡고 수향에게 비는 자세를 취하자 수향은 그가 너무 안쓰러웠고 설랑 또한 더 이상 싸울 의사를 잃어버렸다. 두 사람은 칼을 칼집에 꽂고 나서는 일우를 따라서 설궁 안으로 들어갔다.

일우가 두 사람과 설궁안의 거실로 들어가자 수향은 두 사람의 신혼살림이 일국의 왕자나 공주처럼 아주 호사스러운데 놀랐다. 거기다가 두 사람이 이제는 완전한 부부처럼 그렇게 서로 밀착된 듯한 모습을 보자 속에서는 천불이 났다. 과연 일우가 진짜 이 불여시에게 빠진 것이 아닐까? 천하비무고 고구려고 무어고 이제는 한 여자에 빠져 웅지를 포기한 것이 아닐까 하는 의심이 부쩍 들었다.

곧 설랑이 은은한 산삼차를 내왔고 세 사람은 어색하게 거실에 앉아 서로를 외면한 채 차도 마시지 않고 묵묵부답으로 앉아 있었다. 한참동안 어색한 공기가 방안을 휘감고 있었는데 침묵을 깬 것은 일우였다.

"어떻게 이 위험한 길을 혼자 오셨습니까?"

일우의 목소리는 떨리고 있었다. 수향에 대한 그리움이 가슴에 사무쳐왔다. 그러나 아직은 내 속을 드러내 보여서는 안 된다 이렇게 생각하고 일우는 좀 냉정한 표정을 수향에게 지어보였다.

"내가 살아 있기를 바라셨던가요?"

수향의 목소리는 그리움과 원망과 격정이 혼재되어 있었다. 설랑은 수향이 삿갓을 벗은 모습을 보자 금새 그녀가 얼마나 뛰어난 여걸인지를 깨달았다.

아, 일우 씨가 과연 평생 가슴에 그녀를 품고 살아갈 만도 하다.

설랑은 자신이 미모나 모든 것이 그녀보다 못할 것이 없었지만 웬 일인지 그녀 앞에서 자신이 한없이 작아지는 심정이었다.

"죄진 자가 무슨 할 말이 있겠습니까? 그저 수향 씨 처분에 맡깁니다. 죽이시려면 죽이시고 살려두시려면 살려두시고 마음대로 하세요."

일우는 정말 수향의 칼에 죽고 싶은 심정이었다. 지난 8개월 이상을 아무리 노력해도 자신의 운명을 옥죄고 있던 이 사슬에서 그냥 풀려나고 싶은 심정이었다.

"이제 그만 저하고 돌아가시지요. 여기는 서방님이 계실 곳이 아닌 것 같군요. 하실 일이 있는데 이런 음란한 소굴에서 청춘을 낭비하고 계시다니요. 이제 그만 사랑 놀음을 끝내고 돌아가십시다. 네, 서방님!"

수향은 일부러 일우에게 서방님이라고 부르면서 그의 감성을 자극하고 있었다. 이때였다. 가만히 있던 설랑이 날카로운 목소리로 수향에게 항의조로 말했다.

"음란한 소굴이라니요? 말씀이 좀 지나치시군요. 그리고 사랑 놀음이라니요? 우린 정식으로 결혼한 합법적인 부부인데 그런 막말을 하시다니 백제의 최고 여성이라는 소문이 헛것이었나 보군요."

"훗훗, 벼룩이도 낯짝이 있다는데 참 그대는 낯가죽도 두껍군. 지금 나는 내 정혼자와 이야기하고 있으니 그대는 입을 다물고 가만히 있으라."

수향은 지금 최대한 설랑을 자극하여 싸움을 걸 생각이었고 여차하면 극독물로 그녀를 죽일 생각이었기에 아주 자극적인 말을 하고 있었다. 일우는 그녀의 눈에서 파란 불이 켜지며 극도의 증오심을 설랑에게 드러내보이자 그녀가 설랑을 독으로 제거할 지도 모른다는 생각이 퍼뜩 들었다. 눈 하나 깜짝 않고 수십 명의 자객들을 극독물로 분해하거나 죽여 버린 그녀였다. 일우는 구곡산장에서 사람 시체가 그녀의 극독물로 인해 녹아버린 것을 기억하고 온 몸에 소름이 쫙 끼쳤다.

그러나 지금 그녀를 쫓아 나섰다가는 두 사람 다 죽은 목숨이었다. 지금으로서 자신의 목숨을 구원해 줄 사람은 수향이 아니라 설랑이었다. 시간이 걸려도 김유신과 가까이 하다가 그와 단독 비무를 끝낸 뒤에 탈출하는 것이 그의 갈 길이었다. 일우는 수향을 위해서라면 목숨이라도 버리겠지만 지금은 개죽음 밖에는 아무 것도 남을 것이 없다는 복잡한 계산을 하고 수향이 지금은 포기하고 돌아가게 만들수밖에 없다는 결론을 마음속으로 내리고 있었다.

"수향 씨가 무언가 잘못 생각하고 이곳에 오신 것 같군요. 나는 지금 설랑과 정식으로 결혼하여 잘 살고 있고 곧 신라 조정에 출사할 것 같으니 저를 포기하시고 오늘 밤은 이곳에서 주무시고 내일은 백제로 그만 돌아가시지요. 헛걸음질 하신 것에 대해서는 매우 죄송합니다. 저란 사람은 원래 이런 사람이니 이제 그만 저를 정혼자로서 포기하십시오."

일우는 능글거리는 표정으로 수향을 정면으로 바라보면서 말했다. 순간 수향의 눈에서는 쌍심지가 켜졌다. 그녀는 전광석화같이 등에서 칼을 뽑아 일우의 목에 겨누었다. 그리고는 자리에서 일어나 부들부들 떨며 말했다.

"더러운 놈! 천하비무도 조국애도 다 거짓이었더란 말이냐? 네가 이렇게도 야비하고 음란한 인간이었더란 말이냐? 내가 이 칼로 네 놈의 목을 단 칼에 벨 수도 있다만 한 때 너를 구한 의자(醫者)로서의 정을 생각하고 내가 깨끗이 물러나겠다. 하지만 한 가지 명심해라. 설령 네가 네 조국 고구려를 버리고 한 계집을 위해 신라에 붙는다 해도 너는 한 때 고구려 제일의 무사였다는 그 명성이 네 운명을 평생 가로 막을 것이다."

수향은 이렇게 말하더니 칼을 거두어 자기 칼집에 꽂고는 거실을 뛰쳐나갔다. 그러더니 기와지붕을 훌쩍 넘어 밖으로 사라져버렸다. 일우는 순간 *왓핫핫!* 하고 울음인지 웃음인지 모를 괴성을 터뜨렸고 설랑은 그런 일우를 등 뒤에서 으스러지게 껴안았다.

일우는 마음속으로 울고 있었다. 하지만 그는 겉으로는 환한 표정을 지으며 설랑의 허리를 으스러지게 껴안았고 두 사람은 곧 한 몸이 되어 열락의 세계로 끝없이 가고 있었다.

한편 설궁을 나선 수향은 폭포수같이 눈물을 흘리며 정처없이 앞으로 앞으로 무작정 나아갔다. 그녀는 지금 자신이 과연 살아있는지 죽어있는지 모를 심정이었다. 처음 만났을 때는 그다지도 순수하고 올곧던 일우가 이제는 아주 야비하고 더러운 매국노이자 음남(淫男)이 되다니 도저히 믿을 수 없었다. 그 유들유들하던 태도와 설랑을 바라볼 때 보이던 음탕한 눈빛 등 도무지 그가 과연 옛날의 그 일우였을까가 의심이 들 정도였다.

그날 밤새내 토함산에 들어가 통곡하며 괴로워하던 그녀는 이른 새벽 먼동이 틀 때 동해 바다를 향하여 빠른 걸음으로 걸어갔다. 약

3시진 만에 어느 바닷가에 도착한 그녀는 절벽에 서서 멀리 해변에 매어 놓은 자신의 배를 바라보다가 그냥 몸을 날려 죽어버릴까 하는 생각이 들었다.

그녀는 이제 더 이상 이 세상을 살 하등의 이유도 희망도 없었다. 일우! 그야말로 그녀의 인생 전부였으니까 그가 가고 난 지금 더이상 무슨 삶의 희망이 있을까 하는 생각이 들었다.

그때 그녀는 갑자기 일우가 자신에게 주었던 조그만 비단주머니가 생각났다. 일우가 그녀와 백제에서 헤어질 때 그녀 앞에서 약지 손가락을 베어 영원히 그녀만을 사랑하겠다고 혈서를 써 준 광목천이 들어있는 노리개용 비단 주머니였다. 그가 쓴 사랑을 맹세하는 혈서를 보자 그녀는 눈물이 주르륵 흘렀다.

그래, 그이는 지금 신라 측의 포로지, 그 불여시는 포로를 잡아 두기 위하여 유신이 붙여준 유신의 도구일 뿐이다. 일우 씨가 이제는 옛날 나를 처음 만났을 때의 그가 아닌 것이다. 그도 이제는 산전수 전을 겪다보니 자신이 살아야할 길을 찾아가고 있을 것이다. 그가 나를 버릴 수는 있어도 과연 제 조국 고구려를 버릴 수 있을까? 아니 야, 그는 절대 자기 조국을 버릴 위인이 아니다.

그녀는 유달리 오늘 저녁 능글능글했던 일우의 마음속을 짚어보았다.

그렇구나, 만일 오늘 나를 따라 그가 나서는 순간 서라벌 일대에 는 천라지망이 펼쳐질 것이고 두 사람은 붙잡혀 비참하게 죽을 수 밖에 없었을 것이다. 그렇군, 둘 다 살리기 위해서는 부득이 설랑에 게 붙은 척 하였군.

총명한 수향은 일우의 광목 혈서 천을 다시 만지작거리며 눈물을 흘렸다. 그리고 다시 산등성이를 조심조심 내려가서 자신의 조그만 배에 올라탔다. 그리고 남해안을 향해 천천히 배를 몰아가고 있었다.

제7장   일우가 마침내 백제로 탈출하다

　수향의 잠입과 그녀를 거부한 일우의 소식은 설랑을 통해 김유신에게 전달되었고, 김유신은 드디어 일우가 신라 측에 완전히 붙었다고 생각하게 되었다. 그는 병부령인 술종을 움직여 일우를 신라 도성 방위군인 대당(大幢)의 무술 총사범직인 좌당주를 제수하게 하였고 자신의 휘하에 그를 잡아두었다.

　일우는 신라 군에게 정말 정성을 다해 무술을 가르쳤다. 그가 가르친 무술들은 청려선방의 정통 무술들이고 보면 사실상 고구려군이 가장 아끼고 있는 일급 무술들을 가르치고 있는 것이었다.

　이런 일우에 대해 유신은 한없이 흡족해하며 그가 점점 자신과 가까워지려고 노력하는 것을 매우 기쁘게 생각하고 있었다. 일우는 거의 매일 새벽부터 출근하여 저녁 늦게야 집으로 들어왔는데 설랑은 하루 종일 일우를 기다리며 온갖 맛있는 반찬을 준비하여 일우에게 먹이곤 했다. 일우는 아무 생각 없이 그저 군무(軍務)와 사랑만 들고 팠는데 이런 일우에 대해 설랑 또한 이제는 마음이 풀어져 그가 다시 신라를 떠난다는 것에 대해서는 아예 생각을 안 하는 지경까지 가고 있었다. 유신 또한 일우에 대해 아무런 경계도 없이 거의 매일 그와 만나 신라 군의 무술 지도와 병법 등을 상의하고 심지어는 고구려의 병력 특히 전국 조의선인들의 무력에 대해 논하였다.

이렇게 일우가 신라 조정에 나가 출사한 지 1년이 다 되었을 때 일우의 스승 중 한 사람인 정고가 어느 날 군무에 한참 몰두하고 있다가 잠시 막사에서 휴식을 취하고 있는 일우에게 달진이라는 신라 장병 한 사람을 보내 서신을 전했다. 그 내용은 자신은 아직도 일우가 조금도 변함이 없으리라는 것을 믿는다는 것 그리고 언젠가는 다시 천하비무를 떠나게 되리라는 것을 굳건히 믿고 있으니 자신의 도움이 필요할 때는 달진을 통해 연락하라는 내용이었다.

일우는 달진에게 서신을 한 통 써서 정고에게 전했는데 그 내용은 자신이 지금 필요한 것은 가장 효능이 좋은 다량의 수면제이며, 두 마리 말이 끄는 성능이 좋은 마차 한 대가 필요하다는 것 그리고 초절정의 무공을 지닌 조력자 한 사람과 고구려 비무인증단 등이 자신이 연락하면 언제라도 자신에게 달려올 수 있도록 준비해달라고 부탁을 하는 것이었다.

달진의 서신을 받은 정고는 일우가 무엇인가 방법을 찾아 탈출할 준비를 하고 있다는 것을 확신하였다. 열나흘 뒤 정고로부터 일우에게 모든 준비가 다 갖추어졌으며 필요한 최상의 수면제가 입수되었다고 하면서 그것을 달진을 통해 그에게 전달하였다.

일우는 모든 준비가 다 갖추어지자 더욱 유신에게 비위를 맞추었다. 심지어 일우는 그에게 온갖 중요한 청려선방의 비전무학과 병법 등을 전해주면서 더욱 신임을 얻었다. 또한 고구려의 조의선인군들에 관한 일급 정보들을 풀어놓음으로써 유신이 크게 만족하게 하였다. 유신은 이런 일우에 대해 여왕에게 말해 크게 포상하겠다고 말하면서 일우의 손을 굳세게 붙잡았다. 그는 이제 일우와 손잡고 삼한 통합의 대업을 이룰 수 있겠다고 호언장담하였다.

정말 칠일 후 여왕으로부터 일우를 포상한다는 전갈이 왔다. 일우는 설랑을 대동하고 여왕 면전에서 병부령에게 금으로 만든 상찰(賞札)을 수여받았으며 그의 군대 내 직급이 좌당주에서 중당주로 1계급 승진하였다. 일우는 포상을 받고 나서 몹시 흐뭇한 표정을 지으며 설랑에게 김유신 공을 한 번 집으로 불러 함께 축하의 술자리를 열었으면 어떻겠느냐고 그녀의 의견을 물었다. 그러자 설랑은 자신도 찬성한다고 말하며 성대한 주연을 준비할 테니 유신 공을 초청하라고 말하였다.

다음날도 일우는 대당의 부대에서 한참 군사들의 무술 훈련을 시키고 있었다. 그런데 대낮인 미시(오후1시-3시경)에 김유신이 훈련 현장에 나타났다. 그는 일우에게 맹렬한 무술훈련을 받은 군사들의 무술 실력이 월등해진 것을 보고 매우 흡족해 하였다. 그는 연무장 중앙에다 일산을 펼치고 앉아서 군사들의 훈련 상황을 일일이 점검하고 있었는데 한식경쯤을 앉아 있다가 자리를 뜨려고 하였다. 그때 일우가 유신에게 불쑥 말했다.

"장군님, 이번 포상에 대해 감사도 드리고 싶고 또 그동안의 후의도 감사드릴 겸 저희 집에서 한 번 모시고 대접하고 싶은데 왕림하시는 영광을 주시면 감사하겠습니다."

"오, 참 고마운 말씀이오. 그런데 부인과는 상의하시었소?"

유신은 의외라는 생각이 들었지만 설랑과 상의하여 결정한 일이라면 별 문제가 없으리라는 생각이 들었다. 아직도 일우에게는 고구려 무술과 병법에 대해 더욱 많은 정보를 빼내야 하니 그와 더욱 인간적으로 가깝게 지내는 것이 좋으리라는 생각이 들었다.

"예, 처와는 이미 상의하여 장군님을 모실 준비를 하고 있습니다."

일우는 긴장하며 유신의 표정을 살폈다. 그가 일단 자신의 집으로 와야 탈출과 단독 비무의 계획을 수립할 수 있다. 워낙 교활한 유신이고 보면 만반의 준비를 다 갖추고 오겠지만 우선 그가 자신의 집으로 와야 만사가 제대로 풀릴 것이다. 이렇게 생각하며 일우는 유신의 입에서 떨어질 다음 말을 주시했다.

"좋소이다. 내 앞으로 한 칠일 만 있으면 시간이 되니 오늘부터 칠일 후 유시 경에 중당주의 집으로 찾아가리다. 뭐, 무리하게 차릴 것은 없고 우리 형제끼리 그저 술이나 즐기면서 우의를 다지는 그런 시간을 가지도록 합시다."

유신은 이렇게 말하면서 일우의 두 눈을 뚫어지게 바라보았다. 마치 그의 속마음을 읽으려는 듯한 표정이었다. 일우는 미소를 지으며 그의 안광으로 번쩍이는 두 눈을 태연히 바라보았다.

"감사합니다. 보잘 것 없는 제 소청을 들어주시니 감사합니다. 장군님을 한 번 저희 집에 모시는 것이 소원이었는데 이렇게 초청에 응낙해주시니 몸 둘 바를 모르겠습니다. 감사합니다."

일우는 고개를 숙여 유신에게 인사를 했고 유신은 일우의 등을 쓰다듬어 주더니 자신의 집무실로 향했다. 유신이 떠난 뒤 일우는 달진을 불러 자신이 쓴 서신을 정고에게 전해주도록 했다. 그 편지에서 일우는 칠일 후 모든 준비를 갖추고 있으되 고구려 인증단과 신라와 백제의 국경 지역인 여원재성6) 근처에 있는 고남산 입구에서 만나자고 하였다.

칠일 동안 일우는 그간 머릿속으로 세밀하게 구상해온 탈출과 김유신과의 단독 비무에 대해 이리저리 검토하고 있었다. 자신이 신라에서 탈출할 수 있는 마지막 기회였다. 그는 설랑의 문제를 어떻게 할 까 고민하다가 그녀도 유신과 같이 수면제를 먹여 잠재워서 일단 백제 국경까지 납치해간 후 그녀가 백제로 함께 들어간다면 같이 탈출하는 것이고, 그녀가 그냥 신라에 남겠다면 부득이 그녀와 헤어지는 수밖에는 다른 도리가 없었다.

칠일 후 유시(오후 5시-7시)가 끝날 무렵에 김유신은 열 명의 시위들을 이끌고 설궁으로 왔다. 일우는 그가 열 명이나 되는 시위들을 이끌고 온 것을 보고 그가 아직도 완전히 자신을 믿고 있지 않음을 알았다. 하지만 그는 이미 자신의 집에서 담근 천하의 명주라고 알려진 서라벌 법주에다 강력한 수면제를 타놓았기에 모두들 그 술을 즐겨 마시다 보면 잠에 곯아떨어질 것이 틀림없었고 그 이후에 그는 정고와 함께 유신과 설랑을 말에 태운 후 화살처럼 달려 여원재성 부근의 고남산까지 달릴 계획이었다. 그곳에서 그는 유신이 깨어난 후 이미 대기하고 있는 고구려 천하비무 인증단 입회하에 유신과 비무한 후 그를 이기고 백제로 탈출할 계획이었다.

일우와 설랑 그리고 집안의 집사장을 비롯한 시위들과 일꾼들

---

6) 지금의 전라북도 남원시 운봉읍 장교리 장교리 마을 뒤쪽에 있는 신라 성으로서 백제와 국경을 이루고 있었다.

약 십여 명이 나와 김유신과 일행을 극진하게 영접하였다. 일우와 설랑은 마치 일국의 왕을 맞이하듯이 유신 일행을 맞이하였다.

유신은 설랑을 보는 순간 아직도 가슴이 철렁하였다. 언제나 그녀의 눈을 바라보고 있자면 자신이 한없이 홀리는 것이 이상했다. 하지만 유신은 이런 자신을 억누르고서 일우의 안내에 따라 이미 큰 주연이 준비되어 있는 넓기가 50평은 되는 귀빈실로 들어갔다. 나머지 시위들은 설랑을 따라 별실에 마련된 주연 장소로 갔다.

유신이 귀빈실의 호랑이 가죽으로 만든 보료위에 장중하게 앉자 일우와 설랑은 유신에게 큰 절을 했다. 마치 주군에게 인사하듯이 그들은 충성을 표하기 위해 그에게 큰 절을 한 것이다. 하지만 유신 또한 두 사람에게 맞절을 함으로써 자신의 겸손함과 두 사람에 대한 존중의 뜻을 그들에게 과시하였다.

유신의 앞에 일우가 앉았고 그 옆에 설랑이 앉았다. 그들이 자리에 앉자마자 잠시 후 유신의 시중을 들 아상이라는 10대 후반의 아릿다운 원화가 방 안으로 들어왔다. 그녀가 들어서자 방안이 갑자기 빛이 날 만큼 환해졌다. 미모와 지성이 몹시 출중하여 서라벌 장안에 제2의 설랑으로 꼽히는 그녀였다. 유신 또한 그녀에 관해 잘 알고 있었는데 이렇게 직접 가까이서 만나기는 처음이었다. 가까이서 보니 너무도 고혹적인 자태에다 청순미까지 더해 차마 그 누구도 범접할 수 없을 만큼 빼어난 미모였다.

유신은 그녀가 자신의 곁에 한 마리 나비처럼 사뿐히 앉자 매우 가슴이 설레는 것을 느꼈다. 항상 설랑에 대해 풀지 못한 찌뿌둥한 그 욕망이 아상을 보자 더욱 활활 타올랐다. 유신은 그녀에게 술을 한 잔 따라 주면서 물었다.

"네가 이번에 설랑 대신 원화가 된 아상이렷다?"

신라의 여성 화랑의 대표인 원화는 일단 시집을 가면 그 직에서 물러나야 하고 이 경우 전임자의 추천을 받아 국왕이 직접 원화를 임명하는 것이 상례였다. 소판이자 호부령인 박진홍의 딸인 아상은 설랑과 의자매로서 두 사람 사이는 친자매보다도 더 깊은 우의가 항상 변함없이 유지되고 있었다.

"네, 그러하옵니다. 장군님."

유신은 고개를 돌리며 술을 마시는 아상을 뚫어지게 바라보았다. 그녀에게 술을 준 유신의 의도는 그 술에 독이 있나 없나를 시험하는 기색이 역력했다. 아상 또한 그것을 알고 자신이 한 잔 먼저 마셔 보인 것이었다. 이것은 이미 설랑이 의심 많은 유신을 완벽히 접대하기 위해 아상에게 부탁한 것이었다. 아상은 모든 음식을 손수 먼저 먹어본 후 유신의 입에 넣어줌으로써 아무런 해가 없음을 증명해 보였다.

그러자 일우와 설랑은 번갈아 가면서 유신에게 술을 권했고 유신은 그들의 술잔을 받아 마시고 한편은 아상이 먹여주는 온갖 산해진미를 맛있게 먹고 있었다. 유신과 아상은 다시 일우와 설랑에게 번갈아가며 잔을 돌렸다. 네 사람은 마치 친형제와 자매 사이의 행복한 주연처럼 그렇게 마음을 풀어놓고 술자리를 즐겼다.

주흥이 일자 유신은 세 사람을 자리에서 일으켜 춤을 추자고 권유했고 네 사람은 곧 짝을 지어 어깨를 들썩이고 발꿈치를 덩실 덩실 들며 춤사위를 이어나갔다. 유신은 매우 흥이 나자 아상의 허리를 안고 그녀의 입술에 입을 맞추었다. 아상은 그의 입에서 술냄새가 났지만 참고 그의 입술을 받았다. 그녀는 설랑으로부터 오늘 밤 유신공의 어떤 행동이라도 다 받아달라는 간곡한 부탁을 받았으므로 언니 같은 그녀의 체면을 보아 유신의 그런 무례한 행동을 참은 것이었다.

잠시 뒤 설랑이 유신 공을 위해 가야금을 한 수 타겠노라고 제안하였고 그들은 모두 자리에 앉아서 술잔을 다시 기울이며 설랑의 가야금 소리를 들었다. 그녀는 지금 가야의 우륵 선생이 만든 수백편의 가야금 곡조 중 남녀의 애끓는 그리움을 노래하는 상사곡을 타며 입술로는 청아하게 노래를 불렀다. 그러자 세 사람은 모두 비감한 심정이 되어 분위기가 착 가라앉기 시작했다. 일우는 그녀가 자신의 음모를 알고 있는 듯한 느낌을 받으며 그 노래가 주는 상징을 해석하고 있었다.

그러자 아상이 분위기를 바꾸기 위해 자리에서 일어나 앵무가를 불렀는데 그 노래는 앵무새의 부부애를 빗대 남녀의 참 사랑을 노래한 일종의 남녀상열지사였다. 지금으로 말하면 남녀의 애정을 노래한 유행가라고 할 만 하였다. 네 사람은 금방 바뀐 분위기에 맞추어 즐겁게 춤을 추며 먹고 마시고 놀았다.

주연을 시작한지 벌써 2시진이 지나자 그들은 다소 피곤함을 느끼기 시작했는데 유신은 이미 아상의 아름다운 몸을 더듬으며 그녀를 탐하기 시작했고 아상 또한 천하영웅인 유신의 그런 몸짓이 싫지 않은지 그의 음탕한 행동을 그냥 놔두고 있었다. 그러나 유신과 설랑, 그리고 아상은 자꾸만 눈이 무거워지고 있었다. 아무리 참으려 해도 쏟아지는 졸음을 그들은 도무지 어찌할 방법이 없었다. 이윽고 그들 세 사람은 모두 잠에 곯아 떨어졌다.

그러자 일우는 다시 별실로 가보았는데 역시 별실에 있던 유신의 시위들도 모두 잠에 곯아 떨어져 있었다. 일우는 방 밖으로 나가 대기 중인 정고에게 대문을 열어주었다. 두 사람은 집안으로 들어와 유신과 설랑을 각각 대기 중인 마차에 태우고 유신의 검과 무구를 챙겼다. 일우가 가운데 앉고 설랑을 왼편에 유신은 오른 편에 앉히었고, 정고가 말을 모는 마부의 자리에 앉았다. 두 사람은 차가운 밤공기에도 도무지 일어나지 못했다. 일우는 설랑에게 두터운 담요을 씌우고 유신에게는 긴 비단 장삼으로 몸을 덮은 후 정고에게 출발을 부탁했다.

정고는 벽력같이 달리는 최고의 준마 두 필을 잘 몰아 지금 서라벌을 지나고 있었다. 서라벌 도성을 지나올 때는 이미 자시가 지나 도성안의 모든 문이 잠기어 있었는데 일우가 유신의 신분증인 대당주의 옥패를 보여주며 긴급사항이라고 둘러댐으로써 모든 문을 무사히 통과할 수 있었다. 그들이 서라벌 도성을 빠져나와 약 세 시진을 달렸을 때 이미 하늘에는 먼동이 트기 시작했다. 정고는 더욱 말을 급속하게 몰아 그들의 약속 장소인 여원재성 부근의 고남산으로 향했다.

약 한 시진 후 정고가 모는 마차는 고남산 입구에 도달했다. 을씨년스런 바람이 고남산의 1000평은 넘을 듯한 큰 공터에 휭 불어왔다. 잠시 뒤 고구려 천하비무 인증단의 대표인 고천파의 그 우둥퉁한 몸매가 드러났고, 뒤에는 키가 크고 깡마른 유가휘가 그 모습을 드러냈다. 두 사람은 거의 1년 8개월 만의 신라에서의 연금 생활 끝에 이제 고통스러운 천하비무의 길을 갈 생각을 하니 참으로 괴로웠다. 신라 왕실 객관에서 온갖 주지육림에 빠져 지내던 생각이 삼삼하게 났다. 하지만 막상 신라를 몰래 탈출하여 백제의 국경 근처에 오자 그들은 무사의 본능상 무엇인가 긴박한 일이 벌어지고 있음을 직감하게 되었다.

정고가 마차를 멈추고 두 사람에게 손짓을 했다. 두 사람은 웬고급스런 마차가 당도하자 의아해 했는데 잠시 뒤 일우가 마차에서 나오자 졸도할 듯이 놀랐다. 신라 조정에 빌붙어 출사하여 부마처럼 호강을 하고 살면서 아예 천하비무를 때려치운 줄 알았는데 결연한 모습으로 마차에서 내리는 일우를 본 순간 그들은 그동안 정고가 일우를 참고 기다리자고 설득한 말이 옳았음을 알았다.

"고 대사자님, 유 말객님, 그간 안녕하셨습니까? 그간 너무 심려를 끼쳐드려 죄송합니다."

일우는 두 사람에게 정중하게 머리를 숙여 인사했다.

"아니, 신라에서 호강하고 살지 무엇하러 이 고생을 다시 하려고 하는감? 이젠 그 설궁의 호사스러운 생활도 지쳤는감?"

고천파가 빈정거리듯 말했다.

"반질반질한 옥 같은 얼굴을 보니 참으로 그간 신선놀음을 하고 살았구만. 도대체 오늘 여기서 왜 만나자고 한 것인가?"

유가휘는 인상을 잔뜩 찌푸리며 퉁명스럽게 물었다.

"지금 두 사람은 그런 말 할 자격이 없는 것 같소이다. 그간 주지육림에 빠져 지내신 것은 두 분이 아니오? 일우는 그간 오늘의 탈출을 위해 부단히 준비해온 것이오. 지금 저 마차안에 누가 있는지 아시오? 바로 신라의 군사 실력자 김유신과 설랑이 있소? 그러니 아무 말 마시고 곧 일우와 김유신의 비무만 관전하시오. 신라 측의 입장상 유신은 공개적으로 절대 비무에서 져서는 아니 되오. 그러므로 그들의 입장을 살려 오늘 아무도 없는 이곳에서 일우와 그가 비무를 할 수 밖에 없소. 그러니 이제 우리는 다시 고구려 천하비무의 인증단의 역할을 잘 수행하면 되는 것이오. 아시겠소?"

정고의 엄숙한 말에 두 사람은 꿀 먹은 벙어리가 되었다. 그러나 그들은 다시 온 천하를 떠돌아다닐 생각에 앞날이 캄캄해지고 있었다. 차라리 일우가 여기서 유신에게 져서 천하비무를 그만 끝내고 고국으로 돌아가고 싶은 마음이 간절할 뿐인 그들이었다.

네 사람은 지난 시간동안의 이런 저런 이야기를 하며 유신이 깨어나기를 기다렸다. 그런데 설랑이 잠에서 깨어나 마차 밖으로 나왔을 때도 유신은 도무지 일어날 생각을 하지 않았다. 설랑은 일우가 결연한 모습을 한 채 황량한 산 중에서 이상한 사람들과 함께 있는 것이 못내 이상한 지 고개를 좌우로 둘러보았다.

"서방님, 여기가 어디지요?"

"여긴 신라와 백제의 국경인 여원재성 부근의 고남산이오."

일우가 다소 냉정한 목소리로 그녀에게 말했다.

"왜, 여기까지 저와 김유신 공을 모셔왔지요? 그리고 저 이상한 복장을 한 사람들은 누구신가요?"

"아따 이상한 복장은 무슨 이상한 복장? 우리 옷이야말로 가장 실용적인 옷이지 신라 옷들은 무슨 짱깨들 흉내를 그리 냈는지 원 참."

고천파가 설랑이 못마땅한지 구시렁거렸다.

"두 사람은 지금 이곳까지 초빙된 것이외다. 잠시 뒤 신라 여왕 경축연 때 끝을 못 낸 선우일우와 김유신의 재대결이 있을 것이니 기대 많이 하시구려."

정고가 이렇게 말하며 마차 안을 들여다보았을 때 김유신이 잠에서 막 깨어났다. 그는 자신을 들여다보며 혀를 끌끌 차고 있는 정고를 보며 갑자기 수박으로 공격할 듯한 자세를 취했다.

"웬 놈이냐?"

유신은 도무지 상황을 짐작할 수가 없자 무인의 자기보호 본능이 일어났다.

"한심한 자 같으니, 네가 그러고도 삼한통합 운운 하는 천하 영웅이란 말이냐? 지금 네 생사여탈권은 우리에게 달려있어. 잘난 척하지 말고 빨리 마차에서 내려라."

정고가 명령조로 말하자 유신은 도무지 이 일이 어떻게 된 일인지 알 수 없어 고개를 가로 저었다. *분명히 어제저녁 일우의 집에서 아리따운 이상을 끼고 즐겁게 술을 먹고 춤을 추며 놀았는데 이 무슨 꼴이람. 혹시 일우가 나를 속이고 납치했는가? 그렇다면 이 일을 어떻게 한담.*

유신은 마차 밖을 보니 웬 장정들 두 사람과 일우 그리고 설랑의 모습이 보였다. 여기서 기가 죽으면 다 끝장난다 생각한 유신은 왕자답게 거만한 모습으로 마차 밖으로 나왔다. 그는 자신을 증오의 눈초리로 지켜보고 있는 일우와 세 명의 사나이들을 보고 그들이 소위 고구려 천하비무 인증단임을 알아챘다.

"이제 일어나셨소?"

일우가 그에게 비웃음을 가득히 담은 투로 물었다.

"그래, 무슨 일로 어제까지의 신의를 저버리고 나를 이곳까지 납치했는가?"

유신은 기선을 제압하려는 듯 호통을 치듯이 일우를 바라보며 물었다.

"신의? 핫핫! 내가 그 알량한 신의를 지켜 당신의 목숨만은 살려 주었지. 하지만 당신의 입으로 신의를 말할 자격은 없지. 나에게 써먹은 그 수법 그대로 돌려준 것뿐이니까. 그간 당신의 구역질나는 그 야심을 들으며 참고 참아왔지만 오늘 비로소 당신에게 비무를 신청한다. 이제 비무 도중 죽던 살던 그것은 천지신명께 달린 일이고 나는 당당한 고구려 제일의 무사로서 당신을 이기고 다시 천하로 나아간다. 당신 때문에 애꿎은 한 여자만 희생을 당했으니 그 책임은 당신이 져라. 인간적으로는 그녀를 사랑했지만 당신의 음모를 처음부터다 알고 참았을 뿐이니 이제 애꿎은 그녀를 더 이상 괴롭히지 말아라. 그것이 당신이 저지른 죄악을 속죄하는 유일한 길일 것이다. 우린 똑같이 밤새 음주가무를 즐겼고 똑같이 수면제를 탄 술을 먹었다. 난 해독약을 먹었다 하나 밤새 한 잠도 못잤고 당신은 밤새 잠을 잤으니 신체조건상 당신이 유리하다. 당신의 검은 내가 챙겨왔으니 나를 이기고 죽이던지 여기 있는 모든 사람들을 죽이고 살 길을 찾아라. 하지만 내가 이기면 깨끗이 당신과 설랑을 보내주겠다. 그러니 여왕 앞에서 비겁하게 비연부대를 동원하여 싸우진 못하더라도 지금 여기에서 당당하게 싸우자. 만일 나와 비무를 하지 못하겠다면 당신을 이 자리에서 그간 나와 설랑과 고구려를 능멸한 죄로 처단하겠다. 알겠는가?"

일우의 말은 단호했다. 하지만 설랑은 그의 말을 듣자마자 비명을 질러댔다.

"나를 죽이고 유신 공과 싸우세요. 난 이제 더 이상 신라로 돌아갈 수 없게 되었으니 빨리 나부터 죽이고 유신 공과 싸우세요. 고구려니 백제니 신라니 지금 우리가 나누어져 백날 싸워보았자 당나라만 신이 나는 일들인데 우리들은 왜 이렇게 어리석은 족속들이 되었죠?"

일우는 설랑의 말을 듣는 순간 그녀가 죽어도 신라로 돌아갈 것이 아님을 알고 앞길이 캄캄했다. 도무지 어떻게 해야 한단 말인가? 거의 두해동안 같이 살던 내 여자를 신라 여자라는 이유 하나로 그저 버려야 하는가? 일우는 그녀의 선택에 그녀 스스로의 운명을 맡긴다는 자신의 계획이 인간적으로 매우 야비하다는 생각이 계속 들고 있었다.

"설랑은 그만 두 사람 사이의 원한과 반목에서는 빠지시는 것이 좋겠소. 이것은 두 사람의 개인적인 문제라기보다 고구려와 신라의 근본적인 대결의 문제요. 그러니 그만 참견하시오."

정고의 점잖은 말에 대해 설랑은 그저 눈물만 흘렸다. 그러자 유신이 천천히 입을 열었다.

"좋다, 내가 취할 수 있는 길은 너희들 전부를 이 자리에서 죽이거나 네게 져서 구명지은을 호소하는 수밖에 없군. 네 제안을 받아들이마. 너는 그저 네 아비의 뒤를 이어 천하제일의 검선이 되어 천하에 명성을 드날릴 생각뿐이지 이 땅에 살고 있는 불쌍한 백성들은 안중에도 없구나. 설랑은 네 여자니 네가 알아서 처리해라. 죽이던 살리던 나는 관심이 없다. 내 칼이나 다오."

일우가 차갑게 유신의 말을 비웃으며 그의 검을 그에게 던졌다. 유신은 자신의 칼집에서 검을 뽑아들고 두 손가락으로 칼등을 천천히 만져보았다. 언제나 천하의 제일검이라고 자부하는 듬직한 자신의 청연검이었다. 그는 일우가 술에 탄 수면제로 인해 깨어날 때는 약간 어질어질했으나 생사기로에 선 지금 정신이 부쩍 들었다.

그는 바람이 휘몰아치는 황량한 산중에서 칼을 들고 무심한 상태로 기를 모았다. 이제 일생일대에 한 번 있을 까말까 하는 건곤일척의 결투를 앞두고 그는 명경지수의 심정이 되기 위해 마음을 가다듬고 있었다.

일우 또한 검을 빼들고 무극신검의 초식을 펼치기 위해 기를 모으기 시작했다. 두 사람은 서로 약 10장 정도 거리에서 마주보며 대결을 준비했고 고구려 인증단 일행과 설랑은 그들과 약 30장 정도 떨어진 거리에서 그들의 비무를 응시하고 있었다.

일우가 하늘을 향해 몸을 날렸고 무극신검의 제1초식인 무극위태극지세(無極爲太極之勢)를 펼치기 시작했다. 이 초식은 우리 신체의 세 단전인 상중하 단전에 모이는 내공을 무심의 경지 즉 무극의 혼돈스러운 경지에서 태극 즉 온 내공이 자신의 마음에 하나로 모임으로써 심기신이 완전히 일치되는 지경까지 오는 것이다. 순간 이 검세는 그의 칼에 모이는 그의 내공이 검기로 충일해졌을 때 하늘과 땅의 음양의 웅혼한 기운과 어우러져 어마어마한 힘이 그의 검 주변에 집중되는 것이며 이때 무극신검의 제2초식인 음양분화지세(陰陽分化之勢)인 신검일월타(神劍日月打)가 되는 것이다.

그는 칼을 들어 유신의 명치를 향해 검기를 힘껏 날려 보냈다. 무시무시한 용암 같은 뜨거운 기운이 유신의 복부에 밀려들었다. 유신은 청연검에다 자신의 온 몸에서 나오는 냉기를 모아 일우쪽으로 강력하게 날렸다. 두 기운이 중간에 부딪치자 두 사람은 각각 일장씩을 뒤로 물러섰다.

이번에는 일우가 무극신검 3초식을 시전하기도 전에 유신이 공중으로 5장 정도 몸을 날린 후 한 바퀴를 빙 돌더니 마치 나비가 날듯 그렇게 느릿느릿 일우쪽으로 향해 날아왔다. 일우는 유신의 그 신기할 정도의 경공술에 경악하고 있었는데 그가 갑자기 일우의 머리를 칼로 후려쳤다. 일우는 순간 검을 들어 유신의 검기를 내쳤다. 그러자 유신의 검기가 일우의 칼에 닿았을 때 벽력같은 굉음이 일어났다.

이번에는 일우와 유신이 동시에 하늘로 3장 정도 날아올랐다. 그리고 공중에서 서로 칼을 부딪치며 대접전을 벌였다. 하지만 서로의 힘과 기가 막상막하라 그런지 두 사람은 서로에게 아무런 피해도 주지 못하고 땅으로 다시 착지했다.

이번에는 일우가 재빨리 무극신검 제3초식인 삼태극지세(三太極之勢)를 펼쳤다. 일우의 칼에서 나오는 검기들이 우주의 음양의 기운과 하나가 되었다가 무극이 태극이 된다. 태극은 음양이 되었다가 삼태극으로 바뀔 때 천지인(天地人), 성명정(性命精), 심기신(心氣身), 감식촉(感息觸)의 세 기운으로 분화되듯이 검기는 삼극으로 분화되어 어검자의 마음먹은 대로 변화가 막측하게 일어나기 시작한다. 이때 검기는 생살(生殺), 공수(攻守), 강유(剛柔), 한온(寒溫), 장단(長短)등의 무수한 변화가 일어나며 어검자의 마음대로 조정되는 것이다. 일우가 3초식을 펼치자 물방울 같은 미세한 검기들이 세 방향에서 유신을 향해 공격해 들어갔다.

유신은 자신의 몸 바로 앞까지 일우의 미세한 물방울 같은 검기가 날아오자 급격히 몸을 날려 일우를 향해 일직선으로 검을 겨누고 공격했다. 그 물방울 모양의 검기는 맞는 순간 온 몸을 파고 들어가 심각한 내상을 입을 것임을 유신은 직감했기 때문이었다.

그러다가 유신 또한 마음을 집중하여 청연검을 조종하기 시작했는데 그 검이 일우의 검을 강타할 찰나 일우는 다시 공중으로 몸을 솟구쳐 칼로 다시 무극신검 제4초식인 무상무기지세(無想無氣之勢)를 펼쳤다. 무심의 경지에서 아무런 기도 느껴지지 않을 때 상대의 영역에 엄청난 진공 상태를 가져오는 것이며 이 상태에 빨려들면 오장육부가 다 몸 밖으로 터져나오고 온 몸의 세포란 세포가 그 무시무시한 진공속에서 다 분해되고 만다.

유신은 일우에게서 아무런 상념도 기운도 느껴지지 않자 순간 두려움이 들기 시작했다. 전설적인 무공의 경지인 무상무기는 그야말로 초절정의 무공으로서 60갑자(3,600년) 이상의 내공이 연성되지 않은 사람은 시전이 불가능한 것이었다. 또한 그 초식을 막기 위해서는 그 이상의 내공의 힘으로 상대쪽으로 빨려 들어가는 자신의 기를 막아야 했다.

유신은 순간 회오리바람을 일으키며 100장 밖으로 몸을 날렸다.

일우가 휘두르는 무상무기의 초식은 계속 유신쪽으로부터 기를 흡수하고 있었다. 유신은 도저히 안 되겠다는 판단이 들자 전속력으로 자신의 청연검을 일우에게 날렸다. 일우는 유신의 청연검이 자신의 정수리에 꽂히려는 순간 그 칼을 검지와 중지의 두 손가락 사이로 붙잡았다. 그러나 엄청난 힘에 밀린 일우는 약 10장을 쭉 뒤로 미끄러지면서 발로는 땅을 파헤치듯 긁어대며 나아갔다. 일우는 가죽신발 앞부리가 닳아버린 듯이 얼얼했다.

두 사람은 한 수 한 수가 절정인 어검술의 경지에서 나오는 필살의 수였기 때문에 긴장감속에서 서로 온 몸이 땀으로 범벅이 되어갔다. 그야말로 지상 최강의 무사들의 혈전이었기 때문에 두 사람은 상대에 대해 거의 증오심이나 대결심보다는 오직 무사의 최고 경지인 생사일여의 심정을 가지고 그렇게 싸우고 있었다. 그들의 비무를 관전하는 비무인증단 세 사람이나 설랑은 일우가 이기기만을 강렬하게 바라며 초조하게 그들의 비무를 지켜보고 있었으나 이미 두 시진이 지나자 그들은 너무나 힘이 들기 시작했다. 하지만 정고만은 무념무상의 심정으로 삼신께 일우의 승리를 기원하고 있었다.

일우는 이제 무극신검의 마지막 초식인 무극파천황검을 시전하려고 칼을 하늘로 높이 들었다. 그리고 칼과 자신이 하나되어 하늘로 5장이나 솟구쳐 올랐다. 그가 하늘에서 유신에게 막 부채살 모양의 검기를 발산하려고 할 찰나 유신이 억하고 몸을 꺾더니 땅 바닥에 쓰러졌다. 그의 입에서 검붉은 피가 줄줄 흘러내리고 있었다. 이미 그는 심각하게 내상을 입은 것이 분명했다.

"내 내가 졌다. 더 더 이상 검기를 발산하지 말아라."

유신은 숨을 헐떡이며 공중에 아직도 붕 뜬 상태로 유신을 공격할 준비를 하고 있는 일우에게 말했다. 그러자 일우는 사뿐히 땅에 착지했다.

정고는 쓰러진 유신에게 얼른 달려가 그를 일으키더니 그의 등의 주요한 혈자리를 조비타혈(爪匕打穴)[7]의 수법으로 짚어서 지혈을 시키었다. 그러나 유신의 입에서 흐르던 검붉은 피는 멈추었지만 유신은 눈을 뜨지 못하고 있었다. 너무나 극성의 내공을 소비한 데다 일우의 그 눈에 보이지 않던 물방울 같은 검기가 그의 몸에 파고들었던 것이다.

일우는 순간 천하최강인 김유신을 꺾었다는 기쁨과 자부심보다 천하의 영웅 하나가 자신의 절정무술로 인해 심각한 중상을 입은 것에 몹시 마음이 아팠다. 그와 정고 그리고 고천파, 유가휘, 설랑 등은 유신의 등 뒤 명문혈 부근에다 그들의 온 기를 모아 유신을 살리려고 무진 애를 쓰기 시작했다.

이윽고 한식경 후 유신은 온 몸을 덜덜 떨기 시작하였고 입에서는 단말마의 비명이 흘러나오고 있었다. 그러나 두 식경을 지나 다섯 사람의 진기가 유신의 전신경락에 충일하게 흐르자 그는 떨기를 멈추고 서서히 잠에 빠져들었다.

"이제 어떡하실 작정이에요?"

설랑이 일우에게 들뜬 목소리로 물었다.

"자, 이제 마차를 타시오 스승님, 두 분, 이제 갑시다."

---

7) 손가락을 마치 비수처럼 날카롭게 하여 상대의 주요한 혈 자리를 짚어 치료하는 절대 무공이다.

일우가 이렇게 말하자 고천파와 유가휘는 놀란 표정을 지으며 이구동성으로 물었다.

"시방 어디로 가자는 것인가?"

"산을 넘으면 바로 신라 군의 여원재성이 나올 것입니다. 우리는 김유신을 협박해서 그 성만 넘으면 백제와 신라의 비무장 지대를 통과할 것이고 그 비무장 지대만 통과하면 백제입니다."

일우가 이렇게 말하자 설랑은 놀라는 표정을 지었고 무엇인가 단호한 결심을 하는 듯 입술을 깨물었다. 정고는 이미 이 사실을 알고 있었기에 당연하다는 듯 고개를 끄떡였다. 하지만 고천파와 유가휘는 눈이 휘둥그레지며 놀라는 표정을 지었다.

"아따, 매우 위험한 짓이구만. 만일 신라에서 우리가 월경하는 것을 용인하지 않으면 어찌할 텐가? 분명 그들이 쏘는 강궁 화살에 벌집이 될 터인데. 차라리 다른 쪽으로 몰래 월경하는 방법은 없나?"

고천파는 겁이 나는 지 망설이는 표정이 역력했다. 유가휘 또한 걱정이 되는지 안색이 별로 좋지 않았다.

"유신과 설랑이 우리 손 안에 있으니 우리가 비무장 지대를 통과한 후 그들을 풀어주면 우리는 안전히 백제로 넘어갈 수가 있을 겁니다."

일우가 결연한 표정으로 이렇게 말하자 고천파와 유가휘는 마지못해 말위로 올라탔다. 정고가 다시 마부 자리에 가 앉고 일우와 설랑이 유신을 안아 마차에 태웠다. 마차 안에서 일우는 유신을 가운데 앉히고 일우가 왼 쪽에, 설랑이 오른 쪽에 앉았다. 이윽고 산을 내려

갈 준비가 되자 일우가 마차 밖으로 머리를 내밀고 정고에게 출발하
자고 말했다.

　정고와 고천파 및 유가휘는 *위위* 하며 말을 몰아 산을 내려가기
시작했다. 여원재성으로 가는 길에는 오솔길보다 훨씬 넓은 마차 다
니는 길이 이미 신라 군에 의해 닦여져 있었다. 그들이 해발 50장 정
도 되는 여원재성까지 오르는 데는 반 시진 정도가 걸리리라고 예상
했는데 산 입구에서 여원재성까지 난 길은 기암괴석들과 천년을 넘
은 듯한 노송들 그리고 온갖 거목들로 **빽빽**하였다. 말들은 식은땀을
뻴뻴 흘리며 그 성으로 갔다. 약 반 시진 정도가 걸려 여원재성 입구
에 그들은 도달했다. 그러자 일우가 마차 밖으로 나왔다.

　그들은 멀리 성 아래에 길게 펼쳐진 신라 군의 목책과 국경을
경비하는 삼엄한 신라 군의 진지들을 내려다보고 있었다. 그 목책 너
머로 약 300장 정도의 비무장 지대가 황량한 벌판에 끝없이 펼쳐져
있었고 그 너머로 멀리 백제군의 진지가 분명히 드러났다.

　"아따, 양 측의 대치가 심각하구만. 이 상황에서 과연 월경이 가
능하겠나?"

　고천파가 이렇게 말하자 유가휘도 고개를 *끄*떡였다.

　"걱정하지 마세요. 유신이 우리에게 있는 한 신라 군은 우리를
건드리지 못할 겁니다."

　일우가 이렇게 말하자 두 사람은 그래도 걱정이 되는 듯 자꾸
고개를 가로 저었다.

　"설랑은 이제 어떻게 할 작정인가?"

　정고가 일우에게 물었다.

"본인의 뜻에 맡기어야지 달리 도리가 없습니다."

일우가 마차안의 설랑이 듣지 못하도록 나지막하게 정고에게 말했다. 그러나 정고는 진심으로 일우를 걱정하는 표정이 역력했다.

그들이 막 성문을 통과하려고 하자 문 입구를 지키는 군사들 열댓 명이 그들을 창으로 막으며 제지했다. 그러자 마차 밖으로 일우가 나왔고 정고, 고천파, 유가휘가 말에서 내려 일우의 곁에 섰다. 그들은 여차하면 신라 수비군들을 벨 기색이었다.

순간 그들은 일우가 입은 서라벌 대당의 중당주의 자색 옷과 절풍모를 보고 경례를 했다. 그러면서도 그들은 그에게 신분증을 요구했다. 그는 자신의 품에서 옥패를 꺼내 보여주었다.

"대당 중당주님께서 무슨 일로 이곳 국경까지 오셨습니까? 여기서부터는 통행금지구역입니다만."

신라 군사들은 그들의 호화스러운 마차와 일행들의 이상한 복장에 매우 수상한 점을 느끼며 일우와 일행을 위 아래로 훑어보았다.

"지금 이 안에는 대당주이신 파진찬 김유신 장군과 여왕 폐하의 사촌 동생 되시는 설랑이 타고 계시다. 확인해보겠나?"

일우가 이렇게 말하자 신라 군사들 두 세 사람이 곧 마차 안으로 고개를 들이밀고 안의 두 사람을 뚫어지게 바라보았다. 잠에 곯아 떨어져 있는 사람은 틀림없는 김유신이었고 그 옆에서 자신들에게 미소를 띠며 목례를 하는 여인은 천하절색인 것으로 보아 소문으로만 듣던 설랑이 틀림없는 것 같았다. 그들은 잠깐 쑥덕이더니 일우에게 말했다.

"성을 내려가셔서 목책 부근에 가시면 이곳 책임자를 만나실 수 있습니다. 그 분에게 허가를 받아야 무사히 목책을 통과하실 수 있습니다. 그럼 그만 내려 가보십시오."

그러자 일우는 정고와 두 사람에게 힘차게 말했다.

"자, 이제 그만들 내려갑시다."

일우가 이렇게 말하며 마차 안으로 들어갔고 세 사람은 다시 말위에 올라탔다. 그들은 말을 몰고 성 아래로 내려가기 시작했다. 말들은 휴식을 취한 뒤라 훨씬 힘차게 성 아래로 내려갔으나 산 중턱까지 난 빽빽한 나무들과 숲 그리고 기암괴석들을 밟고 가기에 매우힘들어했다. 잠시 뒤 그들은 드디어 신라 군의 목책 근처에 도달했다. 그러자 목책을 경비하고 있던 신라 군들이 그들을 발견하고 긴장하여 징을 울려 대었다. 순식간에 수백 명의 신라 군들이 몰려들어그들을 에워쌌다.

"정지! 너희들은 무엇 하는 자들이냐?"

그러자 정고는 마차를 세웠고, 두 사람들도 말을 멈추었다.

이때 일우는 마차 안에서 밖의 상황을 예의 주시하고 있었는데이쯤 해서 유신을 깨워야 할 때라고 판단했다. 그는 유신의 머리와귀 밑 그리고 등 뒤의 주요 혈들을 조비타혈의 수법으로 눌렀다. 그러자 유신이 번쩍 눈을 떴다. 그는 자신이 마차 안에 있는 것을 깨닫고 좌우를 둘러보았다. 그때 그의 눈이 일우와 마주쳤다. 그때 유신은 일우의 눈에서 긴장감과 비장함을 느끼고 있었다.

"왜 나를 죽이지 않았는가?"

유신의 목소리는 훨씬 부드러웠다. 일우가 자신을 죽이지 않은점에 대해 감사한 마음과 또한 자신을 이긴 고수에 대한 일말의 존경심이 드러났다.

"이제 우리는 신라 국경에 도착했소. 공을 살려준 점을 고려하여 우리의 월경을 도와주시오."

일우의 목소리는 나지막했지만 위협적이었다. 설랑은 드디어 일우가 신라를 떠날 상황이 오자 온 몸에 쥐가 돋을 듯이 긴장되고 있었다.

"그래, 기어이 천하로 나갈 작정인가? 차라리 다시 신라로 돌아가 설랑과 행복하게 살면서 함께 삼한통합의 꿈을 실현하는 것이 어떻겠나? 한 인생을 살기를 무엇하러 자네를 그저 죽이려고 하는 고구려왕 밑에서 그리 고생하면서 살려고 하나? 자네가 아직 어려서 세상을 잘 몰라 애국심만 가득하지만 문제는 자네 왕이 우리 여왕에게도 자네를 죽여 달라는 밀지를 보내왔다는 점이야. 그러니 이제 우리 그만 다시 서라벌로 돌아가지. 자네의 모든 잘못은 우리의 비무를 위한 것으로 끝내고 여기서 다시 말을 돌리세. 내가 이렇게 진심으로 자네에게 호소하네."

유신은 두 손을 잡고 읍하며 일우에게 간곡하게 말했다.

"말씀은 감사하지만 우리의 갈 길이 다른 것 같소이다. 공은 신라를, 나는 고구려를 위해 언젠가 전장에서 다시 만날 날이 있겠지요. 그간 내게 아우처럼 잘 대해 주신 은혜는 언젠가 다시 갚을 날이 있겠지만 이제 그만 나에 대한 미련을 버리시고 월경을 협조해주시오."

유신은 일우의 완강한 거부에 마음이 상했는지 *쯧쯧* 하고 혀를 차더니 마차 밖으로 고개를 내놓고 엄숙하게 신라 군들에게 말했다.

"나는 서라벌 대당주 파진찬 김유신이다. 이곳 책임자인 최다휴 장군을 불러라."

그가 이렇게 말하자 신라 군들은 곧 웅성거리기 시작했다. 그 유명한 김유신이라니. 곧 신라 군들 수백 명이 몰려들어 김유신을 바라보며 경례를 부치기 시작했고 잠시 뒤 이 지역 방위를 책임지고 있는 아찬 최다휴가 모습을 드러냈다. 그는 작달만한 키에 아주 야무진 모습을 하고 있는 전형적인 무인의 모습이었는데 콧수염이 매우 인상적이었다.

"장군님! 이 얼마만입니까?"

최다휴가 김유신에게 오른 팔을 가슴에 대며 상반신을 숙여 최대한의 경례를 하였다. 두 사람은 유신이 국선으로서 용화낭도들을 이끌 때에 함께 수련을 하며 생사고락을 같이 한 특별한 인연이 있어 서로를 잘 아는 사이였다.

"오, 최 장군! 변방에서 참으로 고생이 많소이다. 그간 장군의 혁혁한 무공을 잘 들어 알고 있소이다. 부인과 자제들은 모두 서라벌에서 잘 지내고 있소이다. 군무에 얼마나 노고가 많으시오?"

유신은 마차에서 내리지 않은 채 최다휴의 두 손을 잡으며 가장 친근한 자세로 말을 건넸다.

"그런데 장군께서 어찌 도성을 비워두고 이렇게 먼 곳 변방까지 납시었습니까? 무슨 긴급한 일이 있으신지요? 마차에서 내리셔서 우리 함께 그간 못다 푼 회포나 푸시지요."

최다휴가 무엇인가 무인의 본능과 직책에서 오는 느낌상 이상한 점을 느끼고 유신에게 이렇게 말했다. 마차안의 일우와 설랑은 잔뜩 긴장된 모습으로 최다휴와 유신의 대화를 엿듣고 있었다. 일우는 만일 유신이 허튼 짓을 하면 바로 칼로 찌르고 마차를 달리게 할 요량이었다.

"내가 몸이 몹시 안 좋아 마차에서 내리지 못하는 결례를 용서하시오. 지금 마차 안에는 우리 대당의 중당주인 선우일우와 그 부인 설랑이 있고 이 세 분들은 그의 수행원들이오. 지금 중대한 밀명을 띠고 백제로 가야 하오. 그러니 내가 저들을 국경까지 데려다 주고 올 수 있도록 목책선을 통과하게 허락해주시오."

유신이 이렇게 말하자 일우와 설랑은 한시름을 놓았다. 그러나 최다휴가 과연 경비수칙을 어기고 유신의 부탁을 들어주는 것은 별개의 문제였다.

"장군께서 그리 부탁하시니 목책선을 통과시켜 드리겠습니다만 경비 수칙상 원래는 병부령의 허가서가 없이는 국경을 넘을 수 없습니다. 만일 뒷날 이 문제로 큰 일이 일어날 수 있습니다만......"

"헛헛, 최 장군을 난처하게 하는 일들은 없을 터이니 걱정하지 마시오. 설령 문제가 있어도 병부령이신 이찬 술종공에게는 내가 잘 말해드릴 터이니 아무 걱정마시오."

최다휴는 그때서야 얼굴이 펴지며 부하들에게 유신 공 일행들이 목책을 통과할 수 있도록 출입구를 열어드리라고 명령했다. 그러자 부하들은 목책의 가운데 있는 출입구를 열어주었다. 곧 일행은 천천히 말을 몰아 비무장 지대로 나아갔다.

"감사합니다. 우리가 백제 국경을 넘을 때까지만 고생을 참으십시오."

비무장 지대의 중간 쯤 왔을 때 일우가 유신에게 이렇게 말하며 설랑을 힐끗 보았다. 그러자 설랑 또한 일우를 정면으로 바라보았는데 두 사람의 마음속에는 지금 만감이 교차하고 있었다. 그때 유신이 설랑에게 착 가라앉은 목소리로 물었다.

"설랑도 함께 백제로 가실 작정이신가?"

"………………"

갑자기 정고가 빠른 속도로 마차를 몰았고 고천파와 유가휘 또한 빠른 속도로 말을 몰았다. 잠시 뒤 그들은 백제 국경 근처까지 왔다. 이제 말이 한 두 걸음만 달리면 바로 백제인 것이다.

"이제 그만 마차에서 내리시지요."

일우가 유신에게 명령조로 말했다.

"설랑도 데려가실 작정이신가?"

유신의 목소리는 무거웠다.

"그것은 설랑에게 달렸소."

일우는 설랑을 외면한 채 말했다.

"전 낭군님을 따라 갑니다."

설랑이 단호하게 말했다.

"여왕 폐하는 어찌하시고?"

유신이 침울한 목소리로 물었다. 그의 낮은 목소리 속에는 짙은 회한이 깔려 있었다. 유신의 생각으로는 사실 일우가 신라를 떠나는 것에 대해서는 여왕도 충분히 그럴 수 있는 일이라고 치부하겠지만 만일 설랑마저 그를 따라 백제로 넘어간다면 신라왕실의 체통과 여왕 그리고 두 사람을 맺어준 자신의 체통은 땅에 떨어지고 신라 모든 사람들의 손가락질을 받을 것이 분명했다.

"전 죽으나 사나 이 분의 여자니까 나머지 문제는 유신 공이 결자해지(結者解之)의 입장으로 잘 알아서 해주세요."

설랑이 유신을 향해 차갑게 내뱉었다. 그녀는 그간 일우와 살면서 그에게 너무 흠뻑 빠져 이제는 조국 신라고 삼한통합이고 무엇이고 다 필요 없이 오직 일우 옆에서 함께 살아가는 것이 소망인 평범한 여자로 변해버린 지 오래였다.

"설랑, 이것은 두 사람의 사랑의 문제가 아니라 신라의 국가적 체면이 걸린 문제요. 그대가 나와 함께 서라벌로 안 돌아간다면 상심할 여왕 폐하의 입장을 생각해보시오. 그 분이 얼마나 설랑을 끔찍이 사랑하는지 잘 알잖소?"

"흥, 그래서 언니는 내 말 한 마디도 안 들어보고 유신 공의 말만 듣고 나를 이 분에게 시집보냈답니까? 두 분은 매사를 신라와 삼한통합이라는 명분으로 다 제멋대로 해오셨잖아요? 내 인생은 내 인생이니 내가 이 분을 따라 다니다가 죽어도 아무 후회도 없을 테고 또 내가 이 분이 없는 서라벌로 돌아가면 적군의 처자였던 나를 누가 반기어주겠어요? 난 돌아갈 곳이 없어요. 그러니 유신 공은 이제 그만 마차에서 내려 신라로 돌아가세요. 만일 낭군님이 나를 백제로 안 데려가면 난 이 자리에서 할복하고 말 거예요."

그녀는 품안에서 날카로운 은장도를 꺼내 정말 여차하면 자신의 목을 찌를 태세였다.

그러자 할 수 없이 유신이 말에서 혼자 내렸다. 일우는 단호한 설랑에 대해 어찌할 바를 몰랐다.

저렇게도 나만을 사랑하는 내 여자를 어떻게 버릴 수 있단 말인가? 그러나 이제 백제에서 수향을 만나면 또 어떻게 하나?

일우는 순간 머리가 띵 해졌다. 그러자 정고가 유신이 마차에서 내린 것을 보자마자마자 전속력으로 마차를 몰아 백제의 국경 쪽으로 넘어가버렸고, 고천파와 유가휘도 전속력으로 백제의 국경 쪽으로 넘어갔다. 유신은 비무장지대에 혼자 서서 멍하니 멀어져가는 마차를 바라보고 있었다.

곧 신라 군들이 말을 이끌고 유신에게로 왔고 그에게 말을 타시라고 권유했다. 유신은 설랑이 그렇게 야멸스럽게 신라를 버리고 정략적 결혼을 한 일우를 따라 백제로 가버리자 망연자실했다. 여왕의 상심할 얼굴이 떠올랐다. 유신이 질투를 느낄 만큼 여왕이 설랑을 사랑하고 있다는 것을 잘 아는 그였다.

그는 그녀가 없는 서라벌이 마치 달이 사라진 밤이 될 것이라고 느꼈다. 그는 이제 자신이 어떻게 이 문제를 신라 조정에 보고하고 풀어야할 지 막막했다. 유신은 말 등에 올라타서 신라 국경 쪽으로 가면서 자꾸 설랑과 일우가 사라진 백제 국경을 뒤돌아보았다.

제8장   왜국으로 천하비무를 떠나다

일우와 설랑을 태운 마차 그리고 고천파와 유가휘가 백제 국경 안으로 들어왔을 때는 이미 미리 정고의 연락을 받았던 계백과 계수향이 그곳에서 그들을 기다리고 있었다. 수향은 꿈에 그리던 정혼남 일우가 다시 백제로 돌아오기 위해 탈출 준비를 하고 있으며 그 일을 위해 다량의 효능좋은 수면제가 필요하다는 정고의 전갈을 계백에게서 받고는 얼마나 가슴이 설렜는지 몰랐다. 그녀는 자신이 가진 최고의 수면제에서 수십 명 분을 정성껏 준비하여 계백에게 건네주었었다.

그날부터 그녀는 매일 새벽 인시에 일어나 목욕재계한 후 정화수를 우물에서 길어다 장독대에 올려놓고 북두칠성을 향하여 일우가 무사히 귀환하기만을 빌고 또 빌었다. 그런데 그런 일이 있은 지 삼칠일 만에 일우가 이렇게 백제로 무사히 돌아온 것을 보니 그녀는 가슴이 벅차서 눈물을 비 오듯이 흘렸다. 사실 그녀는 오늘 오전 일찍부터 백제 국경에서 하루를 천년 같은 심정으로 일우가 무사히 나타나기를 초조하게 기다리고 있었다.

그때 고구려의 검은 조의선인복으로 갈아입은 일우가 마차에서 천천히 내렸다. 일우는 계백과 수향을 발견하고 그들에게 묵묵히 가까이 다가왔다. 그리고 머리를 숙이고 그들에게 인사를 했다.

"그간 심려를 많이 끼쳐드려 죄송합니다. 계 덕솔님과 수향 씨 그간 평안하셨습니까?"

일우가 이렇게 말하자 계백은 그를 끌어안고 감격의 해후를 했다.

"잘 왔네, 잘 왔어. 그래 그동안 얼마나 마음고생이 심했나? 우리 백제 측의 인사관리 미숙으로 자네를 그런 위기에 빠뜨리게 할 정보를 신라 측에 넘기게 해서 정말 미안하네. 이제 모든 것을 잊고 수향이와 다시 정식으로 결혼하여 새 출발을 하시게."

계백은 매제가 될 일우에게 그저 자신들이 잘못했다고 하면서 너그럽게 일우를 포용하는 것이었다. 일우는 그런 계백의 관용에 가슴이 찡하며 마음속으로 참 자신의 꼬인 운명에 대해 한탄하고 있었다.

"형님과 수향 씨에게 용서를 빌어야 할 일은 신라에서 함께 살던 설랑을 도저히 양심상 버릴 수 없어 이번에 함께 백제로 탈출했습니다. 설랑 또한 신라로 돌려보낸다면 목에 칼을 찔러 자살한다고 강경한 입장이라 어쩔 수 없었습니다. 용서하십시오."

일우는 맞을 매라면 빨리 맞겠다는 심정으로 설랑의 일을 고백하고 말았다. 계백은 순간 얼굴색이 변했고 수향은 정신이 휘청거렸다. 수향은 일우가 내린 그 마차 안에 그 불여시가 앉아 있다고 생각하니 순간 분노가 하늘을 찔렀다. *당장 달려가 내 이 년을 요절을 낼까 하는 생각이 들었다.*

하지만 수향은 근본적으로 현명한 여장부였다. 그녀가 곧 생각을 바꿔보니 일우가 이렇게 돌아오게 된 것도 따지고 보면 설랑의 도움이 없었더라면 불가능했을 것이라는 생각이 들었다. 그녀는 순간 병법에서 때로는 지는 것이 이기는 것이라는 구절이 생각이 났다.

그렇다. 내가 지금 앙탈을 부리면 이제 자신을 찾아 목숨을 걸고 백제로 탈출한 자신의 정혼남에게 역겨움만을 안겨줄 것이다. 한편은 자신이 거의 두 해 동안 함께 살던 여자를 내팽개치고 도망왔다면 일우가 너무도 비인간적인 사람이라 정이 뚝 떨어졌을 지도 모르는 일이었다.

수향은 급히 마차 쪽으로 걸어갔다. 그러자 모든 사람들의 시선이 마차 쪽을 향했다. 그들은 곧 수향이 칼을 휘두르거나 극독물을 뿌려 설랑을 태워죽일 지도 모르는 상황이라고 짐작하며 잔뜩 긴장하고 있었다. 그러나 수향은 마차 안을 열고 눈을 내리깔고 있는 설랑에게 조용하게 말했다.

"설랑 씨, 백제에 잘 오셨어요. 진심으로 환영합니다. 그리고 일우 씨를 이렇게 무사히 탈출할 수 있도록 도와주신 것 진심으로 감사드려요. 이제 우리 함께 잘 지내도록 해요. 자, 제 손을 붙잡고 내리세요."

설랑은 수향의 부드러운 미소와 음성을 듣고 그녀가 과연 지난 날 자신의 집 앞에서 검은 옷을 휘감아 입고 검은 삿갓을 쓴 채 자신을 날카롭게 공격하던 그 여인이 맞는 지 의심스러웠다. 그날의 적의는 어디로 사라지고 그녀에게서는 봄바람 같은 온화함과 너그러움이 전신을 가득 감싸고 있었다.

설랑은 혹시라도 그녀가 자신이 마차에서 내리자마자 칼로 공격하여 자신을 찌를 것이 아닌가 하는 두려움이 들었다. 일우와 계백 그리고 비무인중단 일행들은 조마조마 하면서 두 여인의 살얼음 같은 만남을 지켜보고 있었다.

곧 설랑이 수향의 손을 잡고 마차에서 내렸고 두 사람은 사뿐 사뿐히 일우 쪽으로 걸어왔다. 일우는 얼굴이 남세스러워서 도무지 두 여인을 다 쳐다볼 수가 없었는데 이때 또 고천파가 늘 하던 대로 그 농담 끼를 발휘하였다.

"아따, 어느 놈은 팔자가 드러워 마누라 하나도 건사하지 못하고 천리 타국에서 독수공방 신센디 어떤 놈은 천하가인들을 둘이나 품게 생겼으니 이 어찌 아니 불공평한가? 아이고, 하느님도 무심하시지 이 잘난 넘에겐 어디 어여쁜 백제 각시 하나 안 붙여주시고 에고 배아파 부려."

그의 이 말에 일우와 두 여인은 얼굴이 새빨개졌지만 나머지 사람들은 폭소를 터뜨렸다. 그의 이 말로 인해 분위기가 한결 편해지자 계백은 그들을 인솔하여 다시 백제의 사비성을 향해 말을 달리기 시작했다. 약 두 시진을 지난 신시(3시-5시)가 끝날 무렵에 그들은 사비성 백제 왕궁에 무사히 도착해서 무왕을 다시 알현했다.

무왕은 그간 백제 측 잘못으로 일우가 신라에 억류되어 있다가 이렇게 무사히 백제로 탈출한 것을 몹시 미안해하며 그를 위로했다. 한편 무왕은 설랑을 보자 그녀와 사촌지간인 죽은 자신의 첫 왕후인 선화공주의 모습이 떠올라 몹시 마음이 아려왔다.

그는 설랑을 위로하며 백제에서 잘 지내라고 격려하였다. 또한 그녀의 사촌언니인 죽은 선화공주의 이야기를 하며 자신이 몸을 두고 사는 곳이 고향이니 이제 신라 생각은 잊어버리고 정 다시 신라로 돌아갈 생각이 나면 언제든지 기꺼이 보내주겠다고 그녀에게 약속했다.

하지만 그녀는 죽으면 죽었지 자신은 일우의 여자이니 그가 가는 곳은 천하 어디든지 함께 따라가겠다고 힘주어 말하였다. 그러자 무왕은 어쩌면 그런 점 또한 선화공주와 똑 같으냐고 하면서 더욱 그녀에 대해 애틋한 감정을 드러내었다. 무왕은 설랑은 자신의 사촌 처제이고 일우는 이제 동서가 되었으니 천하비무를 떠나기 전 백제 왕궁에서 살라고 하면서 왕궁에 그들이 머물 거처를 마련해주었다.

상황이 이렇게 전개되자 일우는 수향에게 미안해서 어쩔 줄을 몰랐고 한편으로는 그녀와 다시 결혼을 할 계획이 무산되는 것 같아 고민이 되기 시작했다. 그러던 어느 날 일우는 수향이 좀 만나자는 전갈이 와서 떨리는 심정으로 그녀를 만나기 위해 사비의원으로 갔다.

일우는 사비의원에 몇 년 만에 다시 오자 처음 자신이 계백과 비무 도중 자객들의 석궁 화살에 맞아 심하게 중독됨으로써 그녀에게 치료받기 위하여 왔던 그 시절의 기억이 떠올라 슬며시 미소 지었다. 그가 대기실에서 기다린 지 반식경도 되지 않았을 때 수향이 하던 진료를 멈추고 그의 앞에 나타났다. 그녀는 그를 데리고 자신의 내실로 들어갔다.

"이제 우리 결혼 문제는 어떻게 하실 생각이세요?"

그녀는 첫사랑을 하는 소년처럼 부끄러워 얼굴을 들지 못하는 일우의 두 눈을 똑바로 바라보면서 물었다. 수향은 속으로 *아이고 이 숙맥 같은 남자 같으니.... 자신이 뭐 그리 잘못한 것이 있다고 저리도 부끄러워하노* 하고 생각하고 있었다.

"솔직히 말하면 신라를 탈출할 때 설랑은 신라에 남겠다고 할 줄 알았는데 저렇게 완강히 쫓아올 줄은 몰랐습니다. 나야 죽으나 사나 수향 씨가 내 지어미로 생각하고 살아왔지만 신라에서의 결혼은 여왕과 유신의 정략결혼이었고 처음에는 설랑도 그리 생각했지요. 하지만 지금으로서는 버릴 수도 없고 그렇다고 어쨌거나 한 번 혼인했던 인간이 수향 씨와 다시 결혼하겠다고 정식으로 청혼할 수도 없고 참 면목이 없습니다."

일우는 차마 수향의 눈을 제대로 바라보지도 못하고 중얼거리듯 말했다. 그러자 수향이 일우에게 마치 장난을 하듯이 빙글빙글 웃으며 물었다.

"만일 설랑과 나 두 사람이 다 물에 빠져서 죽게 생겼는데 한 사람 만을 구하라고 하면 누구를 구하시겠어요?"

"................."

일우는 지금 수향을 구할 것이라고 말할 수도, 그렇다고 설랑을 구한다고 말할 수도 없는 진퇴유곡에 빠져 있는 심정이었다.

"왜 대답을 못하세요? 설랑도 이제는 진심으로 사랑하는 여자가 되었나 보군요, 그렇죠?"

수향은 섭섭한 감정을 드러내듯이 그의 심중을 찌르고 있었다.

"솔직히 말해 이제는 두 사람 다 사랑할 수밖에 없습니다."

일우는 에라 될 대로 되라는 심정으로 솔직하게 말했다. 그녀에게 맞아죽는다 해도 입에 발린 감언을 말해서 그녀와 결혼할 수는 없었다.

"훗훗, 열 계집 마다하는 사내 없다더니 그 순둥이 일우 씨가 어쩌다 이렇게 사악해졌죠? 두 여자를 다 가지고 싶으시다? 참 욕심도 많으세요 일우 씨는. 좋아요, 만일 내가 일우 씨와 혼인을 한다면 누가 첫째 부인이고 누가 둘째 부인이 되는 것이지요?"

수향은 이제 어쩔 수 없이 일우와 중혼을 하는 수 밖에 없다는 결론을 이미 내리고 있었다. 이것은 이미 오빠인 계백도 부득이 승인한 사실이었다. 다만, 백제왕인 무왕이 분명히 자신의 사촌 처제인 설랑을 놔두고 일우가 또 자신과 정식 결혼을 올린다면 가만히 있을까 그것이 걱정이 되고는 있었다.

"그거야 당연히 수향 씨가 첫 번째고 설랑이 두 번째죠. 우리가 비록 혼인은 안 했지만 우리 둘이서 설랑 보다 먼저 함께 산 세월이 얼마인데 설랑이 첫째 부인이 될 수 있겠습니까? 이 점은 내가 분명히 설랑에게 주지시키겠습니다."

이 대답이 지극히 수향을 만족시키었다. 그녀는 일우가 인간적 도리상 설랑을 버리고 오지 못했어도 그녀를 아내로 사랑하고 있는 것도 사실이었지만 정신적으로는 아직도 자신을 첫 번째 사랑이자 아내로 생각하고 있는 것이 몹시 흐뭇하였다. 그녀는 드디어 자신도 한 남자에게 시집을 가서 정실부인으로 당당하게 살 생각에 마음이 뿌듯하였다.

다만, 무왕으로부터 정식으로 결혼의 허가를 받는 것이 최대 문제였다. 만일 무왕이 끔찍하게 사랑하던 선화공주의 화신 같은 설랑을 위해 일우가 수향과 혼인하는 것을 금한다면 도로아미타불이었다. 그렇다고 일우를 항상 죽이려고 호시탐탐하는 고구려태왕이 건재한 고구려로 들어가서 혼인식을 올리기도 싫었다. 그녀는 이 문제에 대해 일우에게 의견을 들어보기로 했다. 그래서 그녀는 진지하게 이 점을 일우에게 물어보았다.

"좋아요. 우리 이제 정식으로 혼인해서 부부가 되어요. 그런데 문제는 우리 폐하가 설랑을 당신의 죽은 아내 선화공주가 살아온 것으로 여기고 그렇게도 끔찍이 사랑하고 있으니 문제이지요. 일우 씨는 과연 우리 폐하께서 우리 두 사람의 혼인을 승낙하리라고 보시는지요?"

"아니, 그게 그렇게도 문제가 됩니까? 우리가 결혼을 한다는데 왜 당신네 국왕이 그 문제를 반대한답니까? 난 엄연히 고구려의 왕당 대형의 관직을 가지고 있는 고구려 사람입니다. 우리 결혼은 고구려법을 따라야 하고 고구려에서는 일부다처제를 승인하고 있으며 부인들 사이에 아무런 차별도 없고 자식들도 적서(嫡庶)에 차별이 없어요. 그 문제는 아무 문제가 되지 않을 것입니다."

일우는 이렇게 단호하게 대답했다. 그러나 수향은 쯧쯧 하면서 일우를 답답한 듯이 바라보았다. 그리고 신라 진평왕의 세 번째 딸로서 백제의 왕후가 된 선화공주와 무왕의 전설적인 사랑이야기와 몇 해 전 서거하여 아직도 그녀를 못 잊고 있는 무왕에 관한 이야기를 상세히 들려주었다.

그런 그가 선화공주의 화신이라고 할 설랑을 보자마자 자신의 아내에 대한 그리움으로 인해 일우와 설랑을 백제 왕궁에 살게 한 것인데 그녀를 놔두고 또 일우가 수향 자신과 결혼한다고 하면 무왕이 어떤 심정이겠느냐고 일우의 뺨을 꼬집으며 그렇게 무딘 사람이니 설랑에게 홀딱 빠져 이 고생이라고 말하였다. 그때서야 일우는 무왕의 혼인 승낙을 받는 것이 가장 급선무임을 알아챘다. 두 사람은 그 문제는 다시 방법을 찾아보자고 말한 후 그 날은 그냥 가벼운 포옹만을 한 채 헤어졌다.

일우가 백제 왕궁 안의 자기 거처로 돌아오자 초조하게 그를 기다리고 있던 설랑이 일우의 안색이 좋지 못한 것을 보고 근심하면서 물었다.

"수향 씨를 만났을 때 무슨 좋지 않은 일이 있었나 보군요. 수향 씨가 저와 낭군님을 많이 원망하고 있지요?"

그녀는 일우의 표정을 살피며 부드럽게 물었다.

"후우, 내가 참 죽을 죄를 지었어요. 그녀는 죽어가는 날 살려준 생명의 은인이고 우린 정혼한 사이인데 일이 이렇게 될 줄 정말 몰랐어요. 아무리 당신을 이제 사랑해도 그녀를 마음속에서 지울 수가 없고 그녀 또한 내 아내라는 생각에는 조금도 변함이 없어요. 우리가 산 세월만큼 그녀와 나는 혼인만 안했을 뿐 부부처럼 그렇게 살았지요. 그런데 이제는 그녀를 어떻게 해야 할 지 큰 걱정입니다. 나 때문에 죽어도 다른 데는 시집을 갈 생각이 없으니 어떡해야할 지 막막해요."

일우가 이렇게 말하자 설랑 또한 마음이 무거워졌다. 어쨌거나 그나 수향이 자신의 정략결혼의 피해자인 것이다. 하지만 이제 조국 신라를 떠나 백제에 와서 살게 되었으니 만일 두 사람이 다시 결합

한다면 자신은 그야말로 낙동강 오리알 신세이다. 그렇다고 자신은 이제 죽어도 일우를 떠날 수도 없다. 이렇게 생각한 설랑은 일우의 진심이 무엇인지 다시 한 번 확인하고 싶었다.

"낭군님은 혹시 제가 두 분의 결합에 방해가 되신다고 생각하시는가요? 제가 멀리 절에 들어가 머리를 깎고 차라리 비구니가 될까요?"

그녀의 목소리는 약간의 울음기가 섞여 떨리고 있었다.

"그 무슨 말도 안 되는 소리입니까? 당신은 내 아내이며 나는 당신을 진심으로 사랑하고 있어요. 그러니 그런 황당한 생각은 마세요."

일우가 깜짝 놀라 떨리는 목소리로 이렇게 말하자 설랑은 일단 안심이 되었다. 하지만 더 그의 진심을 살필 필요가 있다고 생각한 그녀는 더욱 난처한 질문을 던져보기로 했다.

"만일 저와 수향 씨 둘 다 물에 빠져 죽게 되었는데 한 사람만을 구해야 할 상황이라면 누구를 구하실 거예요?"

일우는 기가 막혔다. 어떻게 두 여자가 똑같은 질문을 던지는지 어이가 없었다. 이번에도 그는 답을 할 수가 없었다.

"……"

"왜 대답을 못하세요? 수향 씨를 구하시고 싶으신데 내 앞이라 아무 말 못하시는 것 맞죠?"

설랑 또한 장난기가 발동한 듯이 빙글거리며 일우의 눈을 뚫어지게 바라보았다.

"어쩜 두 사람 다 똑 같은 질문을 해서 날 난처하게 만들죠? 내가 두 사람 중 누구 한 사람만을 어떻게 구하겠어요?"

일우는 몸을 좌우로 흔들며 천장만 바라보고 있었다.

"그래요? 수향 씨가 대체 뭐라고 했어요?"

그녀는 강한 호기심이 일어나는 표정으로 일우에게 물었다.

"정식으로 혼인해서 합법적인 부부가 되자고 합디다."

일우는 그녀를 쳐다 보지고 않고 내지르듯 말했다.

"그래서 낭군님 생각은 어떠세요? 다시 수향 씨와 혼인하고 싶으세요. 제가 물러나 드리면 되겠지요?"

설랑은 눈에서 쌍심지가 켜지며 눈물이 핑 돌았다.

내가 신라의 그 모든 지위와 재산과 모든 것을 버리고 이곳까지 사랑하는 낭군만을 쫓아왔는데 그는 이제 옛날 정혼녀에게 돌아가고 싶어 한다. 아, 내가 잘못 생각하고 함께 온 것인가? 지금이라도 신라로 돌아간다고 할까? 그렇지만 신라에서는 이미 난리가 났을 것이다. 난 이제 돌아갈 곳도 없다. 어찌해야 하나?

설랑은 설움이 복받쳐 울음을 터뜨리며 일우의 품을 파고 들었다.

"절 버리지 말아주세요. 전 죽어도 낭군님만을 쫓아 갈 것이니 두 분이 다시 혼인을 해도 전 변함없는 낭군님의 여자이니까요."

설랑의 목소리는 애절했다. 한 때에 수만의 신라 여자 낭도들의 대표이며 신라 최고의 미인이자 재원인 그녀가 한 남자에게 빠져 이렇게 나약한 한 여자로 변한 것이다.

"그대가 나와 어찌 혼인했건 내게는 사랑하는 지어미이며 내 여자임이 틀림없어요. 절대 그대를 버릴 생각이 없어요. 버리려면 그대가 수면제에 취해 잠이 들어 있을 때 그냥 내팽개치고 오지 무엇 하러 이곳까지 데려왔겠어요. 그러니 그런 나약한 말씀 마시고 나를 믿고 수향 씨와의 혼인을 승낙해주세요. 우리 두 사람이 죽어도 헤어질 수 없듯이 그녀와도 마찬가지입니다. 이제 천하비무를 떠나기 전 혼인식을 하고 떠날 생각인데 그대만 마음을 편하게 먹고 그녀와 자매처럼 산다면 별로 문제될 것이 없어요. 우리 고구려법은 일부다처가 허용되고 부인들 사이에 아무 차별이 없으며 그 자식들도 적서의 차별이 없어요."

그가 이렇게 말하자 설랑은 도저히 수향을 그의 또 하나의 아내로 맞이하도록 승낙하지 않을 수 없었다. 그러나 그럼 누가 그의 첫째 부인이고 둘째 부인이 되는 것인가 그녀는 이 점을 분명하게 물어봐야 한다고 생각했다.

"그럼 누가 첫째 부인이 되고 누가 둘째 부인이 되지요?"

일우는 그 질문마저 수향과 똑같은 것에 기가 막혔다. 그러나 설랑과 아무리 먼저 혼인했어도 첫째 부인은 수향이다 그는 이렇게 강하게 마음먹고 그녀에게 차분히 말했다.

"수향 씨와는 혼인만 안했을 뿐 그대보다 먼저 한참동안을 동거하였으니 사실상 수향 씨가 내 첫 번째 여자입니다. 그것을 부정한다면 그녀가 내 생명의 은인인 것을 부정하는 것입니다. 그 점은 그대가 이해해주었으면 합니다."

"그렇군요. 낭군님의 마음속에서는 처음부터 저 같은 것은 안중에도 없고 오직 수향 씨 생각 뿐이셨군요. 알았어요, 낭군님의 마음을. 그러니 가서 마음대로 수향 씨와 혼인하시고 행복하게 사세요."

설랑의 목소리는 원망에 가득차서 다시는 일우를 안 보겠다는 투였다.

"그대는 진정 나를 사랑하시오? 아니면 내 첫째 부인이라는 자리가 중요한 것이오?"

일우는 약간 화가 나서 그녀에게 차갑게 물었다.

"흥, 사랑하지 않는다면 일국의 공주나 마찬가지인 내가 무엇 하러 이 먼 곳까지 따라왔겠어요?"

설랑이 이렇게 말하자 일우는 할 말이 없었다. 그는 그녀를 이리 오라고 하면서 그녀를 품에 안았다. 향긋한 설랑의 체취가 그의 후각을 자극했다. 그는 그녀를 한참 쓰다듬으면서 자신의 변함없는 사랑을 보여주었고 곧 두 사람은 꿈같은 열락에 빠져 들어갔다.

다음날 설랑은 일우의 부탁을 받고 무왕의 알현을 신청했고 무왕은 기꺼이 그녀를 정전에서 만나주었다. 설랑은 무왕에게 삼고구배를 한 후 수향과 일우의 혼인을 승낙해달라고 간곡하게 요청했다. 처음에 무왕은 선화공주를 다시 만난 것 같은 황홀한 심정으로 홀린 듯 그녀를 바라보고 있었다. 그런데 그녀가 그 아름다운 입술로 자신의 낭군인 일우를 수향과 다시 결혼시켜달라고 요청하는 소리를 듣고 정신이 알딸딸했다. 도대체 그녀가 사람인지 부처인지를 헷갈리고 있는 무왕이었다. 그는 그녀의 그 요청마저도 어쩜 그렇게 선화공주가 자신에게 후궁을 들일 때의 상황과 흡사한지 놀라 자빠질 지경이었다.

그는 그녀의 요청을 받고 처음에는 일우에 대해 몹시 괘씸하게 생각했다. *감히 자신의 사촌처제를 놔두고 또 장가를 들어?* 하는 생각이 들며 그에 대해 마치 자신이 모욕당한 듯 수치감을 느꼈다. 하지만 아름다운 그녀가 봄바람 같은 미소와 향기를 발산하며 재삼재사 간청하자 무왕은 어느덧 마음이 풀려 일우와 수향의 혼인을 승낙하고 말았다.

때는 영류태왕 17년(무왕 35년, 서기 634년) 6월 중순 저녁에 사비성의 남문 밖의 계수향의 아담한 열 칸짜리 집에서 일우와 수향의 성대한 혼인식이 있었다. 두 사람의 혼인식에 무왕 및 왕자 교기의 축하선물과 화환이 당도했다. 신부 측의 하객으로는 백제의 수많은 왕족들, 문무백관들과 수향에게 치료받고 완치된 고객들 중 명경(名卿) 거족들과 무인들 및 예술가들, 의원들, 그리고 계백의 손님들에 이르기까지 족히 오백 명이 다녀가거나 참석했다. 그러나 일우 측 손님이라고는 천하비무 인증단 대표들뿐이라 썰렁하였다. 하지만 양 측의 하객들로 수향의 아담한 집은 그날 미어터질 지경이었다.

성대한 혼인식이 끝나서 온 천하에 참 부부가 되었음을 선포한 후 일우와 수향은 오랜 세월동안 마음만으로 그리워했던 서로에 대해 비로소 몸까지 하나가 되었다. 그날 사실 일우는 혼인식장으로 가기 전 마음으로 설랑에 대한 미안함과 죄스러움이 다소 일어나기도 했다. 백제 왕궁의 거처를 떠날 때 이런 일우에게 설랑은 환히 미소 지으며 수향을 언니처럼 잘 따르며 다투지 않고 잘 살 테니 제발 웃으며 혼인식에 가라고 그를 격려하였다. 일우는 그녀의 그런 덕담에 눈물이 찔끔 났다. 하지만 원래 자신의 지어미라고 굳게 믿고 있던 수향과 혼인식을 치르고 첫 날 밤을 치르자 일우는 모든 것이 정상적으로 돌아왔음을 절실히 느꼈다.

일우는 약 보름 동안 수향과 즐거운 신혼 생활을 보내고 난 후 그날 저녁 늦은 시각에 백제 왕궁으로 돌아왔다. 설랑은 그간의 독수 공방의 설음에서 오는 고통을 참느라고 몹시 괴로웠다. 특히나 자신이 목숨처럼 사랑하는 낭군이 다른 여자와 함께 자는 장면을 연상하며 질투심에 두 사람에 대한 증오심이 불뚝 불뚝 일어나기도 했었다. 하지만 그녀는 이런 나쁜 감정을 불경을 읽으면서 정화하기 위해 노력했다. 그런데 시간이 흐르자 그녀는 점점 두 사람에 대한 반감보다는 한 가족으로서 애틋한 심정을 가질 수밖에 없는 자신을 발견하고 슬며시 미소를 지었다.

"혼인식을 잘 치르시고 그동안 수향 씨와 함께 하고 싶었던 오랜 소원을 풀고 오시니 기분이 어떠세요?"

설랑은 일우의 더욱 장부다워진 모습을 보면서 장난스럽게 물었다. 일우는 그녀가 다행히 질투심으로 바가지를 긁지 않는 것에 안도의 한숨을 내쉬었다.

"그간 잘 있었지요? 뭐 별 일은 없고요?"

"그간 참 별 일이 많았답니다. 신라 측에서 사신이 와서 저를 하루 빨리 신라로 송환하라는 여왕 폐하의 강력한 요구가 있었어요. 어찌나 신라 측의 송환 요구가 거세던지 백제왕께서 아주 골치가 아파하신데요. 하지만 그 분은 절대 저를 신라에 보낼 수 없다고 완강하게 거부를 하셨답니다. 그래서 두 나라 사이의 외교 관계가 저 땜에 좀 더 나빠질 것 같아요. 그건 그렇고 수향 씨와 혼인하신 기분이 어때요? 말씀을 돌리지 말고 제 눈을 바로 보고 말씀 좀 해봐요? 이제 행복하세요? 저보다 더 수향 언니가 좋으셨어요? 수향 언니가 겨우

신혼 생활 보름 만에 제게로 온다고 화내지 않으시던가요?"

설랑은 일우의 대답을 듣고 싶어 안달인 것 같았다. 일우는 그녀가 수향을 언니라고 부르자 매우 기분이 좋아졌다. 나이로 보나 자신과의 인연으로 보나 수향을 설랑이 언니로 부르는 것이 당연한 일인데 일우는 두 사람 사이가 친자매같이 느껴졌다. 하지만 무어라고 대답한담. 그는 할 말이 없어서 그냥 보료에 누워 천장만을 바라보았다.

"이제 제게 미안한 마음 가지지 마세요. 난 이제 낭군님께서 아무리 우리 두 사람 사이를 왔다 갔다 해도 질투를 느끼거나 짜증을 부리지 않을 자신이 있으니까요. 그러니 두 사람 혼인하고 같이 잔 느낌이 어떤 지 말해 봐요."

설랑은 자신과 수향 중 여성으로서의 매력이 누가 나은지 부득불 일우에게 듣고 싶은 것이었다. 사실 일우는 여성스러움이나 애정 생활 같은 것에서는 설랑이 좋았지만 수향과의 혼인은 마치 엄마에게 돌아간 아기처럼 그렇게 정신적으로 편안하고 행복했다. 마치 죽은 엄마 장소현을 다시 찾은 듯 수향에게는 모성애를 많이 느꼈고, 설랑은 그저 한 여자로서 즐거움과 그리움을 주는 사람임을 느꼈다. 하지만 일우는 두 사람을 비교할 수는 없었기에 그저 그녀에게 미소를 지을 뿐이었다.

그러자 그녀가 일우에게 안겨왔고 일우는 곧 그녀를 안고 침실로 들어갔다. 곧 두 사람은 다시 꿈같은 무릉도원의 세계를 거닐면서 서로의 소중함에 대해 새삼 절절히 느껴가고 있었다.

이렇게 백제에서 사랑하는 두 여인과 살면서 한 때 인생의 즐거움을 느끼던 일우는 드디어 영류태왕 18년(서기 635년) 3월에 고구려 비무인증단 3인과 함께 백제왕의 왜국(일본) 사절단의 공식 수행원으로서 왜국을 향해 먼 뱃길을 떠났다.

출발 직전에 수향과 설랑 둘 다 일우를 따라 천하비무를 같이 다니겠다고 바득바득 우기며 사비나루까지 그와 일행을 따라 나섰었다. 하지만 그들은 일우의 간곡한 설득에 따라 그를 따라가는 것을 포기하고 서로 손을 다정히 맞잡고 다시 사비성으로 돌아갔다.

제9장 왜국의 군사(軍師)가 되다

때는 고구려 27대 임금 영류태왕 18년(서기 635년, 왜 서명천황 6년) 음력 3월 중순. 왜국으로 건너온 백제 사절단 150명과 일우 일행은 대화왜(大和倭)[8]의 본거지인 오사카(大板) 황궁에 도착하여 서명천황(舒明天皇)[9]에게 대대적인 환영을 받은 후 황궁 객관에 머무르게 되었다.

이 서명천황은 고대사의 수수께끼 같은 인물인데 그에 대해 어느 정도 알아야 이 이야기가 풀려나갈 수 있으므로 간략하게 그에 대해 기술한 후 우리의 주인공이 어떻게 왜국에서 제일무사 스즈끼 치히로와 비무를 하게 되는 지를 이야기하고자 한다.

서명천황이 대화왜 조정의 천황이 되기 전 구주왜왕이었을 때인

---

8) 일본이란 이름은 서기 670년 천지천황 때에 야마토 조정이 정한 이름이고 그 전에는 일반적으로 왜(倭)라고 불리었다. 그런데 당시 왜국은 통일된 국가가 아니라 대마도왜(이른바 임나왜)와 구주왜(지금의 후쿠오까를 중심으로 한 지역) 및 대화왜(지금의 오사카를 중심으로 한 지역)으로 나뉘어져있었는데 서기 635년 서명천황 당시는 대화왜가 일본 열도를 지배하고 있었던 것으로 보여진다.

9) 그 실체에 대하여 의견이 분분한데 작가는 일본의 고사기와 일본서기, 삼국사기, 삼국유사, 수서전 등을 중심으로 면밀하게 살펴보았을 때 이 왕은 서기 600년-629년까지는 구주왜왕이고, 629년-641년까지는 대화왜왕인 서명천황이며, 641년-660년까지는 백제왕인 의자대왕이라는 견해에 동의한다.

서기 601년 2월 당시 성덕 태자가 다스리고 있던 대화왜가 구주왜를 쳐들어왔었다. 그는 이를 즉각 물리친 후 대화왜에 쳐들어가서 이를 정복하였다. 그리고 대화왜의 실질적 통치자인 성덕태자로 하여금 자신이 만든 덕인의예지신(德仁義禮智信) 12품의 관위 제도를 강제로 시행하게 하였으며 헌법 17조를 공포하여 대화왜가 구주왜에 완전히 복속하게 하였던 바 있었다.

이후 추고천황 사후에 그는 구주왜를 자신의 두 번째 황후인 제명천황10)과 태자인 부여풍장11)에게 다스리게 하고 대화왜의 천황으로 등극하였었다.

그는 구주왜왕 시절(서기 600년부터 치세 시작) 이미 백제 본국의 지배를 벗어나서 수나라와 대등한 자격으로 교섭하였다. 그는 심지어는 〈해돋는 나라의 천자(구주왜왕)가 해지는 나라의 천자(수양제)에게 국서를 보내노라 운운〉하는 내용의 서신을 보낼 정도로 대담했으며 그 후궁이 600-700명이 된다고 할 정도로 국세가 컸다고 전해진다. 따라서 이미 구주왜왕 시절부터 자긍심을 가지고 있었던 서명천황은 일본 열도 전체를 지배하게 되자 고구려, 백제, 신라는 물론

10) 일본서기에 따르면 백제무왕의 딸로서 의자대왕의 두 번째 왕후가 되었다. 첫째 아들은 38대 천지천황인데 의자대왕과 결혼 전에 고향왕과 결혼하여 그를 낳았으며, 의자대왕과는 39대 천황이 되는 천무천황(=부여풍장)과 간인황녀(37대 천황인 효덕천황의 황후가 됨), 그리고 선광왕(백제 멸망 후 백제씨가 됨)을 낳았다.
11) 백제 멸망 후 백제부흥군을 이끈 지도자였으나 백제부흥이 실패하자 다시 대화왜로 달아나 은거하고 있다가 이부동모형(아버지는 다르고 어머니는 같은 형)인 천지천황 사후 그의 황태자인 대우황자를 물리치고 일본의 39대 천무천왕이 되었다. 대해인이라고도 불리는 데 그의 아버지는 서명천황 즉 의자대왕이고 어머니는 무왕의 딸인 제명천황이었다.

이거니와 수나라마저도 우습게 볼 정도로 자긍자대(自矜自大)하고 있었던 것이다.

그는 한편은 이미 본토 백제의 무왕으로부터 그의 사후 본토 백제의 왕으로 등극하기로 사전 약속이 되어 있었다. 원래 백제의 29대 왕인 위덕대왕의 장자인 아좌태자가 부왕보다 일찍 죽자 그의 아들인 아배계미(=서명천황=의자대왕)가 8살의 어린 나이에 구주왜왕으로 즉위하게 되었다. 하지만 위덕대왕마저 아좌태자를 이어 곧 붕어하자 그 동생인 대화왜의 용명천황이 백제의 혜대왕으로 등극하게 되었다.

그런데 웬일인지 그도 또한 1년 만에 붕어하였고, 이번에는 위덕대왕의 막내아들인 법대왕이 백제왕으로 등극하였다. 그러나 그 또한 1년 만에 붕어하자 그의 아들인 무대왕이 백제왕으로 등극하게 된 것이다. 따라서 무대왕은 서기 600년에 구주왜왕의 자리로부터 백제 본토의 대왕으로 등극하면서 만일 자신이 죽게 되면 위덕대왕의 적손인 의자에게 백제의 왕위를 물려주기로 하고 왜국의 전폭적인 지원을 받아 나이어린 의자 대신에 백제의 대왕으로 등극한 것이었다. 그는 이후 약속을 지켜 무왕 32년(서기 631년) 의자를 태자로 임명하여 차기 백제왕으로 내정한 상태였다.

그러나 당시 백제의 무왕(일본서기에는 모정왕)의 아들인 경황자12)는 구주왜 조정에 머무르면서 이미 여러 중신들의 지지를 받아 친신라 성향을 보이기 시작하여 서명천황의 분노를 사고 있었다. 서명천황은 장래 자신의 백제왕위를 물려받는데 암초로 작용할지도 모

_____

12) 후에 대화왜의 36대 효덕천황이 되는 백제 무대왕의 아들이고 그의 누이가 37대 제명천황이다.

르는 경황자 때문에 몹시 신경을 쓰고 있었다.

한편 서명천황은 백제 사절단의 대표인 무왕의 조카 부여복신을 독대한 자리에서 본국 백제의 정세를 상세하게 청취하면서 무왕의 치세가 얼마 남지 않았다는 느낌을 강하게 받았다. 그는 복신으로부터 사절단 중에는 고구려 제일무사인 선우일우 일행이 천하비무를 하는 도중 왜국의 제일무사인 스즈키 치히로와 비무를 하기 위해 함께 왔음을 듣게 되었다. 서명은 선우일우에 대해 비상한 흥미를 느끼고 부여복신에게 일우 일행과 함께 수일 후 주연을 갖자고 하면서 백제 사절단 모두를 초청하였다.

오일이 지난 어느 날 저녁에 일우 일행과 부여복신 등 백제 사절단은 서명천황의 500평도 더 되는 황궁 식당에서 열린 환영연에 참석하였다. 서명은 백제 사절단 일행이 먼저 자리를 잡은 후에 황후, 중대형황자, 부여풍장(=대해인황자), 간인황녀 등과 소아하이 대신 등 문무백관들을 대동하고 그 맞은 편 자리에 착석하였다.

서명과 황후가 자리에 앉자 백제 사절단의 대표인 부여복신이 자리에서 일어나 그에게 본국 백제민들과 지나 분국의 백성들이 백제 태자에게 올리는 충성의 서약표문을 읽었다. 그 내용은 무왕의 태자로서 책봉된 의자에게 신민으로서 대를 이어 충성하겠다는 것과 만세수를 누리시고 왜, 백제, 지나 분국을 잘 다스리시어 삼한통합의 웅지를 이루시라는 내용이었다.

부여복신이 이를 읽을 때 일우와 천하비무 인증단 대표들은 속으로 씁쓸했다. 이미 왜국까지 장악한 백제 세력이 아직도 고구려와 완전한 연합을 이루지 못하고 있는 상태에서 점점 더 세력을 확대해

가는 것이 고구려에게는 매우 불리한 상황이 될 것이 분명했기 때문이었다. 그들이 이런 생각을 하고 있을 때 서명이 일동을 향해 말했다.

"짐이 듣기로 고구려 제일무사 일행이 우리나라를 방문했다고 하는데 어떤 분들이신지 자리에서 일어나 인사를 하시기 바라오."

그러자 일우와 고천파, 유가휘, 정고 등이 자리에서 일어나 대화왜 측 인사들에게 정중하게 머리를 숙여 인사를 했다. 만좌의 박수갈채가 터져 나왔다. 그러나 호전적인 그들의 눈에 비친 당대 천하 최강인 고구려 제일무사는 너무도 부드럽고 착하게 생긴 약관의 문사 같은 모습이라 그들은 좀 의아한 생각이 들었다. 이때 다시 서명이 고구려 인증단 일행을 향해 물었다.

"요사이 고구려의 소식을 듣자니 태왕과 그 신속들이 모두 당나라에 굽실거리고 있다는 말을 들었소이다. 대체 수양제의 백만 대군을 물리친 고구려의 기백이 다 어디로 간 것이오?"

일우와 고천파 일행은 그 말을 듣자 얼굴이 확 달아오르는 것을 느꼈다. 자칫 잘못 말했다가는 태왕의 귀에 들어가서 큰 곤욕을 치룰 것이고 또 비굴하게 말했다가는 왜국에게 비웃음을 받고 나라의 수치가 될 것이 분명하므로 네 사람은 일순간 머리가 띵해지는 것을 느꼈다. 일행은 등짝으로 땀이 솟아나는 것을 느끼며 대응할 말을 생각하느라 머뭇거리고 있었다.

왜국이나 백제측 인사들의 비웃는 듯한 눈길이 그들 네 사람에게 쏟아지자 일우는 더 이상 머뭇거려서는 안 되겠다는 생각을 하였다. 그는 천천히 자리에서 일어나 서명천황을 향해 읍한 후 장중하게 입을 열었다.

"외람된 말씀이오나 고구려 900년의 역사는 하루아침에 만들어진 것이 아닙니다. 지금 조정이 일시적으로 당나라에 유화정책을 쓰고 있다 하나 고구려 1500만 백성들과 30만 조의선인군들은 당노들이 쳐들어온다면 일거에 그들을 박살낼 힘과 능력을 보유하고 있습니다. 우리 고구려 백성들은 결코 당노들에게 굴복하지 않을 것입니다. 이 점을 폐하께서는 통촉하시기 바랍니다."

"핫핫, 공의 말이 참으로 장하오. 하지만 전쟁은 백성들이 지휘하는 것이 아니라 국왕 이하 군부가 지휘하는 것인데 국왕과 군부가 싸우기도 전에 화친 운운하고 있는데 어찌 전쟁에서 승리할 수가 있겠소. 짐이 보기에 당나라가 머지않아 고구려를 침략할 것이 분명한데 그렇게 되면 지금같이 허약한 고구려가 어찌 그들을 막을 수 있겠소? 이미 고구려는 지는 해이고 이제는 우리 왜국이 천하를 지배할 시대가 도래할 것이오."

서명의 말은 거침없이 천하 지배의 야망을 드러내고 있었다. 일우와 고천파 등 인증단 일행은 서명천황에 대해 모골이 송연해지는 것을 느꼈다. 여기서 기선을 제압당하다가 자칫 잘못하면 고구려는 왜국에게 우습게 보여질 것이 분명했다. 다시 일우가 천천히 입을 열었다.

"폐하, 고구려는 결코 당노 따위에게 쓰러질 나라가 아닙니다. 당대 고구려의 무력은 천하제일이며 백성들은 어떤 침략자도 막아낼 힘과 결의를 보유하고 있습니다. 만일 전쟁이 다시 일어난다면 위대한 지도자가 출현하여 고구려를 이끌 것이 분명합니다. 이는 고구려 역사에서 수없이 증명된 사실입니다."

일우의 목소리는 약간 떨리는 듯 했으나 그 목소리는 웅장했고 힘이 넘쳐 만좌를 압도하기에 충분했다. 그러자 왜국 측과 백제측 인사들이 서로를 바라보면서 웅성거리기 시작했다.

다시 서명이 일우와 비무인증단 일행을 향해 물었다.

"천리장성을 쌓고 있는 일은 잘 진행되고 있소? 하지만 그런 작은 규모의 장성으로 어떻게 당나라의 침략을 막는다는 것인지 도무지 이해가 안 가는구료."

그러자 고천파가 자신이 나서야 할 때라고 생각하고 자리에서 일어났다. 그러자 일우는 자기 자리에 다시 앉았다.

"천리장성은 잘 축조되고 있으며 모든 것이 차질 없이 잘 진행되고 있습니다. 그리고 천리장성을 쌓는 목적은 요동전선에서 적을 방어하는 것이기 때문에 그것으로 모든 침략을 방어할 수는 없습니다. 하지만 천리장성이 있으므로 해서 도성으로 이르는 수많은 길들이 방어되고 도성은 방어할 시간을 충분히 벌 수 있는 것입니다. 폐하께서는 이 점을 통촉하시기 바랍니다."

고천파가 이렇게 강하게 말하자 서명은 그를 뚫어지게 바라보았다. 서명은 고천파의 말이 끝나자마자 다시 그를 향해 질문을 던졌다.

"현 태왕은 군부나 조의선인군들이나 백성들 사이에서 도무지 인기가 없다 하는데 공은 그 점에 대해 어떻게 생각하시오?"

고천파는 자기 삼종형인 영류태왕에 대한 모욕적인 말이 서명의 입에서 나오자 얼굴이 붉어지며 어떻게 대답해야할 지 알 수가 없었다. 그가 자리에 앉자 이번에는 정고가 천천히 자리에서 일어나 서명에게 읍을 한 후 말하기 시작했다.

"이 분은 현 태왕의 삼종제이시므로 폐하의 그 질문에 대답하기 곤란할 것입니다. 제가 그 질문에 대해 답을 드리도록 하겠습니다. 괜찮으시겠습니까?"

"공은 누구시고 조정의 관직은 어떻게 되시오?"

서명이 정고에게 묻자 정고는 일순간 당황하였다. 하지만 그는 여기서 왜왕에게 꿀릴 수는 없다고 생각했다.

"소생은 정고라 하는 청려선방의 일개 조의선인이며 선우일우 무사의 스승 중 한 사람입니다."

서명은 그의 이 말에 대단히 흡족한 듯 고개를 끄떡이더니 정고가 말해도 된다고 승낙을 하였다.

"현 태왕이 군부나 조의선인군들이나 백성들 사이에서 인기가 없는 것은 사실입니다. 그 이유는 왕태제 시절부터 지나치게 친당정책을 지지하고 사대주의 노선을 걸었기 때문입니다. 하지만 그도 또한 여수대전에서 내호아가 이끄는 4만 수군을 몰살시킨 위대한 전쟁 영웅입니다. 만일 당나라가 쳐들어온다면 그 또한 백성들의 뜻을 받들어 당노들을 함께 물리치기 위하여 온갖 노력을 기울일 것입니다. 폐하께서는 이 점을 걱정하시 않으셔도 될 것입니다."

고천파는 정고가 자신의 삼종형인 영류태왕에 대해 조금도 욕되는 발언을 하지 않고 왜왕 일행들에게 고구려의 긍지를 보여준 것이 너무도 고마웠다.

서명은 고구려 천하비무단이 투철한 국가관으로 뭉쳐 있는 것을 보고 속으로 감탄하고 있었다. 그는 이제 그들의 무술 실력을 점검해 봐야 하겠다고 생각했다. 그가 중대형황자에게 눈짓을 하자 중대형황자는 갑자기 허공에 대고 박수를 두 번 쳤다. 서명을 제외한 참석자들 모두는 의아한 생각이 들어 중대형황자를 뚫어지게 바라보았다.

그때였다. 일우 일행이 앉아있던 자리 바로 위의 천장이 갑자기 열리더니 50여명이나 되는 닌자들이 밧줄을 타고 내려오면서 네 사람을 향해 장검으로 공격을 개시하였다. 그들은 모두 눈만 내놓은 상태로 전신을 검은 두건과 복장으로 휘감고 있었는데 등에는 장검 두 자루와 활과 전통을 메고 있었으며 허리춤에는 손바닥 길이만한 작은 비수들을 촘촘히 차고 있었다.

일우 일행은 지금 맨 손인 상태였는데 50명이나 되는 닌자들이 자신들을 갑자기 장검으로 공격해오자 순간 당황했다. 그들이 닌자들의 공격을 방어하느라고 자리에서 일어나자 그들의 바로 옆에 앉아 있었던 백제 사절단원들은 자리에서 벌떡 일어나 왜측 인사들 쪽으로 가서 몸을 피했다. 이제 서명과 황후의 정 가운데 자리를 기준으로 오른쪽 자리 쪽이 텅 비게 되었다.

넓찍한 자리를 확보한 일우 일행은 닌자들의 검을 요리조리 피하며 약 20명을 순식간에 수박과 택견으로 때려눕혔다. 그러나 그들이 더욱 예리하게 비수를 날리며 심지어는 화살로 공격하는 상황이 오자 일행은 모두 탁자를 들어 비수와 화살을 막았다. 그러나 닌자들은 이번에는 쇠그물을 그들에게 던져 그들을 잡으려고 하였다. 하지만 일우 일행은 모두 몸을 날려 식당 천장에 가서 마치 파리처럼 붙었다가 몸을 날리면서 그 쇠그물을 빼앗아 되레 닌자들을 잡아버렸다.

그러나 아직도 20여명의 무공이 초절정인 닌자들이 남아 있었는데 그들은 일우 일행에게 이번에는 큰 구슬 같은 것을 던졌다. 그러자 그 구슬이 터지면서 식당 안에는 연기가 자욱해지기 시작했고 앞이 안 보이는 상황이 도래했다. 왜측 및 백제측 인사들은 이미 중대 형황자가 준비해둔 수건으로 입과 코를 막으며 상황을 예의 주시하고 있었다.

일우 일행은 침착하게 호흡을 멈추고 눈과 코를 천으로 가린 후 청력만으로 닌자들의 활동을 파악하고 있었다.

이때였다. 일우가 공중으로 붕 몸을 날리더니 닌자들을 향해 내공을 잔뜩 실은 장풍을 날리기 시작했다. 그의 장풍에 위력은 대단하여 닌자들 다섯 명은 그 장풍에 맞자마자 그 자리에 쓰러지기 시작했다. 그러자 정고와 고천파, 유가휘 등은 쓰러진 닌자들의 등에서 검을 빼앗아 칼 등으로 그들을 후려치기 시작했다. 이미 닌자들 열 명이 쓰러지자 남은 열 명의 닌자들은 네 사람과 싸울 수밖에 없었다. 하지만 이미 연기가 사라지고 있었기에 그들은 더 이상 안 되겠다 싶었는지 순식간에 식당 밖으로 달아나고 말았다.

네 사람은 닌자들의 급작스런 공격에 어이가 없었지만 이것이 모두 서명이 자신들의 무공을 시험하기 위한 것임을 알아차리고 기분이 매우 언짢았다. 그들이 모두 자신들의 자리에 앉자 서명이 그들을 향해 요란스럽게 박수를 치기 시작했고 왜국측과 백제측 인사들 모두 네 사람을 향해 열광적으로 박수를 치기 시작했다.

"과연 고구려 제일무사와 천하비무 인증단들 답소 매우 훌륭하오, 과연 고구려 무공이 명불허전임을 내가 알겠소이다. 그간 백제 측과 신라 측과의 천하비무에서 당당히 고구려가 승리한 이유를 알 수 있겠소. 여봐라, 이제 풍악을 대령하고 온갖 산해진미들을 들이어 여기 고구려 제일 무사단과 백제측 사절단들을 마음껏 대접하라."

서명이 이렇게 명령하자 대화왜의 특산물인 해산물로 만든 사시미, 스시, 대게, 가리비, 복요리, 오뎅 등 온갖 종류의 요리가 나왔으며 술은 니가타 산 사게[13]가 나왔다. 잠시 뒤 네 사람 옆에는 왜국의 제일 미색들이 앉았는데 일우의 옆 자리에는 서명의 명령으로 간인 황녀가 앉아서 그의 시중을 들기 시작했다. 곧 왜국 왕실의 악단과 무용수들이 등장하여 풍악을 울리기 시작했으며 모두가 함께 즐겁게 먹고 마시기 시작했다.

일행이 서로 즐겁게 대담하는 중 중대형황자와 소아하이 대신과 그의 아들 소아입록 등 왜국 측 인사들이 선우일우와 그 일행에게 다가와 자신들을 소개한 후 수인사를 하였다. 연회는 흥청망청 즐겁게 진행되었는데 왜측 인사들은 흥이 돋자 자리에서 일어나 칼춤을 추며 일우 일행도 함께 합류하라고 권하여 부득이 그들 또한 함께 칼춤을 추었다. 서명은 껄껄 웃으며 대단히 흥겨워하였는데 왜측 인사들의 호전성이 여실히 드러나는 연회였다.

연회가 끝난 후 서명은 일우를 자신의 내실로 단독으로 불렀다. 일우는 그가 자신에게 무슨 특별한 부탁을 할 일이 있음을 짐작하며 내시의 안내를 받아 그의 내실로 갔다. 서명은 50평은 넘을 듯한 내

---

13) 우리말로는 정종으로 알려져 있다.

실에 혼자 앉아 장검을 쓰다듬고 있었다. 내실은 다다미방이었는데 수반에 꽂혀있는 국화꽃으로부터 향기가 은은히 풍겨나고 있었고, 텅 빈 방안에 그저 검대(劍臺) 하나가 놓여있을 뿐이었다.

"선우 공의 무공이 초절한 것으로 보아 김유신이 공개적으로 망신을 당하였겠구려."

서명은 일우를 쳐다보지도 않은 채 장검 등을 검지로 쓰다듬으며 이렇게 물었다.

"신라 측의 입장을 고려하여 저희 측 비무인증단만 입회하에 그와 개인적으로 산속에서 비밀리에 비무를 하였습니다."

일우는 그가 왜 갑자기 김유신을 거론하는지 이해하기 어려웠다.

"선우 공은 신라에서 그간 체류하면서 신라의 왕녀와 살았다고 하는데 보시기에 신라의 사정은 어떻소?"

그때서야 서명은 장검을 검대에 내려놓고 일우를 정면으로 바라보면서 물었다.

"신라는 여왕과 김유신이 건재하고 있고 상하가 똘똘 뭉쳐서 삼한통합의 대업을 향해 움직이고 있어 작은 나라이지만 참으로 상대하기가 힘든 나라입니다."

일우는 솔직히 신라에 대해 적개심보다는 동족으로서 서로 합력하는 것이 좋겠다는 생각이었지만 웬일인지 그들은 도무지 백제와는 달리 친근감을 가질 수가 없었다.

"짐이 보기에 신라는 우리 부여족의 암적 존재요. 지금 고구려나 백제나 왜나 다 근본은 부여족이지만 그들의 왕계는 선비족의 후예라 지금의 당황제와 출신이 비슷한 종족들이오. 그들은 항차 연합하여 큰 우환이 될 것이오. 짐은 그들이 더 이상 크기 전에 쳐서 후환을 없애고자 하는데 선우 공이 우리를 좀 도와주셔야 하겠소."

서명의 말은 대단히 진지했다. 일우는 그의 말이 무엇을 뜻하는지 이해할 수 있었지만 자신에게 무엇을 도와달라는 것인지 짐작할 수가 없었다.

"무엇을 도와달라는 말씀이신지요?"

일우는 조심스러운 표정으로 그에게 물었다.

"우리 군대의 무술 사부가 되어 장병들을 좀 가르쳐주시오. 현재의 국제정세로 보아 우리 군이 막강해져야만 당과 신라를 견제할 수가 있소. 이것은 귀측 고구려를 위하는 일이기도 하오. 귀측의 현 정권은 오래가지 못할 것이오. 현 백제왕 또한 오래가지 못할 것이오. 항차 짐이 본토 백제의 왕으로 등극하면 필히 고구려와 손을 잡아 고구려, 백제, 왜 삼국이 연합하여 당과 신라를 대적하여야 할 것이오. 현재 우리나라에는 사무라이들이 있다고 하나 무술실력이 사국에 비하면 많이 뒤지는 편이오. 선우 공이 우리나라를 방문한 것은 천우신조요. 그러니 스즈끼 치히로와의 비무는 짐이 적당한 시점에 주선할 것이고 그간 이곳에서 우리 장병들에게 고강한 고구려의 무예를 전수토록 해주시오. 짐이 진심으로 부탁하는 바이오. 체류하는 동안 생활이나 모든 것은 전혀 불편함이 없도록 짐이 중대형황자와 간인황녀로 하여금 친히 돌보도록 할 테니 부디 짐의 부탁을 들어주기를 바라오."

서명의 태도는 너무도 진지하였다. 일우는 그가 내다보는 5국의 정세가 너무도 자신의 생각과 비슷한 점에 놀랐지만 일국의 제왕이 그렇게 겸손하게도 자신의 나라의 무술 실력을 정확히 평가한 후 도움을 청하는 점에 매우 마음이 끌렸다. 하지만 그 문제는 자신이 혼자 결정할 문제는 아니라 고천파, 유가휘, 정고 등 네 명이 함께 결정할 문제였다. 일우는 이 점을 그에게 말한 후 수일간만 결정할 시간을 달라고 요청을 하였다.

일우와 인증단 3인은 만나서 서명의 제안을 심각하게 검토하였다. 일우는 내심 서명의 제안을 받아들이고 싶었으나 고천파와 유가휘 등은 지금 왜국에서 장기간을 체류할 수 없으니 개별적으로 스즈끼를 만나 비무를 한 후 하루 빨리 왜국을 떠나자고 우겼다. 가만히 듣고만 있던 정고가 일행에게 대화왜는 근본적으로는 장차 고구려의 방계 세력이니 힘써서 그들을 돕고 떠나야 장래 고구려의 국익에 도움이 될 것이라고 설득하자 그때서야 모두들 마음이 움직였다.

결국 그들은 삼일 간의 격론 끝에 대화왜의 장병들에게 고구려의 무술을 가르치기로 결정하고 이 사실을 부여복신을 통해 서명천황에게 전달하였다.

다음날부터 일우와 일행들은 온 힘을 다해 대화왜군을 훈련시키기 시작하였다. 처음에 그들을 가르치면서 보니 그들의 무술 실력은 정말 형편이 없었다. 그저 칼자루를 휘두르는 수준이었지 내공의 기초는 전혀 없었고, 무도의 경지라기보다는 싸움질을 위한 실전용 패싸움이 그들의 수준이었다. 하지만 일우 일행은 검술, 창술, 투도술, 궁술, 마상술, 내공호흡법 등 전 무공 분야에서 그들을 기초부터 차근차근 가르쳐 고구려의 실전 무술을 전수시켜주었고 그들은 점차 강력한 무술 실력을 보유하기 시작하였다.

가끔 연무장에 나와 그들의 훈련 상황을 지켜보던 서명천황은 매우 흡족해하며 일우와 일행에게 온갖 산해진미와 여자들을 제공하였다. 하지만 일우와 정고는 이를 구태여 피하였는데 고천파와 유가휘는 그녀들과 희희낙락하며 즐거운 시절을 보내고 있었다.

일우 일행이 대화왜에서 체류한지 약 1년이 지난 서명천황 7년 (서기636년) 3월 어느 날 대화왜가 대마도에 있는 임나의 가야계 유민들과 합동으로 왜구를 가장하고 신라의 도성 바로 밑의 율포현14) 을 쳐들어가서 약탈하는 사건이 일어났다. 이때 대화왜는 매우 강력해져서 자신들의 무력을 점검하는 것이 목적이었는데 신라 장병들 이천여 명은 일천여 명의 왜구들과 접전하다 1,500명 이상이 전사하였으며 대화왜는 약 1,450명의 신라백성들을 노예로 잡아왔다.

서명천황은 강력해진 왜군의 무술 실력에 만족하였는데 신라 측에서는 도성 바로 아래까지 접근한 왜구들의 무술실력이 갑자기 막 강해졌는지의 이유를 캐던 중 사로잡힌 왜구들을 통해 그 이유가 고구려 제일무사와 일행들이 대화왜의 군사가 되어 강력한 무술 훈련을 시켰음을 알게 되었다.

이에 선덕여왕은 백제와 고구려왕에게 각각 밀사를 보내 선우일우 일행을 본국으로 소환해줄 것을 강력하게 요청하였다. 그러나 양국이 자신들과는 이 일이 아무 상관없다고 여왕의 청을 일언지하에 거절하자 선덕여왕은 김유신에게 일우 일행을 조용하게 처리하라고 밀명을 내리었다. 김유신은 대화왜 조정의 중신들과 가까운 김춘추로

---

14) 지금의 울산 북구 농소지역이다.

부터 정보를 얻어 일우와 가까이 지내는 간인황녀의 측근 시녀인 아끼꼬의 남편인 다께다라는 궁성 수비대장을 엄청난 뇌물을 주고 매수하였다.

제10장   간인황녀의 청혼을 거부하다

그러던 어느 날 일우의 숙소로 간인황녀가 마부를 딸린 마차를 보내었다. 일우에게 대화왜의 관광명소를 안내하겠다는 것이었다. 일우는 차마 거절할 명분이 없어 그녀가 보낸 마차를 타고 그녀가 있는 황녀궁으로 갔다.

간인황녀는 전통적인 백제 왕녀의 옷차림에 머리는 틀어 올렸고 은색비녀를 꽂고 있었다.

두 사람을 태운 사륜마차는 열 명의 기마대 시위무사들과 함께 황궁을 나와 우선 성덕태자가 세운 사천왕사로 향했다. 이 절은 서기 593년 추고천황 시절 실질적 통치자인 성덕태자가 세운 절인데 아좌태자가 그린 성덕태자의 초상화가 유명했다. 두 사람이 절경내로 들어가자 주지승과 많은 스님들이 절 입구까지 나와 두 사람을 환영했다.

"황녀님의 내방을 환영합니다. 함께 오신 친구 분도 환영합니다."

50대의 주지는 인자하기가 시골 할아버지 같았는데 배코 친 머리에는 햇빛이 반사되어 눈이 부실 정도였다. 그는 회색의 장삼을 입고 손에는 백팔 염주를 들고 있었는데 이미 간인황녀를 잘 알고 있는 듯 했다. 스님들이 일제히 두 사람에게 고개를 숙이고 인사를 하자 간인황녀와 일우 또한 두 손을 마주 잡고 그들에게 깊이 읍했다.

두 사람은 주지실로 안내되었다. 주지실은 약 30평 쯤 되어보였는데 온갖 한문 불교 서적들로 가득 차 있었고 중국에서 직수입한 듯한 8만 대장경이 가득하였다. 주지는 다다미 방에 비단 방석을 간 후 두 사람을 자리에 앉으라고 권하고는 자신이 손수 차를 끓이기 시작했다. 은은한 차 향기가 주지실에 퍼져 나갔다.

"무사님은 어디서 오신 누구이신가요?"

주지는 조용한 음성으로 일우에게 물었다.

"이 분은 고구려 제일무사이신 선우일우 공입니다. 현재 왕당 대형의 관직에 계신데 지금 천하비무를 위해 백제와 신라를 거쳐 이곳까지 왔답니다."

간인이 일우가 말하기도 전에 미리 자신이 대신하여 일우를 주지에게 소개하였다.

"호, 고구려에서 오신 제일 무사이시군요. 소승도 백제에서 왔습니다. 법명을 혜진이라 합니다."

혜진이 오른 손을 자신의 얼굴 근처에 가져가면서 읍하듯이 머리를 숙이고 그에게 인사를 하였다. 그러더니 혜진은 일우의 얼굴을 한참을 뚫어지게 보더니 눈을 감고 몸을 좌우로 흔들며 염주알을 열심히 굴리고 있었다. 일우는 이 중이 왜 이리 자신을 뚫어지게 보나 의문이 들며 다소 기분이 나빠지기 시작했다.

"초년에 조실부모하고 모진 풍파를 겪었으나 역마살이 끼여 천하를 방랑할 운세로군요. 아무리 노력을 해도 주인을 잘못 만나 고생을 심히 할 관상이요. 마치 오자서[15]의 상이로군요."

"스님이 관상을 아주 잘 보시나 봅니다."

일우는 약간 빈정대듯이 그에게 이렇게 말했다.

"소승은 관상에 대해 수십 년간을 연구하고 공부했지요. 게다가 청년시절부터 용맹정진하며 깊이 수도한 끝에 나름대로 사람의 운명을 직관적으로 파악하는 약간의 도력을 얻었지요. 지금 선우 공은 매우 위험한 지경에 처해 있습니다. 아마 곧 큰 환난을 만날 운세입니다. 조심하십시오."

혜진은 진심으로 일우를 걱정하는 눈치였다. 일우는 매우 기분이 언짢아지기 시작했다. 별로 불교를 신봉하지 않는 일우는 돌팔이 중 같은 사람한테 이런 불쾌한 이야기를 듣자 자못 심기가 불편해졌다. 하지만 무사의 평정지심으로 이를 누르고 가만히 앉아 있었다.

그러자 이번에는 간인황녀가 주지에게 자신과 일우의 사주팔자를 좀 봐달라고 부탁을 하였다. 간인이 자신의 사주를 혜진에게 말하고 나서는 일우에게 그의 사주를 말해보라고 명령조로 말을 하였다. 일우는 간인황녀의 무례함에 질렸지만 속으로 꾹 참고 자신의 사주를 혜진에게 말했다. 그러자 혜진은 손가락으로 육갑을 집는지 한참 두 사람의 사주를 맞추어보더니 고개를 끄떡이는 것이었다.

---

15) 서기 6세기의 중국 오나라의 정치가이자 장군이었으며 오왕 합려와 부차를 대를 이어 섬겨 강대국으로 만들었다. 그러나 결국 월왕 구천의 모사인 범려가 보낸 절세미녀 서시의 이간질에 의해 오왕 부차에게 의심을 받아 자결을 명받고 죽은 비운의 인물이다. 손자병법으로 유명한 손자가 그의 친구이기도 하다.

"참 좋군요. 두 분은 천생연분의 팔자입니다. 만일 두 분이 혼인을 하시면 큰 복이 대대로 이어지실 것입니다."

주지가 두 사람 앞에 놓인 찻잔에 차를 따르며 이렇게 말하자 간인은 얼굴에 화색이 돌면서 매우 기뻐하는 표정을 보였다. 일우는 차를 마시며 오늘의 이 모든 것이 간인과 주지가 짜고 연출한 것이라는 생각이 들자 어이가 없었다. 일우는 불쾌한 생각을 참고 화순한 얼굴색을 유지하려고 하였으나 점점 마음이 무거워져갔다. 간인은 주지와 계속 무엇인가 화제를 잡아 이야기에 열을 내고 있었다.

일우는 두 사람의 대화를 일부러 안 들으며 자신만의 생각에 잠겨가고 있었다. 갑자기 어젯밤 백제에 있는 두 아내의 꿈을 꾼 것이 생각났다. 수향이 하얀 옷을 입고 자꾸 어디론가 가고 있었고 설랑이 웬 아이를 안고 자꾸 자기를 부르는 꿈이었다. 대체 무슨 꿈이기에 일우는 그리도 불길했는지 꿈에서도 모골이 송연했던 것이 생각났다.

그러자 두 아내의 아름다운 모습과 그녀들의 그 체취가 아련히 느껴졌다. 얼마나 사랑스러운 그들인가? 자신을 위해서 두 사람 다 목숨을 내놓을 정도로 일편단심으로 자신만을 사랑하는 그녀들이었다. 얼마나 그리운 그녀들인가? 하루 빨리 천하비무를 마치고 고구려로 돌아가서 그녀들을 데려와야 할 텐데 하면서 일우는 혼자만의 상념으로 두 아내를 그리고 있었다.

"선우 공! 이제 그만 절간을 구경하러 가시지요."

간인황녀가 그에게 갑자기 말했을 때 일우는 깜짝 놀라 상념에서 벗어났다.

"아, 예, 그러시죠."

일우는 혜진에게 두 손을 잡고 읍하면서 인사를 하고 간인과 함께 주지실을 나왔다. 그녀는 주지실 밖에서 대기 중인 시위무사들은 안중에도 없는 듯 일우와 억지로 팔짱을 끼고 경내를 구경하기 시작했다. 일우는 어이가 없었지만 어린 여동생의 어리광이려니 생각하고 그냥 내버려두었다. 두 사람은 아좌태자가 그린 성덕태자의 초상화와 5층 목조탑 등을 관람한 후 여기 저기 절을 둘러보고 대웅전으로 들어갔다. 절을 관람할 때 간인은 일우에게 이 절 또한 성덕태자가 백제의 기술자들을 초빙하여 지은 것이라고 말해주었다.

일우는 대웅전에서 부처님 앞에 있는 불전함에 약간의 돈을 넣고 꾸벅 절을 한 후 자리에서 일어나려고 했는데 옆자리의 간인이 그를 그 자리에서 일어나지 못하도록 손바닥으로 그의 머리를 억눌렀다. 그리고 그녀 자신은 부처님 앞에서 열심히 무언가 소원을 빌고 있었다. 일우는 할 수 없이 그 자리에 주저앉아 그저 명상에 잠기고 있다 졸기 시작했는데 얼마의 시간이 흘렀는지 간인이 나지막하게 그의 귀에 대고 말했다.

"선우 공, 이제 그만 일어나세요. 부처님 앞에서 주무시면 지옥행이랍니다."

일우는 눈을 번쩍 뜨자마자 자리에서 일어나 대웅전 밖으로 간인과 함께 나왔다. 시위들이 다시 두 사람을 에워쌌다.

"선우 공은 부처님 앞에서도 졸기만 하시니 대체 고구려 사람들은 무슨 신을 믿는가요?"

간인은 일우가 부처님을 전혀 믿지 않는다는 것을 간파한 듯 그렇게 물었다.

"고구려에서는 우리 겨레의 시조인 환인, 환웅, 단군 등과 고추모 성제님 그리고 유화부인 등을 신으로 모시고 있지요. 그런데 부처님은 신이 아니라는데 황녀님은 대체 무엇을 빌었습니까?"

일우가 그렇게 말하자 간인은 그의 얼굴을 정면으로 바라보며 정색을 하고 말했다.

"훌륭한 낭군님을 점지해달라고 빌었지요."

"하하, 이제 곧 좋은 배필을 만나실 겁니다. 워낙 인물도 좋으시고 학식도 많으시며 덕도 많으시니 일국의 훌륭한 황후가 되실 겁니다."

일우는 간인황녀에게 진심으로 덕담을 말했다. 그녀가 매우 뛰어난 인물인 것은 사실이었기에 그는 그녀가 좋은 배필을 만나리라고 생각하고 이렇게 말한 것이다.

"홍, 선우 공 같은 영웅이라면 나도 금방 시집을 가버리겠어요. 하지만 이곳 왜국에는 큰 인물이 없어요."

일우는 그녀가 자신을 마음에 두고 있음을 진작부터 느끼고 있었지만 그녀의 입으로 이런 말을 듣자 매우 당황했다. 처신을 조심해야 하겠다고 그는 속으로 다짐하였다. 두 사람은 사천왕사의 내부를 다 둘러본 후 이번에는 절의 경내의 중간에 있는 석무대(石舞臺)를 가보았다.

간인은 이 석무대는 백제 예술가인 미마지(味摩之)가 고구려에 가서 사자춤을 배운 뒤 일본으로 건너와서 가면극과 함께 아악을 제자들에게 전수해서 왜왕실의 궁중음악으로 자리 잡게 했던 곳이라는 말을 해주었다.

사천왕사를 모두 둘러보고 난 후 일우는 이 절은 백제의 절들이나 고구려의 절들과 크게 다른 것은 없었지만 다소 인물 표현이 사납고 건물들도 매끈하지 못하며 다소 투박하다는 인상을 받았다.

그들은 사천왕사에서 점심 공양을 받은 후 오사카 근교의 하비키노(羽曳野)의 동탁(銅鐸)을 관람했다. 600여 년 전 고대의 제의 때 사용되었던 거대한 청동제의 종은 그 크기가 너무도 엄청나서 대체 어떻게 사용했는지가 의심이 들 정도였다.

그 뒤에 그들은 인덕천 황릉을 관람했는데 이 천황은 5세기 때 왜왕으로서 그 분묘는 전방후원분(前方後圓墳)으로, 묘역의 면적과 묘의 크기와 높이가 한 마디로 엄청난 분묘였다. 일우는 왜왕들의 위대성을 강조하기 위한 그들의 노력이 참 눈물겹다는 생각이 들었다.

이미 진시에 시작한 오사카 관광이 오시(오후1시-3시)가 끝날 때쯤 오자 일우는 그만 황궁 객관으로 돌아가고 싶어졌다. 하지만 간인 황녀는 여기까지 왔는데 나라현의 법륭사에 들러 고구려 담징스님이 그린 금당벽화를 구경하고 가자고 제안을 하였다.

일우는 나라현까지 가면 이미 저녁이 다 되어 올 텐데 이제 그만 돌아가시는 것이 어떠냐고 정중하게 말했다. 그러나 간인은 이미 부황의 허락을 얻었으니 내일까지 나라현을 관광한 후 모레 아침에 황궁으로 돌아오면 된다는 것이다. 또 고구려 사람이 되어가지고 왜국까지 와서 담징이 그린 금당벽화도 안 보고 가면 장차 고구려에 돌아갔을 때 어떻게 비난을 감내할 것이냐는 설득에 어쩔 수 없이 일우는 그녀와 나라현까지 동행하기로 하였다.

마차 안에서 일우는 간인이 자신의 품에 슬며시 안겨오자 참으로 난감해지기 시작했다. 그녀의 몸에서 나는 사향 냄새가 황홀하게 코를 자극하고 있었다. 하지만 일우는 두 아내 이외의 어떤 여자도 가까이 해서는 안 된다는 신념이 있었기에 그녀를 그저 어린 여동생으로 여기고 목석같이 가만히 있었다. 그러자 간인은 자존심이 상한 듯 그에게 토라진 목소리로 말했다.

"선우 공은 내가 본국에 있다는 두 아내 보다 훨씬 못한가보군요. 어쩜 그렇게 나를 안고도 목석같이 가만히 있을 수 있죠?"

간인의 목소리는 원망과 서러움에 가득 찬 목소리였다. 일국의 황녀로서 몹시 자존심이 상한 듯 했다. 일우는 이 사태를 어찌해야 하나 하고 고민을 하기 시작했는데 도무지 해결할 방법이 없었다. 이제 서명은 아예 일우를 간인의 배필로 찍어서 혼인을 시킨 후 왜국에서 머물게 할 작정이라는 것을 일우는 눈치 채기 시작했다. 그렇다고 그녀의 비위를 거슬렀다가는 왜국에 있는 동안 어떤 난관에 부딪힐 지 알 수도 없고 그렇다고 덥석 그녀를 안았다가는 다시 왜국에 발목이 붙잡힐 것이 분명하기에 그는 마치 여동생을 달래듯 그저 그녀의 머리털을 쓰다듬어 줄 수밖에는 달리 길이 없었다.

간인은 일우의 품에 기대어 행복한 표정을 지으며 그의 얼굴을 한없는 사랑의 눈으로 지켜보다가 피곤한 지 서서히 잠에 빠져 들어갔다. 그런데 두 사람을 태운 마차가 오사카 관내를 넘어 나라현으로 들어가자 이미 해가 기울기 시작했고 두 사람을 태운 마차와 열 명의 시위들은 부득이 신귀산(시기산)에서 잠시 쉬어 가기로 했다.

마차가 신귀산 입구를 지나 평지에 멈추자 간인은 갑자기 잠에서 깨어 자신을 물끄러미 바라보고 있는 일우를 올려다보았다.

"여기가 어디지요?"

그녀는 일우의 품에서 일어나 머리를 매만지며 그에게 물었다. 그러자 일우는 마차의 창을 열고 밖을 내다보았다. 그때였다. 갑자기 시위 한 사람이 일우를 향해 돌진하더니 검으로 그의 목을 찔러왔다. 일우는 너무도 급작스럽게 당한 일이라 그의 칼을 잽싸게 피하며 간인황녀를 등 뒤로 보호한 채 뒤로 몸을 젖혔다. 간발의 차이로 칼끝이 일우를 빗나갔다. 간인황녀는 마차 안으로 들어온 시퍼런 칼날을 보며 새파랗게 질렸다.

그러자 이번에는 자객으로 돌변한 시위가 일우를 향해 칼을 일직선으로 향한 채 돌진해왔다. 일우는 순간 그 검을 오른 손으로 후려쳐서 두 동강이를 내었다. 그러자 간인황녀가 자신의 자리 바로 옆에 있던 일우의 검을 뽑아 얼른 일우에게 건네주었다.

일우는 순식간에 칼을 든 채 마차 창을 박차고 밖으로 뛰어나왔다. 그러자 자객은 어깨에서 다른 칼을 빼어 일우를 공격하기 시작했다. 이미 나머지 시위들도 모두 일우 하나를 사이에 두고 공격하기 시작했다. 마부는 이미 그들에게 살해되어 한 쪽에 너부러져 있었다. 일우는 황궁 시위 열 명 전원이 자신을 살해하기 위해 여기까지 따라왔다는 것에 모골이 송연하였다. 순간 그는 간인황녀가 이 일에 연루되지 않았을까 의심이 들었다. 하지만 지금 벌벌 떨고 있는 그녀는 전혀 이 일에 상관이 없는 게 분명하다는 생각이 들었다.

"너희들은 누구의 사주로 나를 해치려고 하느냐?"

일우는 두목인 듯한 자에게 큰 소리로 외쳤다.

"흥, 그것까지는 알 것 없고 너만 이 자리에서 죽으면 된다. 자,

우리 칼을 받아라."

시위 열 명은 대단한 고수들이 분명했다. 그들은 일우와 마차를 중심으로 원을 구성하고 있었는데 한 사람씩 칼을 휘두르며 일우에게 공격을 개시했다. 그러나 한 명씩 접근할 때마다 휘둘러대는 일우의 칼은 매서웠다. 한 번씩 칼을 휘두를 때마다 한 사람씩 나자빠지기 시작하자 이번에는 쓰러진 여섯 명이 한꺼번에 칼을 휘둘러대기 시작했다. 일우는 여섯 명을 상대로 평범한 칼질을 하다가 그들의 잔인한 검기가 자신을 심하게 압박해오고 있는 것을 느꼈다. 도무지 알 수 없는 검법을 구사하는 그들이었다.

일우는 대체 왜 이들이 자신을 암살하려고 하는 지 알 수 없었지만 지금으로서는 더 이상 평범한 검법을 구사해서는 그들을 당할 수가 없다는 생각이 들었다. 그는 마차 안을 향해 절대로 밖을 내다보지 말고 마차 바닥을 잡고 무조건 엎드려 있으라고 간인에게 외쳤다. 그러자 간인은 일우의 지시대로 마차바닥에 머리를 대고 바싹 엎드렸다.

그는 갑자기 공중으로 다섯 자 이상 몸을 날렸다. 그리고 무극신검 4초식인 무상무기(無想無氣)를 구사하기 시작했다. 그가 이 초식을 구사하자 갑자기 사방 100장 안이 으스스해지며 아무 느낌도 없는 태허의 정적이 그들을 감싸기 시작했다.

자객들 여섯 명은 이상한 기운을 느끼기 시작하자 갑자기 온 몸의 내장이 뒤틀리며 전신의 기의 운행이 거꾸로 흐르는 것을 느끼기 시작했다. 일우는 공중에서 몸을 빙빙 돌면서 검을 하늘로 향한 채 주문을 외우고 있었는데 그의 몸은 마치 활화산 같은 거대한 무형의 기운을 주변으로부터 강력하게 흡입하고 있었다.

잠시 뒤 여섯 자객은 입으로 피를 흘리며 내장을 밖으로 쏟아내면서 서서히 죽어가고 있었다. 그때서야 일우는 검기를 거두고 그들 중 한 사람에게 다가가 조비타혈의 수법으로 목의 혈을 누르면서 누가 자신을 죽이라고 했는지 물었다. 그러자 그 자객은 시시~ 하더니 숨을 거두고 말았다. 일우는 그의 입에서 나오는 말로 미루어 신라 측 김유신이 왜국 황궁 수비대장을 매수하여 자신을 암살하려고 했음을 짐작하였다.

일우는 앞으로 더욱 자신을 암살하려는 세력이 계속 준동할 것이 몹시 염려되었다. 그는 여기서 그냥 황궁으로 돌아가야 하지 않나 생각이 되었다.

그가 막 마부의 자리에 올라타려고 하는데 약 200명의 왜국 병사들이 산 위로부터 말을 타고 내려오기 시작했다. 일우는 말위에 앉아 다시 자객들인가 하고 칼을 들고 그들을 맞이할 준비를 하고 있었는데 그들이 든 깃대에는 중(中)이라는 깃발이 휘날리고 있었다. 일우는 그들은 아마 중대형황자가 보낸 군사들일 것이라고 짐작을 하였다.

잠시 뒤 일우 앞에 도착한 군사들은 그의 앞에 오자 말에서 내려 그에게 읍한 후 마차 안의 간인황녀가 무사하신지 확인을 하여야 하겠다고 말하였다. 일우는 자신은 간인황녀를 보호해야할 의무가 있으므로 자신이 황녀를 마차 안에서 모시고 나오겠다고 말하였다. 그리고 아직 그들을 완전히 믿을 수 없으므로 눈을 부릅뜨고 한 손으로는 칼을 든 채 그들을 응시하면서 마차 안에 대고 간인에게 나오시라고 말을 하였다.

그러자 간인황녀가 조용히 마차 밖으로 나왔다. 그녀가 위엄있게 그들 앞에 서자 200명의 군사들이 모두 말에서 내려 그녀에게 절을 하였다. 그리고 대장인 듯한 자가 그녀에게 큰 목소리로 말했다.

"저희는 중대형황자 마마께서 보내신 황궁 수비군들입니다. 선우 공을 죽이려는 황궁 수비대장의 음모를 황자마마께서 적발하시어 바로 저희들을 이곳에 보내셨습니다. 두 분이 다 무사하셨음을 감축드리옵고 지금부터 저희들이 두 분의 여행이 끝날 때까지 안전하게 모시겠습니다."

"너희들이 오라버니가 보낸 부하들이라는 것을 무엇으로 믿으라는 것이냐? 나와 선우 공을 시위하던 자들이 모두 신라 측에 매수된 자객들로 밝혀졌는데 너희들을 어찌 믿으라는 말이냐?"

간인이 이렇게 말하자 대장인 듯한 자가 일우를 통해 그녀에게 중대형황자가 자필로 쓰고 자신의 인장을 찍은 비단에 쓴 서신을 그녀에게 전했다. 그때서야 그녀는 그들이 오라버니인 중대형황자가 자신들을 지켜주기 위해서 보냈다는 것을 믿게 되었다.

간인과 일우는 마차 안에 앉아 시위 군사들의 안내로 신기산 온천으로 향하였다. 간인은 자신과 일우가 한참 밀월여행을 즐기고 있는데 오빠가 두 사람 사이를 질투하며 자신을 감시하고 있음을 부지불식간에 깨닫게 되었다. 그녀는 이부동모(異父同母) 오빠인 중대형이 자신을 누이동생이 아니라 처음부터 한 여자로 생각하고 어려서부터 이성(異性)으로 사랑의 감정을 표현해왔음을 매우 부담스럽게 느껴왔다.

중대형의 그 무서운 집념과 끈기를 익히 잘 알고 있는 그녀는 두 사람의 사랑을 중대형이 지금 방해하고 있음을 새삼 느끼며 오늘 밤 온천에서 일우에게 모든 것을 바치려던 자신의 계획이 오빠에게 감시되고 있음을 직감적으로 느끼고 있었다. 하지만 그녀는 더욱 오빠를 무시하고 일우에게 모든 것을 바칠 각오를 단단히 하고 있었다.

갑자기 말없이 묵묵히 상념에 젖어 있는 그녀에 대해 일우는 이상하게 생각하고 있었지만 그녀와 중대형황자 사이의 관계를 전혀 알 수 없는 그로서는 그녀가 자신의 시위들의 배신에 매우 상심하고 있다고 느꼈다. 약 한식경 쯤 지나 그들이 신기산 온천에 도착했을 때는 이미 밤이 되어 세상은 온통 어두움으로 변해 있었다.

두 사람은 온천이 있는 여각에 투숙하고 200여명의 군사들은 여각 앞과 뒤에 진을 치고 화톳불을 밝힌 채 만일의 사태에 대비하고 있었다.

잠시 뒤 칼을 온천의 욕조위에 올려놓은 채 훈도시16) 차림으로 욕조에 누워 오늘 일을 곰곰이 생각하던 일우는 차츰 무엇인가 불길한 느낌이 들기 시작했다. 낮에 땡중 같다고 생각했던 사천왕사의 주지승 혜진이 예언한 것이 맞고 있다는 생각이 들었다. 시위대 전원이 자객으로 돌변한 것도 이상했지만 간인을 보호하기 위해 그의 오빠가 200명의 군사를 가장 적기에 파견한 것도 이상했다. 결국 중대형황자는 두 사람을 계속 감시해왔다는 것이 아닌가?

일우는 왜 중대형황자가 그녀와 자신을 감시하고 있을까 추측해

---

16) 남성용 전용의 일본식 팬티임.

보았지만 도무지 그 이유를 알 수가 없었다. 그가 이런 저런 생각을 하면서 뜨거운 온천물로 전신의 피로를 풀고 있을 때 여각에서 일하는 시녀가 그의 몸을 씻겨주기 위해 욕실안으로 들어왔다.

왜국의 온천 목욕 문화는 매우 독특해서 방마다 온천이 있고 시녀가 들어와서 목욕을 시켜주는 아주 이상한 방식이었다. 일우는 나이가 18세 쯤 될 듯한 꽃다운 소녀가 들어와서 목욕을 시켜주자 마음이 매우 느긋해졌다. 그러나 그는 지금 온 신경을 곤두세우고 있었는데 여차하면 욕조위에 있는 칼을 집어들을 만반의 준비가 되어 있었다.

시녀가 그의 등의 때를 밀고 난 후 앞의 가슴 부분의 때를 밀고 났을 때 일우는 잠시 눈을 감고 있었다. 그는 잠시 눈을 붙일까 생각을 하고 있었지만 아무래도 불안하여 눈을 붙일 수가 없었다. 그는 욕조 위 칼에 온통 신경을 집중한 채 있었는데 갑자기 황홀한 향기가 코끝에 밀려왔다. 그는 눈을 감은 채 그저 시녀가 하는 대로 가만히 욕조 가장자리에 머리를 대고 누워있다 깜빡 잠이 들었는데 한참만에 목욕이 끝나서야 눈을 떴다.

그런데 어찌된 일인지 때를 밀던 시녀는 사라지고 자신의 눈앞에서 자신을 목욕시켜 주던 사람이 바로 간인황녀가 아닌가? 일우는 너무나 놀라서 얼른 욕조 밖으로 나와 그녀 앞에 무릎을 꿇었다.

"황녀 마마, 이 무슨 당치 않으신 행동이십니까? 제가 모르고 감히 황녀께 무례를 범했으니 죽여주십시오 이는 도저히 있을 수 없는 일입니다."

그러자 간인은 자신을 가리고 있던 겉옷들을 하나하나 벗기 시작했다. 그녀의 아름다운 나신이 드러났다. 일우는 차마 눈을 뜨지 못하고 그녀를 외면하고 있었다.

"선우 공, 이제 나는 죽으나 사나 선우 공의 것이니 나를 마음대로 가지세요. 그리고 오늘 밤은 고구려니 왜국이니 백제니 그딴 소리 마시고 오직 한 남자와 여자로서 자연스럽게 행동합시다. 자 이제 우리 침소로 들어갑시다."

일우는 차마 두려워했던 일이 현실로 나타나자 도저히 어찌할 길이 없었다. 지금으로서 그가 할 수 있는 일이라고는 그녀의 마음을 달랠 수밖에 달리 방법이 없었다.

"황녀 마마께 비하면 저는 너무 부족한 일개 천한 무사입니다. 앞으로 천하비무를 수십 회 하면서 생사가 어찌될 지도 모르고 또한 이미 두 번이나 결혼을 하여 백제 땅에 두 아내를 두고 온 처지에서 지고하신 황녀 마마를 어찌 다시 여자로 넘볼 수 있겠습니까? 황녀 마마를 한 여자로서 매우 존경하고 사랑하고 싶은 것이 사실이지만 장부는 자신의 행동에 대해 책임을 져야 하는 것으로 알고 있습니다. 하오니 지금의 하명을 거두어주시기 바랍니다."

일우는 눈을 내리간 채 무릎을 꿇고 간인에게 애걸조로 말했다.

"대체 선우 공은 무엇이 두려운 것이오? 우리의 혼인은 우선 아바마마와 어마마마가 이미 승낙한 것입니다. 선우 공은 우리의 결합이 가져올 축복을 생각해보셨습니까? 우리가 결합하는 것은 바로 이 왜 열도를 지배할 뿐만 아니라 삼한을 통합하고 궁극적으로는 중원 대륙까지도 넘볼 수 있는 천명입니다. 그러니 지금 나를 거부하지 마세요."

간인의 말은 엄청난 배포였다. 그러나 달리 생각하면 그것은 차기 왜왕이 될 중대형황자에 대한 반역이었다. 또한 지금 중대형이 심어놓은 밀대가 지금 어디선가 두 사람의 이 은밀한 만남과 대화를 엿들을 수 있다. 이것은 함정이다. 일우는 갑자기 아까 대낮에 혜진 스님이 한 말이 생각났다.

"황녀 마마, 소생을 차라리 이 칼로 죽여주십시오. 소생은 고구려의 평범한 일개 무사일 뿐이며 이미 두 명의 지어미를 거느리고 있는 필부에 불과할 뿐입니다. 도무지 황녀 마마의 하명을 받잡을 수가 없습니다. 해량하여 주십시오."

일우는 통곡하는 심정으로 차마 그녀를 바라보지 못하고 칼을 그녀의 앞에 공손히 놓았다. 그러자 그녀는 갑자기 칼을 들어 일우를 후려쳤다. 일우의 머리칼 한 다발이 그녀가 휘두른 칼에 썽둥 잘려져 나갔다. 그러자 그녀는 칼을 내동댕이치고는 그 자리에 쓰러져 어깨를 들썩이며 통곡하기 시작했다.

일우는 얼른 그녀의 나신을 목욕옷으로 가려주었고 자신도 얼른 목욕옷을 입었다. 그녀는 그를 부둥켜안고 한없이 울고 또 울었다.

한편 이들의 이런 상황은 중대형이 이미 심어놓은 첩자인 아까의 그 어린 시녀를 통해 옆방의 작은 구멍을 통해 모두 감시되고 있었음을 그들은 알 수 없었다. 만일 일우가 간인황녀를 범하는 순간 밖에서 대기 중인 군사들이 모두 그를 척살할 만반의 준비가 되어 있었던 것이다. 왜국 최고의 가인(佳人)이자 황녀인 간인의 간절한 청혼을 거절한 일우의 초인적인 인내력과 현명하고 엄숙한 처신은 중대형황자에게 그날로 보고되어 그에 대한 절대적인 신뢰를 담보하게 되었다.

제11장 왜국 제일무사 스즈끼와의 비무

다음날 일우와 간인황녀는 아무 일도 없었던 듯이 마치 오누이 같이 다정하게 팔짱을 끼고 법륭사를 방문하였다. 그들은 성덕태자의 스승이었던 고구려의 중 담징이 그린 금당벽화 등을 관람하고 절의 경내를 모두 둘러본 후 그날 저녁 늦게 오사까 황궁으로 돌아왔다. 이후 일우는 가끔 자신을 찾아와 애정 어린 눈길로 자신을 대하는 간인황녀와 친구처럼 지내지만 그녀에 대해 연민의 감정 뿐 그 어떤 감정도 느끼지 못하고 있었다.

한편 김유신은 왜국 황궁 수비대장을 매수하여 일우를 죽이려던 계획이 중대형황자의 개입으로 실패하고 왜국에서의 간자망이 일망 타진되자 이번에는 간인황녀의 요리사인 하루카에게 엄청난 선물과 뇌물을 바치고 접근하였다. 그리고 하루카로 하여금 일우가 왜국 제일의 무사 스즈끼 치히로와 비무를 하기 전 그가 간인황녀와 식사를 할 때 그 음식에다 독을 타도록 유도하였다.

일우 일행이 왜국에 온지 1년 3개월이 지난 서명천황 7년(서기 636년) 6월 어느 날 왜국의 도성 대연무장에서 왜국 제일무사 스즈끼 치히로와 일우의 비무가 서명천황 주관으로 열렸다. 그날 천황과 황후 및 중대형황자와 간인황녀 및 문무백관 그리고 약 10만 명의 왜국 전역에서 온 백성들이 대연무장을 입추의 여지없이 가득 채웠다.

이 비무를 위한 왜국의 심판단은 소아입록(소아하이 대신의 아들), 후지하라 신타로(신임 호위대장군), 노지마 켄지(좌위문독17))가 맡았고 고구려 비무인증단 3인이 고구려 측 심판단으로 참여했다.

그러나 스즈끼와 비무를 하기 전 간인황녀와 함께 식사를 한 일우는 비무 전에 몸이 휘청휘청해지고 도무지 앞이 안 보이는 등 제정신을 차릴 수 없는 상황이 되었다. 중대형황자가 서명천황을 대신하여 비무선언이 있었고 두 사람은 백 장 거리에서 서로를 마주 보며 섰다. 모든 무기를 다 사용할 수 있으나 상대가 치명적인 상처를 입을 위험에 처하거나 항복하면 승부가 나는 방식이었다.

스즈끼 치히로. 그는 한마디로 왜국의 전설적인 도왕(刀王)으로서 모든 사무라이18)들의 사표였으며 왜의 일도류의 달인이었다. 그가 휘두르는 칼 한 방에 20년 동안 50명도 넘는 동양 5국의 무사들이 무릎을 꿇었었다. 그는 마지막으로 넘어야 했던 검선 선우려상이 일찍 죽는 바람에 그와의 비무는 이룰 수 없었지만 지금 38세의 원숙한 검객으로서 일도류의 본산인 나라도방(奈良刀坊)을 이끌고 있는 터였다. 이제 선우려상의 아들인 선우일우와 천하제일의 자리를 놓고 다투는 상황이 오자 그는 한 달간을 참선과 금식과 금욕을 통해 무심의 경지까지 도달한 상태였다.

일우는 앞이 안 보이고 어질어질한 상태가 되어오자 도무지 마음

---

17) 궁궐내의 경위 및 행사를 책임지는 종사품 무관직이다.
18) 원래 백제 말인 싸울아비(武節)을 일본식으로 발음한 것이다.

의 평정을 찾을 수가 없었다. 그는 내공을 끌어 모아 하단전에 집중하면서 자신의 몸속에 흐르는 이상한 독기를 바깥으로 빼내려고 온갖 노력을 다 기울이기 시작했다.

잠시 후 비무 개시의 징이 울리기 시작하자 스즈끼는 자신의 오척이나 되는 큰 왜도를 들고 장중하게 서서 일우의 허점을 노려보았다. 그가 볼 때 일우는 지금 매우 불안정한 상태였는데 웬일인지 일우는 자신과 상대하기보다 자신의 몸을 추스르는 데 급급한 것으로 보였다. 그는 일우가 검을 빼어들어 하늘로 향하자 순간 그의 양어깨 사이에서 허점을 발견하였다.

스즈끼는 그 허점을 향해 육중한 왜도를 들고 벽력처럼 공격해 들어갔다. 일우는 무시무시한 스즈끼의 왜도 공격을 몸을 공중으로 날려 피할 수밖에 없었다. 실로 전광석화같은 공격이었기 때문이었다. 하지만 그가 땅에 착지하기도 전에 스즈키의 왜도가 다시 그의 가슴을 파고 들어왔다. 자신의 검으로 그의 칼을 막았지만 내공이 불안정한 지금 그는 일방적으로 스즈끼에게 밀리기 시작했다. 관중들은 스즈끼의 왜도가 어지럽게 공격하며 일우의 허점을 날카롭게 파고들자 곧 열광하기 시작했다.

스즈끼는 고구려 제일무사인 일우가 매우 불안정하면서 전력을 기울이지 못하고 있다는 것을 간파했다. 그는 일우가 아직 정신을 못 차리고 있을 때 한 칼로 그를 제압하려고 결심했다. 그리고 일우를 한 방에 쓰러뜨리기 위해 그의 온 정신을 집중하여 일우를 노려봤다. 그에게는 일우의 전신이 다 허점투성이로 보였다.

스즈끼는 약 20장을 전속력으로 달려오면서 몸을 공중으로 3장이나 날리더니 왜도로 일우의 정수리 한 가운데를 후려쳤다. 그러나 그의 왜도가 일우의 바로 머리 위를 강타했다고 생각하는 순간 그의 칼은 이미 일우의 오른손에 의하여 두 동강이 난 상태였다. 왜국에서 가장 뛰어난 검이라고 소문난 나라검이었다. 그런데 일우의 금강장이 자신의 칼보다 훨씬 강하다는 것을 그때서야 그는 깨달았다.

서명천황과 왜인들 모두는 일우의 그 엄청난 금강장에 기절할 듯이 놀랐다. 스즈끼는 자신의 왜도가 두 동강 나자 이번에는 다시 땅에서 왜도를 집어 들었다. 그리고는 온 내공을 집중하여 칼에 힘을 모은 후 단방에 일우를 치기 위해 달려왔다.

일우의 칼과 스즈키의 칼이 *까앙!* 하고 부딪치며 일대 접전이 시작되었다. 약 삼십 합을 겨루었지만 두 사람의 승부는 나지 않고 있었다. 하지만 지금 일우는 어질어질한 상태에서 내장이 울렁거리고 계속 토할 것 같은 메스꺼움으로 미칠 지경이었다. 입으로는 자꾸 먹은 음식이 올라왔다. 그는 부득이 스즈끼가 보고 있어도 땅바닥에다 먹은 것을 토했는데 이제는 내장에서 피가 나오는 상태에 이르렀다.

일우는 칼을 땅에 댄 채 괴로움에 온갖 고통을 다 겪고 있었다. 그는 숨을 헐떡이며 자리에서 몸을 들고 무극신검 1초식과 2초식을 연속으로 시전하려고 했다. 그러나 이미 중독된 그의 내장에서는 도무지 기(氣)를 결집할 수가 없었다. 이제 스즈키가 마지막 공격을 하기 위해 왜도를 높이 쳐들고 자신을 무섭게 노려보고 있는 것을 일우는 흐릿흐릿해지는 눈으로 바라보고 있었다.

이윽고 스즈키가 최후의 공격을 단행했다. 그는 성난 호랑이처럼 몸을 날려 왜도로 일우의 허점인 가슴을 베었다. 멍한 상태의 일우는 자신의 가슴에 스즈끼의 칼이 닿는다고 생각한 순간 온 내공을 집중하여 오른 손 검지와 중지로 그의 두 눈을 찔렀다. 그러자 그의 칼은 일우의 가슴을 살짝 비켜나갔고 그의 금사갑옷은 날카로운 왜도에 의해 가운데 부분이 *찌지직* 소리를 내며 심하게 긁혀나갔다. 순간 일우는 무의식중에 스즈끼의 명치를 필살의 오른 손 수도(手刀) 일격으로 가격하였다. 그러자 스즈끼는 칼을 땅에 떨어뜨린 후 그 자리에서 피를 토하며 쓰러졌다. 관중들이 모두 자리에서 일어나 스즈끼의 상태를 걱정했다.

일우는 천근같이 무거운 두 팔을 들고 자신이 승자임을 선언했지만 그의 몸의 독성이 점점 심하게 퍼져나감으로써 도무지 서있을 수 없는 상황이 도래하였다. 그는 점점 가물가물해져오는 의식을 더 이상 견딜 수 없게 되자 그 자리에 고목처럼 쓰러지고 말았다. 서명천황과 중대형황자 및 부여풍장, 간인황녀는 일우에게 무슨 비상한 사태가 발생하였음을 깨달았는데 간인황녀는 자리에서 벌떡 일어나 땅에 쓰러진 일우에게 달려갔다.

그녀가 그의 코밑에 손을 대어보니 아직은 숨이 미약하게나마 붙어있었다. 고구려 비무인중단 대표들 또한 즉각 달려와서 일우의 상태를 점검했다. 정고가 일우를 진맥해보니 중독된 것이 분명했다. 곧 서명천황의 지시로 어의들이 달려왔고 그들은 일우를 들 것에 신고 왕실 내의원으로 달려갔다.

왜 왕실 내의원들은 일우의 중독증이 도무지 무엇에서 비롯된 것인지를 알 수 없었다. 정고는 부득이 간인황녀에게 오늘 점심 때 일우가 무엇을 먹었는지를 물어보았다. 자칫하면 황녀를 모독한 죄를 뒤집어쓸 상황이었으나 정고는 생명을 무릅쓰고 그녀에게 물었으며 그녀 또한 일우의 치유를 위해 부득이 오늘 점심 때 먹은 복요리에 대해 상세히 말했다. 정고는 아무래도 오늘 요리를 만든 요리사를 빨리 체포하여야 한다고 그녀에게 긴급히 요청을 했다.

그러자 간인은 옆에 서 있던 중대형황자에게 빨리 자신의 요리사인 하루꼬를 구금하라고 부탁했다. 중대형은 즉각 군사들을 보내 그녀를 자신의 집에서 체포했다. 그리고는 그녀를 심하게 고문하여 그녀가 신라 측에 매수되어 오늘 일우와 간인이 점심 식사를 할 때 복어 알로 만든 독을 음식에 섞어 내놓음으로써 중독시켰음을 자백하게 만들었다.

이때 정고가 수향에게서 비밀리에 받아놓은 만독제요(萬毒除要)라는 책자가 생각이 났다. 그는 중대형황자가 하루꼬를 고문하여 얻어낸 정보를 토대로 왕실 내의원들과 연구하여 그의 몸속의 독이 일본 연안에서 사는 치명적인 복어 알에서 나온 것임을 알게 되었는데 이 독은 중독된 지 두 시진 안에 해독을 하지 않으면 치사 상태에 이르게 된다는 것을 알아내었다. 결국은 그들은 만독제요의 내용대로 즉 유산과 염산, 초산 등의 농후한 것에는 복어독이 파괴되며 특히 이러한 산으로 끓이면 단시간에 무독으로 된다는 처방에 따라 급히 해독제를 만들어 일우를 깨끗이 치료할 수가 있었다.

이제 신라 측의 집요한 암살 위험에 처한 일우는 부득이 대화왜를 떠날 수밖에 없었고, 서명천황에게 이제는 당나라로 떠나게 해달라고 간곡한 청원을 하였다.

마침내 1년 4개월 만인 서명천황 7년(서기 636년) 7월 말 일우 일행은 대화왜에서 당나라로 가는 무역선을 타고 당나라 수도인 장안성으로 향했다. 오사카 나루에서 일우 일행을 작별하는 간인황녀는 그들이 탄 배가 멀리 사라져 보이지 않을 때까지 꼼짝하지 않고 그 자리에 서서 손을 흔들고 있었다. 일우는 그녀의 그런 모습을 보며 가슴이 찢어질 듯이 아팠지만 더 이상 어떤 여인들도 사랑해서는 안 된다는 굳은 마음으로 간인을 외면한 채 선실로 들어가 버렸다.

제12장   당나라에서 이정 장군을 만나다

　왜 무역단과 하남도[19] 청도 나루에서 헤어진 후 일우 일행은 말을 타고 약 한 달간의 강행군 끝에 당나라 장안성에 도착하였다. 일우 일행은 그곳에서 당시 당태종의 측근으로 활동하고 있는 위공 이정(李靖) 대장군의 집을 찾아갔다. 그의 집은 황성 정문인 주작문에서 서쪽으로 일직선으로 난 도로와 곽성이 만나는 끝에 있는 금광문 밖을 나오자마자 첫 번째 집이었는데 사방이 1,000장(=3.3km)이나 되는 정방형의 대장원이었다.

　그들이 그 집에 당도했을 때는 신시(오후3-5시)가 끝나갈 무렵이었는데 매우 경비가 삼엄하여 수십 명의 중무장한 군사들이 집을 지키고 있었다. 일우 일행은 모두 당나라 말에 능통하였는데 고천파가 대문 앞에서 경비군사에게 유창한 당나라 말로 이정 대장군을 만나러 왔다고 말하였다. 그러자 경비군사는 잠깐 기다리라고 말하더니 잠시 뒤 책임자인 듯한 중무장한 장교 한 사람과 다섯 명의 군사를 데리고 나왔다.

　그는 네 사람을 위 아래로 훑어보더니 냉정한 목소리로 물었다.

---

19) 지금의 산동성.

"너희들은 고구려에서 온 첩자들이 아니냐?"

네 사람은 순간 긴장감을 느꼈다. 하지만 여기서 자칫 잘못하면 큰 낭패를 치른다는 생각에 잘 말해야 한다고 생각했다. 고천파는 얼굴에 함빡 미소를 머금으며 부드럽게 말했다.

"우리들은 고구려에서 온 것은 아니고 한 달 전 왜국을 출발해서 이곳에 왔소이다. 이정 장군을 직접 만나서 할 말이 있으니 그 분에게 안내해주시면 고맙겠소이다."

그러나 그 장교는 더욱 의심쩍은 눈으로 그들을 훑어보았다. 그러더니 뒤에 서있는 다섯 명의 병사들에게 눈짓을 했다. 체포하라는 신호였다. 갑자기 다섯 명이 삑! 하고 호각을 불자 수십 명이 우르르 뛰어나와 창을 겨누고 네 사람을 포위했다.

"아따 요것이 시방 무슨 짓이당가요 잉. 하룻강아지 범 무서운 줄 모르고 지금 너희들이 죽고 자픈 것이냐 잉."

고천파는 백제 사투리로 주절거리며 세 사람을 향해 눈짓을 했다. 적당히 두들겨 패자는 것이었다. 그러자 네 사람은 곧 전투태세로 돌입하더니 전혀 검이나 여타 무기를 쓰지 않고 그들을 물리치기 시작했다. 당나라 군사들 약 20명이 순식간에 그들의 수박과 택견에 얻어터지고 너부러지자 그 장교는 안 되겠다고 생각했는지 칼을 빼들더니 일제히 공격하라고 명령했다.

그러자 남은 약 20명의 병사들이 그들을 향해 갑자기 활을 쏘기 시작했다. 일우 일행은 검을 빼어들고 화살을 모두 두 동강을 낸 후 그 20명의 병사들을 칼 등으로 후려쳐서 기절시켰다. 그러자 잠시 후 웬 묘령의 20대 여인이 검을 들고 공중을 날아 장원의 담을 넘어 오며 *멈춰라!* 하고 외쳤다.

그녀는 네 사람을 향해 검을 맹렬하게 휘두르며 날아왔는데 무공이 대단하여 네 사람은 일순간 깜짝 놀랐다. 그녀는 네 사람과 공중을 나르며 약 열 합을 겨누고 나서는 싸움을 중지하고 잠시 뒤 땅에 사뿐히 착지하였다. 그리고는 검을 땅 아래로 향한 후 두 손을 잡고 네 사람에게 읍하였다. 가히 경국지색이라 할 만한 뛰어난 미모와 6척은 될 듯한 늘씬한 몸매를 가진 그녀는 머리를 땋아서 올렸으며 전신에 흰 색 비단 옷을 입고 있었는데 매우 귀한 신분의 여인처럼 보였다.

그녀는 옥이 구르는 듯이 낭랑하게 능숙한 고구려어로 말했다.

"네 분은 분명히 고구려에서 오신 최고 무사들인 것 같군요. 무슨 일로 아버님을 만나러 오셨습니까?"

고천파는 그녀의 아름다운 모습에 넋을 잃고 있다가 얼굴에 함박 미소를 지으며 점잖게 말했다.

"예, 우리는 고구려에서 온 천하비무단이고 이정 대장군을 만나뵈러 왔습니다."

그녀는 일우를 힐끗 쳐다보았다. 일우와 그녀의 눈길이 부딪히자 일우는 그녀가 빼어난 미모 못지않게 드물게 보는 무공 고수임을 즉각 알아차렸다.

"아버님을 무슨 일로 만나려고 하시나요? 아버님과 비무를 하러 오신 것은 아니실 테고........."

그녀는 아직도 그들을 의심의 찬 눈초리로 바라보고 있었다. 그녀의 아버지인 이정 장군은 당태종의 오른 팔로서 그를 도와 통일전쟁을 수행하면서 정복된 나라의 한족(漢族)들은 물론이거니와 돌궐, 토욕혼 등 북방족들과 숱한 원수들을 만들어 내었기에 하루도 개인 적으로 편안하게 생활을 할 수가 없었다. 숱한 자객들과 원한을 품은 사람들이 독기를 품고서 그를 해치려고 수시로 들이닥치고 있었기 때문에 이정은 항시 자면서도 눈을 부릅뜨고 자야 했고 경비군사들 이 삼엄하게 자신을 지키도록 하지 않으면 안 되었던 것이다.

이정의 무남독녀 외동딸 이매향은 아버지로부터 무술과 병법을 배우면서 한족(漢族) 전승의 18반 무술과 제 문파의 무학 및 고구려 무술과 병법을 배워왔는데 이정으로부터 항상 고구려 사람들을 존중 하고 우대하라는 말을 들어왔었다. 오늘 이렇게 고구려 무예의 최고 수들을 만나니 마음속으로는 너무도 기쁜 그녀였다. 하지만 이들이 불시에 자객으로 변하여 아버지를 해치지 말라는 법도 없었다.

그녀는 이들을 집안으로 들여야 하나 말아야 하나 잠시 망설였 다. 하지만 그녀는 일우를 본 순간 그가 너무나 낯이 익고 마치 오랜 세월동안을 알아왔던 사람 같은 생각이 들었다. 혹시 그가 아버지가 늘상 자신에게 말해오던 연개소문과 무슨 관련이 있는 사람이 아닐 까 하는 생각이 들었다. 그녀는 일우를 향해 미소를 지으며 물었다.

"혹시 누군가에게서 소개장 같은 것을 받아오신 것은 없나 요?"

일우 일행은 이 말을 듣자 얼굴에 미소가 피어났다.

"물론 소개장을 가지고 왔습니다. 하지만 소개장을 써주신 분이 반드시 이정 대장군에게만 드리라고 신신당부를 하셨기 때문에 따님 에게는 보여드리지 못하는 점을 해량하시기 바랍니다."

일우가 이렇게 정중하게 말하자 매향은 틀림없이 연개소문이 보낸 사람들이라는 생각이 들었다. 그녀는 그들을 무조건 집안으로 들인 후 아버지가 퇴청할 때까지 접대하면서 기다려야 한다고 마음을 굳혔다.

"알겠습니다. 그러시면 안으로 들어오셔서 아버님이 퇴청하실 때까지 기다리십시오. 집사장이 숙소를 준비할 때까지 대기실에서 기다리시면 아버님과 만나도록 해드리겠습니다."

네 사람은 머쓱하게 그들을 바라보는 경비군사들을 쳐다보지도 않고 매향의 안내를 받아 이정의 집안으로 들어갔다. 집안으로 들어가기 전 매향은 그들에게 손님들은 칼과 무기들을 모두 경비실에 맡기고 들어와야 한다고 말했다. 일우 일행은 자신들의 칼과 무기들을 모두 풀어 경비실에 맡기었다. 말들은 데리고 들어와서 그 집 하인들에게 맡기고 여물을 듬뿍 주라고 부탁하면서 적당히 돈을 집어주니 그들은 *쉐/쉐!* 하면서 비굴한 웃음을 짓고서는 얼른 말들을 이끌고 마방으로 사라졌다.

어마어마한 크기의 장원형 저택은 누각형의 집만 열댓 채였고 군사훈련을 받을 수 있도록 되어 있는 연무장과 채소밭 그리고 울창한 대나무밭과 송림 등 경관이 일품이었다.

네 사람은 하인의 안내로 30평은 될 듯한 대기실에 들어와 보니 이정을 만나러 온 각양각색의 사람들로 버글버글하였다. 대부분 이정에게 취직 청탁을 하러 온 사람들이거나 황실에 물품을 대거나 외국무역을 해서 이문을 남기고자 하는 사람들이었다.

네 사람은 장방형 의자에 비스듬히 앉아 쉬기 시작했는데 먼 길을 달려온 후 40여명의 경비군사들과 싸움을 하고 나서 그런지 매우 피곤함과 시장함을 느꼈다. 그들은 전대에서 먹다 남은 육포를 씹으며 무료하게 시간을 보내고 있었다.

그런 중에 그들이 고구려 사람들임을 알아 본 한 장사꾼이 그들에게 고구려 특산물인 인삼과 호피 등을 무역할 수 있는 길이 없냐고 물었다. 그들은 그 물품들은 국가 전매 품목들이라 조정의 승인이 있어야 한다고 말해주었다. 그는 매우 기뻐하면서 시간이 되면 자신의 집을 한번 방문해달라고 하면서 집주소를 그들에게 적어주었다.

그들은 곧 피곤을 느끼며 의자에 앉은 채 졸기 시작했는데 약 2시진 쯤 지나 이정이 퇴청하여 집으로 돌아왔다. 이정이 집안으로 들어오자마자 아내 장저화와 딸 매향 및 집사장이 그에게 나아와 잘 다녀오셨냐고 공손히 인사를 하였다.

이정은 그들의 인사를 받다가 매향이 자신에게 눈짓을 하자 그녀를 따라 거실로 들어갔다. 그러자 아내와 집사장은 하릴없이 각자 자신들의 방으로 들어갔다.

"무슨 일이 있었느냐? 왜 경비병들이 저렇게 모두 심한 부상들을 입었단 말이냐?"

이정은 다소 불쾌한 표정이었다.

"오늘 고구려에서 최고 무사들인 듯한 사람들이 누군가의 소개장을 들고 아버님을 찾아왔어요. 경비군사들이 그들을 무조건 체포하려다 네 명에게 심하게 두들겨 맞았지요."

매향은 집안의 모든 경비 문제는 자신의 책임 아래 있기 때문에 일말의 책임감을 느끼며 자조적으로 그렇게 말했다.

"네 명에게 40여 명이 저리도 심하게 맞았단 말이더냐? 죽은 사람은 없었느냐?"

이정은 놀라는 표정을 지으면서 이렇게 물었다.

"네, 다행히 죽은 사람은 없어요. 그 사람들과 약 십여 합 비무를 해보았는데 아마 고구려 최강의 무사들인 것 같아요. 특히 20대의 청년 하나가 아버님께서 제게 늘 이야기하던 젊은 스승이라는 연개소문과 무슨 관련이 있는 것 같아요. 아마 그의 소개장을 가지고 온 것 같아요."

매향이 이렇게 담담하게 말하자 이정은 매우 놀라는 표정을 지으며 흥분된 목소리로 말했다.

"으음, 그래? 연 사부가 보낸 사람 같다고? 너는 가서 그들을 빨리 이리로 보내라."

잠시 뒤 일우 일행은 이매향과 함께 이정이 있는 거실로 들어왔다. 이정은 당시 66세였는데 겉으로 보기에는 40대 초반의 청년처럼 전신에는 힘이 넘쳐나는 듯 보였고 강직하고 올곧은 성품의 사람처럼 보였다. 한편은 대단히 겸손하며 인정이 많고 매우 부드러운 사람으로 보였다. 네 사람이 들어오자 이정은 자리에서 일어났다. 그리고 네 사람을 지극히 환영하듯 두 손을 맞잡고 읍하면서 그들을 맞이했다.

"먼 길을 오시느라고 매우 수고가 많으셨소이다. 제가 이정입니다. 무슨 일로 고구려에서 이곳까지 오셨는지요?"

이정의 말은 일국의 대장군으로서는 매우 겸손하며 부드러웠다. 그러자 일우가 품에서 연개소문이 천리장성을 축조하러 부여성으로 떠날 때 써주었던 소개장을 이정에게 두 손으로 공손히 내놓았다. 그러자 이정은 그 소개장을 자세히 읽더니 매우 놀라는 표정으로 일우를 뚫어지게 바라보았다.

소개장의 내용은 만일 자신의 의제(義弟)인 선우일우가 찾아와서 천하비무를 하게 되면 당나라의 최고수들과 비무를 주선해줄 것이며, 그의 신분과 생활에 불편함이 없도록 조치해줄 것을 부탁하는 내용이었다.

"어떻게 연 사부와는 의형제가 되시었소이까?"

연개소문은 그때 나이가 32세이고 이정은 66세였음에도 이정은 연개소문을 사부로서 지극한 공경을 표현하였다. 그는 연개소문과 일찍이 태원에서 만나 그에게 병법을 배워 무불통달하게 되었다. 그 후 그는 당태종을 보필하여 수나라 말기의 숱한 군웅들을 제압하여 당의 건국에 크게 이바지하였다. 또한 훗날 돌궐과 토욕혼 등을 정벌하고 토번(티벳)의 공격을 막아내어 천하를 평정한 당태종의 2대 명장 중 하나로 손꼽혔다.

이정은 현격한 나이 차이에도 불구하고 그가 스승으로 모시는 연개소문의 서한을 받자 기꺼이 일우를 도울 마음을 가지게 되었다. 그러나 천하제일의 비범한 인물인 연개소문이 그렇게 적극적으로 일우를 돕는 것을 보면 그 또한 비범한 인물임이 틀림없다고 생각을 하면서도 이정은 일우에 대해 매우 궁금했다. 그러자 일우의 스승 정고가 자신이 나서야 할 때라고 생각하고 천천히 말을 시작했다.

"저는 선우일우의 스승 중 한 사람으로서 청려선방의 일개 조인선인입니다. 선우일우는 고 검선 선우려상의 유일한 아들로서 그가 일곱 살 때 아버지가 현 태왕에게 척살당한 후에 저희 청려선방의 청려선인과 9대 제자들이 직접 데려다가 백두산 청려선방에서 길렀습니다. 연개소문은 전 막리지 연태조 공의 큰 아들로서 저희 청려선방의 큰 제자 중 하나로 받아들여졌습니다. 선우일우가 현 태왕의 마수에 의해 납치되어 생사에 기로에 처했을 때 연개소문이 그를 구해주어 살아남게 되었지요. 이후 연개소문이 고구려제국 전국 무술 대회에서 우승한 후 천하비무를 하지 않고 천리장성 축조를 위해 떠났지요. 그는 장래 고구려 제일무사가 될 선우일우에게 이 소개장을 미리 써주면서 장차 중원에 들어가 천하비무를 하게 되면 이정 대장군을 필히 만나 그에게 도움을 청하라고 말했습니다. 그가 떠난 후 선우일우는 현 태왕의 집요한 살해 음모 속에서 고구려제국 전국무술대회에서 당당히 우승했습니다. 이후 천하비무를 시작한 이래 백제의 계백 장군을 이기었고, 신라에서는 여왕과 김유신의 간계 속에서도 김유신을 물리쳤으며, 왜국에서는 왜왕의 간절한 체류부탁을 물리치고 도왕 스즈끼 치히로를 물리친 후 이제 당나라로 건너오게 된 것입니다. 아무쪼록 대장군께서 선우일우의 중원비무를 위해 많이 협조해주시기를 부탁드립니다.”

정고가 이렇게 말하자 이정은 매우 감탄한 표정을 지으며 일우를 향해 다시 물었다.

“실례지만 약관이신 것 같은데 연세가 어떻게 되시며 결혼은 하시었습니까?”

그러자 이매향 또한 눈을 빛내며 일우의 입을 주시하였다.

“이제 스물다섯 살이며 혼인하여 두 아내가 있습니다.”

일우는 다소 겸연쩍은 표정으로 이정에게 말했다.

그러자 이정과 이매향이 매우 실망한 표정이 역력했다.

"중원의 무술에 대해서는 스승들이나 연 사부에게 들어서 많이 알고 계시겠지요?"

이정은 화제를 돌려 일우에게 당나라 무술에 대해 알고 있는 지를 물었다.

"예, 스승님들과 연개소문 큰 형님에게 들어서 다소는 알고 있습니다만 아직은 실전 경험이 전혀 없습니다. 대장군님께서 많은 지도 편달을 해주시기 바랍니다."

일우가 이렇게 겸손하며 정중하게 부탁을 하자 이정은 고개를 끄떡였다. 여러모로 마음에 쏙 드는 젊은이로서 사위감으로서는 최고였는데 벌써 결혼하여 두 아내를 거느리고 있다는 말에 실망은 되었지만 연 사부에 대한 의리를 생각해서 그를 도와주어야 하겠다고 굳게 결심하는 이정이었다.

"그러시다면 중원에 계시는 동안은 거처를 이곳에다 정하시고 우선은 제가 속한 군대의 최고수들 및 여기 제 딸인 매향과 함께 충분히 당나라 무예를 경험하십시오. 그런 후 내가 강호 무림의 최고수들에게 직접 비무 추천서를 써드릴 테니 선우 무사께서 그들을 직접 찾아다니시면서 비무를 할 것을 권장합니다. 그리고 한 가지 명심하실 것은 현재 저희 황상 폐하께서는 고구려 정벌에 대한 소망을 가지고 계시니 선우 공의 중원비무가 저와 관계된 것으로 드러나지 않게 해주시기 바랍니다. 그리고 현재 우리나라의 현실 상황 상 도저히 전국무술대회를 개최하여 최고수를 가리기가 힘들므로 그렇게 일일이 강호의 문파들을 찾아다니며 비무를 하여야 진정한 의미에서 중원을 제패했다고 할 수 있을 것입니다."

이정이 일우에게 이렇게 진심을 다해 말하자 일우 일행은 중원을 제패한다는 것이 결코 쉽지가 않은 일임을 깨닫게 되었다.

이정과 대면 후 네 사람은 객실에 안내되어 여장을 풀었고 일주일간은 정말 실컷 잠자며 먹고 마시면서 이매향의 안내를 받아 장안성 일대를 관광하게 되었다.

길이 4,845장(약 16km) 둘레 4,330장(약 13km)의 장안성은 황성(皇城), 궁성(宮城), 곽성(郭城) 세 부분으로 나누어져 있었는데 고구려 장안성의 크기인 길이 7,000장(약 23km) 둘레 4,845장(약 16km)보다는 작은 크기였다. 당의 수도로서 모든 정치, 경제, 문화 활동의 중심지로서 장안성은 매우 계획적인 도시구조와 국제적인 화려함을 갖추고 있었다.

성 안에는 남북 방향으로 14개, 동서 방향으로 11개의 도로가 있고, 모두 108개의 리방(里坊)과 동시(東市), 서시(西市)가 있었다. 대로의 폭은 7.2장(25m)에서 40장(134m)까지 다양했으며, 양 편으로 홰나무를 심었고, 도랑을 파서 우기를 대비했다. 리방은 바둑판 모양으로 대량의 거주지와 절, 도교 사원과 왕부(王府)가 있었는데 성내에는 야간 통행금지를 실시했다. 하지만 절, 도교 사원, 3품 이상 관리의 관사에는 제한을 두지 않았다.

동, 서시는 수공업, 상업 점포의 집중지로서 동시(東市)에는 200종 이상의 업종이 성행하였고 천하의 진기한 물건이 모두 모여들고 또 취급되었다. 서시(西市)는 주로 보석, 향료 등을 취급하는 데 한족들뿐만 아닌 고구려, 백제, 신라, 왜국과 돌궐, 토번, 실위, 천축, 심지어는 지금의 중동과 유럽에서 온 외국 상인과 외국 손님들로 북적이고 번화했다.

일우 일행이 매향의 안내와 말을 종합해보니 장안성 인구는 당시 백만 명을 넘고 있었는데 고구려 장안성의 인구도 당시 백만 명을 넘고 있었으므로 도시의 전반적인 크기나 인구수는 비슷했다. 하지만 당의 장안성을 고구려 장안성과 비교해보니 당의 장안성은 보다 서역 문물의 영향을 받아 동서양의 혼합된 문화의 양상을 보였고, 고구려 장안성은 부여족의 전통적인 금욕과 근면 사상의 영향을 받아 매우 강직하며 순수한 문화를 간직하고 있는 것 같았다.

일우 일행이 약 칠 일간을 편히 쉬면서 장안성을 관광한 후 그들은 장안성에서 약 60리 정도 떨어진 교외의 여산(驪山) 밑에 주둔하고 있던 이정의 군 막사로 초대되었다. 그날 그곳 연무장에서 일우는 당시 당나라 군대 내에서 최고의 무술 실력자라고 알려진 감후상과 비무를 펼치게 되었다.

감후상은 삼국시절 오나라의 용맹했던 장수인 감령의 후손으로서 당나라 황실 소속 금위군의 사범인 장수였는데 특히 소림권법과 쌍검의 달인이었다. 그들의 비무는 보안을 고려하여 이정과 매향 그리고 고천파, 정고, 유가휘 등만이 연무장 지휘석에 앉아서 조용히 지켜보고 있었다.

그러나 감후상은 도저히 일우의 적수가 아니었다. 두 사람이 검을 겨눈 지 이십여 합 만에 감후상이 깨끗이 패배하자 이정과 이매향은 일우의 무공이 초절한 것에 매우 놀랐다. 이정은 침을 삼키며 일우에게 물었다.

"선우 공께서는 감후상 수준의 무사들과 일대일이 아닌 일대다로서 동시에 몇 명까지 상대할 수 있으시겠소?"

"글쎄요, 약 100명 정도와 동시에 싸울 수 있을 것입니다."

그러자 일우의 말은 이정과 매향에게는 별로 신중하지 못한 말처럼 들렸다. 이정과 매향은 비록 하후상이 일우에게 20여 합 만에 졌지만 당나라 군대의 최고급 무사 중 하나인데 그런 사람들 백 명을 일시에 상대할 수 있다니 참으로 일우의 호언장담이 어이가 없었다. 두 사람은 고구려에서 온 이 촌뜨기가 당나라 대장군과 그 딸을 업신여긴다는 생각을 품게 되었다.

"선우 공의 호언장담이 너무 심한 것은 아니요?"

이정은 기분이 팍 상한 표정으로 나이가 지극한 듯한 정고를 바라보며 물었다.

"일백 명이 아니라 일천 명이 몰려와도 정정당당하게 상대한다면 선우일우를 이길 수는 없을 것이외다."

정고가 이렇게 한술 더 떠서 대답하자 이정과 매향은 점점 더 기가 막혔다. 도대체 고구려 인간들은 겸손을 모르고 자긍자대가 너무 심한 인종들이라는 생각이 드는 두 사람이었다. 그러자 한참 속으로 일우 일행을 비웃고 있던 이매향이 갑자기 일우 앞으로 나섰다.

"감후상을 쉽게 이기었다고 지금 매우 자고(自高)하시는 것 같은데 중원의 무학이 그리 만만하지 않습니다. 제가 중원의 무인을 대표해서 선우무사에게 도전하겠습니다. 대장부가 일개 아녀자의 도전을 거부하지는 않으시겠지요?"

그녀의 말투는 상한 자존심으로 인해 약간의 빈정거림이 섞여 있었고 불쾌한 빛이 역력했다.

"선우일우 무사는 이매향의 도전을 받아들이시겠소?"

이정은 정중하게 물었지만 이미 선우의 호칭이 선우 공에서 선우일우 무사로 바뀐 것으로 보아 자기 사부인 연개소문의 의제에 대해 존경심을 상실한 상태가 분명했다. 그러자 일우는 참 난감하였다. 아직 여성과는 비무를 해본 적이 없는 그로서는 도저히 이매향의 도전을 받아드리고 싶지 않았다.

그는 고천파의 눈을 바라보았다. 그의 눈빛이 누군가가 좀 나서서 말려달라는 호소를 담고 있는 것을 알아차린 고천파는 옆 자리의 유가휘를 팔뚝으로 쿡쿡 밀었다. 네가 대신 싸우라는 뜻이었다.

"따님의 선우일우에 대한 도전은 저를 먼저 이기고 나서 받아들이면 어떻겠습니까? 따님의 무공 수준이 어느 정도인지 알지 못하는 상태에서 고구려 제일 무사와 겨룬다는 것은 저희 고구려 측을 좀 가볍게 여기시는 것 아닌가 하는 생각이 듭니다만......."

유가휘가 자리에서 일어나서 이정을 향해 당당하게 말하자 고구려 인증단과 선우일우는 속이 다 시원했다. 그러자 매향이 안색이 붉게 변했다. 일우가 자신을 무시한다는 생각이 들었던 것이었다. 그러자 그녀는 아버지 이정의 눈을 바라보았는데 아버지는 유가휘와 먼저 싸우라는 뜻으로 고객을 끄떡였다.

이정은 고구려 측에 파견된 간자들로부터 이미 입수해 보관 중이던 고구려 측 최고위 장수들 1,000여명의 신원 정보를 통해 유가휘가 왕당 말객으로서 5만 고구려 왕당 군사들 중 최강자라는 것을 들어 익히 알고 있는 터였기 때문에 자기 딸이 그와 먼저 싸우는 것을 승낙한 것이었다. 매향은 아버지의 속내를 알아채고서는 우선 유가휘를 납작하게 누른 후 일우마저 납작하게 눌러 고구려 천하비무단을 망신 줄 생각을 품게 되었다.

"좋아요. 먼저 유 말객의 도전을 받아들이겠어요. 그러나 내가 유 말객을 이기고 나면 다음 차례는 선우일우 무사 차례이니 그리 아세요."

그녀는 표독스럽게 말을 하더니 연무장 비무석 왼쪽에 가서 섰고 유가휘가 오른 쪽에 섰다.

"비무를 시작하라!"

이정의 엄숙한 명령에 두 사람은 곧 비무를 시작했다. 두 사람은 약 30장 정도 거리에서 검을 들고 서로를 노려봤다. 먼저 공격을 개시한 쪽은 매향이었다. 그녀는 바로 몸을 날려 마치 코브라가 먹이를 채듯이 검을 일직선으로 뻗은 채 일사맹아(溢蛇猛牙)의 수법으로 유가휘의 심장을 공격했다. 그러자 유가휘는 몸을 공중으로 약 3장 정도 치솟으며 검으로 쾌도참암(快刀斬岩)의 수법으로 그녀의 머리 부분을 후려쳤다.

매향은 유가휘의 검기가 예상보다 강한 것을 느끼면서 갑자기 몸을 뒤틀더니 한 바퀴 회전하면서 회룡토화(回龍吐火)의 수법으로 엄청나게 뜨거운 검기를 유가휘 쪽으로 강력하게 발산했다. 유가휘는 수로결빙(水露結氷)의 수법으로 삼단전으로부터 온갖 냉기를 모아 검 끝에 실은 후 그녀를 향해 검기를 마치 눈발처럼 휘날렸다. 매향은 그의 검기가 자신에게 가까이 다가오기 전 몸을 공중으로 솟구쳤다.

그러자 유가휘도 몸을 공중으로 솟구쳐 두 사람은 약 5장 정도 되는 공중에서 서로 칼을 부딪치며 약 10여 합을 겨누었다.

잠시 뒤 땅에 착지한 두 사람은 수십 합을 겨누었지만 도저히 승부를 내지를 못했다. 당나라를 대표한 매향의 검법은 한족 특유의 비전무학과 이정으로부터 배운 고구려무술까지 종합하여 매우 변화가 무쌍하였는데 본질은 검심일치(劍心一致)의 무도였다.

하지만 유가휘는 고구려 정통무술에서 오는 강유조화와 검기일치(劍氣一致)에다 그간 두건규와 정고 등에게 배운 청려선방의 비전무술인 어검술까지 종합하여 대단히 유하면서도 파괴력이 강한 무도였다. 두 사람의 승부가 쉽사리 나지 않고 오시 시작할 때 시작한 비무가 오시가 끝날 때까지 이어지자 이정과 고천파는 합의하에 두 사람의 비무는 무승부로 결정하였다.

매향은 선우일우와 비무를 계속할 명분을 잃자 매우 화가 났으며 비무 중지를 합의한 아버지 이정에게 어린 딸처럼 툴툴거렸다. 하지만 그녀는 속으로 고구려 무술이 이다지도 강한 가하고 경외심을 품게 되었으며 한편은 도무지 일우의 무공을 확인하고 싶어 안달이 났다.

이정과 매향 일우는 그날 저녁 군 막사에 머물며 점심과 저녁을 함께 하였는데 휴식 중에 군영을 나가 볼 때 마다 이정이 당나라 군사들 십여만 명을 맹렬하게 훈련시키는 것이 매우 이상하였다. 그들은 혹시 이정이 당황제와 함께 고구려 원정을 준비하고 있는 것이 아닌 가 의심을 품고 매우 마음이 불편하였다.

그러나 차마 직접 물어볼 수는 없고 마음속에만 담아 놓은 채 그날 부녀와 함께 다섯 사람이 두 대의 마차를 나누어 타고 약 일백 명의 호위 군사들의 호위를 받으며 황성 밖 집으로 향했다. 이정과 매향 그리고 일우가 같은 마차에 탔고, 고천파와 정고, 유가휘가 다른 마차에 타고 있었다.

땅거미가 깔리기 시작하여 천지가 어둑어둑해질 무렵 그들이 이정의 군 막사를 떠나 약 5리 쯤 왔을 때 갑자기 야산에서 수백 명의 무리들이 이상한 함성을 지르며 이정이 탄 마차를 향해 불화살을 쏘며 달려 내려왔다.

"자객들이다! 대장군을 보호하라!"

그러나 삽시간에 이미 수백 명은 이정의 마차를 포위하였고 호위병들은 불화살을 피해 우왕좌왕하고 있었다. 이정이 갑자기 밖으로 나가려고 하자 일우가 그를 제지했다.

"대장군은 마차 안에 계십시오. 저희들이 처리하겠습니다."

그와 매향은 마차 창밖으로 칼을 휘두르며 뛰쳐나갔다. 불화살이 두 사람에 빗발치듯 날아들었지만 두 사람은 칼을 휘둘러 그것들을 모두 두 동강이 내고 있었다. 다른 마차의 고천파, 유가휘, 정고 등도 모두 칼을 휘두르며 마차 밖으로 뛰쳐나왔다. 그들이 밖에 나왔을 때는 이미 호위병들은 화살에 모두 죽어 있었고 두 대의 마차는 이미 검은 복면을 쓴 자객들 수백 명에게 포위된 상태였다.

그들 중 두목인 듯한 자가 큰소리로 외쳤다. 그러자 모두들 *와!* 하고 함성을 질러대었다. 네 사람은 도무지 그들이 떠드는 말을 알아들을 수가 없었다. 일우는 매향에게 그 말들이 무슨 뜻이냐고 물었다. 그녀는 쓸쓸하게 웃더니 이렇게 말하였다.

"우리의 원수인 이정을 박살내자! 라는 돌궐어입니다."

다섯 사람은 이정의 돌궐 원정으로 망해버린 동돌궐의 부흥 운동 지도자들이 자객들을 보내 이정을 살해하려고 했음을 눈치챘다. 다섯 사람이 워낙 무공이 고강하여 아무리 불화살을 날리고 별짓을 다해 보아도 도무지 그들을 해할 수 없자 자객들 두목은 초조해지기 시작했다. 한식경이 경과했을 때는 이미 칠팔십 명이 그들의 칼에 목숨을 잃고 있었다.

다섯 사람들은 사정없이 돌궐인 자객들을 베고 또 베었다. 결국 한 시진도 채 못 되어 이백여 명이나 되는 자객들 중 살아남는 자들은 겨우 20-30명 이었다. 그러자 그들은 사세가 불리했다고 생각했는지 갑자기 달아나려고 시도를 하였다. 그러나 선우일우 일행은 결국 한식경도 안 되어 격렬히 저항하는 대부분을 죽이고 두 명 정도를 포로로 잡았다. 일우 일행은 그들을 포승줄로 꽁꽁 묶어 도무지 움직일 수 없이 만들었다. 그런 뒤에 그들을 모두 말에 싣고 유가휘가 말에 탄 채 그 말을 줄로 잡아끌고 갔으며, 두 대의 마차는 다시 이정의 집을 향해 출발했다.

약 한식경 쯤 달려 마차가 이정의 집에 도착했을 때 그들은 집안의 분위기가 매우 이상하다는 것을 느꼈다. 이미 정문 앞에 경비 군사들은 다 죽어 나자빠져 있었다. 그들은 매우 긴장하며 칼을 빼들고 집안을 살피며 천천히 이정의 식구들이 살고 있는 안채 쪽으로 가보았다. 집안의 가재도구가 모두 다 여기저기 흩어져 있으며 집안 전체가 완전히 뒤죽박죽인 상태였다. 장원 안에는 무자비하게 난도질 당한 집사장을 비롯하여 일하는 사람들과 경비 군사들의 시체가 여기저기 참혹하게 널려 있었다.

　이정은 아내 장저화를 찾기 위하여 시체들 사이를 휘집으며 다녔지만 전혀 찾을 길이 없었다. 그는 혹시나 하는 심정으로 안방 밑의 비밀지하실로 가보았는데 장저화는 몹시 무서워서 실성한 사람처럼 바들바들 떨고 있었다. 이정은 그녀를 안으며 눈물을 주르륵 흘렸다. 결국 국가를 위한다는 것이 이렇게 식솔들 모두의 죽음을 가져온 것이었다.

　이정은 지하실을 나와 엉망이 된 안방으로 들어가 망연자실한 채 침대에 누웠다. 그러자 그는 잠시 후 오늘 자신의 목숨을 구해준 일우 일행에게 아무런 감사의 인사도 하지 못한 불찰이 생각났다. 그는 곧 거실로 나가서 네 사람과 매향을 거실로 불렀다.

　"내가 지금으로부터 약 18년 전 태원에서 수나라의 벼슬을 하고 있을 때 도처에서 반란이 일어났고 내가 반란군에게 사로잡혀 목숨이 경각에 달렸던 적이 있었소. 물론 그때 현 황상 폐하의 은총으로 구명지은을 입었는데 사실 나는 당시 50이 다 되어오는 나이였고 또 병법의 별로 조예도 없었소. 그래서 당시 대륙을 주유하며 무공을 익히던 중 태원에서 일시 기거하고 있던 당대 최고의 무인이자 병법의 달인이라고 소문이 난 젊은 연 사부를 여러 차례 찾아간 끝에 그의 고제자(高弟子)가 되었소. 그로부터 금해병법(金海兵法)과 고구려 무공을 깊이 배워 결국은 병법과 무공에 통달하게 되었고 이후 현 황상 폐하를 도와 동정서벌(東征西伐)하여 국가에 대공을 세우고 오늘날 이렇게 당의 대장군으로서 성상 폐하께 은총을 입은 몸이 되었소. 그런데 오늘 다시 그 의제의 일행들에게 구명지은을 입다니 참으로 천운이며 기이한 인연이라 아니할 수 없소이다. 비록 황상 폐하가 아무리 고구려 친정을 원하신다 할지라도 나는 어떤 일이 있어도 고구려 원정에 참가하는 일은 없을 것이오. 솔직히 말해 내가 오늘 낮 비무 도중 선우 공의 말씀을 들을 때 너무 방약무인하다고 생각하고 몹시 고구려 사람들에 대해 천시하는 느낌을 가졌소이다. 그러나 지금 나는 진심으로 네 분에게 머리 숙여 사과하는 바이오. 진실로 고구려 무술은 아마 천하제일인 것을 인정하는 바이오. 또한 네 분이 내게 베풀어준 구명지은의 만분의 일이라도 보답하는 의미에서 내 딸 매향이가 선우일우 공의 천하비무가 끝날 때까지 함께 이 중원의 각 문파들로부터 천축의 최고수를 만날 때 내가 이 아이를 통해 네 분을 후원하고 있음을 보증하도록 하겠소. 내가 지금부터 중원의 최고수들에게 보내는 비무 추천서를 써줄 터이니 네 분은 이 밤을 이곳에서 주무시고 내일 미명에 바로 중원비무의 길을 떠나도록 하시오. 나는 황상 폐하께 오늘의 이 사건을 주달한 후 빠른 시일 안에 고창국 원정을 떠나도록 하겠소. 그러니 제공들의 생각은 어떠하신지 기탄없이 말씀들 하시기 바라오."

이정의 말은 참으로 비장하였다. 이제 완전히 쑥대밭이 된 가정의 회복을 뒤로 하고 바로 고창국 원정을 떠난다는 뜻이었다. 네 사람은 그의 이 제안에 매우 감사하였다. 하지만 그들 모두는 한 결 같이 이정의 집안이 완전히 복구되고 떠나야 도리인 것 같다는 생각이 들었다. 네 사람은 서로 눈빛을 교환하였는데 거의 같은 의견들이었다. 그들을 대표해서 정고가 무겁게 입을 열었다.

"대장군께서 그리도 겸허하게 과거지사를 밝히시고 또 오늘의 그리 중하지 않은 작은 일을 구명지은으로까지 표현하시면서 금지옥엽 따님을 천하비무에 동행시켜주신다는 말씀에 어찌 감사를 드려야 할 지 모르겠습니다. 하지만 지금 집안이 이리 쑥대밭이 되었으니 집안이 완전히 복구되고 난 후 떠나는 것이 도리라 사료됩니다만 대장군의 의견은 어떠신지요."

"그래요, 아버님, 지금 집안이 이 지경이니 저마저 강호로 나가면 누가 아버님과 집안을 지키겠어요. 그러니 집안이 완전히 정리된 후 떠나도록 하겠습니다."

매향이 이렇게 간곡하게 말했는데 이정은 고개를 좌우로 저었다.

"아니다, 이제 우리 집안은 더 이상 개인적인 일로 나라에 부담을 주어서는 아니 된다. 그리고 네가 있어서 나를 보호하고 집안을 안전하게 보호할 수 있는 것은 아니다. 내가 내일 입궁하여 황상 폐하에게 내 뜻을 말하고 고창국 원정이 결정되면 이제 나와 네 어미는 군막에서 함께 지내는 수밖에 없다. 이곳의 정리는 나라에서 알아서 잘 처리할 것이니 나에게 맡기고 내일 모두들 천하비무를 떠나거라. 그리고 내가 연 사부에게 서찰을 써줄 터이니 선우 공은 이 서찰을 잘 간직하고 있다가 반드시 연 사부에게 전해주시오. 언제 다시 만날지 모르지만 부디 항상 자중자애하시고 우리가 비록 나라는 달라도 서로 연 사부를 통해 만난 인연이니 이 인연을 잊지 말고 기억하도록 합시다."

일우 일행과 매향은 이정의 굳은 마음을 읽고 어쩔 수 없이 다음 날 새벽 미명에 중원비무의 길을 떠나기로 하고 어수선한 집안을 대충 치운 후 그날 밤 그곳에서 잠을 청했다.

다음 날 새벽 묘시(오전5시-7시)가 시작될 무렵 다섯 사람은 일우의 중원에서의 첫 번째 비무 상대로 장안성에서 가장 가까운 경기도[20]의 화산(華山)에서 20년째 동굴 속에서 기거하며 무공에 정진하여 검으로 당대 최고봉을 이룬 후 그간 수많은 도전자를 물리쳐온 화산 제일검객 무영검신(無影劍神) 엽명(葉明)을 찾아 길을 떠났다.

---

20) 당시 장안 근처의 지역을 경기도라 불렀다. 마치 우리나라 서울 주위를 경기도라고 부르는 것과 비슷하다.

제13장 　 중원비무를 시작하다

　중원의 무림은 한 마디로 정의할 수 없는데 다른 말로는 강호(江湖)라고 하기도 한다. 이 세계는 국가의 정식 체계 속에 있는 군대와 같은 무력집단은 아니고 민간인들 속에서 불교, 도교, 무속, 마교와 같은 사상적 기반을 가지고 수도와 무공 연마를 통해 자기들끼리 패거리를 지은 일종의 민간 사설 단체 같은 성격을 지니고 있었다.

　이들 중에는 당나라 태종 시절에 엄연히 존재했던 산남도[21] 숭산의 소림파, 이해(洱海)[22] 하관에 있는 점창산의 점창파 등도 있지만 나머지 무당파, 아미파, 화산파, 곤륜파, 청성파, 종남파, 공동파, 개방파 등은 대부분 송나라 말엽과 원나라 초기 때 생겨난 것들이다.

　그러므로 우리의 주인공인 선우일우가 당나라를 주유하면서 비무를 할 때 이미 뚜렷하게 문파로 존재한 것은 소림파와 점창파 등이다. 하지만 비록 문파로서 아직 형성은 되지 않았다 하더라도 화산, 무당산, 아미산, 곤륜산, 종남산, 공동산, 청성산 등 명산에는 온갖 종류의 도사들, 스님들, 술사들, 무사들이 이미 들끓고 있었으며

---

21) 지금의 하남성.
22) 지금의 운남성 대리 지역에 있는 면적이 240 평방킬로미터나 되는 중국 7대 담수호 중의 하나.

그들 나름대로 자기만의 세계를 형성하여 도통하거나 무림천하를 제패할 나름의 야망들을 불태우고 있었던 것이다.

따라서 지금 선우일우 일행이 이매향의 안내로 찾아가고 있는 화산의 무영검신 엽명 같은 사람은 비록 문파를 형성하고는 있지 못했지만 그 고강한 무공실력과 남다른 초절적 수도로 인해 이미 강호에는 중원 최고수들 중 하나로 인정받고 있었던 터였다.

그는 제1차 려수대전에서 수나라가 무참하게 패배하자 세상의 모든 것을 초개와 같이 버리고 약관 23세에 이곳 화산으로 혼자 들어왔다. 그는 화강암 바위로 유명한 이곳의 험준한 산 중턱을 오르다가 작은 동굴을 발견한 후 그것을 좀 더 파고 늘여서 높이 2장, 길이 3장 정도의 동굴을 팠다. 그리고 그곳을 자신의 안식처로 삼아 도교에 뿌리를 둔 내공연단으로부터 시작했다. 약 5년을 내공을 갈고 닦던 그는 자하신공(紫霞神功)을 완성하여 대주천의 경지에 들어섰다. 그 후 그는 자신만의 독특한 검법을 완성하였는데 그것이 매화현천검(梅花玄天劍)이었다.

매화현천검은 그가 매화를 너무나 사랑한 나머지 매화의 봄, 여름, 가을, 겨울 동안의 생태를 연구하여 마치 매화가 하늘을 뒤덮으며 땅에 떨어지는 것처럼 자하신공으로부터 솟구쳐나는 초절적인 내공이 검을 타고 검기가 되어 하늘을 새까맣게 뒤덮는다고 해서 그런 이름이 붙은 것이다.

그런데 엽명은 성격이 몹시 곧지만 괴팍하기 짝이 없어서 사람들을 일체 꺼리었다. 그는 동굴 근처에 만발한 매화만을 사랑하면서 살았는데 화산에 올랐던 숱한 검객들이 그에게 도전했다 실패하여 이름도 없이 매화 향기 속에서 사라져간 지가 어언 59명이었다.

그의 비무 원칙은 대단히 괴팍해서 매월 음력 보름날 자시 정각에 그것도 화산의 연화봉에서만 도전자와 비무를 해왔다. 도전자의 자격은 매우 엄격해서 각파 장문인의 추천을 받았거나 조정에서 인정한 최고위 무사들로 국한했다.

일우 일행이 화산 입구에 도착한 것은 당태종 10년(서기 636년) 음력 9월 12일 저녁이었으므로 그들이 엽명을 만나기 위해서는 만 삼일의 시간이 남아 있었다. 네 사람은 그날 이매향의 소개로 화산 입구에 있는 화산무극도관(道觀)[23]에서 유숙하게 되었다.

도관은 절보다는 좀 세속적이었는데 건물은 전통적인 당나라 풍으로 가운데 사원을 중심으로 양쪽에 숙소로 쓰는 누각들이 늘어서 있고 주변은 연못과 정원 그리고 작은 인공산을 만들어 태극과 음양 오행 및 사상 팔괘의 사상들을 잘 드러내고 있었다. 도관은 크기가 약 1,000평 크기로 그리 크지 않았고 주로 화산에 오르는 사람들을 유숙시키거나 유력한 인사들의 길흉화복을 예언해주고 복을 빌어주는 등의 일을 함으로써 유지되고 있었다. 머리를 길렀지만 짙은 회색의 도복을 입은 도사들 일행은 매향을 보자 매우 반가워하며 대접이 융숭하였다. 이정 대장군의 집안 또한 이 도관과 깊은 연관이 있는 듯 했다.

일우와 매향이 각자 자신의 방으로 들어가고 고천파 등 세 사람은 큰 방으로 들어가서 함께 여장을 풀었다. 일우는 여장을 푼 뒤 운

---

23) 도관이란 도교의 사원을 말한다. 당태종 당시에 이미 주요한 5악과 명산에는 도관이 존재했거나 도관을 짓기 시작했다.

기조식을 하기 시작했다. 이제 삼일 뒤에 중원에서 첫 비무를 화산 제일검이라는 당대 최고수중의 하나와 가질 생각을 하니 그는 좀 마음이 무거웠다. 비록 그간 힘들게 동족들과의 결투에서는 이겼지만 이제부터는 전혀 낯선 한족들 최고수와 대결을 할 생각을 하니 일우는 마음이 불안해지기 시작했다.

그는 자꾸 잡념이 들어 운기조식이 제대로 되지 않았다. 마음이 뒤숭숭해지며 백제에 두고 온 두 아내가 매우 그리웠다. 게다가 자꾸 두 아내에 대한 불길한 꿈을 요사이 자주 꾸게 되어 매우 심신이 불편했다. 그는 아무래도 오늘 밤은 잠자기가 매우 힘들 것 같다는 생각이 들었다.

일우는 자신의 칼을 들고 방을 슬며시 나와 정원을 천천히 걸었다. 멀리 화산 위쪽에서 짐승들의 요란한 울음소리가 귀를 따갑게 하고 있었다. 하늘에는 만월로 변해가고 있는 달이 휘영청 떠오르기 시작했다.

그는 하늘의 달을 바라보며 멀리 고국의 백두산 산정에서 바라보던 보름달이 생각났다. 그러자 보름달 같은 아리 선녀의 얼굴이 갑자기 떠올랐다. *아리 누님!* 엄마의 품처럼 때로는 안겨서 어리광을 부리며 때로는 짓궂은 장난을 치며 자신의 유년시절부터 백제로 떠나던 날까지 함께 지내왔던 그녀가 그에게는 친혈육이나 마찬가지였다.

그러자 이번에는 청려선인의 초승달처럼 긴 허연 눈썹과 백발이 떠올랐다. *큰 스승님!* 때때로 자신만을 조용히 불러 엄청난 진기를 주입시켜주고 때로는 고구려의 비전 역사와 사상과 문화를 가르쳐주기도 하며 때로는 무공의 비결과 병법의 내밀한 원리를 가르쳐주시던 큰 스승님! 마치 할아버지 같던 분.

다음으로는 용명과 칠휴 등 스승들과 30대 사숙들이 생각났다. 일우는 자신의 인생이 참 너무도 파란만장하여 과연 이 천하비무를 끝내고 천부신검을 차지할 수 있을 지 지금으로서는 도무지 확신이 서지를 않았다. 가도 가도 끝없는 무도의 길이라는 생각이 들었다. 지금 그는 자신의 아버지 선우려상이 어떻게 73전 73승을 거두고 천하제일 무사 검선이 되었는지 도무지 이해할 수가 없었다.

일우는 갑자기 오사카 나루터에서 자신을 향해 애틋하게 두 손을 흔들며 한없이 서 있었던 간인황녀가 생각났다. *혼인하여 함께 왜 열도를 지배하고 삼한을 통합하며 중원을 정복하자고?* 참으로 간도 큰 여자였다. 대화왜를 떠나기 전 날 밤 간인은 자신을 한밤중 찾아와서 자신과 중대형 간에 얽힌 악연을 비로소 말해주었다. 즉 그녀가 이부동모 오빠인 중대형으로부터 한 여인으로 연모되고 있었음을 듣고 일우는 마치 어린 여동생을 치한에게 시달리게 하는 것 같아 가슴이 지독히도 아팠었다. 그는 서럽게 한없이 우는 간인을 품에 안고 한참이나 그녀의 머리털을 쓰다듬어 주던 생각이 났다. *불쌍한 간인!!*

일우는 이 생각 저 생각 상념에 젖어 어느덧 도관을 빠져 나와 화산 입구의 계곡을 거닐고 있었다. 이때였다.

"선우 공!"

뒤에서 매향이 일우를 부르는 소리였다. 일우는 얼른 고개를 돌렸다. 매향이 칼을 손에 든 채 그에게 재빨리 걸어왔다. 일우는 순간 그녀가 자신에게 비무를 원해 나왔나 하고 생각을 하였다. 일우는 그녀에게 친근한 목소리로 말했다.

"아가씨께서 피곤하실 텐데 어떻게 나오셨습니까?"

일우는 그녀가 자신의 곁에 착 달라붙을 듯이 가까이 다가오자 그녀의 몸에서 아련한 향기를 느꼈다.

"잠이 오지 않아서요. 집의 일도 걱정이 되고요."

그녀는 일우의 눈을 빤히 쳐다보며 미소를 지어보였다. 해맑은 소녀 같은 미소였다. 도무지 이 세상 어떤 남자도 그녀를 만족시킬 수 없을 것 같이 도도한 그녀였다. 그러나 그녀는 일우 앞에서는 한없이 작아지는 것 같았다. 매향은 처음부터 일우에게서는 마치 먼 시절부터 함께 살아왔던 가족 같은 느낌이 들었다. 매향은 그것이 연개소문에 관한 이야기를 어려서부터 아버지인 이정으로부터 하도 많이 들어서 그런가 하고 생각했지만 반드시 그런 것만은 아닌 것 같았다.

"많이 걱정되시지요? 저희도 이 대장군이 많이 걱정이 됩니다. 하지만 워낙 영웅이시니 무슨 일이 있겠습니까?"

일우는 진심으로 그녀를 위로하였다. 두 사람은 계곡 주변에 난 오솔길을 걷다가 계곡 가운데 있는 큰 바위위에 서로 등을 마주대고 걸터앉았다. 졸졸 흐르는 계곡물의 소리가 잠시 두 사람 사이의 정적을 깼다.

그때 일우가 품안에서 자그마한 퉁소를 꺼내었다. 그리고 망향가를 구슬프게 불기 시작했다. 그의 두 눈에 눈물이 한 방울 맺혔다. 마음이 몹시 아려왔다. 왜 내 인생은 이리도 편안한 안식이 없을까 탄식하며 그는 고국의 그리운 사람들을 한 사람 한 사람 생각하면서 퉁소를 불었다.

매향은 순간 일우가 매우 힘들어하고 있음을 눈치 챘다. 그녀는 등을 돌려 자신의 팔로 일우를 가만히 품에 안았다. 일우는 순간 흠칫했지만 그녀의 작은 품에 몸을 편안히 기대었다. 그는 매향의 체취 속에서 따스한 엄마의 품을 느끼는 것 같았다.

"선우 공, 고국의 모든 것들이 그리우신가 보군요. 곡조가 너무나 애절하여 저 자신도 눈물이 다 나네요. 이런 때는 그저 울고 싶으면 울고 술이 마시고 싶으면 술을 먹고 그렇게 마음을 푸셔야 하는데…………"

매향은 일우가 가여운 아이처럼 느껴지며 그의 넓적한 등판을 천천히 쓰다듬어 주었다.

"아가씨 품이 참 편안하군요. 처음 뵐 때부터 왜 우리는 그리도 친숙한 사이 같았는지 도무지 이해가 안 갔습니다. 참 모를 일입니다. 우리는 생각해보면 참 멀리 떨어져 살고 있는 사람들인데 말입니다."

일우는 진심으로 매향이 편했다. 그녀를 바라보고 있노라면 마치 한 가족 같은 느낌이 드는 것이 사실이었다.

"선우 공도 그러셨군요. 저도 처음에 뵙고 너무 놀랐어요. 제가 어릴 적부터 하도 아버님께 연개소문 사부에 관해 들어와서 그 의제시라 그런가 생각했는데 반드시 그런 것 같지는 않군요."

잠시 뒤 일우가 그녀의 품에서 빠져 나와 바위위에 섰다. 그리고는 화산에서 가장 높은 봉우리인 연화봉을 바라보았다. 일우는 오늘밤 잠도 안 오는데 매향과 저 연화봉(약 2,437m)에 올라가 비무나 하면서 시간을 보내면 어떨까 하는 생각이 문득 들었다. 한밤중 내내 중원의 한 고수와 비무를 하여 중원 무술을 익히는 것도 괜찮을 듯 싶었고 둘이 산정위에서 달을 바라보며 한참 놀다 지치면 둘이 다정하게 손을 잡고 돌아오는 것도 괜찮을 것 같았다.

일우는 매향에게 말을 할까 말까 망설이다 우선 그녀의 속을 떠보기로 했다.

"아가씨는 이제 그만 돌아가시지요. 저는 오늘 밤 저 연화봉 위에 올라가서 달구경이나 실컷 하다 돌아오렵니다."

일우가 이렇게 말하자 매향은 일순 서운한 마음을 품었지만 그의 눈빛을 들여다보고는 그가 오늘 밤 자신과 연화봉을 오르고 싶어하는 것을 눈치 챘다.

"저는 선우 공의 보호자이니 함께 올라가서 보호해야지요."

그녀가 이렇게 말하며 바위위에서 일어나자 일우는 얼굴에 미소를 머금었다. 그러자 매향이 일우를 장난스럽게 쳐다보면서 말했다.

"자, 그럼 내가 도관에 들어가서 제사 지낼 때 쓰는 술을 한 동이 얻어가지고 올 테니 여기서 잠시만 기다리세요. 곧 갔다 올 게요."

"아무에게도 우리가 오늘 밤 둘이서 연화봉에 올라간다는 말을 하시면 안 됩니다. 아시겠죠? 특히 제 스승님에게는 절대 말씀하시면 안 됩니다."

일우는 속으로 앞으로 벌어질 연화봉에서의 매향과의 비무와 달구경등을 그리며 그녀에게 두 사람의 야반등반을 함구하라고 신신당부를 했다. 그녀는 얼굴에 함빡 미소를 머금고는 도관으로 날아갈 듯이 달려갔다. 일우는 다시 바위위에 앉아 통소를 불기 시작했고 한 곡조를 끝낼 때 쯤 매향이 술 한 동이를 얻어가지고 다시 나타났다.

일우는 술동이를 자신에게 달라고 하여 왼편 가슴에 안고서 오른 손으로는 매향의 손을 잡고 연화봉을 향해 축지법을 써서 나르듯이 달리기 시작했다. 화산은 원래 중원의 오악 중 서악으로서 가장 높고 험한 바위산인데 산세가 험하기로 유명하였다. 계곡 입구에서 연화봉 중턱까지는 그리 산세가 험하지 않았으나 산중턱에서 정상까지는 특히 가파르기가 각이 60-70도나 되는 아주 험한 길이었다.

그러나 일우의 입장에서는 연화봉까지 오르기는 그야말로 야트막한 야산을 새벽에 등산하고 오는 것과 다를 바가 없었다. 비록 옆에 매향이 있다 하나 매향 또한 경신술과 축지법을 익힌 무사인 지라 두 사람이 연화봉 정상까지 오르는 데는 반 시진도 채 걸리지 않았다. 아마 누군가 그들이 지나는 옆에 있었다면 무엇인가가 휙 지나가기는 지나갔는데 그것이 무엇인지는 전혀 알 수가 없었을 것이다.

두 사람이 연화봉 정상에 올라와서 보니 산 아래가 참으로 까마득했다. 구월 중순의 바람이 제법 쌀쌀했지만 아직은 그리 추운 날씨는 아니었다. 연화봉 정상에는 아무도 없었는데 정상에는 제법 큰 공터가 있어 비무를 하기에는 안성맞춤이었다.

"정말 이곳은 아름답기가 그지없군요. 매화꽃이 유명한 산이라는데 정말 매화 향기가 그득한 것 같습니다."

일우는 마치 매향을 곁에 두고 그녀를 칭송하는 것 같았다.

"매화향도 있고 벌도 한 마리 있으니 참 분위기가 좋군요. 그럼 우리 몸을 먼저 풀고 달구경은 나중에 할까요?"

매향이 이렇게 말하자 일우는 자신의 마음을 그녀가 다 읽고 있음을 알았다.

"좋습니다. 지난 번 제가 비무를 거부해서 속이 많이 상하셨지요? 오늘은 이제 아무도 없으니 이곳에서 마음껏 겨루어봅시다. 여자라고 혹은 대장군의 딸이라고 봐주는 일은 절대 없을 테니 잘 싸우십시오."

"흥, 선우 공의 실력이 아무리 고강해도 저를 쉽게 이기지는 못할 걸요. 오늘은 제가 알고 있는 모든 중원 무학을 다 쏟아서 꼭 선우 공을 상대해줄 테니 여기서 져서 귀국하지 마시고 최선을 다해 싸우세요. 자, 그럼 제가 먼저 공격합니다."

매향은 아무리 자신이 노력을 해도 일우를 이길 수 없음을 이미 알고 있었다. 그러나 그에게 중원의 무학 특히 화산 제일검인 무영검신 엽명의 매화현천검을 자세히 경험하게 하는 것도 그를 크게 도와주는 것이라고 믿었다.

매향의 아버지 이정은 어려서부터 중원과 새외(塞外)의 모든 무학에 관심이 많아 필요한 모든 정보를 상세히 수집하여 왔고 당태종의 오른 팔로 중원 천하를 통일한 뒤에는 모든 고수들을 조정으로 초빙하여 비무를 하거나 토론을 통하여 중원 무학에 대하여 집대성을 하였다.

그는 무남독녀인 매향에게 자신이 그간 집대성한 모든 무학을 전수해왔기 때문에 그녀는 자하신공과 매화현천검에 대해 이미 부친으로부터 자세히 배워 엽명을 상대할 수 있을 정도였다. 하지만 일우의 무공의 깊이를 알 수 없기에 그녀는 우선 그를 엽명의 무공에 대해 경험시키는 것이 중요했다.

그녀가 매화현천검의 제1초식인 매화결실(梅花結實)과 제2초식 매화현향(梅花顯香) 그리고 제3초식인 매화홍염(梅花紅艶)을 구사하자 그녀의 검에는 갑자기 붉은 기가 서리기 시작했다. 그녀는 일우가 자신의 심장을 향해 날카롭게 찌르면서 날아오자 검을 휘둘러 제4초식인 매화리지(梅花離枝)와 제5초식인 매화비천(梅花飛天) 그리고 제6초식인 매화방향(梅花芳香)을 연속으로 시전했다. 그녀의 칼에서 발산하는 충일하고 뜨거운 검기가 일우를 향해 갑자기 거세게 밀려왔다.

일우는 순간 큰 위기를 느끼고 하늘로 5장정도 솟구쳤다. 그는 매향의 검기가 갑자기 엄청나게 독해지는 것을 느끼며 평범한 검법 가지고는 안 되겠다고 생각하여 청려선방의 비전무학인 용호승일검(龍虎昇日劍)을 구사하기 시작했다. 일우는 용호승일검 제1식인 용호상생(龍虎相生)과 제2식인 용호승운비(龍虎昇雲飛)를 한 동작으로 구사하며 검기를 매향 쪽으로 발산했다.

매향은 순간 엄청난 검기가 자신의 몸에 덮쳐오고 있음을 느끼며 몸을 공중으로 3장정도 솟구친 후 제7초식인 매화방산(梅花放散), 제8초식인 매화개천(梅花蓋天) 그리고 제9초식인 매화현천(梅花玄天)을 연속으로 시전했다. 그러자 하늘로부터 하얀 매화 같은 검기가 사방 100장을 새까맣게 덮으며 일우를 향해 몰려왔다. 어마어마한 강기와 유기가 조화되어 마치 매화꽃이 하늘에서 천천히 떨어지듯 느긋하게 밀려오고 있었는데 일우는 순간 무시무시한 살기를 느꼈다.

그는 그때서야 매향이 무엇인가 절기(絶奇)의 검법을 구사하고 있음을 깨달았는데 너무나 자신이 그녀를 얕보고 쉽게 상대했음을 후회했다. 일우는 우선 그녀의 검기를 피한 후 무극신검으로 무력화시키는 수밖에 없다는 생각이 들었다. 일우는 그 자리에서 하늘로 솟구치며 백 장 밖으로 화살처럼 튀어나갔다. 그리고는 공중에서 검을 하늘로 향한 후 몸을 빙빙 돌면서 무극신검 1, 2, 3, 4 초식을 순식간에 연속으로 구사하여 무상무기(無想無氣)의 상태로 만들었다.

그러자 이번에는 매향의 위기였다. 매향은 갑자기 매화현천검의 검기가 무력화되는 것을 느꼈는데 무시무시한 진공상태가 자신에게 밀려오고 있음을 느끼고 온 몸의 내공을 극성으로 끌어올린 후 하늘로 솟구쳤다. 순간 일우가 동시에 하늘로 솟구쳐서 그녀의 오른 팔을 꽉 잡더니 백 장 밖으로 튀어나갔다. 두 사람은 동시에 땅에 착지하면서 *후우!* 하고 한숨을 내쉬었다.

두 사람은 칼을 거두고 그 자리에 앉았다. 일우가 아까 한 구석에 치어놓았던 술동이를 가지고 왔다.

"아가씨가 한 입을 먼저 드시지요."

일우는 웃으면서 그녀에게 술동이를 건넸다.

"술이고 뭐고 선우 공에게 매화현천검을 교육시키려다 내가 죽는 줄 알았어요. 무슨 검이 그리 무섭답니까? 세상에 태어나서 그리도 무서운 검법은 처음 봅니다."

매향은 아직도 파랗게 질린 얼굴색이 여전했다. 무극신검의 위력에 몹시도 충격을 받은 듯 했다.

"하하, 아가씨가 제 무극신검에 피해를 안 보시게 하려고 적당한 검법을 구사했다가 내가 죽는 줄 알았습니다. 대체 무슨 검법을 쓰셨길래 그리도 무시무시한 검기가 하늘을 온통 덮은 매화같이 제게 쏟아져 내렸던 것입니까?"

일우가 이렇게 말하자 매향은 그가 자신을 처음부터 만만하게 보고 있다가 도저히 안 되겠으니까 자신의 비장의 검법을 구사한 줄을 알게 되었다. 그녀는 일우가 한편으로는 매우 교만한 마음이 있음을 느끼고 이것을 바로 잡지 않으면 앞으로 천하비무가 매우 힘들어지게 될 것 같은 느낌을 받았다. 그래서 그녀는 그에게 따끔한 충고를 주어야 하겠다고 작심을 하고 입을 열었다.

"제가 구사한 검법이 바로 선우 공이 이제 삼일 뒤 이곳에서 무영검신 엽명과 상대할 때 부딪히게 될 매화현천검이에요. 그러나 내가 구사한 검법은 10년 전에 제 아버님께서 집대성한 중원 무학중에서 화산제일검인 엽명의 검법인 것이고 그가 지금 얼마나 발전했는지는 모르지요. 선우 공은 그간 승승장구해 오셔서 진다는 생각을 하신 적이 없으시겠지만 항상 배우는 자세로 가장 겸손하게 비무에 응하지 않으시면 이 중원의 날고 기는 숱한 고수들에게 언제 무참하게 패할지 모르니까 조심하세요. 호랑이는 토끼를 잡을 때도 전력을 기울인다는 사실을 명심하세요."

그녀가 이렇게 충고조로 말하자 일우는 자리에서 벌떡 일어나 매향에게 읍하면서 매우 감사하며 앞으로 그녀의 충고를 절대로 명심하겠다고 그녀에게 맹세하였다. 그러자 매향은 마음이 많이 풀려서 일우와 나란히 앉아 술을 마시면서 이제 완전한 만월이 되어가는 달을 바라보았다. 가끔 산짐승들의 찢어발기는 듯한 울음소리가 그들의 귀를 따갑게 하고 있었지만 그들은 다정히 앉아 술을 마시며 지나온 삶과 앞으로의 삶에 대해 도란도란 이야기를 나누었다.

두 사람은 그날 밤 자시(밤11-1시)가 끝나갈 무렵 연화봉에서 다정히 손을 잡고 축지법을 써서 반 시진 만에 화산무극도관으로 돌아왔다. 그들은 도관의 정문이 닫혀 있어서 몸을 날려 담을 넘었는데 바로 누각으로 들어가는 정원 앞에서 정고와 마주쳤다. 정고는 순간 일우와 매향의 입에서 술 냄새가 진하게 나는 것을 느꼈다.

"이 야심한 밤에 자지 않고 어디를 다녀오는 겐가?"

정고의 말은 부드러웠지만 마치 아버지 같은 짙은 근심과 걱정이 깔려있었다. 일우는 순간 말이 막혔다. 그러자 매향이 정고에게 공손히 말했다.

"선우 공에게 무영검신 엽명의 절기 검법인 매화현천검을 좀 가르쳐주고 왔습니다."

"호오, 아가씨가 참 대단하십니다. 그 절기는 엽명이 누구에게도 전수하지 않았다는데 어떻게 그 절기를 구사하실 수 있으십니까? 허어 참."

정고는 매우 감탄한 듯 하였다.

"엽명이 조정의 초청으로 왔을 때에 아버님께서 그의 검법을 그로부터 배워 중원무학도보에 비밀리에 초록해놓으셨지요."

그녀는 덤덤하게 정고에게 말했고 정고는 고개를 끄떡이더니 빨리 들어가서 자라고 말하였다. 일우는 나쁜 짓을 하다 아버지에게 들킨 아들처럼 머쓱해져서 자신의 방으로 들어갔고 매향과 정고 또한 자신들의 방으로 들어갔다.

다섯 사람은 다음날부터 이틀간을 화산에 올라 여기저기를 구경하면서 비무 준비를 하였고 매향은 세 사람이 보는 데서 일우에게 자하신공과 매화현천검 그리고 만일을 대비하여 엽명이 개발했다고 알려진 비기인 매화장비권(梅花掌匕拳) 등을 그에게 시전하면서 비무 준비를 철저히 시켰다.

사흘 뒤인 보름날 밤 해시(밤9시-11시) 중반쯤에 일우 일행은 화산무극 도관을 나와 연화봉을 향해 축지법을 써서 달리기 시작했다. 약 반 시진 만에 다섯 사람은 연화봉에 도착했다. 그러나 아직 엽명은 나타나지 않았다. 다섯 사람은 땅에 반가부좌 자세로 앉아 운기조식을 하기 시작하였다.

이때였다. 둥그런 보름달을 배경으로 한 마리 학처럼 흰 옷을 입은 사람 하나가 연화봉으로 날아오르고 있었다. 그는 전신에 하얀 비단 옷을 입었는데 옷의 앞뒤에는 온통 매화그림 투성이었다. 무영검신 엽명이었다. 달빛에 비춰인 그는 30대초 같은 얼굴이었는데 키가 6척이고 늘씬한 몸매에 매우 준수하여 마치 신선 같은 인상이었다. 마치 한 마리 학 같은 고고한 신선 같은 자태라고나 할까 다섯 사람은 그의 모습을 보고 몹시 감탄하였다. 그러자 엽명이 그들을 보고 입을 열었다.

"그대들은 어디서 오신 누구시며 비무 추천서는 가지고 오셨는가?"

그러나 엽명의 목소리는 그의 준수한 모습과는 어울리지 않게 음산한 분위기였는데 그의 중후한 내공에서 나오는 목소리는 다섯 사람의 귀를 멍하게 만들 정도였다. 다섯 사람은 매우 긴장하기 시작했고 특히 일우는 갑자기 엽명의 목소리에 간담이 서늘해졌다. 한 마디로 그간 만났던 동족 무사들과는 완전히 다른 차원의 인물이었다. 그러자 매향이 앞으로 나서더니 엽명을 향해 읍을 한 후 말을 시작했다.

"저는 당나라 조정의 이정 대장군의 딸로서 이매향이라고 합니다. 그리고 여기 계신 분들은 저 멀리 고구려에서 천하비무를 하기 위해 오신 분들인데 이 가장 젊은 분이 오늘 엽 대협과 비무를 하게 될 선우일우이며, 이 세 분들은 천하비무 인증단 대표들로서 각각 고천파, 정고, 유가휘 등이라고 합니다. 오늘 비무를 위해 제 아버님께서 엽 대협께 보내는 추천서가 여기 있습니다. 살펴보시지요."

이렇게 말하며 매향이 이정의 추천서를 엽명에게 건네주자 그는 그것을 유심히 달빛에 읽어보았다. 그러더니 그는 매우 놀라는 표정을 지었다. 그는 선우일우를 힐끗 쳐다보더니 갑자기 선우일우에게 벽력같이 매화홍염장 일장을 날렸다. 일우는 갑자기 자신에게 닥친 장풍에 몹시 놀라면서 무의식중에 극성의 방탄지기를 발동하여 그 장풍을 받아내었다. 물론 그는 꿈쩍도 않고 그 자리에 서 있었다.

엽명은 이번에는 품에서 비수 다섯 개를 꺼내 일우를 향해 전력으로 던졌다. 그러나 일우는 두 손을 들어 어검술로 그 비수들을 엽명쪽으로 도로 향하게 했다. 엽명은 비수들이 자신에게로 향하자 그것들을 손으로 모두 잡아채더니 다시 자신의 허리춤에 차는 것이었다.

"음, 젊은 소협이 무공이 매우 고강하구만. 내가 오늘 그대의 비무를 받아주겠다. 하지만 비무 도중 죽어도 내 손의 매움을 원망하지 말라. 알겠는가?"

그는 매우 도도한 자세였다. 일우는 긴장하고 있었는데 마음속으로 이 늙은이가 매우 교만한 자라고 느끼고 있었다. 잠시 뒤 두 사람은 연화봉의 넓은 공터에서 비무를 시작했다.

그런데 엽명은 처음부터 다시 장풍으로 일우를 상대하기 시작했다. 그가 구사하는 매화철사장은 한 수 한 수 마다 살수였는데 일우는 그의 그 장풍들을 자신의 극성의 방탄지기로 모두 가볍게 받아쳤고 심지어는 자신의 극성의 내공을 끌어 모아 무극신장(無極神掌)을 펼쳐 엽명을 오장이나 후퇴하게 만들었다.

이제 장풍으로는 도무지 일우를 상대할 수 없게 되자 엽명은 이번에는 요란한 몸자세를 잡고서는 매화장비권을 펼치기 시작했다. 그의 권법이 얼마나 빠르고 화려한지 마치 매화가 하늘로부터 얼굴에 마구 떨어지듯이 그렇게 일우의 주요한 급소들을 치고 들어왔다. 일우는 미꾸라지가 빠져나가듯이 그의 주먹을 피하며 앞발로 그의 정강이를 걷어찼다. 그러자 그는 공중으로 붕 날아오르더니 일우의 어깨죽지를 힘껏 수도로 내려쳤다.

일우는 몸을 뒤로 젖히며 그의 명문혈을 수박으로 가격했다. 그러나 엽명은 이번에는 몸을 한 바퀴 회전하더니 일우의 바로 턱밑까지 주먹을 들이대었다. 한방이면 일우가 쓰러질 상황이었다. 그러나 일우는 마치 뱀처럼 몸을 굽혀 그의 주먹을 피하면서 공중바퀴를 한 바퀴 돌면서 두 발 끝으로 그의 등을 걷어찼다. 그러자 엽명은 땅바닥으로 몸을 눕힐 듯이 내리고는 등에서 검을 뽑아 일우를 공격하기 시작했다.

엽명의 검술 공격은 갑자기 매화현천검 아홉 개 초식이 졸지에 36개의 변형된 검형으로 변하더니 정신없이 일우를 향해 공격해 들어왔다. 도무지 수비를 할 수가 없는 변형된 이 검법을 일우는 듣도 보도 못한 것이라 그의 검을 피하기에 여념이 없었다. 그는 아직도 자신의 검을 뽑지도 못했는데 엽명은 매화현천검 제 9식인 매화현천을 구사하여 온통 검기를 하늘에 가득 차게 하더니 마지막 일검을 일우의 심장을 향하여 찔러왔다.

일우는 검기가 자신에게 밀려옴을 느끼고 매우 위험한 상황이라 부득이 그의 검기들을 온 몸의 방탄지기로 받아낼 수 밖에 없었다. 그러자 그의 몸에서 나오는 초절적인 내공과 엽명의 검기가 서로 부딪히며 *따다닥* 하고 마른 장작이 타는 소리가 나기 시작했다.

일우는 엽명의 검기가 다소 버겁다고 느꼈지만 그대로 견딜 만하다고 생각하고 이윽고 자신의 검을 뽑았다. 공중으로 다섯 장이나 솟구친 일우는 곧 바로 무극신검 제5식인 무극파천황검(無極破天荒劍)을 구사하기 시작했다. 그러자 엽명 또한 위기를 느끼고 하늘로 치솟았는데 그는 순식간에 백장을 날아가서 일우의 검기를 피했다. 속으로 그는 일우의 고강한 무공에 질리기 시작하고 있었다. 보통 매화현천검 36형이 다 시전되어 검기가 매화처럼 하늘을 새까맣게 덮을 때면 어떤 무사도 그 검기에 내상을 입고 피를 토하며 쓰러지기 마련이었다.

그러나 멀리 동이(東夷) 땅에서 온 이 젊은 오랑캐 검객은 매우 달랐다. 엽명은 생애 최초로 위기를 느끼고 그를 이기기 위한 온갖 수를 구사할 생각을 품게 되었다. 엽명은 이번에는 품에서 다시 다섯 자루의 비수를 꺼내 일우를 향해 날리고는 그 비수들을 장검의 검기로 조종하기 시작했다. 그는 매화현천검이 이미 그에게는 노출된 것이 분명하였으므로 매화혈루검(梅花血淚劍)을 쓸 결심을 하였다.

매화혈루검은 이제껏 누구에게도 시전해 본 적이 없는 그야말로 엽명의 비장의 무기였다. 마치 매화꽃이 지면서 그 화려하다 못해 처절한 생명의 정화인 붉은 피를 대지에 뿌리는 것처럼 이 검법은 자신의 내공에서 나오는 장력이 검과 비수와 온갖 암기들을 다 상대에게 퍼부어대는 것이며 내공의 마지막 힘까지 다 동원하여야 하는 것이다. 만일 이 검법이 통하지 않는다면 자신은 죽거나 최소한 치명적인 내상을 입고 무공을 폐하여할 지경까지 갈지도 모르는 그야말로 마지막 승부수였던 것이다.

엽명은 일우에게 비수를 던지고 나서 다시 수천 개의 매화같이 생긴 압정형의 암기들을 또한 그에게 흩뿌렸다. 그는 자신의 내공의 극성지기를 지금 끌어 모아 검에다 모아서는 큰 원을 그리기 시작했다. 원은 제 1, 2, 3, 4, 5,..........36원 까지가 그려졌다. 그러자 그의 검에서 나오는 무시무시한 검기들이 다섯 개의 비수와 암기들을 온통 일우 쪽으로 날아가게 하고 있었다.

일우는 너무도 독랄하여 끔찍한 최후수가 엽명으로부터 나오자 검을 하늘로 향한 채 무극신검 제1, 2, 3, 4, 5식을 동시에 시전한 후 하늘로 약 5장정도 몸을 날렸다. 그리고는 자신의 극성의 내공을 끌어 모아 어검술로 엽명의 비수와 암기들을 그의 쪽으로 밀어내고 있었다. 두 사람의 최고의 내공이 검들을 상호 조정하고 있었는데 일다경(一茶頃)이 흐르자 일우가 휘두르는 칼의 검기가 서서히 엽명의 비수들과 암기들의 방향을 바꾸기 시작했다.

엽명은 온 몸에 진땀을 흘리며 자신의 비수와 암기들을 밀어내려고 하였지만 도저히 자꾸 자신의 앞으로 밀려오는 그것들을 막아내기가 힘들어졌다. 이제 자신의 앞 반 장 정도까지 밀려오고 있는 비수와 암기들을 도저히 막을 수 없게 된 상황이었다.

엽명은 할 수 없이 몸을 공중으로 날리더니 몸을 마치 나사처럼 빙글빙글 돌면서 일직선으로 벽력같이 일우를 향해 공격해 들어갔다. 그의 칼이 일우의 칼과 부딪히자 두 사람은 마지막 순간이 왔음을 느꼈다. 일우의 칼이 간발의 차이로 엽명의 가슴을 벤 것이다. 엽명의 몸에서 피가 뚝뚝 떨어지기 시작했다. 일우는 칼을 무심히 들고 다시 엽명의 공격을 기다렸다. 그러나 엽명은 서서히 땅에 쓰러져갔다.

뒤에서 두 사람의 숨 막히는 대결을 목격하고 있던 네 사람은 일우가 너무도 힘겹게 엽명을 이기자 한참 동안을 망연자실하고 있었다. 그러나 매향이 먼저 일우에게 달려가서 그를 얼싸안자 그때서야 일우의 첫 번째 중원비무가 승리로 끝났음을 깨닫고 모두가 자리에서 벌떡 일어나 일우에게 달려가 그를 얼싸안고 그의 힘겨운 승리를 축하하기에 여념이 없었다.

제14장   당황제를 우연히 만나다

화산제일검 무영검신 엽명을 힘겹게 물리친 일우의 다음 상대는 경기도 종남산에서 오랫동안 무공을 연마해온 도사 왕진필로 결정되었다. 우선 종남산이 장안에서 약 50리(20km)정도의 서남향 방향에 있는 장안의 진산(鎭山)이기에 화산과 가장 가까운 곳이라는 점이 고려되었다.

종남산은 경기도[24] 서북쪽의 서역(지금의 신강성)의 호탄에서 뻗어 내린 진령(秦嶺)산맥이 관중(關中)에 멈춰 섰다고 하여 종남산(終南山)이라고 불리었다. 진령은 일찍이 진(秦)나라의 땅이었기에 붙여진 이름이며, 길이는 통상 800리에 이른다. 예로부터 수많은 고승, 도사, 술사, 문인들과 은거자들이 거하며 나름대로의 세계를 건설해온 곳이다.

태을진인(太乙眞人) 왕진필은 자신의 나이가 20대 초반이던 당나라 건국 때부터 조정에 출사할 목적으로 과거에도 응시하고 조정 내 유력인사들을 부지런히 찾아다녔다. 그는 그 덕으로 미관말직에 임관되어 약 3년간을 하급관리로 일했다. 하지만 그가 보기에 수나라 때

---

24) 섬서성을 당나라 때 수도 근처의 도라는 뜻으로 이렇게 불렀다.

부터 부패해왔던 당 조정의 지배층들은 너무도 모순이 많은 존재들이었다. 어느 날 직속상관과 구휼미의 부당한 배급 문제를 놓고 대판 싸우고 난 왕진필은 그날로 사표를 내고 이곳 종남산으로 들어왔다.

그는 그 당시 종남산에서 태을무극 도관을 짓고 도를 닦으며 천하를 제패할 무공을 연성하고 있던 태상진인 동각천을 만난다. 이후 왕진필은 그에게 도교의 심오한 이치를 배우며 내단 연공과 무공 연마를 통해 동각천의 후계자가 되는데 태을진인(太乙眞人)이라는 도호를 스승으로부터 받는다.

이후 그는 태을무극 도관을 후배들에게 맡기고 종남산의 더욱 깊은 곳으로 은거한다. 그곳에서 그는 사방 500장(약1.5km) 정도의 장원을 마련한 후 그 누구도 자신의 영역을 침범하지 못하도록 그곳에다 8진도를 배설한다. 그리고는 제갈공명이 남긴 8문법 중의 칠성보법과 이보법을 연마한다.

칠성보법(七星步法)과 이보법(耳報法)은 제갈공명의 8문법에서 나왔다. 칠성보법은 대축법으로서 축지법 등 자신의 몸을 무기로 사용하는 법을 터득하는 것이다. 이보법은 소축법인데 질병치유, 물건제작 등의 기술적인 능력과 사람과 세상을 꿰뚫어보는 능력이나 시공을 초월하여 보고 듣는 능력을 터득하는 것을 말한다.

칠성보법은 축지법의 완성판으로서 일종의 주문인 칠성주 즉 「칠성여래대제군(七星如來大帝君) 북두구진중천대신(北斗九辰中天大神) 상조금궐하복곤륜(上朝金闕下覆崑崙) 조리강기통제건곤(調理綱紀統制乾坤) 대괴빈랑거문녹존(大魁貪狼巨門祿存) 문곡염정무곡파군(文曲廉貞武曲破軍) 고상옥황자미제군(高上玉皇紫微帝君) 대주천개세입

미진(大周天界細入微塵) 하재불멸하복불주(何災不滅何福不臻) 원황정기내합아신(元皇正氣來合我身) 천강소지주야상륜(天罡所指晝夜常輪) 속거소인호도구령(俗居小人好道求靈) 원견존의영보장생(願見尊儀永保長生) 삼태허정육순곡생(三台虛精六淳曲生) 생아양아호아신형(生我養我護我身形)」을 암송하면서 보법과 호흡법을 통해 단계별로 올라가는데 처음 단계가 소걸음에 해당하는 우보법이다. 두 번째가 산신이 타고 다닌다는 호랑이 걸음의 호법, 세 번째가 용의 걸음인 용보법, 네 번째가 구름을 타고 다니는 운보법, 마지막이 인간계에서 선계로 탈바꿈할 수 있는 칠성보법인 것이다.

이보법은 「천지조화태을경 일월성신조화정(天地造化太乙經 日月星辰造化定)」이라는 태을주(太乙呪)와 「계수오래신명정광한납(啓秀悟來神明正光汗納) 일신보명지적정지복사(一身保命智積淨地福事) 일절사활멸도와장신(一切死活滅道臥長神)」이라는 금강주(金剛呪)[25]를 암송하면서 정신통일을 기하는 것이다.

왕진필은 칠성보법과 이보법의 완성을 통해 그동안 스승으로부터 배운 내공 연단과 무공을 완전히 극성으로 끌어올렸을 뿐만 아니라 기문둔갑술마저 완전히 체득하여 천문지리와 인생의 길흉화복에 통달하였다. 그는 자신의 장원에다 매란국죽(梅蘭菊竹)등 온갖 기화요초(琪花瑤草)을 심고 학을 기르면서 인생을 여유작작하게 사는 듯이 보였다.

그러나 그는 내적으로는 불로장생의 비결을 추구하며 도가의 온

---

25) 이 금강주의 원본 한문은 정확하지 않다. 저자의 추정 원문이다.

갖 방술을 익히고 있었으며 인간으로서 추구할 수 있는 최강의 무공을 연마해왔다. 그는 이것을 이름하여 태을천강신공(太乙天崗神功)이라 불렀다. 이 신공은 권·장·지·족·검(拳·掌·指·足·劍)이 종합된 일종의 절기인데 이 무술을 시전하는 순간부터 상대를 쓰러뜨리는 순간까지 영계의 고급 신장(神將)들 다섯 명이 나타나 동서남북과 중방에 좌정한 채 시전자에게 계속 힘을 불어넣어주는 일종의 신인합일의 무공이었다. 지금까지 왕진필에게 약 30여명이 도전하였지만 그가 태을천강신공을 시전하기 전에 모두가 다 그에게 패하였다.

그는 또한 도전자를 엄격하게 가리었는데 그와 도전하기를 원하는 자는 우선 태을무극 도관에 비무 신청을 한 후 도관에서 지정하는 도사들 31명이 진설하는 태을무극검진(太乙無極劍陳)을 돌파하여야 한다. 이 태을무극검진은 주역의 원리에 따라 창안된 것인데 총 31명이 큰 원을 형성한다. 그 원의 정 가운데 한 사람을 세워두고(무극 위 태극), 그 좌우에 남녀 도사를 각각 1명씩 세우며(兩儀=음양), 동서남북 사방에 장년남녀 도사와 청년 남녀 도사 총 4명을 세우고(四像=태양, 태음, 소양, 소음), 건태리진손감간곤(乾兌離震巽坎艮坤)의 8방위에 각각 괘의 형상에 따라 남녀 도사를 세우는 것이다.

즉 건(乾: ☰)방위에는 남자 3명, 태(兌 : ☱)방위에는 여자 1명, 남자 2명, 리(離 : ☲)방위에는 남자 2명, 여자 1명, 진(震 : ☳)방위에는 여자 2명, 남자 1명, 손(巽 : ☴)방위에는 남자 2명, 여자 1명, 감(坎 : ☵)방위에는 여자 2명, 남자 1명, 간(艮 : ☶)방위에는 남자 1명, 여자 2명, 곤(坤 : ☷)방위에는 여자 3명이 되는 것이다.

이 31명이 형성한 검진을 뚫고 나서야 태을진인 왕진필을 만날 자격을 얻는 것이다. 그런 후에는 그가 거주하고 있는 장원으로 들어가야 하는데 그 입구에 진설한 팔진도를 통과하여야 한다. 이제 마지막 관문으로 왕진필이 자기의 거처하는 곳 바로 앞까지 설치하여 외부인이 들어오면 자동으로 발사되게 만든 화살과 창 및 비수 등의 병기 숲들을 통과하여야 한다. 그 다음에는 자동으로 발사되는 온갖 암기들의 숲을 지나야 하며 최후로 접근하자마자 무차별적으로 극독에 노출되도록 만들어 놓은 극독물 지대를 통과할 수 있어야 한다.

일우 일행과 매향은 화산을 출발한지 사흘 만에 다시 장안성으로 돌아왔다. 다섯 사람은 매향의 집을 잠시 들러 이정에게 인사나 할 요량으로 그의 집으로 가보았으나 이미 이정은 그 부인 장저화와 군막으로 떠난 뒤 오래였다. 장원은 깨끗이 정비되어 있었는데 조정에서 보낸 병사들 5인이 집을 지키고 있을 뿐이었다.

다섯 사람은 우정 들른 이정의 집에서 그날 밤을 휴식하고 먹을 것을 좀 챙겨 전대에 넣은 후 다음 날 진시(오전7시-9시)가 끝날 무렵에 다시 종남산을 향해 말을 달렸다. 그 전날 밤 매향은 태을진인 왕진필에 대한 정보를 일우와 고천파 등에게 자세히 알려주었는데 네 사람은 이번 비무가 이제껏 싸운 어떤 상대보다도 힘든 상대가 될 것임을 느끼고 마음속으로 잔뜩 긴장하기 시작했다.

그들이 종남산을 향해 말을 달리어 곽성을 막 지났을 때 약 15,000여명이 넘는 기보병 군사들이 호사의 극치를 다한 마차 열 대를 호위하면서 종남산 방향으로 행군하고 있었다. 길 양편의 모든 행인들은 땅에 고개를 대고 엎드려 있었다. 매향은 그들이 들고 있는 온갖 기치와 성장을 보았을 때 그 행렬이 황제의 어가임을 즉각 알아챘다. 그러나 그들이 말을 타고 기병들의 행렬 끝자락 보다 앞서 가려 하자 지휘관인 듯한 장교가 그들을 제지하며 신경질적으로 말했다.

"정지! 너희들은 무엇 하는 자들이냐?"

"나는 이정 대장군의 딸 이매향이다. 종남산으로 가는 길이니 길을 비켜라."

그녀가 그렇게 강경하게 말하자 그 장교는 잠시 그녀의 위아래를 훑어보더니 말을 돌려 앞으로 급히 달려갔다. 아마 누군가 더 높은 상관을 만나러 가는 모양이었다. 그러자 잠시 뒤 황실금위군의 도독인 단표충이 그녀를 만나러 왔다.

단표충은 나이가 30대 중반인데 제1차 당나라와 토욕혼 전쟁의 명장인 단지현의 아들로서 이정의 직계 제자 중 한 사람이었다. 그는 매향을 보고 놀라서 눈을 크게 뜨고 그녀를 쳐다보더니 옆에 있는 일우와 뒤에 있는 고천파 일행을 날카로운 눈으로 살펴보았다.

"아니 매향 사매가 여기에는 어쩐 일이십니까?"

"지금 종남산으로 가는 길인데 황제의 어가가 행진중이라 금위군들이 길을 막고 있네요. 어떻게 저희들이 빨리 지나갈 수 없을까요?"

매향이 이렇게 사정하자 단표충은 참 난감하였다. 사부의 딸 즉 사매의 부탁을 거절하기도 무엇하고 그렇다고 황제의 어가 앞을 말을 달려 빨리 달려가는 것을 용납할 수도 없어 그는 잠시 망설였다. 잠깐 망설이던 그는 그녀 곁의 일우와 뒤의 고천파 일행의 신원이 궁금해졌다.

"사매! 이 분은 누구시고 뒷 분들은 대체 누구십니까? 중원 사람들은 아닌 것 같은데........"

그가 이렇게 의심쩍은 투로 말을 하자 매향은 순간 망설였다. 일우 일행의 신원을 노출했다가는 자칫하면 가뜩이나 고구려를 못 잡아먹어서 안달인 황제 이세민에게 무슨 경을 칠 지 알 수 없었기 때문이었다. 그녀는 순간 일우를 향해 눈을 찡그렸다. 거짓말을 좀 할 테니 봐 달라는 뜻이었다.

"아, 이 사람은 저의 정혼자이고 뒷 분들은 이 분의 친척들로서 오늘 종남산 태을무극도관에 가서 혼사 날을 잡으러 가는 길입니다. 그러니 저희가 먼저 갈 수 있도록 황상 폐하께 허락을 받아주세요."

사실 매향의 부탁은 무리한 것이라고 일우는 생각했다. 그러나 어가를 따라 느긋하게 갔다가는 아마도 오후 늦게 도착할 것이 틀림없었다.

"좋습니다. 제가 황상 폐하께 가서 윤허를 받아 올 테이니 천천히 뒤를 따라 오십시오."

단표충이 황제의 어가를 향해 말을 달려갔고 다섯 사람은 무료하게 천천히 말을 몰고 금위군의 후미를 따라갔다. 잠시 뒤 단표충이 매향에게 다가오더니 고개를 가로 저었다. 그러더니 이렇게 말하는 것이었다.

"황상 폐하께서 이정 대장군의 딸과 약혼자라니까 이번 한 번은 특별히 봐주시겠지만 매향 사매의 약혼자가 자신의 앞을 지날 때는 자신이 쏘는 화살보다 더 빨리 달려서 화살을 주어다가 자신에게 바쳐야 한다는 조건을 다셨습니다. 그러니 괜히 여기서 황상 폐하께 밉

보이지 마시고 그만 돌아가셨다 다음날 출행을 하시지요."

매향은 황제가 자신의 약혼자라는 사람을 시험하고 싶어 하는 것을 눈치 챘다. 자신을 매우 아끼어 자신의 많은 아들 중 한 사람의 며느리로 삼고 싶어해온 황제였다. 하지만 매향은 황제의 며느리가 되어 궁중에서 온갖 암투와 정쟁의 희생물이 되고 싶은 생각은 추호도 없었다. 그녀는 잠시 일우가 이 어려운 과제를 할 수 있을 지 걱정이 되었다. 그가 과연 황제가 쏜 화살보다 빨리 달려 화살을 주워 바칠 수 있을까? 그녀는 고개를 가로 저었다. 차라리 여기서 돌아갔다 다음 날 다시 오자 생각하고 그녀는 일우에게 돌아가자는 눈짓을 했다.

그러나 일우는 그녀에게 앞으로 가자는 눈짓을 하였다. 그녀는 그의 눈에서 단호한 결심을 읽을 수 있었다. 황제와 황족들 그리고 금위군 앞에서 망신을 당하느냐 아니냐의 갈림길에 선 것이다. 한편 일우는 도대체 고구려를 못 잡아먹어서 안달이 난 당나라 황제가 어떤 인간인지가 궁금해서라도 그가 낸 과제를 해결하고 그를 만나고 싶은 심정이었다.

일우가 옆의 매향과 뒤의 세 사람에게 뒤에 천천히 오라고 말하고 자신은 젖 먹던 힘까지 다 내어 전속력으로 말을 몰았다. 후미에서 황제의 어가가 있는 중간 부분까지는 약 800장(약 2.4 km)이었는데 일우가 막 황제의 어가 앞을 달리는 순간 당황제 이세민은 마차 밖으로 온 힘을 다해 금빛 대궁을 당겨 일우의 머리 위로 화살을 날렸다.

그 금빛 화살이 *쉬잇!* 소리를 내며 일우의 머리 위를 지나 날아가고 있었다. 모든 금위군들과 황제 및 그 가족들은 이 전대미문의 희한한 시합을 흥미진진한 표정으로 감상하고 있었다. 그러나 매향과 고천파 일행은 긴장되어 등짝에 식은땀이 주르륵 흘러내리고 있었다.

그러자 일우가 말에서 몸을 일직선으로 날려 화살을 따라 전속력으로 날아갔다. 그리고는 그 화살을 오른 손으로 낚아채서는 다시 몸의 방향을 바꾼 후 몸을 날려 달려오고 있던 자신의 말위에서 한 바퀴를 돌아 사뿐히 앉았다. 매향과 고천파 일행 그리고 황제와 그 가족들 및 전 금위군은 와! 하고 찬탄하며 벌린 입을 차마 다물지를 못했다. 그들은 일우가 화살 보다 빨리 날라 화살을 낚아챈 것도 놀랐지만 다시 역으로 방향을 바꿔 달려오던 말에 사뿐히 앉는 것을 보고 그 놀라운 경신술과 마상술 및 무공에 기절할 듯이 놀랐던 것이다.

세상에 이런 기가 막힌 고수가 있다니!

그들은 모두 일우가 말에서 내려 황제에게 화살을 바치려고 황제의 어가 앞에서 공손히 화살을 양손에 들고 부복하자 일제히 와! 하고 탄성을 질렀다. 순간 마차의 차양이 열리더니 황제가 일우의 손에서 그의 화살을 받아들더니 그에게 얼굴을 들라고 말했다.

일우는 천천히 고개를 들어 당황제 이세민의 얼굴을 똑똑히 보았다. 엄청나게 강하면서도 부드러운 황제의 기운이 일우에게 똑똑히 느껴졌다. 그의 그 길게 찢어진 가느다란 눈 속에서 일우는 천하를 쥐고 흔들어야 직성이 풀릴 절대군주의 야심을 읽었다.

황제는 일우의 곁에 함께 부복하고 있던 단표충과 매향 그리고 고천파 일행을 한 번 힐끗 훑어보더니 단표충에게는 일우 일행을 먼저 보내도 좋다고 허락을 하였다. 그리고 매향을 향하여는 이따 저녁에 종남산의 지상사 행궁으로 일행과 함께 들르라고 웃으며 말하고 나서는 마차의 차양을 닫았다.

단표충과 매향은 "성은이 망극하옵니다." 하고 고개를 숙였지만 일우와 고천파 일행은 그저 고개만 숙이었다.

제15장   당황제를 겁주다

일우 일행은 곧 말을 전속력으로 달려 종남산으로 향하기 시작
했다. 약 한 시진 뒤에 그들은 종남산 중턱에 있는 태을무극 도관에
도착했다. 그들이 도관에 도착하여 말을 마방에 맡기고 나서 도관 행
정실로 갔다. 그곳에는 키가 꺼부정하게 커서 꼭 마른 북어처럼 생긴
30대 초의 도사 하나가 있었는데 다섯 사람의 위아래를 훑어보았다.
그러더니 그는 무슨 일로 왔느냐고 께느적한 목소리로 물었다. 수도
생활에 매우 고달파 하는 표정이 역력했다.

"당신네 도장(道長)인 태을진인 왕진필에게 비무를 신청하려고
왔소."

매향이 그의 불친절한 태도에 기분이 나빠져서 이렇게 쌀쌀맞게
말했다. 그러자 그 도사는 몹시 비웃는 표정으로 매향을 향해 말했
다.

"여협께서 비무를 하시려고? 추천서는 가져오셨나?"

그녀는 그 도사의 말투가 매우 빈정거리고 있음을 느끼고 기분
이 점점 나빠져 갔다. 그녀는 쏘는 듯이 내뱉었다.

"비무할 사람은 내가 아니고 이 젊은 대협이오."

"어디서 온 누구신가? 나이는 몇이나 되시고 누구 추천을 받아서 왔소?"

그 도사는 손으로 코를 쑤셔서 코딱지를 자기 책상 어귀에 붙이고 나서는 비무신청자 접수대장이라는 명부에 이름을 쓰기 위해 붓을 들었다.

그러자 매향이 차갑게 말했다.

"이 분은 멀리 고구려에서 온 선우일우 대협이신데 춘추는 스물다섯 살이시고 비무 추천은 우리 아버지 이정 대장군이 직접 하셨소 여기 추천서가 있으니까 보시오."

그때서야 그 도사는 자세를 바로 잡으며 긴장한 빛을 드러내더니 매향의 손에서 추천서를 받아 그것을 자세히 들여다보았다. 그러더니 그는 얼굴에 잔뜩 비굴한 웃음을 머금고는 붓으로 명부에다 비무신청자 선우일우(鮮宇一尤) 이십 오세라고 썼다. 그리고는 매향을 향해 간사스럽게 말했다.

"아이고 몰라 뵈어서 죄송합니다. 이정 대장군 따님께서 이렇게 저희 도관을 방문해주시니 매우 매우 감사합니다. 비무의 절차는 잘 아시겠지만 우선 저희 도관의 태을무극검진을 먼저 돌파하셔야 합니다. 하지만 오늘과 내일은 도무지 비무를 할 수 없습니다. 아마 오시다가 황제 폐하의 어가를 만나셨을 테인데 황제께서 이곳 종남산의 절에 숙박하시는 오늘 내일은 모든 도관과 절들에서 어떤 비무나 행사 등이 중단됩니다. 그러니 갔다가 삼일이 지나서 다시 오시지요 저희들로서는 조정의 강경한 명령이라 어쩔 수가 없으니 용서하십시오."

그가 이렇게 말하자 매향과 일우 일행은 어이가 없어 어찌할 바를 모르고 서로를 쳐다보았다. 다섯 사람은 잠시 뒤에 보자고 그 도사에게 말한 후 행정실을 나갔다. 그들은 정원에 앉아 앞으로 일정을 상의하기 시작했다. 매향은 아까 황제가 자신과 일행들 모두를 저녁에 자신에게 들르라고 한 것이 매우 마음에 걸렸다. 그녀는 우선 일우 일행의 뜻을 물어보기로 했다.

"이제 어떡하죠? 아무래도 3일 뒤에나 비무가 개시될 것 같은데 게다가 오늘 저녁 황제가 우리 모두를 초청했으니 묵살할 수도 없고 참 문제이네요."

그녀는 답답한 듯이 이렇게 말했다. 그러자 고천파가 신중한 태도로 입을 열었다.

"어차피 삼일 간 비무는 틀린 것이고 문제는 오늘 저녁 황제의 초청을 안 받아들였다가는 매향 아가씨와 이정 대장군께 큰 봉변이 될 것이고 하지만 우리가 초청에 응했다가는 우리의 신원이 드러날 것이고 이 문제를 어찌하면 좋단 말이오. 차라리 아까 황제의 어가를 보는 순간 돌아갈 것을 그랬나 보오. 여러분들의 의견은 어떤지 말씀들 해보시지요."

그도 또한 골치 아픈 표정이 역력했다. 그러자 이번에는 정고가 무겁게 입을 열었다.

"오늘 황제의 태도로 보아 오늘 저녁 때 선우 대형에게 당나라 고위 무사와 비무를 시킬 것이 분명하오. 그렇다고 안 갔다가는 매향 아가씨와 대장군에게 큰 피해가 될 것이며 우리가 중원에서 비무를 하는 동안 내내 당황제에게 시달릴 우려가 심각하니 참으로 큰 문제요."

그러자 이번에는 유가휘가 벌컥 화를 내며 말을 내뱉었다.

"아따, 무슨 당황제 초청 하나를 놓고 그리 근심입니까? 비무를 하라면 하는 게고 아니면 그냥 앉아서 주는 음식을 먹으며 당나라 황실의 가무음곡이나 감상하며 보냅시다. 괜히 지레 걱정 말고 처음에 매향 아가씨가 거짓말 한데로 선우대형은 매향 씨 약혼자가 되고 우리 모두는 그의 친척이라고 우기면 되는 것 아닙니까? 괜히 신경 들 쓰지 말고 오늘 내일은 당황제 덕에 호강이나 하면서 지냅시다. 지금으로서 우리는 이제 갈 수도 없고 들어갈 수도 없이 빼도 박도 못하는 상황이니 그저 맘 편히 즐겁게 시간을 보냅시다. 당황제가 차마 이정 대장군의 따님의 약혼자라는데 홀대할 리가 있겠습니까?"

유가휘의 말이 청산유수였다. 사실 구구절절이 맞는 말이었다. 그러나 문제는 그 이후 당황제가 신라나 왜국에서처럼 또 일우를 붙잡고 있으려고 하면 큰 문제인 것이다. 아마 인재를 극진히 사랑하는 그의 성격상 아까 일우의 기가 막힌 무공을 보았으니 분명히 그를 잡아 놓으려고 할 것이 틀림없었다. 게다가 만일 다섯 사람이 각자의 신원에 대해 황제 자신에게 거짓말을 한 것을 알게 되면 기군망상(欺 君罔上)한 죄를 크게 물을 것이 분명했다.

이제 매향이나 일우나 중원에 있는 동안은 꼼짝없이 정혼자로서 처신할 수밖에 없었다. 일우는 백제에 있는 두 아내를 생각하고 쓸쓸하게 웃었지만 그렇다고 매향이 싫은 것은 아니었다. 매향은 일우의 눈치를 살폈는데 그가 별로 싫어하는 눈치가 안 보이자 마음이 놓였다. 하지만 그녀가 생각할 때 이들의 신원이 고구려 사람들인 것을 알게 되면 분명히 황제에게 경을 칠 것이 틀림없었다. 그녀는 아무래도 오늘은 사정상 도저히 황제의 초청을 받잡지 못하겠노라고 변명을 서신에 써서 단표충을 통하여 전달하기로 결심을 하였다.

"아무래도 오늘 황제의 초청에 응하면 여러분이 고구려 사람이라는 것이 드러나고 그렇다 보면 여러분이 크게 경을 칠 일이 생길 우려가 있으니 오늘 사정상 도저히 그의 초청에 응할 수 없다고 금위군 도독을 통해 서신을 보낼 게요. 그리고 우리는 종남산을 넘어 장안성으로 다시 들어갑시다."

그녀가 이렇게 말하자 일우와 유가휘는 반대의 뜻을 말했고 고천파와 정고는 그것이 좋을 것 같다고 말하였다. 그러나 일우는 더욱 단호하게 그녀의 생각을 반대하면서 강하게 말했다.

"안됩니다. 만일 우리가 오늘 황제의 초청을 거부하면 그는 분명히 매향 아가씨와 이정 대장군에 대해 몹시 불쾌하게 생각할 것입니다. 또 우리에 대해 신원을 파악하고 우리를 붙잡으려고 수배령을 내리기가 십상입니다. 차라리 그의 초청에 응하여 하라는 대로 하다가 적당한 상황에서 몸을 빼는 것이 좋을 것 같습니다."

일우가 이렇게 이야기하자 네 사람들은 매우 신중하게 고려를 하기 시작했다. 결국 반식경의 토론 끝에 다섯 사람들은 오늘 저녁 황제가 임시 거할 절간 행궁에서의 초청을 응하기로 하였다.

잠시 뒤 그들은 다시 도관 행정실로 들어가서 숙소를 그곳에 정하기로 했다고 하며 상당한 돈을 내놓자 그 말라깽이 도사는 *쉐쉐!* 하고 비굴한 웃음을 지으며 그들에게 가장 좋은 객실을 내주었다. 그는 매향에게 잘 보이려고 몹시 굽실굽실하며 최고의 방들을 내주었다. 그들은 태을무극 도관에 묵을 곳을 정하고 나서 저녁 시간이 되기 전에 종남산에 있는 절들과 도관들 그리고 명승지들을 관광하러 나섰다.

한 보름 전 당황제 이세민은 도무지 의술로 치유할 수 없는 장손황후의 질병을 부처님의 법력으로 고치기 위하여 종남산 지상사의 주지인 두순 대사에게 거대한 불사를 부탁한 바 있었다. 두순 대사는 중국 화엄종의 시조로 불리는 인물인데 젊어서부터 두타행을 실천하여 빈촌을 다니며 많은 환자들을 치유하고 화엄보현의 신앙을 민중들에게 실천한 고승이었다.

이세민은 지금 종남산으로 가는 마차 안에서 아까 본 일우에 대해 이런 저런 생각을 하고 있었다. 복장은 당나라 풍이었지만 그에게서 풍기는 냄새는 중원 사람이 아니라 아무래도 고구려 쪽의 사람 같았다. 그런데 그가 지닌 엄청난 무공을 생각하니 장차 고구려 정벌을 준비하고 있는 이세민으로서는 만일 그가 고구려 사람이라면 참으로 무서운 존재였다. 역대 중원의 왕조들 중에서 단 한 번도 고구려 정벌에 성공한 제왕이 없고 보면 자신이야말로 최초로 중원의 황제로서 고구려를 정벌할 야심을 품고 만반의 준비를 갖추어 오고 있었던 것이다.

그러나 오늘 만난 젊은이의 형형한 눈빛과 함께 자신에 대해 공손하지만 무언가 알 수 없는 적개심을 그에게서 이세민은 어렴풋이나마 느낄 수 있었다. 그런데 그가 이정 대장군의 사위감이라니 참 이정의 생각을 알 수 없는 이세민이었다. 어떻게 그런 변방의 오랑캐 청년에게 자신의 무남독녀 금지옥엽 외동딸을 줄 수 있을 까 하는 생각이 들었다.

하긴 그렇게 인물이 준수하고 무공이 절륜한 것을 보니 인품과 학식 또한 대단할 것이기에 비록 새외지인(塞外之人)이지만 딸을 줄 생각을 했겠지 하는 마음이 들며 근일 중 이정을 만나면 무공이 무시무시한 그 사윗감에 대해 물어보아야 하겠다는 생각을 하는 이세민이었다.

황제 일행은 미시(오후 1시-3시)가 시작할 무렵에야 지상사에 도착했다. 그들이 지상사에 도착하니 두순 대사를 비롯한 모든 스님들과 종남산 안에 있는 모든 사찰의 주지들과 도관의 도장들이 모두 황제 일행을 영접했다. 그들은 황제를 모시기 위해 임시로 마련한 절의 행궁에서 황제에게 큰 절을 올린 후 장손황후의 질병에 대해 이런 저런 이야기를 하다가 절에서 정성껏 준비한 점심 공양을 올렸다. 원래 절에서는 육식과 술을 먹을 수 없었지만 워낙 고기와 술을 좋아하는 황제의 식성을 고려하여 각종 절간 음식과 함께 육류와 술 등을 준비하여 그를 융숭히 대접하였다.

한편 단표충은 지상사를 15,000여명의 금위군 병력으로 완전히 겹겹으로 포위한 채 만일의 사태를 대비하고 있었는데 절간으로 올라오는 입구는 물론이거니와 절의 뒷산 등을 완전히 봉쇄한 상태였다.

그 날 유시(오후5시-7시)가 끝날 무렵에 황후의 회복을 위한 거창한 불사가 끝나고 이세민은 행궁에서 휴식을 취하고 있었다. 행궁 안 밖과 행궁 앞마당은 일천 명 이상의 군사들이 들고 있는 횃불들로 마치 대낮같이 밝은 상태였다. 이때 단표충이 그에게 나아와 이매향과 그 약혼자 일행이 도착하였다고 이세민에게 보고하였다. 그러자 이세민은 우선 이매향과 그 약혼자를 자신 앞으로 대령시키라고 지시했다.

잠시 뒤 금위군들에게 완전히 무장을 해제당한 매향과 일우가 황제의 앞에 나아왔다. 행궁 안은 절의 가장 큰 객실 몇 곳을 합쳐 황제의 임시 정전으로 꾸민 것인데 약 일백 평은 되는 듯 했고 절간에 어울리지 않게 온통 짙은 노란 색으로 꾸며 황제의 위엄을 잔뜩 과시하고 있었다. 당태종은 남면한 채 옥좌에 앉아 있었고 그의 주변에는 금위 군사들이 삼엄하게 그를 지키고 있었다. 행궁 안에는 엄청난 크기의 촛불들이 금 촛대에 꽂혀 마치 대낮처럼 그 안을 밝히고 있었다.

두 사람이 옥좌의 황제를 향해 삼고구배를 하자 이세민은 두 사람을 번갈아보며 인자한 표정을 짓더니 일우에게 부드럽게 물었다.

"네 이름은 무엇이고 어디 출신인고?"

일우는 이세민의 얼굴을 쳐다보지 않은 상태에서 바닥에 얼굴을 대고 조용하게 유창한 당나라어로 말했다.

"소생은 선우일우라 하옵고 고구려국 국내성 출신이옵니다."

그러자 이세민은 그럴 줄 알았다는 듯이 *으음!* 하고 헛기침을 했다. 그러더니 엄숙하게 물었다

"고구려라, 무공은 어디서 배웠는고?"

"소생의 무공은 백두산 청려선방에서 조의선인들에게 배운 것이옵니다."

일우는 이세민의 당황한 표정을 마음속으로 읽으며 더욱 조용하

게 말했다.

"백두산 청려선방의 조인선인들에게서 배웠다고? 호오, 그런 새 외에도 출중한 무인들이 있나 보구나. 대체 네 정도의 무인들이 고구려에는 얼마나 있는고?"

이세민은 말로만 듣던 조의선인들의 위력에 속으로 놀라고 있었다.

"저 정도의 무사들은 고구려 천지에는 헤아릴 수 없이 많사옵니다."

일우는 속으로 당황제를 겁줄 생각을 하고 이렇게 말했다. 그러자 이세민은 순간 몹시 화가 났다. 어린 오랑캐 무사 주제에 감히 대당 황제를 능멸하고 있다는 생각이 들었다. 그는 자리에서 벌떡 일어나 일우를 향해 일갈했다.

"네 이노옴! 네가 지금 감히 짐을 능멸하는 것이냐? 어떻게 너 같은 무사들이 오랑캐 땅인 고구려에 헤아릴 수 없이 많다는 것이냐?"

그러나 일우는 여기서 당황제에게 꿀렸다가는 매우 우스운 꼴이 된다고 생각하고 더욱 강하게 말해야 하겠다고 생각했다. 그러나 옆의 매향은 당황해서 얼굴이 새파랗게 질려 있었다. 그녀는 일우의 옆구리를 손으로 몰래 쿡쿡 찔렀다.

"폐하, 고구려는 900년 역사와 고유한 문화를 자랑하는 대국으로서 고구려 사람들은 5세만 넘어서면 전국 방방곡곡의 경당에서 활쏘기, 수박, 택견 및 검술, 창술, 봉술 등을 익히고 단전호흡의 내공을 비롯하여 심신을 평생 갈고 닦아 제 정도 나이만 되면 이 정도 무공을 기본적으로 할 수 있게 되옵니다. 소생이 무엇을 위해 감히 대당 황제의 면전에서 거짓을 아뢰겠습니까. 통촉하시옵소서."

일우가 이렇게 주워섬기자 이세민은 자신이 황제로서 너무 가볍게 처신했음을 깨달았다. 하지만 그렇다고 도저히 그를 그냥 내버려 둘 수도 없었다. 그는 자리에 앉으며 일우에게서 무언가 꼬투리를 더 찾아야 한다고 생각했다. 그는 차가운 태도로 일우에게 다시 물었다.

"그래, 너는 무엇 하러 이 중원에 온 것이냐? 혹시 중원을 염탐하려고 온 것은 아니냐?"

일우가 막 천하비무를 왔노라고 당당하게 말하려고 하는 찰나 매향이 먼저 나서서 대답을 했다.

"성상 폐하, 선우일우는 소녀와 혼사 문제를 상의하러 온 것이옵니다. 절대 공적인 일로 온 것이 아니오니 괘념치 마옵소서."

그녀는 말을 하고 나서 일우의 옆구리를 더욱 팔꿈치로 쿡쿡 찔러대었다. 그녀가 보기에 지금 황제는 매우 일우에게 불쾌하여 무엇인가 꼬투리를 잡으려고 하는 것이 분명했기에 자신과 혼사 문제를 상의하러 왔다고 하면 그도 차마 아버지인 이정 대장군의 입장을 봐서 그냥 넘어가 줄 것이라고 여긴 것이다. 그러자 이세민은 일우에게 다시 확인 차 물었다.

"그래 너는 여기 이매향과 정혼한 사이가 맞고 중원에 온 것은 단지 혼사 문제를 위한 것이냐?"

일우는 순간 혼란에 빠졌다. 그는 매향이 왜 자꾸 혼사 문제로 자신과의 관계를 얽으려고 하는지 금방 눈치를 챘다. 그녀가 말하는 동안 생각해보니 그는 지금 황제가 자신의 말에 매우 분노하고 있다는 것을 느꼈다. 또한 자신이 그녀의 말을 부정하면 그녀 또한 기군 망상의 죄를 범하게 되는 것이다. 그는 황제의 질문에 무조건 긍정을 해야 할 필요를 느꼈다. 그는 눈을 들어 황제를 정면으로 바라보며 대답했다.

"예, 소생은 이매향 소저와 정혼한 사이가 맞고 중원에 온 것은 그녀와 혼사 문제를 상의하러 온 것이 사실입니다."

그러자 황제는 눈을 가늘게 뜨고 두 사람을 뚫어지게 살피더니 두 사람에게 다시 물었다.

"그런데 이매향은 여기 중원에서 나서 주욱 살았고 너 선우일우는 새외인 고구려에서 나고 주욱 살았을 텐데 어떻게 두 사람이 아는 사이가 되어 정혼을 하게 된 것이냐?"

이세민은 두 사람의 관계를 매우 의심쩍게 생각했다. 그래서 이렇게 질문을 한 것이다. 하지만 위기에서 순간적인 머리를 잘 쓰는 것은 여자라고 했던가? 순간 매향은 연개소문과 자기 아버지 이정이 사제지간이고 연개소문과 일우가 의형제지간이라 이정과 연개소문이 지난 날 태원에서 만났을 때 이미 두 사람을 혼인시키기로 약속을 했노라고 둘러댈 생각이 들었다.

"폐하, 여기 선우일우의 의형인 연개소문과 소녀의 아비 이정은 사제지간으로서 두 사람이 지난 날 태원에서 함께 지낼 때 이미 저희 둘을 정혼시키기로 약정을 하였고 이제 선우일우가 중원에 직접 옴으로써 저희 두 사람이 백년가약을 맺기로 약속한 것이옵니다."

일우는 매향의 둘러댄 거짓말이 하도 그럴 듯하여 이세민이 속아 넘어갈 것이라고 생각을 하였다. 역시 이세민은 그녀의 그 말에 속아 넘어 간 듯하였다. 하지만 잠시 가만히 있던 그는 선우일우를 향하여 명령조로 말했다.

"네가 짐에게 너 정도의 무사들은 고구려에 헤아릴 수도 없이 많다 하였은즉 오늘 짐은 네 무공의 정도를 짐의 눈으로 확인하여야 하겠다. 네가 만일 짐이 지명하는 자들과 싸워 이기면 네 말이 맞는 것으로 하겠다. 하지만 네가 지면 너는 짐을 기망한 죄로 엄벌에 처할 것이다. 알겠느냐?"

이세민의 명은 지엄했다. 일우는 그의 분노가 어떻게 자신에게 영향을 끼쳐 힘들게 시험할 것인지 대충 짐작을 할 수 있었다. 일우와 매향은 이세민에게 절을 하고 난 뒤 행궁을 나와 절 앞마당으로 나왔다.

그 앞마당은 약 사방 300장(약 900m) 정도 되었는데 그 앞마당 북쪽 끝에 황제의 옥좌를 가져다 놓고 위귀비를 비롯한 여러 명의 후궁들과 초왕 이관 등 여러 왕자 및 양성공주들을 비롯한 여러 공주들은 황제의 오른편 자리에 앉았다. 또한 지상사의 두순 대사를 비롯한 중들과 근처 절들의 주지승들 및 각종 도관의 도장들이 역시 황제의 왼편 자리에 앉아 있었다. 고천파, 정고, 유가휘와 매향은 걱정 어린 표정으로 왼편 줄 앞에 서서 일우를 바라보고 있었다.

단표충과 금위군 수십 명은 황제의 보좌를 중심으로 좌우에 서서 그를 보위하고 있었다. 이세민은 자리에 앉자마자 마당 한 가운데 서있는 일우를 향해 말했다.

"짐은 우선 너에게 50명의 우리 금위군들과 맨손으로 싸울 것을 명한다. 어떤 무기를 써서도 안 되고 양측이 오직 맨손으로 싸워야 한다. 어때 할 수 있겠느냐?"

"예."

일우는 간단명료하게 대답했다.

그러자 이세민이 단표층에게 손짓을 했고 잠시 뒤 50명의 위풍
당당한 금위군들이 갑옷과 투구 및 모든 병장기를 버리고 누런 수련
복을 입고 앞마당으로 몰려 나왔다. 일우와 그들은 이세민을 향해 두
손을 모아 읍한 후에 비무를 시작했다.

그들은 온갖 권법의 달인들로 소림권을 비롯하여 알 수도 없는
별의 별 권법과 족법을 구사하며 일우를 한꺼번에 삼킬 듯이 달려들
었다. 그러나 그림자처럼 차갑게 서있는 일우 근처에 오는 사람은 모
두 일우의 수박과 택견 한 방씩에 의해 삽시간에 20명이 그 자리에
쓰러졌다. 일우의 수박과 택견은 내공과 어울려 대단히 강력하였는데
불필요한 동작을 최대한 억제하고 상대가 공격권 내에 들어오면 두
손과 두 발을 전광석화같이 휘둘러 상대의 급소를 가격하였다.

그러자 나머지 30명 중 15명이 금나술[26)]을 통해 일우를 사로잡
으려고 한꺼번에 그에게 덤벼들었다. 그러나 일우는 공중으로 솟구치
면서 그들의 손과 발을 피해 정권(正拳)의 연속동작으로 그들의 백회
혈들을 가격하여 일시에 8명이 쓰러졌다. 그러자 나머지 7명이 괴성
을 지르며 요란스럽게 달려들었지만 물처럼 조용히 서있는 일우에게
단 한 방씩 급소를 맞고 모두들 나자빠졌다.

이제 남은 15명은 일우를 향해 마치 학익진을 구성한 것처럼 몰

---

26) 18반 무예에 나오는데 상대의 몸을 잡아채는 수법이다. 합기도와 유
　　도 등에 잘 발달되어 있으나 원래 소림사의 금나술 또한 유명하다.

려들어왔다. 그러나 일우의 손과 발이 얼마나 빠른지 그들은 일우의 몸 근처에 채 다가오지도 못하고 모두 일우에게 급소를 맞고 전원이 한 번에 다 나자빠졌다.

50명을 가볍게 쓰러뜨린 일우가 이세민을 향해 읍하자 이세민과 황족들 및 금위군 등은 너무도 기가 막혀 어이가 없었다. 그들은 자신들이 그간 천하제일의 군대라고 자부해온 금위군들의 무술 실력이 형편없는 것임을 느끼고 마음속으로 창피함을 느끼고 있었다. 이윽고 이세민이 일우에게 말했다.

"잘 싸웠다. 이번에는 네 검술 솜씨를 좀 보자. 여봐라, 여기 선우 무사의 검을 가져다주고 금위군 최강의 검사들 50명이 완전 무장하고 나와 실력을 겨루도록 하라."

이세민의 명령이 떨어지자마자 곧 황금색 갑옷과 투구로 무장한 금위군 50명이 마당으로 들어섰다. 그리고 일우의 검이 그에게 다시 주어졌다. 50명의 금위군 병사들은 이번에는 자신들이 반드시 이긴다는 확신을 가지고 팔궁구금검진(八宮九禁劍陣)을 펼쳤다. 이 검진은 이세민 자신이 개발한 것인데 8진도와 9금법을 종합하여 아무리 강력한 적도 도무지 빠져나갈 수 없게 만든 검진의 절기였다.

그들이 휴(休), 생(生), 상(傷), 두(杜), 경(警), 개(開), 경(景), 사(死) 등의 8개의 문(門)에 각각 4명을 두고, 18명이 구금지역을 설치해서 총 50명이 일사불란하게 공격과 수비를 겸함으로써 적이 도저히 빠져나갈 수 없도록 만들었다. 그들이 검진을 펼치자 매우 신비한 분위기가 형성되었는데 일우는 그들의 검진을 이미 다 읽고 있어서 별로 두려움을 느끼지 않았다.

    그를 중심으로 검진이 설치되자 구금지역의 군사들이 마치 용처럼 같이 움직이며 그를 향해 공격해들어 왔다. 일우는 그들을 향해 벽력같이 무극신검 1, 2식을 구사하며 다섯 사람의 급소인 등 뒤 명문혈을 검 등으로 슬쩍 가격하여 기절시켜 버렸다. 그러자 다시 나머지 13명이 마치 구금을 개설할 것처럼 그를 안에 가두고자 일시에 검으로 공격해왔다. 일우는 이번에는 다시 공중으로 몸을 날리며 무극신검 3식에서 나오는 강한 검기를 그들의 가슴으로 날려 보냈다. 그러자 13명이 그의 검기를 이기지 못하고 그 자리에 쓰러졌다.

    그러자 이제 8궁의 생문을 향해 일우가 검을 휘두르며 나갔다. 그러자 각 궁을 구성하던 군사들이 그를 찔러왔고 그는 그 군사들을 칼등으로 모두 백회혈을 슬쩍 쳐서 쓰러뜨리며 나가고 있었다. 그는 사(死)궁의 군사들을 다 쓰러뜨리고 나자 이번에는 상(傷)궁의 군사들을 향하여 검을 휘둘러 3명 모두가 그의 검기에 쓰러지도록 만들었다. 그는 다음에는 경(驚)궁, 두(杜)궁, 휴(休)궁, 경(景)궁, 개(開)궁의 모든 군사들을 차례차례 다 쓰러뜨렸다.

    이제 마지막 남은 생(生)궁을 향해 일우는 몸을 비호처럼 날려 3명의 군사들을 공격했다. 하지만 이 3명의 군사는 무공이 너무도 고강하여 도무지 일우의 공격에 꼼짝을 하지 않았다. 되레 그들 3인은 합공으로 일우의 검을 무력화시키고 있었다. 한 명 한 명이 당나라 최고의 검객들 같았다. 일우는 3명의 합공을 받자 한 사람씩 따로 떼어내어 합공을 파하여야 한다는 판단을 하였다.

    그는 하늘로 몸을 5장정도 솟구친 후 몸을 완전히 180도 꺾으면서 입으로는 주문을 외우며 칼을 세 사람에게 날렸다. 일우의 칼이

세 사람의 치명적인 급소를 공격하자 세 사람은 아무리 합공을 해도 그 칼을 저지할 수가 없었다. 너무나도 검기가 강해 도무지 막으려 해도 그들이 치명타를 입을 수밖에 없기 때문이었다.

이제 세 사람은 각자 분산하여 칼을 막을 길 밖에 없었다. 그러나 일우의 칼이 갑자기 방향을 바꾸며 세 사람의 급소인 인중혈을 노리자 그들은 공중으로 몸을 3장 정도 솟구치면서 그 칼을 피할 수밖에 없었다. 그러나 합공이 깨진 그들 한 사람 한 사람은 도무지 일우의 적수가 될 수 없었다. 일우는 전광석화같이 검을 다시 잡고 공중을 날아오르며 세 사람의 등 뒤 명문혈을 칼등으로 후려쳐서 모두가 졸지에 땅에 쓰러지게 만들었다.

일우가 검을 거꾸로 잡고 이세민에게 읍을 하자 이세민은 너무도 놀란 눈으로 일우를 바라보았다. 그리고는 그에게 물었다.

"네가 마지막으로 구사한 검법이 어검술이었더냐?"

"예, 그러하옵니다."

일우가 간단히 대답하자 이세민은 기가 질렸다. 전설 속에서나 나오는 어검술을 20대 청년이 구사하고 있다니 참으로 놀라서 자빠질 지경이었다. 이세민은 점입가경이라고 생각하면서 이제 마지막 남은 비무 즉 100명이 강궁으로 일시에 그를 쏘아 만일 그가 피하면 살려니와 화살을 한 방이라도 피하지 못하면 부득이 죽을 수밖에 없는 수를 쏠까 말까 망설였다.

그가 비록 어검술을 쓰는 검선의 경지에 있다 하나 100명이 일시에 쏴대는 강궁을 어찌 사람이 피할 수 있겠는가 하고 생각하니 이 동이의 젊은 무사가 너무 안 되었다는 생각이 들었다. 하지만 한편 고구려 정벌전에서 저 자가 고구려군을 이끌고 앞장선다는 생각을 하면 참으로 결과는 끔찍했다. 차라리 이 기회에 비무를 빙자해서 죽여 버리는 것도 좋을 듯 했다. 하지만 이세민은 갑자기 늙은 이정의 얼굴이 떠올랐다.

사윗감이 비무 도중 죽었다고 나에게 반심을 품지는 않겠지? 그래, 네가 살려면 이번 공격을 이기는 것이고 네가 죽는다 해도 네 운세가 나쁜 것이니 그리 알라.

이렇게 생각한 이세민은 조용히 단표충에게 손짓을 했다. 마지막 비무를 준비하라는 신호였다. 그러자 삽시간에 사방 300장이나 되는 절 앞마당의 둘레를 황제의 보좌가 있는 쪽만 제외하고 삼면에서 궁수들이 화살을 장전한 강궁을 일우에게 겨냥했다. 그러자 매향과 고천파, 유가휘 등은 안색이 창백해졌는데 정고는 웬일인지 눈을 감고 조용히 서 있었다. 이때 이세민이 우렁차게 말했다.

"궁수들은 단 한 방의 화살만 저기 선우무사를 향하여 쏴야 한다. 만일 선우무사가 너희 100명이 일시에 쏘는 화살에도 아무 해를 안 입는다면 오늘의 비무는 완전히 선우 무사가 승리하는 것이다. 알겠느냐?"

그러자 모든 궁수들이 우렁차게 *예!* 하고 대답했다. 1대 100의 이상한 결투인 것이다. 그것도 활과 검의 대결인 것이다. 그 자리에 모인 대부분의 황족들과 금위군들은 이번에는 선우일우가 어쩔 수 없이 죽게 될 것이라고 확신하고 참 희대의 무사가 아깝게 죽게 되었다고 속으로 일우를 동정하고 있었다.

일우는 오른 손으로 잡은 검을 하늘로 향한 채 두 눈을 부릅뜨고 있었다. 그러자 당태종의 결연한 명령이 떨어졌다.

"쏴라!"

즉시 100명의 궁수들은 일우를 향하여 강궁의 시위를 일시에 당겼다. 일우를 향하여 100발의 화살들이 새까맣게 덮쳐왔다. 화살의 속력은 빛과 소리보다는 느리겠지만 이 세상 어떤 것보다 빠를 것이다. 순간 당태종과 모든 황족들 및 금위군들 그리고 매향, 고천파, 유가휘 등과 그곳에 모인 모든 중들 및 도사들의 두 눈의 동공은 엄청나게 확대되더니 다시 줄어들 줄을 몰랐다.

100발의 금빛 화살이 일우의 몸에 닿으려는 찰나 일우는 검을 들고 하늘로 치솟았는데 하늘에서 화살들을 향해 칼을 던진 후 어검술로 조정하여 100여발의 화살을 모두 순식간에 반 토막을 내고 말았다. 그가 조용히 땅에 착지하자 황제를 비롯한 그곳에 있던 모든 사람들이 자리에서 벌떡 일어나 이 희대의 무공 고수에게 최대한의 경의를 표하여 우레와 같은 박수갈채를 보냈다.

이세민은 비록 장래 적이 될지 모르는 일우에게 진심으로 반했다. 그는 이정이 정말 사윗감 하나는 제대로 골랐다고 부러워하였다. 그날 이세민은 일우를 매우 칭찬하면서 자신이 쓰던 황금색 활과 전통(箭筒) 및 화살 100발을 하사하였고, 매향과 일우의 결혼을 진심으로 축하하며 결혼 후 중원에서 살면서 자신을 도와줄 수 없겠냐고 은근히 물었다.

그러나 일우는 성은은 망극하지만 자신은 볼 일을 마치고 조국으로 돌아가야만 한다고 정중하게 말했다. 이세민은 그날 일우 일행에게 최대한의 성의를 가지고 즐거운 주연을 베풀어주었다. 하지만 일우 일행은 가시방석에 앉아 있는 기분으로 한시라도 빨리 주연이 끝나기를 기다렸는데 그날 주연은 밤 자시 직전에야 끝났다.

그날 밤 다섯 사람은 용궁을 갔다 온 토끼 같은 심정이 되어 자신들의 숙소인 태을무극도관으로 돌아와서 몹시 피곤한 상태로 잠자리에 들었다. 그런데 일우가 막 잠에 빠져 들어가려고 할 때인 축시(밤1시-3시) 중반 경에 검은 복면과 검은 옷으로 휘감은 자객들 다섯 명이 일우의 방으로 살금살금 접근했다.

그들은 막 잠이 든 일우의 방문을 슬며시 열고 들어왔다. 그들이 막 일우의 목을 향해 칼을 들고 찌르려는 순간 뒤에서 매향이 매화점창(梅花點暢)의 수법으로 그들의 어깨를 동시에 칼로 후려쳤고 일우는 순간 잠에서 깨어났다.

하지만 이 순간 자객 하나가 자신의 어깨에 칼을 맞으면서도 일우의 목을 칼로 찌르려고 했다. 일우는 그 자의 칼을 오른 손으로 후려쳐서 반 토막을 내어버렸다. 그러자 네 자객이 피를 흘리면서도 한꺼번에 그를 공격하기 시작했고 뒤에서는 매향이 그들에게 검을 휘두르며 달려들었다. 그들의 검 한 수 한 수는 모두가 실수로서 매우 무서웠다.

이윽고 매향의 공격으로 인해 일우가 자리에서 일어나며 자신의 검을 뽑아 다섯 자객을 향해 초절정의 검기를 발산했다. 그러자 그들은 순간 입으로 피를 토하며 뒤로 후퇴하기 시작했다. 잠시 뒤 정고와 유가휘가 나타났고 자객들은 그들과 칼싸움을 몇 합 겨룬 후 뒷걸음질을 치더니 방을 나가 담을 넘어 사라져 버렸다.

곧 고천파마저 나타났다. 다섯 사람은 자객들을 보낸 자가 누구일까 하고 생각했지만 도무지 누구인지를 알만한 단서가 남아 있지 않았다. 고천파는 우선 당황제가 미래 고구려 정벌의 암초가 될까봐 일우의 절륜한 무공에 질려 제거하려고 자객을 보낼 가능성을 제기했다.

하지만 매향은 황제 이세민은 결코 인재를 그렇게 비겁하게 죽일 사람은 아니라고 반박했다. 그러자 이번에는 신중하게 장고를 하던 정고가 아무래도 신라의 김유신이 이곳까지 손을 뻗친 것 같다는 의견을 제시했다. 종남산에는 워낙 신라에서 온 승려들과 도사들이 많으니 오늘 일우의 비무를 지켜 본 신라의 간자가 일우를 해치려고 자객을 보낸 것 같다는 의견을 말했다. 매우 그럴 듯한 의견이라고 모두들 생각을 했다.

그들은 그날 밤을 뜬 눈으로 지새우며 앞으로 일우의 안전문제를 어떻게 할 것인지 깊이 토론을 하였다. 한참의 토론 끝에 당분간은 네 명이 번갈아가며 일우의 방 앞에서 보초를 서기로 하였다. 일우는 그럴 필요가 없다고 완강히 반대했지만 매향은 태을진인 왕진필이 얼마나 무서운 고수인지를 이야기하며 일우가 만일 지금처럼 제대로 잠을 자지 못한다면 체력 싸움에서부터 그에게 지는 것이므로 일행의 결정을 따르라고 충고하였고 정고와 일행 모두가 그렇게 할 것을 권함으로써 일우는 당분간 그들의 결정대로 따르기로 했다.

제16장   종남산 태을진인 왕진필과의 비무

장손 황후의 회복을 위한 이박 삼일간의 거대한 불사가 끝나자 황제 이세민과 그 일행들은 장안성으로 돌아갔고 매향과 일우는 종남산 스님들 및 도사들과 함께 서서 황궁으로 돌아가는 황제를 공손히 배웅한 후 다시 도관의 숙소로 돌아왔다.

그날 그들이 숙소에서 쉬고 있을 때 오후 늦게 행정실 담당인 그 말라깽이 도사에게서 전갈이 왔는데 내일 오전 진시(오전 7시-9시) 시작과 동시에 도관 앞마당에서 태을무극검진이 펼쳐질 것이므로 준비를 하고 있으라는 것이다.

일우 일행은 모여서 매향에게 태을무극검진에 대한 자세한 격파 원리를 듣고 실전 연습을 했다. 하지만 막상 비무는 현실에 부딪히면 훨씬 더 생사기로에 서는 것이 보통이라 다섯 사람은 모여서 각자가 믿는 신에게 이번 비무가 무사히 일우의 승리로 끝나게 해줄 것을 기원하였다.

일우는 그날 밤 자신의 방에 고요히 앉아서 정신을 통일한 채 내일의 비무를 준비하였다. 그는 지금 아무런 생각도 없이 그동안 청려선방에서 배운 각종 검진을 돌파하는 비술을 머릿속으로 다시 정리하며 운기조식을 하고 있었다.

그때 매향이 방문을 두드렸다. 그녀가 보초를 서야 할 시간이라 온 것 같았다. 일우는 호흡을 멈추고 손발을 편안한 상태로 푼 후 방문을 열고 매향을 맞이하였다.

"몸의 상태는 좀 어떠세요?"

매향은 많이 걱정스러운 표정이었다. 그런데 그녀가 방 안으로 들어서자 향긋한 내음이 일우의 후각을 자극했다. 하지만 일우는 순간 마음을 다 잡았다.

"최적의 상태입니다. 헌데 문제는 그렇게 강력한 태을무극검진을 돌파하려다 보면 인명이 많이 살상될 터인데 어떻게 해야 할지 모르겠어요. 중원 제 문파들의 비무가 이렇게 실전처럼 살벌한가요?"

일우는 마음속으로 근심 걱정을 해왔던 이 문제를 매향에게 솔직하게 물어보았다.

"비무를 하다 보면 죽는 것은 다반사입니다. 그렇다고 관(官)에서 비무 도중 사람이 죽는 문제까지 개입하지는 않습니다. 또 정정당당한 비무 결과에 대해 어떤 문파나 개인도 시비를 걸지는 않습니다. 그것이 강호 세계의 원칙이지요. 왜 그들이 많이 살상될까 봐 걱정이 되세요?"

매향은 인명 살상 문제에 대해 별로 신경을 쓰는 눈치가 아니었다. 그녀는 어려서부터 아버지를 통해 강호 무림의 살벌함과 잔혹함에 대해 귀가 따갑도록 들어왔기 때문에 내일 설령 일우가 태을무극검진을 펼칠 31명을 다 죽인다 해도 별로 신경을 쓸 일이 아니라고 생각했다. 그냥 비무를 하면 될 터인데 도장(道長)이라는 자가 애꿎은 제자들을 희생시키는 짓을 하기 때문이라고 그녀는 생각하고 있었다.

"그렇습니다. 일대일 대결은 상해봤자 한 사람이고 또 위중한 상태에서는 승부가 난 이상 공격을 멈출 수 있지만 내일 그 31명이 태을무극 도관의 최고수들이라면 저도 전력을 기울일 수밖에 없고 그렇다보면 무극신검 전 초식을 다 구사해야 하는데 결국 31명 전원이 일시에 몰살될 수도 있습니다. 참 애꿎은 사람들만 희생되는 것이고 그 유족들에게는 정말 가슴 아픈 일이지요."

일우는 이렇게 말하며 가슴이 아픈 듯 눈시울이 붉어졌다.

"홋홋, 선우 대협은 참 너무도 인간적이시군요. 그리고 마치 내일 검진은 분명히 격파되리라고 확신을 하시는군요. 하지만 방심은 금물입니다. 제가 들은 바로는 그 검진을 통과한다는 것은 바로 중원 무학의 최고봉에 섰다는 뜻이기 때문이지요. 그래서 지난 15년간 태을진인 왕진필에게 도전한 사람이 겨우 30여명이었지만 모두들 실패했지요."

매향은 일우의 너무도 부드럽고 착한 마음에 감동이 왔지만 한편은 사내대장부로서 어찌 저리 유약할까 생각하니 참으로 그가 귀엽기도 했다. 그녀는 얼굴에 함빡 웃음을 머금으며 일우를 그윽한 눈초리로 바라보았다. 일우는 그녀와 눈이 마주치자 얼른 눈을 내리깔았다.

"선우 대협, 내일은 정말 야수같이 무서운 심정을 가지고 누구에게도 일말의 동정을 베푸시면 안 돼요. 이 태을무극 도관의 도사들은 악독하기로 강호에 소문이 난 자들이니까 절대 손에 인정을 두어서는 안 됩니다. 그러니 내일 비무 중 필요하다 싶으면 그 무시무시한 무극신검 초식을 전부 발휘하여 한꺼번에 그들을 쓸어버리세요. 절대 인정을 두시면 바로 죽음일 뿐이니 명심하세요. 왕진필은 겉으로는 군자요, 신선이지만 냉혹하기가 지옥사자보다 더한 인물이라는 점을 명심하세요. 아시겠죠?"

일우보다 한 살 어린 매향은 마치 자신이 일우를 가르치고 보호하는 누나 같다는 생각이 들었다. 그녀가 생각할 때 저런 순둥이가 어떻게 천하제일의 무공을 익혔을까 생각하니 참 이상했다.

일우는 매향에게서 나는 향기 때문에 자꾸 정신이 아득해지는 것 같아 몹시 괴로워졌다. 그는 아무래도 안 되겠다 싶어 그녀에게 밖으로 나가 산보를 좀 하자고 말했다. 그녀는 좋다고 하면서 그를 따라 나섰다. 두 사람은 도관 밖으로 나가 종남산 중턱의 산길을 따라 천천히 거닐기 시작했다. 이제 보름달이 하현달로 진행하면서 달은 이미 조금 기울어 있었다. 하지만 그래도 달빛은 교교하게 종남산을 비추고 있었다.

사실 일우는 앞으로 매향을 어떻게 대해야 할지 마음속으로 참 걱정이었다. 점점 더 여자로서 보이기 시작하는 그녀가 일우에게는 큰 부담이었다. 처음에는 그저 누이동생같이 생각하려고 했으나 날이 가면 갈수록 아름답고 총명하며 용감한, 게다가 순수하면서도 매사에 적극적인 그녀에게 마음이 몹시 끌리고 있는 그였다. 그렇다고 고국에 있는 두 아내를 놔두고 그녀와 또 결혼은 할 수 없고 일우는 점점 그녀에게 빠져 들어가는 자신을 탓하며 마음속으로 고민을 하고 있었다.

일우는 산 중턱의 바위 위에 걸터앉았다. 매향이 그의 옆에 조용히 가서 앉았다. 두 사람은 말없이 둥근 달을 바라보았다. 그가 말이 없자 매향은 금방 그의 마음의 흐름을 읽었다. 하지만 그녀는 그의 마음이 자신으로 인해 평정이 깨지는 것을 원치 않았다. 무사에게 있어 마음의 평정이 깨지는 것은 곧 죽음이었기 때문이었다.

"왜 말씀이 없으세요?"

그녀가 직설적으로 일우에게 물었다.

"우리 평생 변치 않을 사이가 되면 안 될까요?"

일우는 애써 그녀의 얼굴을 외면한 채 이렇게 물었다. 매향은 그가 무슨 말을 하는지 막연하게나마 짐작할 수 있었다. 결혼은 할 수 없으니 의남매가 되자는 소리인 것 같았다. 하지만 평생 사랑하는 남자를 남자로서 생각해서는 안 되고 오직 그의 누이동생으로서 그를 사모하며 살아야 한다는 것이 얼마나 힘든 일일지 그녀는 짐작하고 있었다.

그녀는 바위에서 일어나 산등성 위를 천천히 걸어갔다.

차라리 지금 그에게 사랑한다고 고백할까? 이제 지금이 아니면 영원히 사랑을 고백할 기회가 없을 지도 모른다. 그는 이제 마음속에서 나에 대해 여자로서 느껴지기 시작하니까 고국의 아내들에게 매우 부담이 되는 것이다. 그렇다고 혼인하여 중원에서 머무르자고 할 수도 없고 아, 어찌해야 하나?

그녀가 말없이 계속 산속으로 들어가자 일우는 안 되겠다 싶어서 얼른 자리에서 일어나 그녀를 따라갔다. 그러나 그녀가 어디로 갔는지 도무지 보이지를 않았다. 일우는 이보법을 동원하여 영안(靈眼)으로 그녀의 행방을 쫓았다. 잠시 뒤 그의 앞에 조그만 암사슴이 지나가는 것이 보였다.

　일우는 그것이 그녀가 기문둔갑법으로 변신한 것임을 즉각 알아 챘다. 그는 즉시 주문을 외워 수사슴으로 변신했다. 그는 앞에서 전 속력으로 달려가는 암사슴을 쫓아갔다. 그가 전력을 다해 쫓아가자 곧 암사슴을 따라 잡았다. 그러나 암사슴은 자꾸 그를 피하였다. 그 는 암사슴에게 그만 마음을 풀라고 사슴들만의 언어로 말했다. 그러 자 암사슴은 뒤를 돌아보며 다시는 그를 만나고 싶지 않다고 토라지 는 모습을 보였다. 그는 다시는 아까와 같은 소리를 하지 않겠다고 싹싹 빌었다. 그때서야 암사슴은 다시 갑자기 변신하여 매향의 모습 으로 변했다. 순간 일우도 얼른 원래의 모습으로 변신하였다.

　매향은 아무 말도 없이 산을 내려와 자신의 숙소로 들어가 버렸 고 일우는 머쓱해서 그런 그녀의 뒷모습을 바라보고 있었다. 그날 밤 매향은 다시는 일우의 방 근처에 얼씬도 하지 않았고 고천파, 정고, 유가휘 세 사람이 번갈아가며 일우의 방 앞에서 일우가 곤히 잠자는 동안 그를 지키었다.

　다음날 태을무극도관 연무장에서 일우를 위해 태을무극검진이 펼쳐졌다. 31명이 직경 약 50장(약 150m)의 원을 구성하면서 검진을 펼쳤다. 일우가 그 원의 정 가운데 서있는 도사 한 사람과 마주보고 섰다. 일우는 연무장 지휘석에 앉아 있는 족히 100명은 넘을 듯한 남 녀도사들과 매향 그리고 고천파 일행을 한번 힐끗 바라 본 후 무념 무상의 심정으로 자신의 검을 뽑았다.

　이윽고 비무 개시를 알리는 징소리가 연무장에 울려 퍼졌다. 그 러자 정 가운데 서있는 키가 장승만한 도사가 검무를 추듯이 부드러운 자세로 검을 휘두르며 일우를 공격하기 시작했다. 그의 몸에 장승만한 도사의 검이 닿은 순간 일우는 그 칼을 금강장으로 두 동강 내버리고 그의 명치를 정권으로 가격하여 그를 기절시켜 버렸다. 그러자 다음 남녀 도사가 좌우에서 그의 두 눈을 겨냥하고 날카롭게 일검을 가했다. 일우는 두 사람의 검을 피하며 다시 좌우 두 손을 펴서 두 사람의 인중을 가격해 기절시켰다.

그러자 이번에는 동서남북 사방에서 장년과 청년 남녀 도사 4명이 일우를 향해 사방장금(四方藏禽)의 검법으로 그를 공격했다. 그들의 검은 상호 보완하며 칙칙한 암묵(暗黙) 같은 검기를 그에게 퍼부어대었다. 일우는 용호승일검 1, 2식을 연속으로 시전하여 엄청난 강기를 그들에게 퍼부었으나 그들은 전혀 요지부동이었다. 특히 장년 도사들의 검법이 하도 독랄하여 도무지 피할 수가 없을 정도였다. 일우는 순간 검을 들고 공중을 한 바퀴 돌며 무극신검 1, 2식을 연속으로 시전했다. 그러자 네 명의 남녀도사들은 약 3장씩을 뒤로 물러났다. 일우는 그들에게 무극신장을 퍼부어대어 그 자리에 쓰러뜨렸다.

이제 8방위의 24명이 남았다. 그들은 일우의 가공할 무공을 보고서도 전혀 요동을 하지 않고 건(乾)방위의 남자도사 3인이 검을 현란하게 휘두르면서 그를 공격하기 시작했다. 그들의 검법은 비룡천삭(飛龍穿削)의 수법이었는데 마치 나르는 용이 산을 뚫고 바위를 잘라내듯이 잔혹하였다.

건방위가 움직이자 이번에는 곤(坤)방위의 여자 3명이 공중을 날아 홍룡섭천(灯龍涉川)의 수법으로 일우의 눈앞을 가려 도무지 앞을 볼 수 없도록 혼란시켰다. 그러자 나머지 여섯 방위의 남녀 도사들이 공중을 날아 일제히 일우를 공격하였는데 순식간에 8방위에서 집중되는 공격은 극히 살벌하여 일우는 잠깐 죽음의 그림자를 느낄 정도였다.

일우는 공중으로 5장을 솟구쳐 그들의 합공을 피한 후 무극신검 4식을 구사하였다. 그는 공중을 빙빙 돌며 칼을 하늘로 향한 채 주문을 외우면서 무상무기(無想無氣)의 상태로 들어갔다. 그러자 사방 100장이 진공 상태로 변하기 시작하였고 도사들 24명은 자신들의 모든 기가 일우 쪽으로 마치 회오리바람처럼 빨려 들어가고 있음을 깨달았다. 그러나 이미 시간은 늦었고 그들은 모두 내장에 중상을 입고 피를 토하며 한 사람씩 쓰러져 나가기 시작했다.

비록 한 사람도 죽은 사람은 없었지만 31명 전원이 모두 중상을 입은 상태로 태을무극검진은 돌파되었다. 도사 일행은 일우의 엄청난 무공에 경악하여 한동안 멍한 상태로 가만히 있었다. 매향과 고천파 일행은 당연한 결과를 예상했지만 다행이 한 사람도 죽지 않아 매우 흡족하였다.

그러자 도관에서 왕진필의 시중을 들고 있는 도사가 일우 일행을 왕진필이 거주하는 장원으로 안내하였다. 그는 일우를 제외한 나머지 사람들은 일우가 8진도를 지나 병장기 숲과 암기 숲 그리고 극독물 지대를 통과할 때까지는 장원 입구에 있는 대기실에서 기다려야 한다고 말했다. 그가 안전하게 왕진필 앞에 도착한 후에 그로부터 대기실까지 연결된 종을 통해 비무를 관람할 사람들 모두가 들어오도록 허용이 된다고 말하였다.

그들이 약 500장(약 1.5km)을 걸어 산중턱으로 올라갔을 때 마치 평원처럼 보이는 큰 장원이 나타났다. 그곳 입구에 있는 작은 누각이 대기실이었다. 일우는 매향과 고천파 일행에게 읍하였고 고천파와 유가휘는 일우를 껴안으면서 잘 싸우라고 격려를 하였다. 정고는 마치 사랑하는 아들이 적진으로 떠나는 것과 같은 심정을 느끼며 일우의 등을 쓰다듬어주면서 삼신하느님의 가호가 있기를 빈다고 말하였다. 매향은 그의 두 손을 잡고 힘내라고 격려하고 나서는 절대 방심하지 말라고 신신당부를 하였다. 그는 어젯밤 매향의 마음을 아프게 한 것이 몹시 미안하다고 그녀에게 사과를 하였다. 그러자 그녀는 밝게 웃으면서 그의 두 눈을 바라보며 달달한 사랑의 감정을 드러내보였다.

이윽고 일우가 대기실을 지나 장원 안으로 들어섰다. 장원 입구는 마치 허허벌판 같았는데 큰 돌무덤을 여기 저기 쌓아놓았고 군데군데 잡목과 수풀이 우거져서 매우 이상한 분위기를 풍기고 있었다. 그가 앞을 바라보자 하늘을 가릴 듯한 거대한 나무들이 서있는 것이 보였다. 그는 휴(休), 생(生), 상(傷), 두(杜), 경(警), 개(開), 경(景), 사(死) 등의 8개의 문(門)을 어떻게 설치했나를 유심히 바라보았다.

그러나 그가 청려선방에서 배운 것과 매향을 통해 더욱 자세히 알게 된 8진도와 이곳의 진법은 매우 달랐다. 우선 요소요소에 많은 함정을 설치한 것 같았다. 일우는 우선 자신이 생문이라고 판단한 한 문으로 들어섰다. 그러자 갑자기 발밑이 무너지며 몸이 밑으로 자꾸 빨려 들어갔다. 일종의 수렁인 것 같았다.

일우는 몸을 날려 공중으로 치솟으며 *휴!* 하고 한숨을 내쉬었다. 그는 이 문이 아마 상(傷)문인 것 같다고 생각했다. 그는 다시 생(生)문이라고 생각되는 문으로 발을 들여놓았다. 그러자 그 사방 100장

(약 300m) 정도의 주위가 마치 지진을 일으킨 듯 *꽝!* 소리를 내며 졸지에 무너져 내렸다. 일우는 땅속으로 빠지기 전에 얼른 공중으로 몸을 날려 백장 바깥으로 화살처럼 튀어나갔다. 일우는 이 문은 사(死)문인 것이 분명하다고 생각했다.

일우는 도저히 안 되겠다 생각하고 이보법을 써서 태을주를 외우며 정신을 통일하기 시작했다. 그리고 영안으로 나머지 여섯 개의 문을 세밀하게 살폈다. 그러자 각각의 문의 내밀하게 숨겨진 은폐물과 생사의 지경이 눈에 다가왔다. 그는 몸을 날려 생(生)문으로 들어갔다.

그 문을 들어서자 앞에 지극히 아름다운 장원의 모습이 멀리 앞에 보였다. 일우는 드디어 8진도를 통과한 것이다. 그러나 지금부터는 병장기 숲과 암기 숲 그리고 독극물 지대를 통과하여야 한다. 그는 정신을 집중하여 주위를 살피면서 한 걸음 한 걸음 나아갔다.

그런데 그가 막 장원으로 가는 길에 있는 거대한 대나무 숲을 들어서는 순간 이상한 살기를 느꼈다. 즉시 수백 발의 대나무 비수가 그를 향해 날아왔고 그는 칼을 휘두르며 공중으로 5장이나 치솟았다. 그러자 이번에는 하늘로부터 거대한 쇠그물이 그를 덮쳐왔다.

일우는 쇠그물을 피해 다시 거대한 대나무 숲 위를 약 100장 정도를 날아서 울창한 삼림 속으로 들어섰다. 그가 초긴장 상태로 삼림 속으로 들어서자마자 거목들이 쓰러지면서 그를 덮쳐왔다. 일우는 그 거목들을 피하여 공중으로 날아서 거목들을 향해 날아갔다. 그러자 그 거목들 속에서 날카로운 손바닥만한 비수들 약 수백여 개가 일시에 그를 향해 날아왔다. 다시 공중으로 날아 비수들을 피한 그는 부득이 삼림 속을 경공술로 나르기 시작했다.

그는 잠시 뒤 거목이 빽빽한 삼림을 지나 아름다운 화원으로 들어섰는데 온갖 종류의 매화와 난초 그리고 국화가 만발하고 있었다. 일우는 이곳이 분명 암기 숲일 것이라고 짐작했다. 그는 화원을 지나며 신경을 곤두세우고 있었는데 그가 매화꽃들 사이로 걸어갔을 때 갑자기 은빛 비늘 같은 암기 수천 발이 그를 향해 날아왔다. 그는 극성의 방탄지기와 내공을 총동원하면서 검을 휘둘러 그 비늘같은 암기들을 다 물리쳤다.

그런 후 그가 이번에는 난초 숲을 걸어갔을 때 파리만한 작은 독충들 수만 마리가 일시에 그를 공격하기 시작하였다. 일우는 강력한 내공을 검에 실어 엄청난 검기를 독충들에게 날려보냈다. 그러나 독충들은 수백 마리씩 악착같이 그를 공격하였고 일우는 수십 겹의 검풍을 일으켜서 그 독충들을 제거하면서 앞으로 나아갔다.

이윽고 그가 난초 숲을 나와 국화 숲에 왔을 때 그는 순간 초절정의 독향(毒香)을 느끼고 이감지식(離感止息)의 비법을 써서 즉각 모든 감각 기관의 작용을 멈추었다. 그리고 영대신력(靈代身力)의 비법으로 그 국화 숲을 통과하였다. 만일 그 숲에서 조금이라도 감각 기관이 작동되면 바로 최악의 독에 중독되어 죽음을 맞이할 뿐임을 그는 잘 알고 있었다.

그가 국화 숲을 나오자 그 앞에는 폭이 약 100장(약 300m) 정도의 독천(毒川)이 흐르고 있었다. 그 독천에서는 온갖 극렬한 독성을 갖춘 연기와 냄새가 그득했는데 그 독천에 떨어져서 죽은 수많은 사람들의 시체와 짐승들 및 조류들의 새까맣게 변한 해골들과 뼈들이 여기저기 널려 있어서 마치 지옥도를 방불케 하였다.

그런데 그 독천에서 약 5장(약 15m) 위에는 간신히 한 사람이 다닐 만한 삼나무 동아줄로 만든 다리가 있었는데 휘청휘청 거려 일견 보기에도 매우 위험해보였다. 만일 그 다리에서 떨어지면 이미 죽은 사람들이나 짐승들 꼴이 될 것이 틀림없었다.

하지만 문제는 그 외줄 다리위에도 지독한 독성이 올라오고 있다는 것이었다. 이곳까지 와서 그 무시무시한 독천을 바라보니 일우는 왜 매향이 왕진필에게 조금도 인정을 보여서는 안 된다고 말했는지 그 이유를 알 것 같았다. 겉으로는 신선이요 군자인 왕진필의 내면은 마치 피를 갈구하는 지옥의 야차 같은 모습이 존재하고 있음이 분명했다.

일우는 다시 이감지식(離感止息)의 비법을 써서 즉각 모든 감각기관의 작용을 멈춘 후 영대신력(靈代身力)의 비법으로 그 외줄 다리 위를 천천히 걸어 나갔다. 그가 약 3분지 1쯤 왔을 때 마침 맹렬한 강풍이 불어 다리가 휘청거리기 시작하더니 마구 흔들리기 시작했다. 분명히 조금 전까지 멀쩡하던 날씨였는데 다리 위에만 강풍이 불어오는 게 매우 이상했다.

그 순간 그는 다리에서 떨어졌다. 하지만 즉시 몸을 솟구쳐 다리를 손으로 간신히 잡은 후 다시 다리 위로 올라왔다. 다리 위에 올라온 그는 극심한 강풍 때문에 도저히 다리를 건널 수 없게 되자 공중으로 몸을 솟구쳐서 이영비신(以靈飛身)의 비법으로 다리 건너를 향해 몸을 전속력으로 날렸다.

그러자 촌각도 안 되는 사이에 그는 독천을 건너 태을진인 왕진필이 거처하는 태을선각(太乙仙閣) 정문 앞에 섰다. 그가 정문을 두드리자 갑자기 정문이 바람에 휘날리듯 확 열렸다. 정문에서 약 30장 정도 되는 거리의 정면 앞에 신전(神殿)이 있었는데 그 안에는 선풍도골의 모습을 한 키가 늘씬한 30대초로 보이는 남자가 조용히 앉아 칠현금(七絃琴)을 켜고 있었다.

그 칠현금에서 나오는 소리는 절륜의 내공을 담은 태을금음신공(太乙琴音神功)이었는데 만일 일우의 내공이 절륜하지 못했다면 그 자리에서 피를 토하고 쓰러질 것이 분명했다. 일우는 자신의 품속에서 꺼낸 통소를 초절정의 내공을 동원하여 불어대었다. 양 소리가 부딪치자 엄청난 내공의 강기들이 서로 부딪치며 태을선각 안에 있는 방들의 모든 문들을 흔들흔들하게 만들었다.

잠시 뒤 왕진필이 칠현금 연주를 중단했고 일우 또한 통소 부는 것을 중지했다. 그러자 왕진필이 자리에서 일어나 점잖게 일우에게 읍하더니 부드럽게 말하였다.

"동이의 먼 곳에서 이렇게 본좌와 비무를 위해 왕림해주심을 감사하는 바이오. 무슨 사연으로 본좌와 비무를 하고자 하는지 알려주시면 고맙겠소이다."

"천하비무 중 도장께서 중원에서 최고수 중의 하나라 비무를 신청하였소이다."

일우는 그간 그와 비무를 위해 온갖 무시무시한 관문을 지나온 것에 매우 불쾌함을 느끼고 있어서 그에게 다소 무례한 투로 말했다. 그러자 왕진필은 일우 쪽을 향해 다시 읍을 하더니 젊잖게 말했다.

"그런 사유라면 젊은 대협께서 헛수고를 하신 것 같소이다. 어찌

하나밖에 없는 목숨을 초개와 같이 여기고 비무에 임하시었소이까? 차라리 여기서 그만 두고 지금이라도 그냥 돌아가시는 것이 젊은 대협의 장래를 위해 유익할 듯 싶소."

"흥, 도장은 길고 짧은 것은 대봐야 한다는 말을 모른단 말이오 오늘 이후로 도장같이 악랄하게 수많은 사람들을 비무를 핑계로 죽게 만드는 그 못된 습관을 고쳐줄 것이오."

일우는 그의 그 시건방진 말과 태도에서 일말의 적개심을 느꼈다. 그러자 왕진필은 *훗훗!* 하고 일우의 말을 비웃으며 학우선(鶴羽扇)을 들고서는 자리에서 일어났다. 그리고는 일우에게 부드럽게 말했다.

"젊은 대협이 무엇 때문에 내게 화를 내는지 모르겠소이다."

"태을신각 앞에 설치된 독천에서 보이는 숱한 해골들과 뼈다귀들 그리고 그 앞 장원의 숲에 설치된 온갖 독 등과 병장기 및 암기 숲 그리고 살벌한 팔진도 이 모든 것을 도장이 설치해놓고도 그런 소리를 한단 말이요? 참 도장처럼 뻔뻔스러운 사람은 처음 보았소이다."

일우가 이렇게 내뱉자 왕진필은 얼굴에 가득히 미소를 띠면서 말했다.

"그런 이유시라면 우리 함께 나가봅시다. 만일 젊은 대협의 말이 사실이 아니라면 내게 대한 많은 오해를 푸시기 바라오. 자 이제 우리 나가봅시다."

왕진필이 학우선을 들고 일어서자 일우는 일순 긴장하면서 그가 도대체 무슨 말을 하고 있는지 의심이 들었다. 일우는 앞장선 왕진필을 따라 태을선각을 나왔다. 그런데 이게 어찌된 일인지 분명히 그 앞에 있던 독천이 전혀 없는 것이 아닌가? 일우는 환장할 정도로 놀랐다. 그럼 이 자가 그간 도술을 써서 나를 시험했단 말인가?

그들의 앞에는 독천은 전혀 존재하지도 않았고 또 매화 숲과 난초 숲 및 국화 숲 등도 전혀 존재하지 않았다. 그저 평범한 장원이었다. 중간에 있었던 대나무 숲과 울창했던 거목의 삼림들도 전혀 존재하지 않았으며 장원 입구의 8진도 또한 존재하고 있지 않았다. 그렇다면 이제껏 왕진필은 도술을 써서 자신과 비무하고자 하는 사람들을 그저 시험한 것뿐이었던가?

그때서야 일우는 자신이 왕진필에 대해 매향의 말만 듣고 매우 오해하고 있음을 알아챘다. 왕진필과 일우는 온갖 기화요초(琪花瑤草)들과 학들이 살고 있는 무릉도원 같은 장원을 지나 장원 입구의 대기실까지 갔다. 그곳에서 그들은 초조하게 기다리고 있던 매향과 고천과 일행을 만났다. 그들은 두 사람이 다정하게 장원 밖으로 나오자 도무지 영문을 몰라 어리둥절하였다. 그러자 왕진필이 일우 일행에게 점잖게 말했다.

"선우 대협이 이번 비무에서는 승리했소이다. 이미 태을무극검진을 통과했고, 팔진도를 돌파했으며, 병장기 숲과 암기 숲 및 독극물 지대를 지나 태을선각에 들어섰고 이미 나의 태을금음신공을 이겼으니 더 이상 비무가 필요없게 되었소이다. 아마 앞으로 수백 년 동안에는 선우 대협 같은 무공의 고수는 나오기 힘들 것이오. 나는 이미 선계에 들어선 몸이라 속인들과 더 이상 일체의 비무를 할 수 없는 몸이고 선우 대협은 이제 천하제일의 무사로서 검선에 등극할 것이

분명한 즉 금일의 비무는 선우 대협의 승리임을 선언하는 바이오. 제
공들은 내 말을 잘 알아들으시고 이후 천하비무를 성공리에 잘 마치
고 귀국하시기를 고대하는 바이오. 그간의 비무는 참 즐거웠소이다.
잘 들 돌아가시기 바라오."

　이렇게 말하고 나서 왕진필은 일우와 깊은 포옹을 한 후 그와
작별을 하고 매향에게도 허리를 숙여 깊이 읍을 한 후 이정 대장군
에게 안부를 잘 전해달라고 부탁을 하였다. 그는 고천파에게는 영류
태왕에게 안부를 전해달라고 말하며 향후 5-6년간 옥체를 조심하시
고 천하시류를 따르시라는 충고를 주었다. 유가휘에게는 머지않아 좋
은 배우자를 만나 혼인을 할 것이고 크게 출세할 것인데 십년 이내
에 도인의 길을 가야할 것이라고 말해 주었다. 그는 마지막으로 정고
와 깊은 포옹을 하면서 청려선인에게 안부를 전해달라고 신신당부를
하였다. 가끔 선계에서 만나기는 하지만 이렇게 그 분의 직전(直傳)
제자들을 만나게 돼서 매우 반갑다고 하면서 너무 세속의 일로 고생
하지 마시라는 말을 전해달라는 말을 남기었다.

　말을 마친 왕진필은 순식간에 홀연히 사라졌는데 일우 일행은
어안이 벙벙하여 마치 귀신에 홀린 듯이 한참이나 그가 사라진 방향
을 바라보며 망연자실하고 있었다.

제17장   마침내 서로 사랑을 고백하다

태을진인 왕진필이 홀연히 사라진 후 다섯 사람은 잠시 멍하니 서 있다가 이윽고 정신을 차리었다. 그러자 그들은 고천파가 이끄는 대로 태을무극도관으로 일단 내려와서 짐을 꾸렸다. 그리고는 일단 다시 장안성 밖의 이정의 집으로 돌아왔다.

다섯 사람은 비무와 긴장된 기다림으로 인해 몹시 시장했으므로 저녁 식사를 매향과 함께 준비하여 먹은 후 이번 비무 결과에 대해 논의를 시작하였다. 도대체 이번 비무가 일우가 승리한 것인지 아닌지 아니면 아직 태을진인 왕진필과의 비무는 끝나지 않은 것인지를 집중적으로 검토하였다.

고천파는 이번 비무 결과는 무승부인 것 같다는 의견을 말하였다. 유가휘는 아예 승부 자체가 없었던 것이 아닌가 하는 의견을 내놓았다. 그러나 정고는 이번 비무는 일우의 승리하고 주장하였다. 그의 주장은 왕진필이 분명히 직접 나타나서 일우가 태을무극검진을 돌파한 후 팔진도-병장기 숲-암기 숲-독극물 지대 등을 다 통과한 후 태을선각에서 왕진필의 태을금음신공을 이겼으니 이번 비무는 일우가 승리하였다는 것이다.

그러자 일우가 자신이 걱정하는 한 가지 문제를 제기했는데 그 것은 왕진필이 평생을 걸려 완성한 절기인 태을천강신공과 겨뤄보지 못했으니 자신이 그를 완전하게 이겼다고 볼 수는 없는 것이 아니냐 고 조심스럽게 의견을 내놓았다.

그러자 매향은 자신이 고구려 천하비무 인증단의 대표는 아니지 만 참관자로서 의견을 내놓는다면 일우가 이번 비무에서 분명히 승 리했다는 것이다. 왜냐하면 그간 강호에 알려진 바에 의하면 왕진필 이 단 한 번도 비무를 중도에 포기한 적이 없는데 그 이유는 대부분 의 도전자들이 태을선각에 들어가 보지도 못하고 중도에 다 탈락했 기 때문이라는 것이다.

즉 태을선각에 들어가서 왕진필의 태을금음신공을 이겨낸 유일 한 사람이 바로 선우일우인 것이다. 만일 두 사람이 마지막 절기(絶 技)를 가지고 더 싸우면 분명히 두 사람이 다 치명적인 결과를 빚을 수밖에 없을 것이 명백하였다. 그래서 태을진인 왕진필이 더 이상 비 무를 포기하고 자신은 더 이상 속계의 비무와 절연하고 선계에 들어 섰음을 선언한 것이며 일우가 분명히 속계에서는 최강의 고수로서 검선이 될 것임을 인증한 것이다. 그러므로 일우가 부전승을 거둔 것 이 아니라 일우가 속계에서는 최강자임을 왕진필이 인증한 것이다 운운.

그녀의 논리 정연한 말에 고구려 비무인증단은 이번 태을진인 왕진필과의 비무는 일우의 승리임을 인증하였다. 그리고 다음 비무 대상은 일단 당분간 휴식을 취한 뒤에 결정하기로 합의하였다.

그런데 그날 저녁을 먹고 난 뒤 매향이 일우에게 급히 다녀올 곳이 있으니 같이 갔다 오자고 하였다. 일우가 어디냐고 물으니까 우리의 생사가 걸린 문제이니 무조건 함께 가자고 말하였다. 두 사람이 고천파 일행에게 잠시 다녀올 곳이 있다고 말하자 고천파와 유가휘는 두 사람이 둘 만의 오붓한 시간을 보내러가는 것이 아닌가 하고 의심했고 정고는 두 사람이 이정을 만나러 가는 것임을 미루어 짐작했다.

두 사람이 전속력으로 말을 달려 약 반 시진 만에 도착한 곳은 여산 밑의 이정 대장군의 군 막사였다. 그의 군 막사는 호위 군사들이 서너 겹으로 철통같이 둘러쌓고 있었다. 매향과 일우가 도착하였을 때 이정과 그 부인 장저화는 막 저녁을 들고 나서 함께 차를 들고 있던 참이었다. 그들이 아닌 밤중에 도깨비처럼 갑자기 나타나자 이정과 장저화는 기절할 듯이 놀랐다. 두 사람은 이매향과 일우의 안색을 유심히 살폈다. 이정이 우선 매향을 향해 자애롭게 물었다.

"아가, 무슨 일이 있느냐?"

그녀는 갑자기 이정과 장저화 앞에 무릎을 꿇었다. 그리고 울먹이는 목소리로 말했다.

"아버님, 어머님, 소녀가 두 분에게 죽을죄를 지었습니다. 부디 소녀를 죽여주십시오."

일우는 그녀가 흐느끼기 시작하자 당황하여 멍하니 서 있다가 허리를 숙여 그녀를 일으켜 세우려고 했다. 그러나 그녀는 완강히 그의 손길을 거부하면서 계속 흐느껴 울었다. 이정과 장저화는 두 사람을 물끄러미 바라보다가 두 사람 사이에 무슨 중대한 사달이 났음을 짐작했다.

"두 사람 사이에 무슨 일이 있었느냐?"

이정이 더욱 자애롭게 말했는데도 그녀는 계속 울음을 터뜨렸다.

"얘야, 부모가 용서 못할 자식의 죄가 어디 있니? 그러니 그만 울고 자초지종을 이야기해 보려무나."

정저화가 이렇게 매향을 달랬는데도 매향은 땅에 엎드린채 계속 흐느껴 울었다. 이정과 장저화는 답답하여 죽겠다는 표정을 지으며 어쩔 줄 모르고 당황해하고 있는 일우를 쳐다보았다. 곧 이정이 일우를 향해 물었다.

"선우 공은 이 애가 왜 이리 우는지 뭐 알고 있는 게 없소?"

일우는 순간 당황했지만 그녀가 자신과 거짓으로 황제 앞에서 정혼했다고 말한 것 땜에 부모에게 큰 피해가 갈까봐 울고 있다고 생각했다. 일우는 여기서 머뭇거리면 더 두 사람에게 오해가 되고 자신이 더 난처한 입장이 될 것임을 느꼈다. 그는 자신이 결자해지의 입장으로 이 문제를 두 사람에게 말해야 한다고 생각했다. 그래서 일우는 신중한 표정으로 입을 열었다.

"영애께서 지금 우시는 것은 아마 부족한 소생을 지켜 주기 위하여 황제 앞에서 소생과 정혼한 사이라고 거짓으로 아뢴 후 혹시 부모님들께서 황제에게 큰 피해를 입게 되실까 봐 걱정이 되어서 지금 말은 못 하고 우는 것 같습니다."

일우가 이렇게 말하자 매향은 더욱 흐느껴 울며 속으로 혼자 말했다.

흥! 끝까지 나하고 진짜로 정혼한 사이라고 이야기할 생각은 없

군. 나는 저와 일행을 위해서 처녀의 몸으로 황제를 속이면서까지 보호해주었는데 참 끝까지 고국의 아내들 생각뿐이군.

"그게 사실이냐?"

이정과 장저화는 매우 놀라 매향을 향해 날카롭게 물었다.

"……………"

매향은 더욱 흐느껴 울기만 할 뿐이었다. 이제 이정과 장저화는 일우의 말이 사실임을 믿을 수 밖에 없었다.

"대체 무슨 상황이었길래 황상 폐하께 불충하게도 기군망상의 죄를 범했단 말이냐?"

이정이 매향을 향해 다그치듯 묻자 매향은 이정을 올려다보더니 고개를 떨군 채 눈물을 비 오듯이 흘리며 말했다.

"부모님, 이 못난 소녀를 죽여주십시오. 이제 소녀는 두 분 부모님께 얼굴을 들 수 없는 사람이 되었습니다."

이정과 장저화는 망연자실하여 한참이나 멍하니 매향을 바라보았는데 갑자기 장저화가 자리에서 일어나 매향을 향해 다가갔다. 그러더니 그녀는 허리를 구부려 쪼그리고 앉은 채 막사 바닥에 엎드려 울고 있는 매향을 품에 안았다. 그리고는 조용한 목소리로 말했다.

"매향아, 너 여기 선우 공을 마음속으로 연모하고 있구나, 그렇지?"

매향은 아무 말 없이 어머니의 품에서 오열하고 있었다. 일우는 그런 그녀를 바라보며 대체 어떻게 처신하여야할 지를 몰라 고민하고 있었다. 그러자 이정이 일우에게 갑자기 말했다.

"선우 공, 나를 좀 따라 오시오."

이정은 벽에 걸어놓은 칼을 들고 군막을 나갔다. 일우는 큰 죄인이 된 심정으로 그를 따라 나갔다. 이정이 군막을 나서자 호위 군사들이 그를 좌우에서 호위하며 따라갔다. 그러자 이정이 산중턱으로 가더니 털썩 주저앉았다. 그는 호위 군사들에게 10장(약 30m) 밖으로 물러나 있으라고 지시했다. 그러자 호위 군사들이 10장 밖에서 그를 중심으로 좌우로 부채꼴의 형태로 그를 둘러쌌다.

일우가 그의 곁에 천천히 다가가서 섰다. 그러자 이정이 그에게 옆에 와서 앉으라고 부드럽게 말했다. 일우는 이정의 오른 편에 가서 조용히 앉았다. 그러자 이정이 칼을 자기 왼편 땅에다 내려놓고 일우에게 물었다.

"대체 그간 두 사람 사이에 무슨 일이 있었고 또 황상 폐하는 어떻게 해서 만난 것이오?"

일우는 그간 비무를 다니기 시작한 날로부터 이 순간까지 있었던 일 특히 황제 이세민을 만나서 있었던 일을 사실적으로 매우 자세하게 다 말했다. 다만, 자신과 매향 사이에 있었던 연애 감정의 교감만은 밝히지 않았다.

"선우 공은 내 딸을 어떻게 생각하시오?"

그 질문에 일우는 대체 무엇이라고 말을 해야 할지 생각이 나지 않았다. 그는 묵묵히 있다가 무겁게 입을 열었다.

"대장군께 이런 어려움을 드리게 되어 매우 송구스럽습니다. 다 제가 부덕하여 이런 일이 일어난 것 같습니다. 어떤 꾸지람도 달게 받겠습니다."

일우의 말은 다소 겉치레처럼 들렸겠지만 그의 진심이기도 했다.

그러나 이정은 그의 대답에 약간 실망한 듯 차가운 목소리로 일우에게 말했다.

"지금 그런 것을 묻고 있는 것이 아니오. 내 딸에 대한 선우 공의 마음을 물었소이다."

일우는 매우 입장이 난처해졌다. 그녀를 사랑한다고 말할 수도 없고, 그렇다고 둘이 아무런 사이도 아닌데 그저 황제에게 자신을 살리기 위해 매향이 거짓말을 했다고 할 수도 없었다. 그러나 아무리 생각해도 자신은 매향의 아버지에게 매향에 대한 자신의 솔직한 마음을 밝힐 수는 없었다. 자신은 두 아내의 지아비가 아닌가? 일우는 마음을 정리하고 냉정하게 말했다.

"매향 소저는 제게 친누이 동생이나 마찬가지입니다. 두 사람은 오래전부터 알아왔던 사람처럼 서로에 대해 가족 같은 느낌을 처음부터 느껴왔습니다. 그러나 그것이 이성으로서의 감정은 아닙니다. 물론 저를 살리고자 매향 소저가 황제에게 거짓말을 했고 저 또한 살기 위해 황제의 앞에서 둘이서 정혼한 사이라고 거짓말을 했습니다. 그로 인해 발생하는 문제는 제가 모든 책임을 지겠습니다."

일우가 이렇게 말하자 이정은 가슴이 참으로 답답했다. 앞으로 분명히 이로 인해 자신과 집안에 큰 문제가 일어날 수도 있었다. 그러나 보다 큰 문제는 자신의 딸 매향이 황제 앞에서 정혼한 사이라고 거짓말을 할 만큼 이미 두 아내를 둔 일우를 끔찍이 사랑하고 있다는 것이었다. 그러나 당사자인 일우는 그저 그녀를 친동생처럼 생각하고 있다니 딸의 아버지로서 기가 막힐 노릇이었다. 그렇다고 자기가 존숭하는 연 사부의 의제에게 피해가 가게 할 수는 없었다. 이정은 한참동안을 침묵을 지키더니 일우에게 이렇게 말했다.

"선우 공 일행이 중원에 계시는 동안은 어떤 일이 있어도 내 딸과 정혼한 사이라고 하시오. 그 길만이 선우 공이 무사히 천하비무를 끝낼 수 있게 만들 것이고, 또 내 딸 아이와 우리 집안도 살리는 길이오. 어떤 경우에 부딪치더라도 두 사람이 정혼한 사이라는 것을 부정하면 아마 모두가 다 살아남기 힘들 것이니 일행에게도 명심시키시오. 내 말 뜻을 알아들으시겠소?"

"예, 대장군의 말씀을 명심하겠습니다."

일우는 이정의 단호한 말속에서 자신과 일행을 살리고자 하는 그의 진심을 읽었다. 이정이 왼편 땅에 놓은 칼을 집은 후 자리에서 일어섰고 일우 또한 자리에서 일어났다. 두 사람은 가족 같은 친밀감을 느끼면서도 서로 마음속으로 착잡한 생각을 품고 이정의 군막으로 돌아왔고 호위군사들 또한 그들의 뒤를 따라 군막 주변으로 복귀했다.

두 사람이 군 막사 출입문을 열고 들어서자 장저화와 매향이 밝은 얼굴의 상태가 되어 자리에서 일어나 두 사람을 올려다봤다. 이정은 매향과 일우에게 이제 되었으니 그만 귀가하라고 엄숙하게 말했다. 두 사람은 이정이 몹시 심기가 불편한 것을 눈치 채고 더 이상 아무 말도 없이 이정과 장저화에게 큰 절을 한 뒤 군 막사를 나왔다. 그리고 장안성 황성 밖 이정의 집으로 말을 달리기 시작했다.

여산을 떠난 지 일다경이 지났을 때 일우가 마상에서 옆에 바싹 붙어가고 있는 매향에게 약을 올리듯 말했다.

"매향 소저가 그렇게 울보인 줄을 몰랐어요. 혹시 일부러 우신 것 아닙니까?"

"흥, 내가 울보라면 선우 공은 팔푼이지요. 여자를 울리기만 하니까요."

매향이 이렇게 톡 쏘아붙이더니 말고삐를 당겨 전속력으로 달렸고 일우는 그녀 뒤를 전속력으로 뒤쫓았다. 매향이 점점 더 속도를 내어 달렸는데 어찌나 빨리 달리는지 일우는 그녀를 쫓아가기에 애를 먹을 정도였다. 이윽고 약 반 시진 만에 두 사람은 장안성의 동문인 춘명문 까지 왔다.

그러나 그녀는 춘명문을 들어오자 서쪽으로 계속 말을 달리고 있었다. 일우는 부득이 그녀를 뒤쫓았는데 그녀는 서시(西市)쪽으로 갑자기 말의 방향을 바꾸더니 곧 장안취루(長安翠樓)라는 기루(妓樓)의 정문안으로 들어갔다.

그 기루는 서시 중심부의 대지 1만평에 3층으로 된 초호화누각이었다. 그 건평 수는 1만평은 족히 되었고 당나라 전역과 서역 및 동이(東夷)27)와 동영(東瀛)28) 등 출신의 최고 미녀 기생만 약 500여명을 두고 있으며 여러 크기의 객실만 300여개가 될 정도로 엄청나게 큰 최고급 기생집이었다.

일우는 평생 이런 곳을 가본 적이 전혀 없는 사람이었기에 매향이 이곳으로 말을 타고 들어가자 자신도 무작정 그녀의 뒤를 따라 말을 타고 정문 안으로 들어갔다. 그러자 입구에서 하인이 그에게 내

---

27) 고대 중국인들이 만리장성 이북의 만몽 대륙과 한반도에 이르는 모든 족속들을 뜻하는 의미로 자주 이 말을 썼다 한다.
28) 왜(일본)를 고대 중국에서 이런 이름으로 부르기도 했다.

리시라고 말하여 일우는 말에서 내렸다. 그러자 하인이 그의 말을 마방으로 데리고 갔다.

일우는 누각 안으로 들어섰다. 그러자 온 몸을 흰색 비단옷으로 휘감고 얼굴에는 아주 화사하게 화장을 한 빼어난 미녀가 그를 영접하며 자신을 난향이라고 소개하였다. 순간 그의 귀에 수많은 객실들 속에서 비파와 칠현금 소리 등 온갖 악기 소리들과 미녀들의 간드러진 노래와 웃음소리 그리고 풍류남아들의 호탕한 웃음소리가 들려왔다. 일우는 정신이 산란하여지며 이곳이 말로만 듣던 기루라는 것을 알았다. 그는 왜 매향이 이런 곳으로 들어갔을까 의아해하며 자신의 팔에 착착 안겨오는 기생에게 무뚝뚝하게 물었다.

"지금 키가 늘씬하고 매우 아름다운 여협 한 분이 이리로 들어오지 않으셨습니까?"

"호호호, 그 분요? 오셨지요. 그 분을 만나시게요? 그럼 저를 따라오세요."

그 기생은 일우의 팔을 붙잡고 2층의 어느 객실 앞을 지나가는데 매향의 웃음소리가 크게 들리는 듯 했다. 일우는 그 객실 문을 왈칵 열었다. 그러나 그 방안에서 그가 본 것은 어느 기생과 풍류객이 한참 깨가 쏟아질 듯이 웃으며 즐겁게 술을 먹고 있는 광경뿐이었다.

그러자 그 풍류객은 *저런 재수없는 놈이!* 하면서 일우에게 욕을 퍼부어댔다. 일우는 머리를 숙이며 *죄송합니다!* 하고 사죄했으나 그는 일우에게 술잔을 집어던졌다. 일우는 순간 통염지공(統念止功)을 사용해서 그 술잔을 그 자와 자신의 중간 지점인 공중에 멈추게 했다.

술잔이 공중에 붕 떠서 움직이지 않자 그 자와 옆에 있던 기생 및 일우를 안내하던 기생은 입을 딱 벌린 채 자신의 눈을 의심하였다. 그러자 일우가 다시 환물염공(還物念功)을 써서 그 잔을 그 자의 앞자리에 그대로 돌려주자 그들은 더욱 놀라서 벌어진 입을 다물지 못했다. 그러자 그 자는 조용히 옆의 기생에게 얼른 방문을 닫으라고 말했다.

난향이 이윽고 일우를 3층의 끝 북쪽에 있는 객실로 안내하였다. 그 객실은 약 50평은 될 듯 하였는데 정면 무대에는 신선의 이상세계를 그린 다섯 폭의 병풍이 설치되어 있었고, 그 병풍 좌우에는 칠현금과 비파, 쟁, 아쟁, 대적, 소적과 각종 악기들이 준비되어 있었다.

방 가운데는 호사의 극치를 다한 주연상이 있었고 그 좌우에는 손님들이 매우 안락하게 앉거나 누울 수 있도록 만든 호피를 깐 푹신푹신한 최고급 좌석이 준비되어 있었다. 천장을 보니 천상의 선계를 상상으로 그려놓은 그림이 호화스러운 채색으로 장식되어 있었다.

그는 그 객실 안으로 들어서면서 너무도 호사스러운 그 방 분위기 때문에 매우 꺼림칙했는데 매향의 모습은 보이지 않았다. 그는 난향이라는 그 기생이 자꾸 옆에 찰싹 달라붙어 교태를 떠는 모습이 역겨워지고 있었다. 그는 난향에게 쌀쌀맞게 물었다.

"대체 아까 그 여협은 어디로 갔소?"

"호호, 어련히 오실까요? 걱정 마시고 잠시 술을 드시면서 기다리세요. 곧 오실 겁니다."

그녀가 이렇게 태평하게 말하자 일우는 더욱 조바심이 나기 시작했다. 그러자 난향은 벽과 천장 사이에 있는 붉은 도화꽃같이 생긴 봉오리를 잡아당겼다. 일우는 눈을 감고 매향이 대체 무슨 장난을 치려고 하는지 생각해보았지만 아무리 해도 그녀의 속을 알 수 없었다. 그때 객실 문이 열리더니 일우로서는 듣지도 보던 못한 최고급 요리들이 들어오고 있었다.

그것들은 날짐승으로서 진귀한 여덟 가지(禽八珍) 요리에 들어가는 붉은 제비(紅燕), 백조(天鵝) 요리와, 해산물로서 진귀한 여덟 가지(海八珍) 요리들 중 제비집(燕窩), 상어 지느러미(魚翅), 검은 해삼(烏蔘)과 전복(鮑魚) 요리와, 들짐승으로서 진귀한 여덟 가지(山八珍) 요리들 중 곰발바닥(熊掌), 원숭이골(猿腦) 따위였다. 또한 야채류로서 진귀한 여덟 가지(草八珍) 중 흰참나무버섯(銀耳), 죽순(竹筍), 표고버섯(花蘑) 따위였다.

또한 흥안령(興安嶺) 산맥에서 나는 수호랑이의 고환으로 만든 청탕호단(淸湯虎丹)과 사슴눈알로 만든 명월조금봉(明月照金鳳)등이 있었는데 그 뒤에는 또 얼음을 살짝 가미하여 열을 식히도록 만든 찬 음식과 각종 보약을 첨가한 기린면, 그리고 온갖 종류의 과일 등이 나왔다.

술로는 황제들만이 비밀스럽게 든다는 신선초주(神仙草酒)가 나왔는데 이것은 백두산에서 나는 산삼과 영지버섯 그리고 석청(石淸) 등과 칠곡의 누룩을 혼합하여 만든 불로장생주였다. 그리고 당나라에서 가장 인기가 있는 백주(白酒)인 모태주(茅台酒), 황주(黃酒)인 난능미주(蘭陵美酒)도 나왔다.

이번에는 또 하늘하늘한 천상의 선녀 같은 십대 후반의 미녀들

일곱 명이 객실 안으로 들어섰다. 일우는 점점 기가 막혀 점입가경이라는 생각이 들었다. 그 자칭 칠선녀들은 자신들의 이름을 초선녀, 이선녀, 삼선녀, 사선녀, 오선녀, 육선녀, 칠선녀라고 불러달라고 말했다. 일우는 신라의 절세미인이라고 불린 아내 설랑의 미모와는 완전히 색다른 하늘하늘한 중원의 미녀들을 보자 그녀들이 이름 그대로 천상의 선녀들이라 불릴 만 하다고 느꼈다.

"선우 공, 저희들은 오늘 매향 아가씨의 특별한 청을 부탁을 받고 모시게 되었습니다. 저희들을 잠깐 소개하자면 저희들은 중원 전역에서 미모와 교양 그리고 무공이 가장 뛰어나다고 알려진 장안 칠선녀입니다. 저희는 이제껏 여성으로서 가장 소중한 절조를 지키며 천하의 왕후장상과 협객 및 문인과 예술인 등 최고급 손님들만 엄선해서 모시며 인생과 예술과 학문과 정치와 무공을 논하면서 손님들의 힘들고 어지러운 심신을 회복시켜 드림으로써 다시 일상으로 복귀하게 만드는 역할을 해왔습니다. 잠시 뒤 매향 아가씨께서 오시겠지만 오늘 아무런 부담도 느끼지 마시고 그저 편안하게 담소하시고 술과 음식을 마음껏 드시면서 저희들 그리고 매향 아가씨와 즐겁게 보내시다가 돌아가십시오. 물론 술값이나 일체의 봉사료는 전혀 걱정하지 마시고 편안하게 즐기십시오."

칠선녀의 대표격인 초선녀가 이렇게 말하자 일우는 고약한 매향의 장난이 시작되었구나 하고 속으로 그녀를 만나면 혼내 주리라고 작심을 하였다. 그때 초선녀가 일우의 술잔에 신선초주를 한 잔 가득이 따라주었다. 당황제만이 마신다는 그 귀한 술을 도대체 어디서 가져온 것인지 일우는 한편 어이가 없었다.

"대체 이 귀한 술은 어디서 가져온 것이오?"

일우가 이렇게 묻자 삼선녀가 얼굴에 미소를 가득 머금으며 그에게 말했다.

"선우 공께서는 그걸 짐작하지 못하세요?"

"그럼, 매향 소저가 가져왔다는 말이오?"

일우가 그때서야 이 모든 술과 음식이 매향이 미리 준비시킨 것임을 알게 되었다. 칠선녀들은 당황한 표정의 일우를 보고서는 *까르르* 웃음을 터뜨렸다. 일우는 그녀의 장난질에 놀아나고 있는 자신이 우스워지자 술잔을 벌컥 비웠다. 그러자 사선녀가 말했다.

"선우 공을 위해 오늘 소녀가 칠현금을 한 곡조 타 드려도 될까요?"

일우는 옆에 앉은 오선녀가 먹여주는 상어 지느러미를 입에다 넣고 어물거리며 손으로 그녀에게 연주해보라는 표시를 했다. 그러자 사선녀는 칠현금을 무릎에 안고 그때 당나라에서 애창되고 있는 왕소군원가(王昭君怨歌)를 연주하기 시작했다.

왕소군은 꽃다운 나이 18세에 전한(前漢) 원제(元帝)의 궁녀가 되었으나 화공 모연수의 농간으로 인해 가장 못 생긴 궁녀로 여겨졌다. 그녀는 전한과 흉노의 화친을 위해 원제에 의해 공주로 위장되어 흉노의 호한야 선우에게 시집을 가서 그와 그의 아들 2대를 섬긴 비운의 미인이다. 왕소군은 서시, 초선, 양귀비등과 함께 중국 4대 미인 중의 하나이다.

그녀가 꽃 같은 손가락으로 칠현금을 뜯으며 구슬프게 왕소군원가를 노래하자 일우는 이 노래가 마치 매향이 일부러 자신에게 들으라고 연주를 시킨 느낌이 들었다. 그는 가면 갈수록 매향의 오늘 밤 행적이 자신을 원망하고 당나라 최고의 기녀들을 시켜 자신을 골탕 먹이고 있다는 생각이 들었다.

그는 칠선녀들이 따라 주는 신선초주를 넙적넙적 잘 받아 마셨다. 그리고 그녀들이 부지런히 챙겨주는 안주들을 잘 받아먹었다. 그러자 일우는 점점 긴장이 풀어지기 시작했고 칠선녀들이 아주 매혹적으로 보이기 시작했다. 그녀들은 일우에게 갖은 교태와 아양을 다 떨며 특히나 매우 풍부한 제자백가의 사상 및 문학과 역사는 물론 높은 무공의 지식을 과시하여 그를 감탄시켰다.

일우는 세상에 태어나서 처음으로 와보는 기루에서 그것도 장안 최고의 미인 기녀들과 어울려 그저 한 풍류객으로 시간을 보내고 있었다. 그런데 이미 한 시진이 다 지났는데도 매향은 모습을 드러내지 않았다. 일우는 마음속에서 매향의 존재를 다 잊은 듯 칠선녀들과 즐겁게 담소하며 유쾌한 시간을 보내고 있었다. 그는 초절적인 내공으로 인해 주량도 엄청났는데 지금까지 그 비싼 선초주가 세 동이, 모태주가 세 동이, 금릉미주가 세 동이 소비되었다.

일우가 살짝 취하기 시작할 무렵 드디어 이매향이 객실에 그 모습을 드러냈다. 그녀는 전신의 속살이 비칠 정도로 투명한 푸른 망사 옷에 머리는 두 쪽으로 땋아 올려 옥비녀를 꽂고 있었다. 얼굴은 화사하게 화장을 했는데 일우는 그녀가 들어서는 순간 웬 절세미녀가 들어오나 놀라서 그녀를 바라보았다. 그녀가 들어서자 그녀의 아름다운 자태에서 뿜어 나오는 빛이 마치 방안을 환한 달빛처럼 비추는 것 같았다. 칠선녀들 마저도 매향의 미모 앞에서는 빛을 잃는 것 같았다.

일우는 처음 보는 그녀의 완벽한 여성스러운 모습을 넋을 잃고 바라보았다. 이제껏 보았던 독하고 강한 그 여자 무사가 아니라 그야말로 화용월태(花容月態)인 여인의 자태였다. 순간 일우는 침을 꼴깍 삼켰다. 칠선녀들은 모두 자리에서 일어나 그녀에게 두 손을 잡고 읍하며 외쳤다.

"단주님 납시었습니까? 소녀들 장안칠선녀가 단주님을 뵈옵니다."

"호호, 그래, 그간 선우 공을 잘 모셨느냐?"

그녀는 완전히 다른 여자로 변해 있었다. 일우는 오늘 하루 종일 귀신에 홀린 기분이었다. 왕진필에게 이상한 승리를 거두어 찝찝했는데 이정과 그 부인 앞에 가서 그저 쩔쩔 짜던 그 이매향이 밤에는 다시 장안 제일의 기루에서 칠선녀들에게 단주라고 불리니 이 무슨 도깨비장난인지 일우는 정신이 하나도 없었다. 그는 혼자서 술잔에 술을 따라 홀짝 마셨다.

"네에, 단주님!"

칠선녀들이 일제히 이렇게 대답하자 매향은 그녀들에게 밖으로 나가라고 손짓을 했다. 그러자 칠선녀들이 하늘하늘 허리를 흔들며 일제히 객실 밖으로 나갔다. 이제 널찍한 객실 안에는 오직 일우와 매향만 덩그러니 남았다. 그러자 매향은 사뿐사뿐 걸어와서 일우의 옆에 앉았다.

순간 일우는 그녀의 몸에서 풍겨나는 짙고 아늑한 향기에 황홀해졌다. 그녀는 일우의 잔에 다시 신선초주를 따라주었다. 일우는 다시 술잔을 비웠다. 언제 마셔도 쏴하고 쇄락한 신선초주는 위에 내려 갈 때쯤이면 그저 기분을 황홀하게 했다. 일우는 반쯤 풀린 눈으로 매향을 바라보았다. 일우는 그녀가 너무도 아름다워 눈이 부셨다. 일우는 그녀에게 신선초주 한 잔을 따라주자 그녀는 그것을 한 번에 쭉 들이키었다.

그런 후 매향이 무대 앞으로 사뿐사뿐 걸어 나가더니 비파를 들었다. 그리고 비파를 뜯으며 조용히 노래하기 시작했다.

꿈같은 우리 인생살이 산다한들 칠십년인데
사랑 없이 떠도는 부평초 같은 인생살이
헛꿈을 꾸었는가 님을 만났건만
그 님은 하릴없이 날 외면하네.

사람들아 사랑은 절대로 하지 말라
사랑은 손에 잡히지 않은 것이거늘
님은 멀어져만 가는데 무슨 낙으로
이 풍진 한 세상을 살아갈 손가

창밖의 원앙은 다정히 지저귀는데
원앙금침 깔아놓고 기다려도
서녘에 지는 달은 내일도 뜨려니와
님은 오지 않으니 어찌 슬피 울지 않으리.

매향은 비파를 안고 그 자리에서 흐느껴 울기 시작했다. 일우는 자리에서 벌떡 일어났다. 그리고 무대 앞으로 나아갔다. 그리고 매향을 말없이 껴안았다. 두 사람은 서로가 진심으로 사랑하고 있음을 비로소 알았다. 두 사람은 서로 눈을 바라보며 사랑한다고 입술로 고백하고 입을 맞추었다. 그러자 두 사람의 마음속에서 영원부터 영원까지 흐르는 진동이 일기 시작했다.

한참 동안을 포옹하고 있던 두 사람은 서로의 눈 속에서 영원의 사랑을 읽은 후 지극히 화평하고 순일한 마음이 되었다. 그러자 일우는 자리에서 일어나 검을 등에 매고 매향을 안았다. 그리고 두 사람은 일우의 말을 함께 타고 이정의 집으로 천천히 향하였다.

제18장 공동산 광혈검마(狂血劍魔) 모용호량과의 비무

　　일우 일행은 약 칠일 간을 이정의 집에서 그야말로 푹 쉬기로 작정했다. 그동안 두 차례의 지독히 어려운 비무와 어제 매향으로 인해 밤새내 마셨던 폭음으로 인해 일우가 매우 힘든 탓도 있었지만 매향이 특히 힘들어했다. 어제 일우와 서로 사랑을 고백하고 입맞춤과 깊은 포옹을 하고난 뒤 매향은 칠일 간을 자신의 방에 틀어박혀 문을 걸어 잠그고 전혀 밖으로 나오지 않았다.

　　일우가 여러 차례 그녀의 방 앞에 가서 문을 열라고 말했으나 그녀는 전혀 문을 열지 않았다. 그러자 고천파, 유가휘, 정고 등은 그녀와 일우 사이에 그날 밤 무슨 심각한 일이 있었음을 짐작했다. 고천파는 네 사람이 함께 모여 저녁 식사를 하던 어느 날 짓궂게 일우에게 그녀와 잤냐고 물었지만 일우는 고개를 가로저었다. 유가휘는 일우의 표정을 수상한 듯이 뚫어지게 바라보았고 정고는 근심이 되는 듯 아무 말 없이 일우의 얼굴만 바라보았다.

　　칠일 후 새벽에 매향이 밝은 얼굴로 장원에 모습을 드러냈다. 그녀는 장원 연무장에서 무공을 연습하고 있던 네 사람에게 다가가 다정하게 인사를 하였다. 네 사람은 그녀의 밝아진 모습에 한결 마음이 놓였는데 그녀는 일행에게 오늘부터 더 추워지기 전에 공동산과 청성산, 아미산을 한 번에 쭉 다녀오는 것이 어떻겠냐고 제안하였다. 네 사람은 특별한 이의가 없었기에 그녀의 말대로 세 군데에 비무를 다녀오기로 일정을 잡았다.

그날 점심을 다섯 명이 함께 성찬으로 먹은 후 그들은 각종 마른 음식과 짐들을 챙긴 후 전대들은 말 등에 싣고 칼은 등에 메고서 세 번째 비무 상대인 공동산의 광혈검마 모용호량을 찾아 검남도 북서쪽의 공동산으로 향했다.

지금의 감숙성(甘肅省) 평량시(平凉市)에서 서쪽으로 15km 떨어진 곳에 위치한 공동산(崆峒山)은 육반(六盤)산계에 속하고 해발이 2,123m, 면적이 30㎢이다. 고대 실크로드의 서쪽 관문의 첫 번째 산이었다.

진한(秦漢) 시기에 공동산은 승려와 도사의 중심지로 진시황과 한무제 모두 공동산에 왕림한 적이 있었다. 당시의 공동산에는 지금 알려진 공동파라는 문파는 존재하지 않았고 온갖 종류의 도사들, 승려들, 무사들과 방사, 술사들이 들끓던 곳이었다.

일우 일행이 칠일 간 말을 달려 공동산 입구에 도착했을 때는 이미 음력 시월 초하루의 유시(오후5시-7시)가 시작될 무렵이라 이미 땅거미가 서서히 드리우고 있었다.

이미 밤이 깊었지만 매향의 안내로 그들은 공동산에 있는 공동천일도관에 여장을 풀었다. 그들은 그날 밤 너무 피곤해서 그대로 잠에 곯아떨어졌다. 다음날 아침 그들은 공동산 정상 부근에서 30년째 무공을 갈고 닦아 검술로 최고봉을 이룬 광혈검마 모용호량을 찾아

나섰다.

모용호량은 원래 토욕혼의 왕족인 모용씨의 후예였는데 어려서 성품이 몹시 광패(狂悖)하여 궁궐 내에서 온갖 나쁜 짓을 일삼다가 나이 18세에 왕궁에서 추방을 당하였다. 이후 그는 이 공동산에 들어와 중원의 도사들에게 많은 돈을 지불하고 무공을 5년 동안 전수받은 뒤 혼자 중원과 고구려, 토번까지 주유하면서 천하의 무공을 다 섭렵하였다. 이후 다시 공동산에 들어온 그는 천하최강의 무사가 되고자 불철주야 내공과 검술을 갈고 닦았고 결국 공동산 제일의 검객이 되었다.

하지만 천성적인 광폭한 성격으로 말미암아 그는 잔인한 비무를 즐겼는데 그와 이제껏 결투를 한 35명의 도전자 치고 사지가 절단이 나고 온 시체가 난도질당하여 죽지 않은 자가 없었다. 그리하여 그의 별호는 강호에 광혈검마(狂血劍魔)가 되었다. 현재 43세인 그는 오직 사람을 죽이고 피를 보는 것이 인생의 낙인 그야말로 살인귀라고 할 만한 검마로 알려져 있었다.

하지만 중원의 어떤 검객도 아직껏 그를 이기지 못했으므로 그는 스스로 자신이 천하제일의 검신이라고 자고했다. 그는 누구의 도전도 아주 즐거이 받아들였는데 그 이유는 비무로 인하여 잔인한 살인의 쾌감을 즐길 수 있기 때문이었다. 그러나 어쨌든 그를 이기지 못하고서는 중원을 제패했다고는 도무지 주장할 수 없는 것이기에 그를 넘어서야 하는 것이 이제 일우에게 주어진 비무의 숙명이었다.

매향에게 모용호량에 대한 설명을 들은 후 일우와 고천과 일행은 고개를 절레절레 흔들었다. 그들은 모용호량이 강호의 안녕을 위해서는 반드시 제거되어야 할 대상이 아니냐고 매향에게 물었다. 그러자 매향은 그는 그래도 집단 살인귀는 아니니 그중 나은 편이고 강호의 흑도(黑道)에 속한 비밀 문파와 마교(魔敎)들의 잔학성은 상상을 초월하여 한 마디로 집단 살인귀들이라는 것이었다.

그들은 광혈검마가 살고 있다는 공동산 정상부근의 모용무궁(慕容武宮)을 찾아 나섰다. 그 궁은 모용호량과 열 명의 아내 그리고 그 자식들 50여명이 사는 곳인데 대지가 3만평에 3층으로 된 누각은 건평이 1만평이었고, 정전(正殿)과 연무장 및 비무 기념관 등을 포함하여 방이 100개가 되는 아주 호화스러운 궁이었다.

모용호량은 원래 궁궐에서 쫓겨날 때 한 나라를 이룩할 만한 엄청난 보화를 왕궁 비밀 창고에서 훔쳐왔었다. 그는 그것을 기반으로 산 정상에 궁궐을 짓고 가족들과 함께 호의호식하며 왕처럼 살면서 오직 무공을 연마하는 것에만 즐거움을 느끼며 살았다.

그러나 그는 자식들에게는 왕자와 공주처럼 살게 하기 위하여 반드시 정도(正道)의 무술과 올바른 인성교육을 시켜 왔는데 중원과 고구려, 토번 등에서 훌륭한 스승들만 초빙하여 최고의 교육을 시켜왔다.

일우 일행이 축지법을 써서 약 한 시진 만에 모용무궁에 도착했을 때 궁 입구에서 그들은 집사장에게 궁주께서는 폐관중이라 약 3일 뒤에나 만날 수 있다는 소식을 들었다. 일행은 그곳에 방이 많으니 유숙하여도 괜찮다고 자꾸 권유하는 집사장의 호의를 무시하고 부득이 다시 산을 내려왔다. 도무지 일우 일행은 그런 검마의 궁에서 한시도 머무르고 싶지 않았던 것이다.

3일 뒤 오시(오전 11시-오후1시)가 끝날 무렵 일우 일행이 모용무궁에 다시 나타나자 모용호량이 버선발로 입구까지 뛰어나왔다. 그는 일행을 자신의 궁전 안으로 데리고 들어갔는데 그 궁전의 내부는 마치 일국의 왕궁과 전혀 다름이 없었다.

그는 매향을 보자 매우 반한 듯 계속 그녀를 힐끗힐끗 쳐다보았다. 그러면서 그는 비무 이야기는 하지 아니하고 일우 일행과 이것저것에 대해 대화를 하려고 몹시 노력을 하였다. 그는 특히 일우가 자신은 지금 고구려에서 천하비무를 위해 중원에 왔으며 이미 화산에서 무영검신 엽명과 종남산의 태을진인 왕진필과의 비무에서 승리하고 이곳에 왔다고 말하자 몹시 흥미를 느끼며 열심히 듣고 있었다.

그들이 모용호량의 궁전에서 한참 대화를 하고 있을 때 상다리가 휘어질 듯한 진수성찬이 나왔다. 그리고 모용호량의 열 명의 아내가 그들에게 나와 정중하게 인사를 하였고 그 뒤에는 그의 자식들 중 멀리 중원과 고구려에 유학을 간 5명을 제외한 45명의 자식들이 그들에게 정중하게 인사를 하였다.

모용호량은 말하기를 모용 씨 가문은 원래 선비족으로서 저 먼 고대에는 대부여와 단군 조선의 피를 이어받은 고구려와 동족이라고 강조하였다. 그리고 동족들이 이렇게 멀리까지 오셨으니 오늘은 실컷 먹고 마시며 즐기고 필요하면 자신의 아내들과 마음대로 즐기시다가 편한 시각에 비무를 해보자고 말하는 것이었다.

일우 일행이 볼 때 모용호량은 당장 비무를 할 의사가 없는 것 같았다. 그러나 살인귀 같은 검마가 어떻게 그렇게도 인간적이고 부드러운지 일우와 매향은 매우 당황하고 있었다. 그들은 그가 혹시 자신들을 안심시켜 놓았다가 비무 전에 해치려고 음모를 꾸미는 것이 아닌가 하는 생각이 들었다. 그러나 오랫동안 여자에 굶주린 고천파와 유가휘 등은 당장 일우와 정고 그리고 매향에게 모용호량의 말대로 하자고 우기기 시작했다.

일우와 매향 그리고 정고는 매우 기분이 나빴지만 인증단 대표는 엄연히 고천파이므로 그의 의견을 한 마디로 묵살할 수도 없었다. 게다가 모용호량이 동족 운운 하면서 자신들을 피붙이 같이 여기는 말에 인정상 바로 비무를 하자고 주장할 수도 없었다.

그날 그들은 그곳에서 할 수 없이 묵으며 모용호량과 하루 종일 먹고 마시며 대화를 하며 보냈다. 모용호량은 그들을 여기저기 안내하며 자신의 호화로운 궁전 내부를 보여주었는데 은근히 자신의 부와 능력을 과시하고 있는 것 같았다.

그날 밤 고천파와 유가휘는 결국 모용호량의 호의로 그의 20대 후반의 아내들과 잠자리에 일찍 들었다. 매향과 일우 그리고 정고는 모용호량이 자기 부인을 멀리 고구려에서 온 동족인 손님들에게 대접한답시고 그들과 동침을 시키는 것도 어이가 없었고 또 그 호의를 넙적 받아들인 두 사람도 참 고구려 무인으로서는 문제가 많다고 고개를 가로저었다. 그러나 정고와 일우는 돌려 생각해보니 힘이 넘쳐나는 젊은 무인인 그들이 그간 여자 없이 지내는 것도 너무 안 되어 더 이상 무어라고 말을 할 수 없어 그냥 내버려둔 것이다.

두 사람과 모용호량이 잠을 자러 자기 방으로 들어가고 난 후 거실에는 일우와 매향 그리고 정고가 남아있었다. 세 사람은 이미 자신들이 쓸 방을 시녀들에게 안내받았었다. 그때 매향은 일우에게 계속 함께 있으면 안 되겠냐고 말을 하고 싶었는데 여자로서 차마 먼저 입을 뗄 수가 없었다. 그녀는 모용호량이 자신에게 자꾸 눈길을 보내던 것이 무엇인가 오늘 밤 불길한 일이 일어날 것 같아 일우에게 자꾸 말을 시켜 그가 잠자리에 드는 것을 질질 끌고 있었다.

일우는 사실 그때 매우 피곤하여 자신의 방으로 들어가서 쉬고 싶었는데 매향이 자꾸 말을 시키자 억지로 참고 그녀와 말 상대를 하고 있었다. 두 사람과 대화를 얼마간 나누다가 자기 방으로 이미 들어간 정고 또한 오늘 밤 무슨 일이 있을 것 같은 좋지 않은 느낌이 들어 잠을 이루지 못하고 그저 누워서 명상에 잠겨 있었다.

그러나 비무를 앞둔 일우는 매향의 호소하는 듯한 눈길을 무시하고 그만 들어가서 쉬자고 그녀에게 억지로 동의를 구한 후 자신의 방으로 들어갔다. 그러자 매향도 할 수 없이 자신의 방으로 들어갔다.

그녀는 자신의 방이 매우 호사스러운 데 놀랐다. 오랑캐지만 명색이 하남국(河南國)29) 왕족 출신이라 그런가 하고 그녀는 방안의 호화 가구들과 침상 그리고 벽에 걸린 그림들을 유심히 바라보았다. 하지만 그녀는 그런 물건들에서마저 괜히 불길한 느낌이 들었다. 그녀는 도무지 쉽사리 잠을 잘 수가 없었다. 그녀는 일우에게 가서 무서우니 함께 있자고 말을 할까 하다가 처녀의 몸으로 유부남의 방을 찾아간다는 것이 얼마나 비도덕적인 행위인지를 생각하고는 포기하였다.

---

29) 당나라에서 토욕혼을 봉하여 부르던 이름이다.

그녀는 차라리 운기조식이나 하자고 마음을 먹고 칼을 자기 오른편쪽 방바닥에 내려놓았다. 그리고 반가부좌를 틀고 서서히 하단전에 기를 끌어 모은 후 중단전과 상단전으로 기를 돌리기 시작했다.

얼마나 호흡을 했는지도 모르는 사이에 그녀는 깜빡 잠이 들어버렸다. 그간 연 삼일을 장안에서 이곳까지 멀리 말을 타고 온데다 요즘 일우에 대한 연모로 인해 마음의 평정지심이 깨지자 몸의 불균형이 심해져서 피곤이 몰려온 것이다.

공동산의 야음(夜陰)이 무서운 정적 속에서 달빛 한 점 없는 어두운 밤 속에서 흐르고 있었다. 이미 시간은 축시(밤1시-3시)의 중반쯤을 지나고 있었다. 이때 검은 두건과 검은 옷으로 전신을 감싼 복면인 하나가 매향의 방을 향해 살금살금 접근했다. 그는 매향의 방 앞에 엎드려 방밑의 틈 사이로 대롱을 집어넣었다. 그리고는 입으로 대롱을 통해 마취약을 불어넣었다.

잠시 뒤 자리에서 일어난 복면인은 매향의 방문을 가볍게 열었다. 그리고는 큰 가죽자루에다 그녀를 넣고서는 가죽자루의 입구를 가죽 끈으로 꽁꽁 묶은 후 그녀를 등에 들쳐 업고 어디론가 바람처럼 사라졌다.

그 검은 복면인은 매향을 100평은 될 듯한 궁전 지하실에다 패대기를 쳤다. 그러자 27명의 검은 복면인들이 그 지하실 안으로 들어왔다. 두목인 듯한 자가 그들에게 가죽자루에서 매향을 꺼내라고 시켰다. 잠시 뒤 완전히 마취되어 의식이 없는 매향이 가죽 자루에서 꺼내어졌다. 그리고 그들은 그녀를 중심으로 원을 그리고 섰다. 그때 두목인 듯한 자가 일행에게 소름끼치는 목소리로 물었다.

"이 원수의 딸년을 어떻게 처리하는 것이 좋을 것이냐?"

그러자 한 복면인이 유령처럼 말했다.

"그년을 아예 걸레로 만든 후 조각조각 포를 떠죽여 억울하게 죽은 우리 동족들의 혼을 위로합시다."

"집단으로 그년을 범하자는 것이냐?"

두목은 음산한 목소리로 물었다.

"어차피 죽을 년이니 아주 잔혹하게 고통을 안겨준 후 죽여 버립시다."

다른 복면인이 맞장구를 쳤다.

"미친놈들! 망해가는 조국을 구하자는 놈들이 원수의 딸년을 윤간하자는 게 말이 된다고 생각하냐?"

"················"

일행이 침묵을 지켰다. 그러자 한 복면인이 먼저 칼을 빼들었다. 그리고는 매향을 향해 갑자기 달려들었다.

"내 이 원수의 딸년을 포를 떠서 죽은 아버지의 원수를 갚겠소"

그가 막 칼로 매향의 앞가슴을 찌르려고 할 찰나였다. 두목이 그의 어깨를 수도로 후려쳐서 그를 쓰러뜨렸다. 그러더니 그가 무시무시한 목소리로 말했다.

"개인적인 원수 갚음은 안 된다. 우리 모두 함께 이년의 가슴팍에 칼을 꽂은 후 똑같이 포를 떠서 이년의 아비인 이정 놈에게 억울하게 죽은 우리 모용 가문 사람들의 원수를 갚자. 알겠느냐?"

"예!"

복면인들 일행이 똑같이 복창했다. 그러나 그들은 야수같이 눈을 빛내며 칼을 일시에 뽑았다. 그리고는 매향에게 다가갔다. 그들이 막 칼을 동시에 그녀의 가슴에 꽂으려고 하는 찰나 어디서 갑자기 비수들이 그들의 등 뒤로 날아왔다. 다섯 사람이 일시에 쓰러지자 나머지 사람들은 뒤를 휙 돌아보았다.

일우였다. 그는 큰 소리로 외쳤다.

"멈춰라! 너희들이 그녀에게 손끝 하나라도 댔다가는 모두 가루를 만들어 버리겠다."

그러자 23명의 검은 복면인이 그를 향해 검을 들고 일제히 공격을 시작했다. 일우는 몸을 비호같이 날려 그들 다섯 사람을 한칼에 베어 버렸다. 이제 18명이 남았다. 그러자 그들은 동시에 몸을 공중으로 날리더니 마치 부챗살처럼 퍼져 일우를 향해 칼을 겨누고 날아왔다. 일우는 순간 무극신검 5초식을 펴서 무극파천황검으로 엄청난 검기를 그들에게 퍼부어 그들 대부분이 피를 토하며 쓰러지게 만들었다.

이제 3명이 남았다. 그들은 잔인한 검기를 구사하며 일우에게 비호처럼 날아왔다. 얼마나 검기가 살벌한지 칼바람이 마치 태풍을 몰고 오는 듯 했는데 3명의 검법이 거의 똑같은 수였다. 이른바 삼검합일신공(三劍合一神功)인 것이다. 그들이 공격해오는 검법이 일우의 무극신검 5초식을 무사히 받아내었다는 것은 그 검법이 매우 절륜한 것으로서 이제 무극신검이 그들에게는 안 통한다는 뜻이었다.

일우는 그 삼인의 무공이 자신과 비슷하거나 더 나을 수도 있다는 생각에 갑자기 으스스한 느낌이 들었다. 이제 삼인이 합공으로 일우의 눈과 목과 심장을 찔러오는데 그 쏟아지는 검기는 마치 콸콸 쏟아지는 심장의 피같이 붉은 느낌이 들었다. 그들이 동시에 공중으로 삼방에서 날아오르자 일우는 세 사람을 향해 동시에 무극신장을 날렸다. 그러자 한 사람이 으읙! 하면서 쓰러졌다. 내공이 셋 중 약한 자인 것 같았다.

그러자 두 명은 갑자기 서로의 팔을 붙잡더니 팔랑개비처럼 몸을 회전시키며 일우를 자신들의 검기 안에 가두려고 했다. 지금 일우의 귀에는 마치 귀신들의 함성 같은 이상한 환청이 들리기 시작했다. 그들은 마공을 쓰기 시작한 것이 틀림없었다. 그들의 칼바람은 마치 회오리바람처럼 지하실안의 모든 물건들을 날아가게 하고 있었으며 죽어 있는 시체들마저 공중으로 붕 뜨게 하고 있었고 심지어는 매향의 몸마저 공중으로 뜨게 하고 있었다.

일우는 두 사람을 향해 주문을 외우며 칼을 날렸다. 그리고 자신의 육십갑자의 내공을 총동원하여 그 칼이 그들의 심장을 향하게 했다. 그러자 그들은 일우의 어검술과 초절적인 내공에 의해 자신들의 검기가 무력화되자 갑자기 검은 공을 그에게 던졌다. 공이 그를 향해 벽력같이 날아오자 일우는 통념지공(統念止功)을 써서 그것이 중간에 멈추게 했다.

그는 두 복면인에게 비수를 다섯 개를 날린 후 매향을 얼른 가슴에 안았다. 그리고는 그들이 자신의 비수를 막느라고 헤매는 사이에 얼른 지하 감옥을 나와 지상으로 탈출했다. 일우는 만일 그 검은 공이 터지면 엄청난 극독물이 터져 나와 일시에 죽게 되리라고 짐작했다.

그가 지상으로 나오자 검은 복면인 두 사람도 그와 동시에 지상으로 올라왔다. 일우는 매향을 땅에 내려놓았다. 이제 모용무궁 궁전 앞뜰에서 두 복면인과 일우가 마주섰다. 그러자 복면인 하나가 일우에게 사납게 물었다.

"너는 명색이 고구려 제일무사라는 자가 너희 나라를 침략하려는 당나라 대장군이라는 자의 딸년을 왜 보호하는 것이냐? 너는 줏대도 없는 매국노냐? 왜 너는 동족인 우리의 부흥운동을 방해하는 것이냐?"

일우는 그가 모용호랑임을 즉각 알아차렸다. 일우는 그에게 대꾸해야할 필요가 있을 까 생각했지만 대답을 안 하면 그의 말을 시인하는 것이므로 큰 목소리로 그를 반박했다.

"그녀는 아무 죄가 없다. 그리고 이정 대장군은 당나라의 고구려 침략에는 전혀 가담하지 않을 것이다. 너희가 모용 씨의 부흥운동을 한다면서 애꿎은 아녀자를 이렇게 잔인하게 살해하려고 해서 되겠느냐?"

"홍, 우리에게 방해가 되는 자들은 다 우리의 원수다. 얘들아! 모두 일어나 이 자를 쳐 죽여라!"

모용호랑이 이렇게 외치자 궁 안팎에서 수백 명이 칼을 들고 *와!* 하고 일우에게 몰려왔다. 그때 정고가 검을 들고 그곳에 나타났다. 그는 상황을 바로 짐작하고는 몰려오는 자들 앞에서 그들이 일우에게 접근하는 것을 막았다. 정고는 큰소리로 외쳤다.

"지금부터 여기 이 사람에게 접근하는 자는 내 칼이 용서하지 않을 것이다. 젊은 너희들의 인생이 가엾어서 그러니 괜히 나섰다가

귀한 목숨을 잃지 말고 거기 가만히 서 있어라. 그리고 너 광혈검마는 선우일우와 일대일로 비무를 펼쳐라. 그러면 내가 네 자식들은 다 살려주마."

정고의 웅혼한 내공을 실은 단호한 말은 너무도 무시무시해서 그들을 모골이 송연하게 만들었다. 그때 나이가 약 20대 초반인 모용호량의 아들 하나가 겁 없이 정고에게 대들다가 그가 휘두른 단 한 방의 칼등에 맞아 기절을 하고 말았다. 그 아들은 모용호량이 가장 아끼는 모용철주라는 자인데 그가 검불처럼 쓰러지자 모용호량은 큰 소리로 외쳤다.

"좋다. 네 말대로 내가 선우일우와 이 자리에서 일대일 비무를 펼치겠다. 그러니 내 자식들만은 절대 해치지 말아라. 그리고 나는 원래 두 몸이 한 몸으로 되는 쌍웅합일신공(雙雄合一神功)을 익혔으므로 여기 내 쌍둥이 동생과 함께 싸워야 한다. 그것은 양해할 수 있겠느냐?"

그러자 일우와 정고가 *좋다!* 라고 큰 소리로 외쳤다. 이후 일우와 모용의 쌍둥이들은 하늘을 나르며 땅을 가르며 가히 초절정의 무공으로 비무를 했다. 그들은 검과 장과 권과 족과 비수와 온갖 무기를 다 쓰며 비무를 했다. 그러나 약 2시진 만에 일우의 내공이 두 사람의 합공을 이겨내기 시작했다.

그런 후 일우의 초절정의 강유기(剛柔氣)가 완벽히 혼합된 무극신검이 어검술의 최고 경지인 파천황검결(破天荒劍訣)을 완벽히 구사하여 두 사람의 쌍웅합일신공를 무력화시켰다. 두 사람이 따로 따로 갈라지자 일우는 그야말로 전광석화와 같이 그들의 어깨를 베어 그 자리에 쓰러지게 만들었다.

이윽고 매향이 깨어났다. 또한 고천파와 유가휘가 그때서야 방 밖의 심각한 상황을 깨닫고 옷을 급히 주워 입은 후 칼을 들고 밖으로 뛰쳐나왔다. 그들은 일우로부터 광혈검마가 쌍둥이 형제이며, 한 사람은 하남국의 현 국왕인 모용순(慕容順)이고 한 사람은 모용호량이라는 사실을 깨닫고 몹시 놀라 입을 다물지 못하였다. 그들은 그동안 광혈검마가 비무를 빙자하여 비밀리에 군사를 모용무궁에 모아 토욕혼 부흥운동의 비밀 군사기지로서 사용해왔다는 것을 알고 그의 교활함에 혀를 내둘렀다.

매향은 자초지종을 일우에게 들은 후 땅에 쓰러져 있는 두 광혈검마를 죽여버리겠다고 길길이 날뛰었다. 하지만 일우와 정고가 죄 없는 그들의 처자식들을 생각하고 또 이미 망해서 당나라에 속국이 된 토욕혼을 고려하여 참으라고 통사정하여 그녀의 마음을 간신히 돌렸다.

매향과 일우 일행이 떠나는 날 광혈검마 두 형제는 구명지은에 감사하며 다시는 당나라에 대항하지 않고 평온하게 그저 무공이나 익히며 살 것이니 아무 걱정을 말라고 말하였다. 그러더니 그들은 일우 일행에게 보물 상자 하나를 주면서 이후 혹시 고구려가 어려운 일에 처하면 언제든지 모용무궁으로 와서 같이 살자고 신신당부를 하였다.

일우와 고천파 일행은 어깨에 붕대를 길게 늘어뜨린 광혈검마 형제에게 그래도 동족으로 핏줄이 켕기는 것을 느끼며 그들과 깊은 포옹을 하고 작별을 하였다. 일우 일행은 다음 비무 상대인 청성산의 천장신기(天藏神技) 강천독을 만나기 위해 청성산으로 말을 향했다.

제19장 청성산 천장신무(天藏神武) 요천덕과의 비무

청성산은 수목이 비취빛을 띠고 있고 사철 산색이 푸르다 해서 붙여진 이름이다. 후한 말기에 장도릉이 민간 도교의 시작인 오두미교를 이곳에서 창시했다. 당나라 시절에는 검남도에 속했는데 현재는 사천성에 속하며 성도(成都)에서 약 66km 떨어진 곳에 위치하고 있다.

이곳 청성산은 해발 500장(약1,600m) 으로서 그리 높은 산은 아니지만 워낙 산세가 웅장하고 아름다우며 기(氣)가 좋아 수도가 잘 된다고 하여서 특히 도사들이 많이 살았다. 이곳에 천장신검 요천덕이 십여 년 전부터 천무도관을 세워 청성산 일대의 무림을 주름잡고 있었다.

요천덕은 원래 강족(羌族) 출신으로서 후진의 초대 황제였던 요장(姚萇)[30]의 먼 후예였다. 그는 당고조 이연이 태원에서 유수로 근무할 때 그의 시위무사로서 그를 그림자처럼 수호하였다. 그런 그를 이연의 어린 첩인 경홍림이 사모하였다. 이미 나이가 노쇠한 이연에

---

30) 요장(姚萇, 331년~393년, 재위 : 384년~393년)은 중국 오호십육국 시대 후진(後秦)의 초대 황제이다. 자는 경무(景茂), 묘호는 태조(太祖), 시호는 무소황제(武昭皇帝)이다.

게 도무지 총애를 받을 길이 없는 경홍림은 나이가 10대 후반의 귀골 소년 무사인 요천덕을 끔찍이 사랑하였다.

결국 두 사람은 불같은 사랑에 빠졌는데 이연이 당나라를 건국하고 황제로 등극하던 무덕 원년에 이세민이 이연 옆에 붙여놓은 시녀 간자에 의해 그들의 불미스러운 사건이 드러났다. 이세민은 그들의 관계를 가만히 참고 있다가 현무지변이 있고 난 후 부황으로부터 강제로 양위를 받았을 때 요천덕을 비롯한 모든 부황의 시위들을 비밀리에 죽이라고 위지경덕[31])에게 명령을 내렸다.

이때 요천덕은 자신을 죽이러 온 위지경덕과 그의 군사들 250여 명과 혈전을 벌여 빗발치는 화살을 뚫고 경홍림과 함께 황궁을 탈출하였다. 그들은 천라지망이 깔린 장안성을 간신히 빠져나와 당시 서역로를 따라 토번으로 탈출하였다. 그러나 3년이 채 되기 전에 경홍림은 황제 이세민이 보낸 자객들에게 토번에서 살해되었다.

그 후 요천덕은 강족들이 근처에 많이 사는 이곳 청성산으로 숨어들어 은밀히 무공을 연마해왔다. 세월이 좀 흐르자 이세민은 요천덕의 과거 죄를 사면하였다. 그리고 자신의 오른 팔이 되어 국가에 무공을 세우라고 그에게 여러 차례 권면하였다. 그러나 요천덕은 어느 장병들이 자신과 같이 누가 많은 사람의 통솔을 받겠느냐고 하면서 그의 청을 거부하였다. 그러나 자신은 그저 이곳에 은거하면서 평생 무공을 닦아 중원 무학을 완벽히 정립하여 조정의 장병들에게 최고의 무술을 전수시켜주겠노라고 이세민에게 약속하였다.

---

31) 당태종의 24공신 중의 하나인 무장이다.

요천덕은 원래 일곱 살부터 강족의 고수들에게 무공을 배우기 시작하여 이미 나이 13세에 강호의 십팔반 무술 뿐만 아니라 모든 무술에 정통하였다. 그는 나이 15세 때부터 고조 이연을 시위하기 시작했는데 이연이 반란군을 이끌고 수나라와 전쟁을 할 때 요천덕이 수나라 군사들 틈을 누비며 창을 번개같이 휘둘러 순식간에 수백의 군사들을 추풍낙엽처럼 베었었다. 그 모습을 보고 그의 용자(勇姿)와 무공에 반한 고조 이연이 그에게 천장신무(天藏神武)라는 별호를 붙여주었던 것이다. 아마 삼국시대의 여포보다도 더 무공이 절륜하다고 소문이 난 그였다.

이제 나이가 39세가 되어오는 요천덕은 청성산 천무도관에서 이미 초절정의 무공을 완성하고 이세민 군대의 수많은 고수들을 길러내고 있었다. 한편 강호에서는 아직까지 그에게 비무를 신청했던 48명이 모두 그의 신적인 무공에 무릎을 꿇었다. 그는 조정의 추천이 있는 자들 하고만 비무를 했는데 비무를 할 때는 도전자들이 반드시 자신의 죽은 아내인 경홍림에게 술 한 잔을 바치고 절을 하도록 시키는 것으로 유명했다. 그의 마음속에는 한평생 한 여자 오직 경홍림 밖에 없어서 그는 이곳에서 홀아비 도사로서 나름 만족하게 살고 있었다.

일우 일행이 청성산 천무도관에 도착한 것은 공동산을 출발한 지 보름이 지난 음력 시월 보름날이었다. 그들이 이렇게 늦은 이유는 중간에 매향이 광혈검마에 의한 마취 때문인지 두통과 전신통증이 심해 그 증세를 치료하는데 시간이 걸렸기 때문이었다.

일우 일행은 그때 만독 치유의 일인자로 중원에서 명성을 날리고 있던 치화동로(蚩化童老) 구팽천을 만나기 위해 공동산에서 가까운 서령설산을 다녀왔었다.

구팽천은 75세 된 전설적인 의원으로서 평생 독신으로 지냈는데 못 고치는 병이 없고 또한 해독을 하지 못하는 독이 없었다. 다만 도무지 만나기가 힘든 인물이었다. 사실 그를 만나러 오기 전 정고는 그녀를 치료하기 위하여 수향이 정고에게 준 만독제요를 열심히 참고하여 필요한 약을 성도에서 사다가 치료해보려고 온갖 노력을 다했으나 실패했다. 그래서 매향이 들려준 대로 구팽천을 찾아 그 정상이 만년설산인 서령설산을 등반했던 것이다.

그는 산중턱에서 초가집을 짓고 살았는데 오직 의술과 만독에 관한 연구로 인해 이 산 저산을 다니며 희귀한 약초들을 채집하느라고 환자의 치료에는 별로 관심이 없는 사람이었다. 그들이 그 집을 방문했을 때 구팽천은 역시 보이지 않았다. 그들은 무료하게 그 집에서 삼일을 기다린 후에야 어깨에 큰 바구니를 메고 희희낙락해서 집으로 들어오는 구팽천을 만날 수 있었다.

그는 매향을 잘 알고 있었다. 그의 아버지 이정이 여러 차례 군중의 군사들 해독 문제로 그를 조정에 초청하여 만난 적이 있었기 때문이었다. 그는 그녀의 중독증이 서령설산에서 나는 독초인 지밀한초(知密閑草)라는 희귀한 약초에 의해 생겨난 것이며 그것을 치료하기 위해서는 상양보정초(上陽補正草)라는 약초를 먹어야 한다는 것이다.

그는 그녀에게 즉시 자신의 약재 창고에서 상양보정초를 꺼내다가 그것을 잘 달여 3일간 그녀에게 먹였고, 일우와 정고의 뇌정운행

지공(腦精運行之功) 시전으로 인해 원래의 상태를 회복했다.

일우 일행은 모용호량이 준 보물 상자를 열어 가장 희귀한 보물인 달걀만한 취옥(翠玉)을 구팽천에게 주었는데 그는 기꺼이 그것을 받았다. 그는 혹시 필요할지 모른다고 하면서 몇 가지 희귀한 만독치료제를 그들에게 선물했다.

공동산을 시월 나흘에 떠나 서령설산에서 육일 간을 더 머무른 일우 일행은 결국 매향의 건강을 고려하여 쉬엄쉬엄 오면서 파촉의 아름다운 풍광을 구경하며 약 보름 만에 청성산에 도착한 것이다.

그들이 천무도관에 들어갔을 때는 오시(오전11시-1시)가 시작될 무렵이었는데 마침 천장신무 요천덕이 연무장에서 이정 휘하에 있는 고창 원정군의 핵심 장교들에게 무공을 가르치고 있었다. 그들이 오자 요천덕은 군사들 무술 훈련을 중단하고 일우 일행을 도장실로 불러들였다.

매향이 이정의 비무추천서를 그에게 준 후 일우 일행을 소개하자 요천덕은 매우 긴장하는 눈치를 보였다. 이미 화산의 무영검신 엽명과 종남산의 태을진인 왕진필을 이기고 그 잔악무도한 광혈검마 모용호량까지 이긴 수준의 무사가 이제 겨우 25세의 고구려 젊은이라는 사실에 그는 매우 경악했다. 그는 일우를 한참이나 뚫어지게 바라보더니 천천히 입을 열었다.

"호오, 도무지 이해가 안 가는 일이오. 어떻게 약관의 젊은이가 그렇게도 고강한 무공을 지닐 수 있단 말이오. 비록 나도 16세 때 고조께 천장신무라는 별호를 얻었을 정도로 모든 무술에 정통했지만 선우 공 정도는 아니었소이다. 그러니 우리의 비무는 하나 마나요.

나는 선우 공을 도무지 이길 수 없을 것이오. 태을진인의 말처럼 아마 중원뿐만 아니라 서역이나 천축에서도 선우 공을 이길 상대는 없을 것이오. 나는 이제껏 도전을 받고서 거부한 적이 없었는데 이번만은 아무래도 내가 비무를 포기할까 하오. 그리고 선우 공을 아무래도 황제에게 추천을 해서 나와 함께 조정의 군대를 가르치도록 하는 것이 나을 듯 싶소. 공의 입장은 어떠시오?"

그의 이 말 특히 마지막 부분의 말을 듣고 매향과 일우 일행은 매우 긴장했다. 만일 황제가 일우 일행의 중원비무 소식을 듣고 또 매번 일우가 중원의 최고수들을 쓰러뜨리고 다닌다는 소문이 나면 황제가 그들이 자신을 속였다고 길길이 뛸 것이 분명했다.

매향과 일우는 서로 얼굴을 바라보았다. 요천덕과의 비무는 고사하고 지금 당황제에게 자신들의 중원비무 행적이 드러나는 날이면 기군망상을 했다고 황제가 길길이 뛸 것이 뻔한데 이번 청성산 행은 아무래도 잘못 왔다는 생각이 들었다. 그러자 매향이 좋은 생각이 번뜩 떠올랐다. 그녀는 얼굴에 함빡 웃음을 머금으며 요천덕에게 낭랑한 목소리로 말했다.

"도장께서 선우 공의 비무를 안 받아들이신다면 제가 황상 폐하를 장차 만났을 때 무엇이라고 복명을 하죠? 저희들의 비무는 저희가 따로 황상 폐하께 복명을 해야 하니 도장에 대해 비무를 포기하셨다고 보고 드리면 황상께서 얼마나 실망하시겠어요. 그리고 지금 도장께서 무공 훈련을 시키시는 제 아버님 휘하에 있는 고창 원정군의 핵심 장교들이 또한 이 소식을 들으면 얼마나 도장에게 실망하겠어요? 안 그런가요?"

요천덕은 매향의 얼굴을 정면으로 바라보면서 그녀가 참으로 맹랑한 계집이라고 생각하였다. 요천덕은 지금 머리를 한참 굴리고 있었다.

그녀의 말이 맞는다고 해서 무공이 절륜한 듯한 선우와 비무를 했다가 지는 날이면 자신이 그간 쌓아놓은 천장신무로서의 명성은 완전히 금이 간다. 그러나 만일 그의 비무 도전을 거부하면 분명히 이 소식은 이들의 복명에 의해 황제의 귀에 들어가고 나아가서는 자기가 훈련시키는 당나라 군대의 모든 장교들이 알게 될 것이다. 그럼 신무(神武)로서 자신의 불패의 신화는 깨지는 것이다.

순간 요천덕은 좋은 생각이 났다. 그는 선우를 바라보며 부드럽게 말했다.

"좋소이다. 본좌가 선우 공의 비무 도전을 받아들이겠소. 다만 선우 공이 중원과 서역 그리고 천축까지 주유하며 모든 고수들을 이겼을 때 황상 폐하께서 친림하신 상황에서 둘이 비무를 하겠소이다. 또한 본좌가 지금 조정의 고창 원정군의 핵심 간부들에게 무술을 가르치고 있는 상황이니 근일 중에는 도저히 비무를 할 수 없소이다. 그러니 본좌의 이런 형편을 이해하시고 오늘은 이만 돌아가시기 바라오."

요천덕이 이렇게 말한 후 자리에서 일어나 일우 일행에게 읍을 하더니 장교들이 기다리는 연무장으로 다시 가버리자 일우 일행은 닭 쫓던 개 지붕 쳐다보는 격이 되었다. 하지만 일행은 아무래도 요천덕이 황제에게 자신들의 중원비무 행각을 보고할 것 같다는 불길한 느낌이 들었다. 그리고 그가 제시한 황제 앞에서의 비무 운운은 매우 교활한 자기 보호책이라고 일행은 생각했다. 그들은 요천덕의 간교함을 씹어대며 천무도관을 나와 버렸다.

세 사람의 고구려 비무인증단은 요천덕과의 비무는 일우의 부전승이라고 단호하게 선언했다. 매향 또한 중원 무예를 망신시킨 요천덕에 대하여 매우 실망하고 있던 터이라 이번 비무는 일우의 부전승임을 강력하게 지지했다.

일우 일행은 이제 검남도의 남서쪽에 위치한 아미산의 최고 무술 비구니인 철혈비연(鐵血飛燕) 다연스님과 비무를 다음 목표로 삼고 아미산으로 이동하기 시작했다.

제20장 아미산 철혈비연 다연 스님과의 비무

다연 스님은 아미산에서 18년째 무공을 익히고 있었는데 그녀의 과거에 대해서는 전혀 알려진 것이 없었다. 혹자는 그녀가 장안취루의 잘 나가는 기생이었으나 기둥서방에게 배신을 당하고 홧김에 비구니가 되었다고 하였다. 그러나 한편에서는 그녀가 수나라 양제의 숨겨진 여인으로서 그 빼어난 미모로 인해 현 당황제의 후궁이 될 뻔 했으나 그 마수를 피해 아미산으로 달아나 여승이 되었다고 하였다.

또 한편에서는 그녀가 당시 당나라 무림의 흑도문파인 철혈백련단(鐵血白蓮團) 출신이라고 하였다. 철혈백련단은 수나라 말엽 나라가 온통 반란으로 혼란할 때 당시 거부들에 대한 극악한 강도질과 살인 만행을 통해 어마어마한 부를 축적한 후 지하로 숨은 비밀결사 조직이었다.

그녀의 귀신같은 무공은 어찌나 빠르고 잔인무도한지 그녀의 매우 아름다운 외모와는 전혀 어울리지 않았다. 그래서 그런지 그녀의 별호가 강호에는 철혈비연(鐵血飛燕)으로 알려져 있었다.

그녀가 십팔 년 전 아미산 정상인 만불정 근처의 보광전32)에 입산했을 때는 절에 비구스님이 오십 명에 비구니들은 그저 대여섯 명에 불과했다.

비구들은 수도와 경학(經學) 공부 등에는 관심이 없고 음주가무를 즐기기가 일쑤였으며 툭하면 비구니들에게 성적인 추행과 음담패설을 일삼곤 했었다. 그런데 다연스님이 등장하자마자 사정이 완전히 달라졌다. 그녀는 성품이 고약한 비구들을 무력으로 혼내주기 시작했는데 어찌나 잔혹하게 패주었는지 비구들이 그 뒤로는 비구니들에게 전혀 집적거릴 수 없게 만들었다.

이후 그녀는 자신이 마치 절의 주지처럼 행세하면서 많은 재물을 풀고 또한 비구니들을 여기저기서 끌어다가 3년 후에는 비구니들이 비구의 수를 능가하게 만들었다. 그녀는 그때부터 모든 비구니들에게 자신의 무공을 가르치며 자신만이 소장한 무공비급을 연구하기 시작했다. 그 무공비급은 소림사에서 실전되었다고 알려진 달마역근세수경과 달마상여심검경이었는데 그녀는 3년도 안 되어서 그 무공들을 완전히 자기 것으로 만들었다.

이후 그녀는 절을 후배 비구니들에게 맡기고 5년간을 강호를 유람하며 각종 고수들을 만나 온갖 수를 동원하여 그들의 무공을 전수받았다. 그리고 다시 절에 들어와 그간 갈고 닦은 무공들을 종합하여 절기의 무공들을 완성하였는데 그것이 바로 금강철혈장(金剛鐵血掌)과 금정비연권(金頂飛燕拳) 및 금선철혈검(金扇鐵血劍)이었고 최후의 병기로서 금침창(金針槍)이라는 미세한 암기가 있었다.

---

32) 지금의 금정(金頂)으로 정전은 영명화엄사라고 불렸고 해발 3,077미터에 위치한다.

아미산은 원래 미인의 아름다운 눈썹처럼 생겼다고 해서 붙여진 이름인데 이 산은 곤륜산맥의 동쪽 한 갈래이다. 가장 높은 봉우리는 만불정으로서 해발이 3,099미터가 넘고 있다. 이 만불정이 유명한 것은 해 뜰 때 불광(佛光)을 볼 수 있다는 것이다.

일우 일행이 아미산 보광전에 들어섰을 때는 시월 열이레의 유시(오후 5시-7시)가 막 끝날 무렵이었다. 이미 아미산은 밤이 되어서 달빛만이 소소하게 비치고 있었다. 그들이 절의 행정실로 찾아가서 다연스님을 만나러 왔다고 하니까 안내하는 비구니가 주지스님은 지금 만불정(萬佛頂)에서 연공중인데 언제 내려올지를 모른다는 것이다.

매향이 안내하는 비구니에게 이정의 비무추천서를 보여주며 이곳에서 숙박을 해도 되겠느냐고 하자 그녀는 매향에게는 비구니와 여자 신도들이 거처하는 곳으로, 일우와 고천파 일행에게는 비구와 남자 신도들이 거처하는 곳으로 안내하였다. 다섯 사람은 여장을 풀고 각자의 방에서 운기조식을 한 후 휴식을 취하기 시작했다.

아미산의 밤은 원시의 정적만큼 몹시도 고즈넉했다. 멀리서 가끔 짐승들의 울부짖는 소리가 일행의 고막을 울렸다. 일우는 잠이 오지 않자 방을 나와 절 밖으로 혼자 칼을 들고 나갔다. 그는 절 앞의 넓은 분지에 앉아 혼자 달을 바라보고 있었다.

그때 그는 멀리 만불정 하늘 위의 달을 배경으로 두 개의 그림자가 공중을 나르며 현란한 비무를 하고 있는 것을 영안으로 보았다. 그는 두 사람의 경공술과 검술이 너무도 고강하고 현란하여 매우 흥미를 느끼기 시작했다. 순간 그는 자리에서 벌떡 일어나서 만불정 쪽으로 발을 옮기려고 하였다. 그때였다. 매향이 일우를 등 뒤에서 불렀다.

"선우 공, 어디를 가세요?"

일우는 고개를 돌려 그녀를 바라보았다. 그러자 그녀는 얼굴에 미소를 띠고 그에게 가까이 다가왔다. 그녀는 약간 애교 섞인 코맹맹이 소리로 말했다.

"잠이 통 안 와서 나왔어요. 그런데 어디를 그리 급히 가세요?"

일우는 그녀의 왼 손을 오른 손으로 꼬옥 잡고서는 왼 손으로는 만불정 상공을 가리켰다. 매향도 두 그림자의 놀라운 비무를 영안으로 보았다. 즉시 두 사람은 손을 잡고 경신술을 써서 만불정 쪽으로 나르듯이 달려갔다.

잠시 뒤 두 사람이 숨을 죽이며 만불정 근처에 가서 바위 뒤에 숨어 비무를 보기 시작했다. 사방이 다 천인단애(千仞斷崖)인 큰 공터에서 한 비구니와 도사 한 사람이 목숨을 걸었는지 하늘을 나르고 땅을 가르며 치열한 비무를 벌이고 있었다. 두 사람은 너무도 무공이 고강하여 과연 강호의 제일검들이라고 할 만 했다.

비구니가 쓰는 검법은 마치 금빛 부채 살 같은 검기가 칼에서 쏟아지고 있었고, 도사의 검법은 마치 붉고 푸른 달무리 같은 검기가 칼에서 쏟아지고 있었다. 두 사람의 비무는 일우와 매향이 보기 시작했을 때부터 약 반 시진 동안 치열하게 계속되었다. 비구니와 도사는 두 사람이 엿보는 것을 전혀 모르듯이 격렬하게 싸웠다. 이윽고 두 사람은 도저히 승부를 낼 수가 없다고 생각했는지 둘이 동시에 검을 거두었다.

그런데 두 사람은 갑자기 달려들어 다정하게 서로를 포옹했다.

그러더니 격렬하게 서로 입맞춤을 시작했다. 그때 일우와 매향은 바위 뒤에서 슬슬 몸을 빼기 시작했다. 그 순간 매향의 칼집이 바위를 살짝 건드렸다. 그때였다. 한참 포옹하고 입맞춤을 하던 도사와 비구니가 동시에 칼을 들고 외쳤다.

"웬 놈들이냐? 당장 나와라. 안 나오면 요절을 내겠다."

일우는 매향에게 눈짓을 했다. 나가자는 표시였다. 그러나 매향은 고개를 가로저었다. 나가지 말자는 표시였다. 그녀는 하늘을 향해 손짓을 했다. 달아나자는 뜻이었다. 그러나 일우는 고개를 젓더니 바위 뒤에서 일어났다. 그러자 매향도 그곳에서 일어났다. 두 사람은 비구니와 도사의 앞으로 걸어 나갔다.

"죄송합니다. 달빛에 비친 두 분의 비무가 너무도 놀라워서 그만 호기심에 이렇게 결례를 했습니다. 용서하십시오."

일우가 두 손을 잡고 읍하며 두 사람에게 사과하자 매향 또한 두 손을 잡고 읍하며 함께 용서를 빌었다. 그러자 비구니가 찢어발기는 듯이 소리를 질렀다.

"네 이 어린 연놈들이 감히 본좌의 비무를 몰래 훔쳐 봐? 너희들이 간이 부었구나. 그래 너희들이 칼을 든 것으로 보아 무림인이 분명할 터, 어떻게 무림의 불문율을 어기고 남의 비무를 몰래 엿볼 수 있단 말이냐?"

"죄송합니다. 두 분의 비무가 너무 고강하고 현란하여 깊이 감동을 받다보니 저희들이 무림의 불문율을 깜빡했습니다. 잘못했으니 제발 용서하십시오."

일우와 매향은 두 손을 붙잡고 읍하며 애걸을 하였다.

"흥! 용서? 본좌는 이런 파렴치한 무림인을 용서한 적이 없다. 하지만 도장의 생각은 어떻소?"

비구니는 옆의 도사를 바라보며 물었다. 그러자 그 도사가 빙긋 웃음을 머금으며 매향을 힐끗 쳐다보더니 냉소적으로 말했다.

"글쎄, 이런 경우 그냥 용서는 안 되고 무엇인가 젊은 아이들에게 교훈을 주어야 하지 않겠소?"

"그렇지요? 너희들 도장의 말씀을 잘 들었느냐? 좋다, 본좌가 너희들에게 오늘 따끔한 교훈을 주겠다. 첫째, 너희들이 본좌의 장풍 삼장을 견디고, 또 내 검을 삼합만 피한다면 너희들을 용서하겠다. 어때 할 수 있겠느냐?"

그러자 일우가 무릎을 꿇고 두 사람에게 간절하게 말했다.

"그런 정도로 용서해주신다니 감사합니다. 하지만 이 사람은 제 정혼녀인데 수일 전 중독되어서 아직 완전한 치료가 안 되어 몸이 매우 안 좋습니다. 제가 여섯 합을 모두 받겠으니 이 사람은 그냥 용서해주십시오."

매향은 일우의 이 말에 너무 가슴이 뿌듯했다. 본심의 여부는 고사하고 자신을 끔찍이 챙겨주는 일우가 너무도 고맙고 듬직했다.

"호오, 도장 보시오. 어린 녀석이 제 계집을 챙기는 것이 놀랍잖소? 도장도 좀 배우셔야 하겠소"

비구니가 이렇게 도장이란 자에게 말하자 그는 *에잉!* 하면서 일우를 흘겨보았다. *저 녀석 때문에 내가 이 할망구에게 잔소리를 듣는다니까* 하는 표정이 역력했다.

"좋다! 네가 그리도 네 계집을 챙기니 너 혼자서 내 장과 검을 육합을 받아라. 그러나 내 손속이 맵다는 것을 원망하지는 말아라. 자 준비됐느냐? 시작한다."

비구니는 말을 마치자마자 단전에서 기를 모아 두 손에 집중했다. 그리고 원을 그리며 일우에게 장풍 한 방을 날렸다. 일우는 순간 그녀의 장풍이 초절정의 웅혼한 내공이 실린 매우 잔혹한 것임을 깨닫고 극성의 내공을 단전에 끌어 모아 전신에 방탄지기를 발동시켰다. 그러자 일우의 몸에 부딪친 장풍은 펑! 소리를 내며 일우를 약간 흔들리게 했다.

비구니는 일우가 자신의 극성의 내공을 실은 장풍을 간단하게 견뎌내자 무엇인가가 잘못되지 않았나 하는 생각이 들었다. 그녀는 더욱 더 내공을 끌어 모아 자신의 두 손에 최대한의 공력을 모았다. 그리고 다시 일우를 향해 장풍을 날렸다. 하지만 일우는 이미 전신에 육십갑자의 내공으로 방탄지기가 형성되어 있었기에 그녀의 장풍은 그의 몸에 큰 영향을 주지 못했다.

비구니는 일우의 몸에서 엄청난 방탄지기를 느끼고 자칫하면 자신의 귀한 공력만 낭비할 것 같아 장풍 공격을 중지하였다. 그리고는 검을 뽑아 금빛 부채 살 같은 검기를 일으키며 일우를 공격했다. 일우는 검을 뽑아 그녀의 검기를 무극신검 3초식으로 막았다.

그러자 비구니는 더욱 약이 올랐다. 도대체 이 새파란 녀석이 감히 본좌의 금선철혈검을 쉽게 막다니 이는 도무지 있을 수 없는 일이었다. 그녀는 극성의 내공을 검에다 실어 경천동지할 만한 검기를 일우에게 퍼부어댔다. 하지만 일우는 순간 생명의 위협을 느끼고 하늘로 치솟으며 무극신검 5초식인 무극파천황검을 그 비구니에게 구사했다. 그러자 두 검기가 공중에서 부딪치며 주변의 모든 나무들을 흔들거리게 하였는데 관람중인 두 사람은 순식간에 공중으로 몸을 날려 두 사람의 무서운 검기를 피했다.

"흐음, 감히 본좌의 금선철혈검을 받아 내다니 대체 너는 누구냐?"

그 비구니 즉 철혈비연 다연스님은 일우에게 차갑게 물으며 검을 거두었다. 이제 두 사람에 대한 교훈은 끝난 것이다.

일우 또한 검을 거두고 읍한 채 다연스님에게 정중하게 말했다.

"소생은 선우일우라 하옵고 멀리 고구려국에서 천하비무를 위해 이곳 중원에 왔는데 이번에 아미산의 철혈비연 다연 스님과 비무를 위해 왔습니다."

일우가 이렇게 말하자 다연스님은 기가 막힌 듯이 도장이라는 그 도사를 바라보며 말했다.

"후생가외(後生可畏)라더니 오늘날 중원무림이 새외지인들에게 농락당하는구려."

"흐음, 고구려인이라, 그래 소협이 올해 춘추가 어떻게 되시오?"

그 도사가 일우에게 물었다.

"올해 스물다섯입니다."

"스물다섯?"

다연스님과 도사는 눈을 둥그렇게 뜨고 놀라는 표정을 지었다. 그러더니 도사가 일우를 향해 다시 물었다.

"그래, 그간 누구와 비무를 했고 그 결과는 어떠했소?"

그러자 이번에는 매향이 나서서 말했다.

"두 분 대협을 이렇게 뵙게 되어 영광입니다. 저는 당나라 이정 대장군의 딸 되는 이매향이라고 합니다. 혹시 이 후배들에게 두 분 대협의 존성대명을 좀 가르쳐주시면 안 될까요?"

그러자 다연이 화난 표정을 한결 누그러뜨리며 말했다.

"본좌가 철혈비연 다연이고 이 도장은 무당산의 청무진인(淸武眞人) 강희창이시다."

일우와 매향은 깜짝 놀란 표정을 지으며 두 사람에게 다시 읍하고 최대한 존숭의 표정을 지어보였다. 그러자 다연과 강희창은 고개를 끄덕이며 비로소 두 사람을 용서한다는 표정을 지어보였다. 이때 매향이 다시 입을 열었다.

"그동안 선우일우는 화산의 무영검신 엽명과 비무에서 승리했으며, 종남산의 태을진인 왕진필에게 이겼고, 공동산의 광혈검마 모용호량을 비무에서 이겼으며 또 청성산의 천장신무 요천덕에게는 부전승으로 이겼습니다. 그리고 오늘 이렇게 감히 아미산으로 다연 스님과 비무를 신청하러 온 것입니다."

그녀가 이렇게 주워섬기자 두 사람은 긴장하는 빛이 역력했다. 결국 두 사람 모두 선우일우라는 저 젊은 고수에게 당할 운명이라는 막연한 불안감을 느끼기 시작했다. 두 사람은 일우와 매향에게 특별한 부탁이 있는데 그것은 두 사람이 오늘 밤의 이 비밀스런 만남을 함구하는 것이라고 말했다. 두 사람이 평생 이 약속을 지켜야 비무에 응하겠다고 말하였다.

일우와 매향은 어떤 일이 있어도 입을 봉하고 있겠다고 약속하자 다연은 자신들의 비밀스런 이 만남에 대해 말해주었다. 두 사람이 이곳에서 비무와 밀회를 하는 것은 누구도 모르는 비밀로서 두 사람은 18년 전부터 3년 마다 바로 10월 17일 밤 해시에 만나왔는데 오늘이 바로 그날이라는 것이다. 두 사람은 원래 정혼한 사이였는데 부득이한 사정으로 생이별을 하고 각자가 동서(東西)에서 도를 닦으며 무공을 연마해왔으며 그리움을 해소할 길이 없어 3년 마다 한 번씩 만나왔다는 것이다. 그러므로 두 사람의 비밀을 무덤까지 가지고 가 달라고 일우와 매향에게 신신당부를 하였다.

두 사람이 굳센 약속을 하자 다연과 강희창은 두 사람의 죄를 용서한다고 하면서 먼저 절로 들어가라고 명령조로 말하였다. 아무래도 두 사람이 못다 푼 회포를 풀고자 하는 모양이었다. 일우와 매향은 다정히 손을 잡고 두 사람에게 즐거운 만남이 되시라고 인사를 한 후 그 자리를 빠져나와 경공술로 공중을 날아 보광전으로 급히 돌아왔다.

그날 밤 두 사람은 각자 방에 들어가 오늘 밤의 희한한 만남을 생각하며 서서히 잠에 빠져들기 시작했다.

철혈비연 다연 스님이 절로 다시 돌아온 것은 칠일이 지나서였다. 아마 그동안 청무진인 강희창과 마음껏 비무도 하고 그리움의 회포를 푼 모양이었다. 그녀는 절에 돌아오자마자 절의 모든 비구들과 비구니들에게 공표하기를 다음날 사시 정각에 보광전 앞 분지에서 고구려에서 온 선우일우와 비무를 하기로 했다고 엄숙히 선언하였다. 그녀는 이런 사실을 선우일우 일행에게도 즉각 통보하였다.

다음날 사시(오전9시-11시) 다연과 일우의 비무가 아미산 보광전 앞 넓은 분지에서 개시되었다. 그녀는 오늘 더욱 날카롭게 검을 휘둘렀는데 칠일 전 밤의 검은 오늘에 비하면 인정을 많이 둔 것 같았다. 그녀가 구사하는 금선철혈검의 위력이 얼마나 대단한지 일우는 비로소 중원의 무학이 무서운 것임을 알아차렸다.

그가 아무리 어검술로 그녀를 공격했어도 그녀는 하늘을 붕붕 날으며 그의 검기를 피했다. 그리고는 금선철혈검을 72식이나 화려하게 구사하여 사방 백장을 온통 금빛 검기로 뒤덮이게 만들었다. 그는 하늘로 솟구쳐 그녀의 검기를 피하여 무극신검 전초식을 구사해서 그녀의 충일한 검기를 막았다. 그러자 그녀는 장풍과 비수 때로는 암기인 금침창을 수천 개를 날려 그가 도무지 피할 틈을 주지 않았다.

일우는 이번 비무가 중원에서의 최대의 시련임을 짐작했다. 그는 부득이 분신술과 환영술까지 쓸 수 밖에 없었는데 그녀 또한 똑같은 수법으로 그를 괴롭혔다. 할 수 없이 그는 자신의 젖 먹던 힘까지 다 동원하여 그녀의 일방적인 공격을 피했다. 그녀의 피바람을 불러일으키는 무자비한 공격은 약 한 시진 동안 계속되었다.

일우는 그녀의 모든 수를 읽고 나자 그녀가 전혀 수비에는 약한 존재라는 것을 알게 되었다. 지금 그녀는 검과 장과 권과 암기를 결합하여 자신의 초절적인 내공으로 엄청난 검풍을 일으키며 공격에 몰두하고 있었다. 폭풍우같은 엄청난 검풍이 아미산 정상에 휘몰아치고 있었는데 웬만한 물체들은 그 바람에 다 날아갈 듯 했다. 그러나 그는 그녀가 상대의 초절정의 권법에는 무방비라는 것을 깨달았다.

일우는 온 몸의 방탄지기를 발동한 뒤 검을 들고 그 엄청난 검풍 속으로 몸을 일직선으로 한 채 날아갔다. 그는 그녀의 검이 자신의 검에 부딪힐 때 그녀의 명치를 정권으로 순식간에 가격했다. 그의 검만을 막느라고 온 신경을 집중하고 있던 그녀는 그의 그 정권 공격에 앞으로 꼬꾸라지고 말았다. 그가 승리하자 모든 비구니들과 비구들이 일시에 칼을 빼들고 일우를 공격하려고 몰려들었다.

그때 갑자기 쓰러진 다연 스님이 피를 토하며 그들에게 울부짖듯이 말했다.

"그만 둬라. 아미산의 명성을 더럽히지 말라."

이렇게 말한 후 그녀는 의식을 잃고 그 자리에 쓰러졌다. 일우와 정고는 그 자리에서 그녀에게 응급조치를 취했다. 그리고 전신의 막힌 혈도를 풀어주었다. 그러자 곧 그녀가 눈을 떴다. 그리고는 조용한 목소리로 일우에게 고맙다고 말했다.

잠시 뒤 그녀의 제자들이 그녀를 업고 주지실로 몰려갔다. 일우와 매향 그리고 고구려 비무인증단은 이번 아미산 비무가 하마터면 마지막 승부처가 될 뻔 했던 것에 한숨을 푹 쉬며 아미산을 내려가기 시작했다. (계속)

판 권
소 유

한상륜 고구려 무협 역사소설
천부신검2-천하비무행

2022년 2월 17일 인쇄
2022년 2월 21일 발행

지은이 | 한상륜
발행처 | ㈜ 함께 통일로 가는 길
주소 | 서울 은평구 통일로 71길 2-1, 4층 44호(대조빌딩)
전화 | 02-2226-0548, 010-3349-2895
신고번호 | 제2021-0091호
정가 13,000원
ISBN 979-11-977500-2-1 03810